Afinado desconcerto

Florbela Espanca

AFINADO DESCONCERTO

(contos, cartas, diário)

edição atualizada

Estudo introdutório, apresentações, organização e notas
Maria Lúcia Dal Farra

ILUMI//URAS

Coleção Vera Cruz
Dirigida por Maria Lúcia Dal Farra e Samuel Leon

Copyright © 2002
Maria Lúcia Dal Farra

Copyright © desta edição
Editora Iluminuras Ltda.

Capa
Eder Cardoso / Iluminuras
sobre foto de Medina, 1930, Porto.

Revisão
Paulo Sá
Maria Lúcia Dal Farra
Jane Pessoa

CIP-BRASIL. CATALOGAÇÃO-NA-FONTE
SINDICATO NACIONAL DOS EDITORES DE LIVROS, RJ

E73a

Espanca, Florbela, 1895-1930
    Afinado desconcerto : (contos, cartas, diário) / Florbela Espanca ; estudo introdutório, apresentações, organização e notas Maria Lúcia Dal Farra. - [2.ed.]. - São Paulo : Iluminuras, 2012. 1. Reimpressão, 2021
    336p. : 21 cm

    ISBN 978-85-7321

    1. Espanca, Florbela, 1895-1930 - Correspondência. 2. Conto português. 3. Carta portuguesa. I. Dal Farra, Maria Lúcia, 1944-. II. Título.

12-1320.   CDD: 869.3
                 CDU: 821.134.3-3

08.03.12 12.03.12   033645

2021
EDITORA ILUMINURAS LTDA.
Rua Inácio Pereira da Rocha, 389
05432-011 - São Paulo - SP - Brasil
Tel./Fax: 55 11 3031-6161
iluminuras@iluminuras.com.br
www.iluminuras.com.br

SUMÁRIO

FLORBELA, A INCONSTITUCIONAL, 11

As detratações, 13
A erótica florbeliana, 24
A dor cósmica, 39
A prosa, 53
Dados biográficos de Florbela Espanca, 68
Bibliografia de Florbela Espanca, 77

CONTOS, 79

Apresentação, 81
O feminino, 92
Thanatos, 122
A vertente regional, 168

CARTAS, 191

Apresentação, 193
Correspondência familiar, 197
Correspondência intelectual, 235
Correspondência amorosa, 292

DIÁRIO (e epistolografia) DO ÚLTIMO ANO, 317

Apresentação, 319

Para Maria Célia Santos

FLORBELA,
A INCONSTITUCIONAL

Maria Lúcia Dal Farra

AS DETRATAÇÕES

A dor é, nos escritos de Florbela Espanca, tanto em prosa quanto em verso, um dos ingredientes mais íntimos e, de certeza, uma recorrência muito poderosa, o *leitmotiv* mais tocante. Todavia, não insufla apenas a sua obra: é componente patético da sua própria vida, pelo menos a crer nos fatos da história pessoal desta escritora nascida no final do século XIX, nas confissões que dela podemos colher através do seu *Diário do último ano* e das inúmeras peças epistolográficas. Buscarei, portanto, neste momento, desbastar tal trilha, primeiro, dentro da sua obra poética, para, em seguida, dedicar-me a situá-la na sua prosa — razão de ser deste presente volume.

Florbela d'Alma da Conceição Espanca nasceu numa pequena mas deveras especial cidade do Alentejo, a antiquíssima Vila Viçosa, residência de férias da Coroa portuguesa, vilarejo que ainda conserva o Palácio Ducal e o castelo medieval, que fecha a zona velha, e em cujo cemitério Florbela se encontra enterrada desde 17 de maio de 1964. A bizarria dos seus prenomes se explica, a meu ver, pelo temperamento do pai João Maria, sujeito sem peias, anarquista a ser perseguido como republicano já no tempo da monarquia, um dos introdutores do cinematógrafo em Portugal, autodidata apaixonado pela fotografia, pela pintura e pelo bricabraque, homem de mente aberta e despida dos preconceitos que, na altura, norteavam um Portugal pudico e falso de moral. Ele vai, por exemplo, em 1921, divorciar-se da primeira mulher e casar-se, em seguida, com a empregada doméstica da casa, a Henriqueta de Almeida, com quem ali vivia consentido pela esposa, num tempo em que o divórcio, conquista da recém-implantada República, era ainda timidamente praticado. Data, aliás, do mesmo ano de 1921, o primeiro divórcio e o segundo casamento de Florbela que, por sua vez, perfará, ao longo da sua curta vida de 36 anos, três casamentos e dois divórcios.

Tais fatos são já suficientes para justificar, naquele contexto, a má fama que acompanhou a poetisa durante a sua vida, e que muito a maltratou. O seu excessivo desdém por tudo e todos, de que nos dá conta José Gomes Ferreira, seu contemporâneo na Faculdade de Direito da Universidade de Lisboa, desprezo e altivez que ele considera como um dom precioso e ímpar da sua personalidade, talvez possa esclarecer que foi essa a tática posta em prática por Florbela para lidar com a incompreensão que a rodeava. É ele quem nos narra o seu encontro com a escritora em 1918, e a cena de interesse é a do corte de cabelo no ritual de calouro da faculdade. João Botto de Carvalho o obriga a entregar o "caracol simbólico" à Florbela, sentada no banco do átrio, ao lado de José Schmidt Rau. Gomes Ferreira, então, se ajoelha a seus pés (como, aliás, permanecerá para sempre diante dela, assegura-nos ele) e oferece-lhe a prenda.

> Só sei que ela me fixou com o **tal desdém terrível** nos olhos e na boca. Um desdém marcado, de alma funda. Um desdém por mim, pelos cabelos, pelos homens e pelas nuvens. Um desdém de atirar tempestades para o céu! Um desdém que mais tarde extravasou para os sonetos, inundou a terra, gelou o sol, estrangulou a lua... Um desdém de acabar o mundo!

Foi, portanto, como seu contemporâneo na faculdade, que o escritor chegou a testemunhar a extrema rudeza com que reagiram seus colegas diante da estreia poética dessa mulher, a "verdadeira hostilidade de unhas de cardos" com que receberam o *Livro de mágoas*, já que, em seus comentários maldizentes, não faziam segredo de que encontravam nele um livro "licoroso para homens", escrito por "um António Nobre de saias, de dor imaginária", obra também calcada na do colega e poeta Américo Durão — influências que, aliás, Florbela nunca negou, antes exibiu "com orgulho de artista suficientemente pujante para transformar em ouro tudo o que tocasse", e que apenas vieram a desencadear nela "o ímpeto da originalidade própria".[1]

---

[1] José Gomes Ferreira. "Encontro com Florbela". *A memória das palavras ou O gosto de falar de mim*. Lisboa: Portugália, 1966, pp. 233-40. Sempre que, no interior de um texto, houver negritos, estes serão de minha responsabilidade. Em caso contrário, tratarei de alertar o leitor.

Não é diferente deste o depoimento de Joaquim Costa acerca do comportamento da escritora, que ele conheceu pessoalmente em elegantes termas, um ano antes do seu suicídio.[2] A pessoa que descreve é, pois, a última Florbela que, segundo se constata, nada mudou em relação àquela estudante de Direito apreendida por Gomes Ferreira, aparentando ter tido, talvez, apenas mais vincados os traços antes surpreendidos. Costa, que leva em conta a diferença marcante entre a personalidade da artista e a sua produção, capta Florbela como dona de "um temperamento irreverente", que se impunha como "um ser de suprema originalidade, tendo o orgulho por norma e a audácia por lei", compondo, dessa maneira, "uma estranha figura de devaneadora desdenhosa". Aparentemente

> **feliz** e elegante, exprimindo grande desprezo pelas convenções sociais, parecia querer significar, nas suas atitudes e nos seus gestos, que só o **orgulho a determinava** e só o seu **altivo desdém** poderia dar a nota exterior da sua personalidade **independente e rara**.[3]

Depois da sua morte, contudo, esses traços de caráter serão empenhadamente absorvidos enquanto reputação duvidosa que acabará tomando foros de pecha abominável com que a moral salazarista, em vigor, tentará subordinar a sua memória a um processo de costumes, que culminou nas acusações mais aberrantes acerca do seu comportamento, considerado insólito e indecente aos mui pudibundos reacionários de então. Já num artigo intitulado "Uma grande poetisa", publicado em *O Libertador* lisboeta de 8 de fevereiro de 1931, portanto, dois

---

[2] Em 27 de agosto de 1929, o *Primeiro de Janeiro* do Porto comentava a passagem de Florbela pelo Hotel da Torre, descrevendo-a como "estranha e doce criatura, cujos olhos se acendiam por momentos numa fulgurante luz de gênio", e cuja voz deixava entrever um "prestígio misterioso" ao declamar seus próprios versos. E sublinhava que a "sua graça de estudante boêmio, a espontaneidade do seu espírito vivaz e cultíssimo, a vibratilidade dos seus nervos num corpo esguio e flectível como vime, destacam-na na atenção admirativa com que todos lhe rendiam culto". Florbela enviara ao jornal, para agradecer a atenção dos hóspedes, o soneto "Aos meus amigos da Torre", que se encerrava com o convite de encontro para o próximo ano, de maneira que "Fica abolida a morte! Ninguém morre!". Este recorte se encontra no espólio do Grupo Amigos de Vila Viçosa e foi conservado por Florbela até a sua morte, que se daria, contra o seu próprio vaticínio poético, no ano seguinte, tendo sido certamente ela a única a não cumprir o pacto instituído pelo soneto.

[3] Cf. Joaquim Costa, "A poetisa da ansiedade". *Jornal de Lisboa*, Lisboa, 22 fev. 1931.

meses após a morte da escritora, José Agostinho se apressava a denunciar a maledicência de que fora vítima Florbela ainda em vida. Afirmava ele que

> se alguém se referiu à sua individualidade — perfeitamente nos lembramos — **fê-lo com sarcasmo e desdém**, visando com a mesma acrimônia a poetisa e a prosadora, a pensadora e a artista (...), **abusando ignobilmente da nossa credulidade** e também do pessimismo que facilmente nos invade, quando nos falam de poetisa.

Mas é no *Correio de Coimbra*, de 7 de fevereiro de 1931, na seção concernente aos "Livros Novos", assinada por Herculano de Carvalho, que surgem os primeiros indícios *post mortem* de uma atenta censura cristã, cuja origem se localizava já numa crítica que o *Livro de Sóror Saudade* sofrera ainda em 1923, quando, então, se impingiu à Florbela que "purificasse os lábios com carvão ardente", em virtude das infâmias proferidas pelos seus poemas...[4]

O soneto "Quem sabe?", pertença de *Charneca em flor*, é, agora, manipulado pelo articulista a fim de erigir uma tese de poesia biográfica, para emitir a admoestação relativa à pouca fé da sua autora. Assim, o terceto final, que refere um "anseio de Eternidade" como sendo já o acalento da "mão de Deus", significava, para o articulista, que o Senhor "andou perto dela (da poetisa), mas pena, grande pena!", pois que faltou, à Florbela, a coragem de "correr o ferrolho das portas da sua alma" para que nela entrasse apenas esse "Hóspede que tantas vezes se chama... e tão poucas vezes se acolhe!" Mas o leitor não duvide de que, quanto à forma, tal como já o apontara também a crítica de *A Época*, os seus versos são "extraordinários! São fortes, ricos de cor e de imagens". A objeção de 1931 é, de novo, como em 1923, de *conteúdo*...

Sim, porque os versos "manifestam claramente **a alta individualidade poética** que os escreveu e os sentiu". Daí a

---

[4] Refiro-me ao artigo do jornal lisboeta *A Época*, escrito por seu diretor J. Fernando de Sousa, sob o pseudônimo de "Nemo", acerca do *Livro de Sóror Saudade*; pode-se conhecer este artigo através do recorte conservado por Florbela nos seus guardados pessoais, hoje depositados no espólio da Biblioteca Pública de Évora. O leitor há de observar que insisto em transcrever o parecer dos articulistas, não só em virtude da dificuldade de localização dos textos, só encontráveis na Biblioteca Pública de Évora, mas também mercê das relíquias preconceituosas que encerram...

lástima, pois que, embora *alta*, a personalidade em questão revelava-se, na pena de Herculano de Carvalho, bem nociva! Malgrado o fato de que o *Charneca em flor* trabalhasse o nobre "tema do amor", em lugar de se ocupar do amor dignificante, daquele que "salva e eleva", se dedica tão só ao "amor destrutivo", àquele que "perturba, que envenena e mata". Ora, Florbela não só sentiu esse tipo de amor funesto, como "o viveu" ("pelo menos, dentro da sua torturada fantasia criadora!"), razão por que "a grande artista morreu"... Ou seja: suicidam-se ou morrem de penúria aqueles que não experimentaram (nem mesmo na vida fantasiosa!) os efeitos do amor exemplar. Mas, por que isso acontece? Ah, porque

> **o pensamento** é, por vezes, para certas almas vibráteis, abandonadas em si mesmas, **sem o esteio da Fé**, que guarda e salva, **um subtil veneno**, que mata o corpo, depois de apagar ou de fazer esmorecer a razão e, consequentemente, a vontade.

Se leio claramente a implicitação aí contida, concluo que a tal *alma vibrátil* é prerrogativa feminina; que *estar abandonada a si mesma* se traduz por ausência de tutor, terreno ou divino. Logo se vê como fica claro o preconceito subliminar a tais assertivas: se é proibido à mulher *pensar*, quanto mais poetar... Pensando e versejando, ela pode descobrir no amor (pobre indefesa!) uma corrosão que a destina à morte (ao suicídio). Portanto,

> Lástima, que tão belos versos — oiro do mais fino quilate — sejam **oferenda a um deus de tão triste fama!**

Aliás, o desbragamento que provoca numa mulher a sua entrega a um tal gênero de sentimento fica para sempre estampado no seu rosto, "nas suas próprias feições", como nos assegura o articulista. Ora, são as marcas da "neurose" originada pelos desregramentos do *amor-veneno*, aquelas que Herculano de Carvalho surpreende no retrato de Florbela:

> maior lástima que **a nevrose que se adivinha** nas feições e expressões do retrato de Florbela Espanca não lhe tivessem dado tempo de encontrar a sua alma, a alma que Deus lhe havia dado e, com ela, o próprio Deus que a criara.

É evidente que, segundo o comentarista, tudo em Florbela *se adivinha*: basta fitar seu retrato ou ler seus poemas — pronto! Sua biografia fica à mostra, transparente! E o diagnóstico é peremptório: a doença, ocasionada pela ação espúria do "pensamento" sobre essa "alma" sem tutoria, não lhe deu tempo para recuperar em si o Deus que havia nela. Ainda bem, porque em tempos idos, apenas o homem era feito à imagem e semelhança d'Ele. Agora, em 1931, no Portugal salazarista, admite-se, pelo menos, que também as mulheres o são — o que já é um grande avanço!

Indistinção entre vida e arte, discurso intolerante autorizado pela convicção da fé (desculpe o pleonasmo!), doença transformada em neurose, preconceito contra o suicídio, implicitações maldosas em relação à história pessoal, deplorações morais, discriminação sexual, salvação da forma e maldição do conteúdo — estes são, enfim, os ingredientes fundidos no cadinho do resenhista. E são detrações mais ou menos dessa tessitura, combinando mais ou menos tais elementos, associados, vez ou outra, a acusações mais graves a respeito do comportamento sexual da escritora, as que se encadeiam ao longo de um moroso *affaire* em torno do seu busto, finalmente acimentado no Jardim Público de Évora a 18 de junho de 1949 — feito notável de uma acidentada campanha de intelectuais progressistas iniciada a 25 de janeiro de 1931 e que se prolongou até 17 de maio de 1964, quando, por fim, a licença, que a Igreja portuguesa se negava a emitir para a transladação dos restos mortais da poetisa, de Matozinhos para sua terra natal, é, a duras custas, obtida.

Num ímpeto de revolta contra esse estado deplorável de perseguição da imagem de Florbela, Azinhal Abelho e José Emídio Amaro, quase num desabafo, traçavam, em 1949, a cruel crônica dos adversários, que se compraziam, então, em revisitar cada estágio da existência da escritora para aviltá-la e zombar dos episódios da sua curta vida:

> Então, vão **os corvos** ao túmulo de Florbela e passeiam aquela carcaça cheia de vermes numa imolação como não há memória: vão às origens e encontram-na enjeitada e escarnecem; veem-na adolescente, jovem, analisam-lhe os passos que deu em Évora, **num ar de processo inquisitorial**; inventam as maiores torpezas e

calúnias, infâmias e crueldades. Fazem da escritora um vulto político, **bandeira de guerra**.⁵

Para compartilhar com o leitor a dimensão ideológica que atingiu tal *affaire*, me esmero em citar uma ou outra frase que localizo num livro editado em pleno fluxo dessa polêmica. Nessa obra de 1943, publicada no Porto, e contendo o sintomático título de *A dor*, o chamado "caso patológico" de Florbela, visto sob esse prisma, é examinado ao lado de outros tantos como os de Antero de Quental, Rousseau, Edgar Allan Poe, Nietzsche, Byron e Schopenhauer. Álvaro Madureira, seu autor, afiança--nos ali que Florbela era uma "verdadeira insaciável", e que, por isso, "usava estupefacientes sobre estupefacientes, narcóticos sobre narcóticos". Assim, "cada vez mais sentia menos gosto de viver, porque **o prazer excessivo embota a sensibilidade**, causa tédio de si mesmo".

Acerca dos estupefacientes, asseguro que Florbela apenas fumava, e que, depois do suicídio do irmão, em 1927, passou a usar "Veronal" para dormir — tranquilizante receitado pelo próprio marido que, aliás, era médico — porque entrara em profunda depressão. Aliás, é da *overdose* desse barbitúrico que ela se servirá para matar-se.

Prosseguindo na insinuação das suas graves patologias, censurando o ambiente pouco propício em que Florbela nasceu e viveu, a existência amorosa que cultivou e que, segundo Madureira, revelava uma "exaltação mórbida" e uma "quase loucura sentimental", ele acaba por concluir que

> Florbela foi sozinha, porque talvez lhe não surgiu alguém que a conhecesse e amparasse, porque, especialmente, os seus nervos, o seu orgulho, a sua volubilidade, a louca esperança de encontrar, neste mundo, a pátria da felicidade, a iam fazendo, tristemente, **cada vez mais intolerável** aos outros e a si mesma.

Daí que lhe sobreviesse o suicídio...

E, por último, desaconselhando *moralmente* a leitura da obra de Florbela, ele acaba por fazer pesar sobre sua vida um silêncio

---

⁵ Cf. Azinhal Abelho e José Emídio Amaro. "Evocação lírica de Florbela Espanca", *Cartas de Florbela Espanca*. Lisboa: Gráfica Boa Nova, s.d. (1929), pp. 139-94. A citação em pauta se localiza às pp. 162-3.

ainda maior e mais constrangedor, visto que acha por bem calar-se daqui por diante, "dado que pouco tempo nos separa da sua morte e dado que as suas relações íntimas, com pessoas ainda vivas, **nem sempre foram muito dignificantes**"...[6]

Ingrata é a tarefa de comentar a contento afirmações tão maldosas! Saiba, portanto, o leitor, que, através da obra em pauta, penetra em terreno impuro e contaminado — moralmente suspeito!

Após a instauração do busto, outros detratores, encorajados pelo apoio da Igreja portuguesa, dirão, por exemplo, que sua obra "é, **moralmente, perniciosa**. E isto, mesmo sem tomarmos em consideração a ruína, a miséria, o **péssimo exemplo** da sua vida privada"; além disso, mesmo a memória de Florbela seria irrecuperável, visto que a escritora não soubera, como o fez Bocage, professar o "magnífico e sincero ato de contrição que o nobilitou e libertou".[7]

Outro de seus aferrados opositores, conferindo total ilegitimidade à instauração do busto, vai mais adiante, declarando peremptoriamente que levantar

> "uma estátua a uma mulher cuja obra reflete uma posição perante a vida, **diametralmente oposta** à que está na própria base da **Constituição do Estado Português**, é praticar **um ato de sabotagem**, porque representa uma traição ao que se jurou defender".[8]

Saiba-se, portanto, o que foi Florbela para o salazarismo: o antimodelo do feminino, da concepção de mulher — e nisto reside, sem dúvida, a força mais primária da sua obra, cuja lucidez indomável questiona, insurrectamente, a condição feminina e os históricos papéis sociais conferidos à mulher. Aliás, o sábio crítico Vitorino Nemésio teve extrema lucidez

---

[6] M. Álvaro V. Madureira. *A dor*. 2. ed. Porto: Editora Educação Nacional, 1948, respectivamente pp. 151, 153 e 158.

[7] São estas as palavras de Narino de Campos, à p. 18 da sua obra *A poesia, o drama e a glória de Florbela Espanca* (Lisboa: Edição do Autor, 1955), dedicada "à memória do bondosíssimo Sr. Dom Manuel Mendes da Conceição Santos, que foi Arcebispo de Évora", nome que encima a mesma fundação que subsidiara, em 1952, a publicação do livro de José Augusto Alegria, que cito a seguir. Ambos os volumes vêm a lume como desagradada resposta do salazarismo à referida instalação do busto de Florbela.

[8] Cf. José Augusto Alegria, *A poetisa Florbela Espanca. O processo de uma causa.* Évora: Centro de Estudos D. Manuel Mendes da Conceição Santos, s/d. (1952), p. 164.

a respeito da grave ameaça que isso significava para o salazarismo, pois que ele se dava conta de que Florbela, além do mais, na sua obsidiante identificação com a charneca e na autoinvestidura das raízes regionais, continha suficiente carga mitológica capaz de fazer de si a própria alma da planície alentejana. Assim, ainda em 1949, ele insistia em dizer que compreendia, sim,

> compreendo bem as relutâncias e resistências que retardaram a imagem de mármore nos calmos jardins de Évora. A *Musa Alentejana* imaginada pelo Conde de Monsaraz; a Condessina, fantasiada e desfigurada por Fialho; o gênio da planície, filosofado por Sardinha, **afinal eram ela!** E as pessoas, as multidões, o censo demográfico dificultam naturalmente a consagração das ninfas que foram de carne e osso, e que viveram no meio dos mortais.[9]

De fato, já em 1941 Manuel da Fonseca, o saudoso e tão sensível poeta, contista e romancista alentejano, dedicara um longo e expressivo poema à Florbela em que ela emerge como uma errante sem descanso, de atalaia na torre alta do Castelo, com os seus olhos feitos faróis a indicar o rumo, ou pelas estradas de sol ou de lua do Alentejo, pela charneca, pela planície, pelos montados, pelas searas, em busca de justiça para os seus: os campaniços, os ganhões, os maltases. Florbela "sabia tudo/ que há no coração da gente" e esbanjava "braçados cheios/ da grande vida que tinha". Todavia, a cidade onde viveu não a queria, de modo que ela foi jogar-se "às estradas da vida/ caminhos do Alentejo": ali, sim, com que prazer, era querida e compreendida! Mas um dia, cansada de dar a tanta vida que tinha, Florbela adormeceu. Eis que passava a Senhora Dona Morte, que, vendo aquela moça tão indefesa, "com ternura a ergueu": então, todos deixaram seus afazeres para assistirem ao grande prodígio que se deu. Diante de Florbela, os ceifeiros "sentiram/ que estavam bebendo/ água fria da fonte;// cavadores pensaram/ que tinham herdado/ a grande courela;// maltases juraram/ haver descoberto/ uma Estrada Nova!;// e as moças dos montes/ tremeram de espanto/ como se na noite/ um homem viesse/ tocar-lhes nos peitos!...

---

[9] Cf. Vitorino Nemésio, "Florbela". *Diário Popular*, Lisboa, 29 jun. 1949.

> E Florbela passando
> Parecia levada
> Na vela da saia!"

Mas Florbela já despertou: a sombra andante da árvore não é sombra, é Florbela errando inquieta; o calor que vem de dentro da terra não é o lume do sol, é o cio que vem dos seios de Florbela; a calma que cai da noite, quando o poeta tomba exausto de procurá-la — é a mão de Florbela tocando na sua fronte.[10]

O poema de Manuel da Fonseca registra precisamente o flagrante de transformação da mulher em mito, transmutação poética em extremo difícil de ser anulada ou ignorada pelos difamadores de plantão. Daí que, à luz desta obra, por exemplo, se entenda a forte carga despedida contra a poetisa por Alegria.

Assim, também a propósito dessa sua gravíssima (mas tão valiosa!) agressão, vale a pena examinar de onde nasce a pecha de imoralidade e de inconstitucionalidade que o autor aponta em Florbela. A obra que lhe serve de base é composta sobretudo pelos poemas póstumos publicados por Guido Battelli (e que — imperdoavelmente! — rápido se transformaram num *boom* editorial), acrescidos dos dois volumes de poesia que Florbela ainda publicara em vida. Trata-se, portanto, de *Livro de mágoas* (1919), de *Livro de Sóror Saudade* (1923), de *Charneca em flor* (1931) e de *Reliquiae* (1931).

Muito antes de 1952, ano em que Alegria publica esse volume, toda a obra poética de Florbela havia sido reunida pela Livraria Gonçalves de Coimbra sob o título de *Sonetos completos*, estampando justo como prefácio o precioso ensaio de José Régio, intitulado "Sobre o caso e a arte de Florbela Espanca", que conferira o golpe de misericórdia na polêmica contra a poetisa, que se comprazia em identificar rasteiramente sua vida com suas produções. Régio elucidara, então, que era impossível, através da obra de Florbela, conhecer a sua história pessoal ou a sua biografia, visto que o ser que nasce dessa produção resulta apenas da convincente expressão literária que Florbela, enquanto artista, imprime a seus versos — o que

---

[10] Cf. Manuel da Fonseca. "Para um poema a Florbela", *Poemas completos*. Lisboa: Portugália, 1969, pp. 121-35.

significa que a mulher que dessa obra emerge é tão só o fruto do poder encantatório da verossimilhança, sendo precisamente isso o que torna estética essa poesia.[11]

Malgrado tal defesa, que data de 1946, a insistência em estigmatizar a mulher homenageada pelo busto persevera, como se pode constatar através do volume de Alegria e de Narino de Campos, por exemplo. Como, nessa altura, da prosa de Florbela Espanca apenas o livro de contos dedicado à morte de Apeles, *As máscaras do destino*, havia sido publicado (em 1931), e como, nele, nada de censurável a moral salazarista havia farejado, salvo o *excessivo* amor dedicado ao irmão, fato que desencadearia a baixa suspeita de *relações incestuosas*, carentes, todavia, de quaisquer comprovações plausíveis no âmbito daquele volume — é sobre a sua obra poética que o ataque dos seus detratores continua sendo desferido. Sim, porque, para eles, a produção lírica de Florbela se apresentava como um vasto e fértil campo onde era possível colher, abertamente e à vontade, tanto exemplos da declaração de cio dessa mulher que, como se viu, sabota a sagrada Constituição portuguesa, quanto flagrantes de uma vida erótica insuportável à pudicícia salazarista — e a qual me empenharei em desdobrar para que o leitor possa avaliar a profundidade das acusações.

---

[11] Cf. José Régio. "Sobre o caso e a arte de Florbela Espanca", *Sonetos completos*. Coimbra: Livraria Gonçalves, 1946, pp. 5-15.

A ERÓTICA FLORBELIANA

É possível que um dos primeiros vestígios de erotismo na poesia de Florbela Espanca se exponha não pela excedência ou pelo transbordo, mas tão somente pelo seu avesso: pelo comedimento, pelo retiro, pelo silêncio. No lugar do sinal de mais, o de menos. Mas essa subtração, quando averiguada mais de perto, se mostra uma camada apenas aparente, já que diz de fato respeito a uma inaptidão, a uma incapacidade que é muito típica do erotismo: a de expressá-lo com propriedade. Primeiro, porque, para proferir o erótico é preciso derrubar barreiras, estilhaçar a permissão, visto que é de tabu social que se trata — e era assim, pelo menos na época em que Florbela ensaiava fazê--lo. Transgredir é, portanto, a única lei viável para os arroubos sensuais. E depois porque, sendo a atividade erótica aquela que ocupa por inteiro o sujeito, ou ele deixa de fruir o seu momento prazeroso com o fito de poder comunicá-lo com precisão, ou a ele se entrega desmesuradamente sem direito de voz.

O que ocorre com o erotismo inicial da sua poética é que quando a poetisa, atormentada pela mordaça social que a impede de manifestar sua libido, se obriga a calar — a energia investida nesse ato de mudez acaba por ocasionar nela uma espécie de astenia física e moral, uma afecção psicológica, a que, acertadamente, ela nomeia "neurastenia". O soneto do *Livro de mágoas*, que ostenta este título, dedica-se ao triste destino daqueles que se encontram à mercê do interdito e, neste caso extremo, nem mesmo os elementos da natureza, tão aliados da poetisa, conseguem se desvencilhar da impotência de voz de que também são acometidos, impedidos de expressar, ainda que delegados por ela, aquilo que tanto a oprime.[1] Todavia,

---

[1] Cf. "Neurastenia". *Florbela Espanca. Poemas* (edição preparada por Maria Lúcia Dal Farra). São Paulo: Martins Fontes, 1996, p. 141. Daqui por diante, sempre que nomear um poema, remeto o leitor às páginas referentes nessa edição; sempre que houver negritos no corpo dos poemas reproduzidos, a responsabilidade é minha.

em mais de dúzias de poemas dispersos, sobretudo, pelas suas últimas obras, a reivindicação de cio feminino se faz ouvir com todo o seu cortejo de vibrações, de poética dos cinco sentidos, de palheta de colorações as mais vivas, onde o rubro, numa modulação que atinge o púrpura, se oferece como a tonalidade emblemática da paixão. É possível, pois, vislumbrar na poética de Florbela uma espécie de roteiro sensual que desemboca, creio eu, numa perfeita epifania sexual — para completo escândalo daquele tipo de leitor...

O rubro coração, erguido ao alto, num impulso de dádiva, como no ato hierático do ofertório, está no princípio desse trajeto. Num poema de *Charneca em flor*, onde impera a imaginação do movimento, o coração é situado ao lado dos "Nervos d'oiro", título do soneto, como o coadjuvante direto de Florbela na captação da matéria-prima fundamental para a sua arte. Reproduzo-o:

> Meus nervos, guizos de oiro a tilintar
> Cantam-me n'alma a estranha sinfonia
> Da volúpia, da mágoa e da alegria,
> Que me faz rir e que me faz chorar!
>
> **Em meu corpo fremente**, sem cessar,
> Agito os guizos de oiro da folia!
> A Quimera, a Loucura, a Fantasia,
> Num rubro turbilhão sinto-As passar!
>
> **O coração, numa imperial oferta,**
> **Ergo-o ao alto!** E, sobre a minha mão,
> É uma rosa de púrpura, entreaberta!
>
> E em mim, dentro de mim, vibram dispersos,
> Meus nervos de oiro, esplêndidos, que são
> **Toda a Arte suprema dos meus versos!** (p. 241)

Semelhante ao radar, os nervos, associados ao devaneio do diáfano, do ligeiro e do sonoro, ditos "guizos de oiro a tilintar", se impõem, ao lado do coração, como os condutores da emoção, como os aparelhos de sensitividade que produzem os seus versos. Através, portanto, desses nervos, a poetisa diz receber a "estranha sinfonia" composta pela harmonização da volúpia, mágoa e alegria, enfim, a partitura de tudo o que a faz experimentar o dinamismo do choro e do riso. Mas os nervos, tão preciosos e valorizados pela simbólica do ouro, nada seriam se não houvesse o concurso do coração — esse centro das moradas interiores. Ofertado como uma rosa de púrpura entreaberta, ele se torna, então, apto para apreender as vibrações do mundo.

Uma vez conhecidos o coração e os nervos enquanto instrumentos de trabalho de Florbela, cumpre lembrar que a condição feminina jamais é esquecida dentro da dinâmica erótica. Num devaneio voluptuoso ascendente, que dá a tonalidade geral a um outro soneto de *Charneca em flor*, intitulado "Mais alto", o percurso de busca da graça, de alcance da espiritualidade e da pureza vai tangenciar precisamente essa questão. Ali, a altura é almejada como degrau de ultrapassamento das fronteiras do real e da vida, como método de expurgação do próprio eu atormentado, como forma de excedência e de extrapolação da identidade, numa via ascética de quase desencarnação. Todavia, a dialética do leve e do pesado faz comparecer, ao lado dos valores de luz, sonho, orgulho, águia, divindade, duas expressões de peso relativas à vida: a dor e o mal que, em princípio, puxam o impulso ascendente para baixo. Observe-se:

> Mais alto, sim! Mais alto, mais além
> Do sonho, onde morar **a dor da vida**,
> Até sair de mim! Ser a Perdida,
> A que se não encontra! Aquela a quem
>
> O mundo não conhece por Alguém!
> Ser orgulho, ser águia na subida,
> Até chegar a ser, entontecida,
> Aquela que sonhou o meu desdém!
>
> Mais alto, sim! Mais alto! A Intangível!
> Turris Ebúrnea erguida nos espaços,
> À rutilante luz dum impossível!
>
> Mais alto, sim! Mais alto! Onde couber
> **O mal da vida** dentro dos meus braços,
> Dos meus divinos braços de Mulher! (p. 240)

Mas em Florbela a dor tem um sentido ambíguo porque, malgrado tudo o que encerre de sofrimento, mágoa, contrariedade e força rejeitada, exprime, em contrapartida, uma identificação de gênero, é coisa de mulher — valor, portanto, inabdicável. Assim, contrariamente ao corrente, "a dor da vida" representa um supremo bem, visto que é a matéria-prima, a força produtiva dos seus poemas.[2] O fato é que, nesse impulso ascensional, Florbela devaneia em se tornar a Intangível, a Turris Ebúrnea, uma Virgem Maria envolvida pela luz brilhante e incorruptível dum impossível. Mas trata-se de uma Virgem que, em lugar de pisar "o mal da vida" — simbólica da serpente bíblica, associada à figura de Lilith e de Eva —, em vez de calcá-la sob os seus pés, deseja, ao contrário, acolhê-la nos seus braços, nos seus já "divinos braços de Mulher".

Assim, o que a Virgem florbeliana agasalha em seu regaço é o paradoxo do bem e do mal concernente à mística da mulher. Esse é o seu modo de declarar que a porção demoníaca do feminino, esse corpo estranho, com seus valores noturnos, esse continente negro, acepção do ser sexuado, da portadora do pecado e da sedução, da desordem e do desenfreado — não pode ser expurgada sequer da imagem mais celestial que erige para si mesma.

Em "Blasfêmia", um dos primeiros sonetos do póstumo *Reliquiae*, a condição feminina reaparece, mas agora enfocada naquilo em que ela questiona os papéis sociais destinados à mulher. Aparentemente, a porção de transgressividade, própria do ato voluptuoso, comparece neste poema porque a amada se equipara a Deus quando se espelha no amante — daí o título, que denuncia o ultraje à divindade. Nessa peça em que o silêncio é de ouro, a indicar recolhimento e retiro, justo para preparar a fruição amorosa, que é sempre muda — a imagem que Florbela faz de si, "um jardim", "um pátio alucinante de Granada", expande a metáfora paradisíaca que já prevalece na contramão da semântica do título. De fato, espaço de potências

---

[2] Trato pormenorizadamente deste aspecto na introdução ao já citado livro de poemas de Florbela, como também no estudo contido na edição do primeiro manuscrito de Florbela Espanca, o *Trocando olhares* (Lisboa: Imprensa Nacional/Casa da Moeda, 1994, estudo introdutório, estabelecimento de texto e notas de Maria Lúcia Dal Farra), para os quais remeto o leitor.

florais, lugar de engendramento do que emana da terra e aponta para os céus, o referido pátio de origem muçulmana, com sua fonte central, contém o microcosmos do paraíso, numa aliança entre os quatro elementos.

> Silêncio, meu Amor, não digas nada!
> Cai a noite nos longes donde vim...
> Toda eu sou alma e amor, **sou um jardim**,
> Um pátio alucinante de Granada!
>
> Dos meus cílios a sombra enluarada,
> Quando os teus olhos descem sobre mim,
> Traça trêmulas hastes de jasmim
> Na palidez da face extasiada!

Mas o que interessa sobretudo reter neste soneto é a maneira de espelhamento da amante no amado, que se confessa a luz do rosto dele, a expressão de suas mãos de estirpe, a ponto de considerar que os beijos que ele lhe oferece agora já foram, antes, dela mesma. Ora, do ponto de vista amoroso, tais asseverações fazem parte da galanteria característica do ato de sedução, aliás, apanágio masculino; todavia, do ponto de vista da condição feminina, quem sabe seja esta a blasfêmia que o poema aponta, uma vez que, na tradição ocidental, é a mulher o espelho do homem — e não o contrário, como ocorre neste poema:

> **Sou no teu rosto** a luz que o alumia,
> **Sou** a expressão **das tuas mãos** de raça,
> E os beijos que me dás **já foram meus**!
>
> Em ti sou Glória, Altura e Poesia!
> E vejo-me — milagre cheio de graça! —
> Dentro de ti, em ti igual a Deus!... (p. 277)

Uma vez expostos, pois, os instrumentos de trabalho e alguma da matéria-prima da escritora, sigo direto no encalço da maneira como ambos confluem para o devaneio erótico. E principio pela realização erótica ainda intimidada, como é o caso de um dos sonetos iniciais de *Charneca em flor*, aquele intitulado "Se tu viesses ver-me...", que se efetua por meio de uma grande elipse lacunar. As reticências do título já preparam o nosso espírito, insinuando introduzir a oração principal que essa condicional anuncia. Todavia, a sugestão será, já no corpo do poema, tão trabalhada e repleta de meandros, tão prenhe de promessas dadivosas e tão significativa, que vai preencher os dois quartetos e os dois tercetos, de modo que não sobra, de propósito, ao soneto, espaço para proferir o verdadeiro alvo do convite. Ficamos, pois, suspensos nos acenos ramificados da condicional e nas convenientes lacunas das reticências, sem, entretanto, poder contar com o verbo principal, que permanece ausente...

> **Se tu viesses ver-me** hoje à tardinha
> A essa hora dos mágicos cansaços,
> **Quando** a noite de manso se avizinha,
> E me prendesses toda nos teus braços...
>
> **Quando** me lembra: esse sabor que tinha
> A tua boca... o eco dos teus passos...
> O teu riso de fonte... os teus abraços...
> Os teus beijos... a tua mão na minha...
>
> **Se tu viesses quando**, linda e louca,
> Traça as linhas dulcíssimas dum beijo
> E é de seda vermelha e canta e ri
>
> E é como um cravo ao sol a minha boca...
> **Quando** os olhos se me cerram de desejo...
> E os meus braços se estendem para ti... (p. 218)

Todo o poema se perfaz, portanto, como um apelo inconcluso, por isso mesmo sedutor, se equilibrando numa corte ambígua de mostrar e esconder, num ritmo indeciso entre a máscara e a ostentação. Se ocultar é, de fato, uma função primária da vida, uma necessidade ligada à economia e à constituição de reservas, como nos ensina Bachelard, vemos agora como Florbela conhece o inestimável valor dessa estratégia quando aplicada às relações amorosas.[3] Invocando

---

[3] Cf. Gaston Bachelard. "Os devaneios da intimidade material". *A terra e os devaneios do repouso*, Paulo Neves (trad.). São Paulo: Martins Fontes, 1990, pp. 7-44. Aproveito também para citar outras obras de Bachelard, das quais me valho para este texto. "A casa natal e a casa onírica", pertencente à obra citada, pp. 75-99; "A poética das asas", "O sonho de voo", "Nietzsche e o psiquismo ascensional", pertencentes a *O ar e os sonhos. Ensaio sobre a imaginação do movimento* (Antonio da Pádua Danesi (trad.), São Paulo: Martins Fontes, 1990)

uma simbólica sempre enigmática do crepúsculo, intermediária e lusco-fusco, aliás, deveras propícia a tais atividades deslizantes, ela devaneia sobre a vinda do amado, chamando, primeiro, a lembrança da passada experiência amorosa com ele e, depois, entremostrando aquilo que ela já agora tem para lhe ofertar. De todas as suas moradas interiores, a boca é a mais apreçada, toda rubra, de seda, cantante, risonha, persuasiva, traçando sutilmente as linhas dum beijo — metáfora do cravo ao sol. E, a partir daqui, Florbela se prepara para a intimidade que virá, cerrando os olhos à espera do que não disse: enfim, da oração principal que, de certeza, apenas de nós é furtada, mas que fica, em definitivo, acionada para ser vivida doravante tão só pelos amantes.

Em contrapartida, o proferido que se transmuta em elíptico pode ser apanhado no soneto "Volúpia" de *Charneca em flor*. Eis aqui uma peça que privilegia o tato, com seu corolário, aliás pleonástico, de frêmitos vibrantes, bem como a simbólica alimentar que, através da imagem transubstanciada do vinho, identifica o corpo feminino em ofertório. Resulta daí uma liturgia da volúpia, onde paganismo e divindade se entrelaçam para vencer o destino do corpo que, desde o nascimento prometido à morte, fica desviado, no poema, para as mãos e para o domínio do amado.

A porção transgressiva do erotismo, que se entremostra desafiando o poder do *Fatum*, reaparece em certo prazer um tanto perverso dos beijos de maldade que Florbela endereça ao amante, no devaneio do pontiagudo e do afiado, contido nos dedos do sol cravados como lanças no peito dele, metáfora dos seus próprios, e nos círculos dantescos com que ela envolve felinamente o amado.

Sem dúvida, a principal personagem desta peça é o seu corpo, flexionado segundo o diapasão de diferentes registros, definido metafisicamente como a "sombra entre a mentira e a verdade", metereologicamente como a vigorosa nuvem capaz de desviar o vento norte, liturgicamente como o vinho

respectivamente pp. 65-89; 16-64 e 127-62; *A poética do espaço* (Antônio da Costa Leal e Lídia do Valles Santos Leal (trads.), col. "Os Pensadores", v. XXXVIII, São Paulo: Abril Cultural, 1974), pp. 339-514; "A ordem das coisas", pertencente a *O direito de sonhar* (José Américo Motta Pessanha (trad.), São Paulo: Difel, 1985), pp. 151-6.

forte, selvagemente como dotado dos sortilégios do gato, e literariamente como incorporador dos variados estágios de sofrimento e prazer concernentes à *Divina Comédia*:

> No divino impudor da mocidade,
> Nesse êxtase pagão que vence a sorte,
> Num frêmito vibrante de ansiedade,
> **Dou-te o meu corpo prometido à morte!**
>
> A sombra entre a mentira e a verdade...
> A nuvem que arrastou o vento norte...
> — Meu corpo! Trago nele **um vinho forte**:
> Meus beijos de volúpia e de maldade!
>
> Trago dálias vermelhas no regaço...
> São os dedos do sol quando te abraço,
> Cravados no teu peito como lanças!
>
> E **do meu corpo** os leves arabescos
> Vão-te envolvendo em círculos dantescos
> Felinamente, em voluptuosas danças... (p. 238)

O devaneio do rubro nomeia aqui as dálias que essa mulher traz no regaço, cujas pétalas tomam a feição de tentáculos prontos a envolver o amado, insinuando uma imagem poderosa dos seios que se cravam no peito dele quando ela o abraça. Rito de dádiva do próprio corpo, o poema, todavia, se suspende elipticamente, quando a preparação para o ato erótico se encerra.

Já em "Horas rubras" do *Livro de Sóror Saudade*, a alta temperatura amorosa do soneto não se disfarça e alcança o seu título, tingindo de volúpia até mesmo o transcorrer do tempo em que a amante se oferece ao amado. Aliás, se ela assim procede é porque parece acompanhar o movimento do cosmos inteiro que, na noite, se acha entregue ao cio, e cujo gozo explode em verdadeiros cataclismos de astros dementes, tombando em fogo, em estilhaços de prata do luar, que se espalham, lânguidos, como beijos pelas estradas afora, expondo o espetáculo da cópula entre o céu e a terra. A amante, contaminada pela ardência noturna, pelo silêncio aprofundado e vertical, entrecortado por ruídos sensuais de risos arrebatados, busca se entregar ao seu Poeta, na oferta de um beijo que parece ser tudo o que ele tem procurado pela vida. Os lábios dela são ditos lagos brancos, seus braços levitam vestidos de lua, de modo que ela encarna, ao mesmo tempo, a chama e a neve:

> Horas profundas, lentas e caladas
> Feitas de beijos sensuais e ardentes,
> De noites de volúpia, noites quentes
> Onde há risos de virgens desmaiadas...
>
> Oiço as olaias rindo desgrenhadas...
> **Tombam astros em fogo, astros dementes,**
> **E do luar os beijos languescentes**
> **São pedaços de prata p'las estradas...**
>
> Os meus lábios são brancos como lagos...
> Os meus braços são leves como afagos,
> Vestiu-os o luar de sedas puras...
>
> Sou chama e neve branca e misteriosa...
> E sou, talvez, na noite voluptuosa,
> Ó meu Poeta, o beijo que procuras! (p.196)

Nesse íntimo devaneio de tintura, que envolve o negro, o branco e o vermelho, perpassa, como se vê, uma dialética do quente e do frio, que também diz respeito ao tato, à audição, à visão e ao gosto, já que o beijo doado tem feição de arquétipo alimentar. Os signos de pureza dessa entrega se pressentem na configuração da seda dos afagos, na brancura da boca, no arroubo das virgens que desmaiam de prazer. A incidência dos sentidos é, pois, em extremo forte, e a presença do masculino e do feminino nesse ato poético de fusão amorosa do cosmos vem exposto pelas "olaias", essa potência floral, vermelha e leguminosa, ao mesmo tempo partícipe de ambos os gêneros. Mas o que marca deslumbrantemente a intuição estética de Florbela é o enlace das três sublinhadas cores. Se o estampido ouvido dentro do poema é o da explosão, é porque, com toda a evidência, trata-se de uma convulsão universal, cujo pavio foi aceso pela pólvora, que nada mais é senão a mistura do negro carvão com o homem vermelho e com a mulher branca. Carvão, enxofre e sal se aliam para produzir a pólvora, valor cósmico insigne, que realiza a síntese das potências do negro, do vermelho e do branco.[4]

A mesma ardência sensual se dá em "Toledo", de *Charneca em flor*, poema que realça, de um lado, a luminosidade — caso ímpar em se tratando de ato erótico, visto que a preferência poética de Florbela se situa sempre no crepúsculo e durante o outono. De outro lado, faz espécie neste poema a qualidade da privacidade amorosa, que é obtida contra toda a expectativa pública. Desse modo, ele realiza a conquista absoluta de uma cidade para uso pessoal e íntimo do casal, que a obtém deserta e ensolarada, enquanto ambiência perfeita e *caliente* para o desenrolar de um apogeu sexual.

Também chama a atenção, de imediato, que Florbela tivesse escolhido um lugar estrangeiro para tal expansão erótica, espaço tomado pela cor rubra, mineral, situada no lapidário do rubi que, todavia, é diluído, enquanto metáfora de Toledo, numa taça de ouro ardente. Esse devaneio de tintura e de formas, associado à simbólica do abrandamento de uma substância com o fito de expressar um espaço subjugado para o amor, conduz-nos à imagem da operação alquímica produtora de um vinho único — o afrodisíaco. A dinâmica do estranho e do familiar, muito própria ao ato erótico, também se asila nesse espaço, visto que a dita cidade estrangeira se situa às margens de um rio familiar, do rio da sua aldeia, como o diria Pessoa — do esmalte azul do Tejo a flamejar ao longe, como diz o soneto.

A simbólica das cores começa, de novo, a ganhar saliência, e o preto, muito embora ausente já que não há sequer a sombra de um gesto dentro dessa felicidade expansiva, se impõe como a cor íntima do tonos amoroso, visto que o único breque no interior do ritmo embriagador do poema é executado apenas para considerar que "Um grande amor é sempre grave e triste". Tudo se passa a céu aberto, em vasta luz, em pleno

---

[4] Cito Bachelard: "Em sua *Histoire de la chimie*, onde consegue determinar melhor do que todos os seus predecessores a dualidade entre a química e a alquimia, Fierz-David indica com acerto uma valorização de cores substanciais na origem da invenção da pólvora. O negro carvão 'como *matéria-prima* foi misturado ao enxofre (o homem vermelho) e ao sal (a mulher branca)'. A explosão, valor cósmico insigne, foi o signo resplandecente do nascimento do 'jovem rei'. Não se pode deixar de reconhecer aqui a ação de uma certa causalidade das cores; a pólvora realiza uma síntese das potências do negro, do vermelho e do branco". Cf. Gaston Bachelard, *A terra e os devaneios do repouso*, op. cit., pp. 35-6.

sol, em meio a matizes que percorrem o vermelho, o amarelo, o branco, o azul e o dourado — estes dois últimos, cores de Nossa Senhora da Conceição, tão recorrentes em Florbela. Também o tato e a vibração, necessários à cerimônia de imposição das mãos, que tremem, sobre o corpo amado feito de âmbar, bem como o odor do jasmineiro em flor, em que Florbela se encarna, apenas para ser desfolhada com beijos — complementam o repertório dos sentidos aguçados para a paixão. A imensidão deserta à mercê do casal confere amplitude horizontal e vertical à volúpia que, por fim, ascende numa torre para gritar o seu êxtase aos céus.

> Diluído **numa taça de oiro a arder**
> Toledo é **um rubi**. E hoje é só nosso!
> O sol a rir... Viv'alma... Não esboço
> Um gesto que me não sinta esvaecer...
>
> As tuas mãos tateiam-me a tremer...
> Meu corpo de âmbar, harmonioso e moço
> É como **um jasmineiro em alvoroço**
> Ébrio de sol, de aroma, de prazer!
>
> Cerro um pouco o olhar onde subsiste
> Um romântico apelo vago e mudo
> — Um grande amor é sempre grave e triste.
>
> Flameja ao longe o esmalte azul do Tejo...
> **Uma torre ergue ao céu um grito agudo...**
> **Tua boca desfolha-me num beijo...** (p. 227)

Muito embora Florbela não pareça contar com nenhuma dificuldade em nos comunicar o seu prazer, as considerações a respeito da impossibilidade de registro do êxtase erótico transparecem num poema de *Reliquiae*, sintomaticamente intitulado "Divino instante". Assim, contra a convicção dos seus tercetos acerca da incapacidade humana de fixação desse efêmero de graça, seus quartetos dedicam-se à sensação de desprendimento do mundo e do magnífico torpor, tão peculiar a tal arrebatamento. O bizarro é que nesse momento de consignação daquilo que não se deixa apreender, Florbela acaba por se deparar com a aliança entre Eros e Thanatos. Porque, na medida em que busca capturar esse átimo divino, ela se reconhece como urna de bronze, como morta inerte e fria, como boca fechada, valores relativos à imersão no devaneio da vida submergida, muda e recôndita, numa dinâmica situada em terreno que se limita com a morte. Mas certamente porque ainda se sinta mergulhada nesse próprio estágio letárgico da volúpia que tenta descrever nos dois primeiros quartetos, é que se tornem, para Florbela, impraticáveis a apreensão do beijo que lhe queima o corpo, o registro do instantâneo das pálpebras do amante descidas sobre os olhos desmaiados de prazer. De maneira que o soneto, enfatizando a sua própria impotência de expressão, articula, em verdade, os valores mais profundos e significativos da epifania sexual.

> Ser **uma pobre morta inerte e fria**,
> Hierática, deitada sob a terra,
> **Sem saber** se no mundo há paz ou guerra,
> **Sem ver** nascer, **sem ver** morrer o dia,
>
> **Luz apagada ao alto e que alumia**,
> Boca fechada à fala que não erra,
> **Urna de bronze que a Verdade encerra**,
> Ah, ser Eu essa morta inerte e fria!
>
> **Ah, fixar o efêmero!** Esse instante
> Em que o teu beijo sôfrego de amante
> Queima o meu corpo frágil de âmbar loiro;
>
> **Ah, fixar o momento** em que, dolente,
> Tuas pálpebras descem, lentamente,
> Sobre a vertigem dos teus olhos de oiro! (p. 284)

Uma outra dimensão erótica, a do retiro sensual, a do casulo, se encontra, por exemplo, num outro poema de *Charneca em flor*. O delicioso devaneio acerca da intimidade domiciliada, acionado pelo soneto "A nossa casa", parece se desempenhar como um assentamento de terreno, como uma espécie de rito de apaziguamento do chão onde essa morada deverá ser construída. Na procura ansiosa por ela, o calor do desejo é já suficiente para, num átimo, construí-la, visto que a casa devaneada é o bem mais prezado do mundo, o mais invejado, lugar de repouso, de proteção contra a fluidez da vida externa.

Concebida como o refúgio, neste caso, aéreo, ela se alça como um ninho, onde a doçura e a leveza do beijo são comparados à diafaneidade da asa. Fala-se, aqui, então, de uma casa leve, de uma existência volátil assediada na simbólica do sótão, espaço da sublimação e da vida recolhida.

> A nossa casa, Amor, a nossa casa!
> Onde está ela, Amor, que não a vejo?
> Na minha doida fantasia em brasa
> Constrói-a num instante, o meu desejo!
>
> Onde está ela, amor, a nossa casa,
> O bem que neste mundo mais invejo?
> **O brando ninho** aonde o nosso beijo
> Será mais puro e doce que **uma asa**?

Mas, enquanto a sonhada casa desenraizada e erguida pela fantasia não assenta suas fundações no solo da realidade, ao rés do chão, os amantes, de mãos dadas, calcam os pés sobre a terra em busca do seu próprio fundeamento. Assim, num exercício de estabelecimento do chão, percorrem caminhos que confluem, afinal, para uma terra de rosas, para um jardim, numa simbólica do paradisíaco que é, de fato, um assentamento para o acalentado devaneio. E daí que a dinâmica do sótão e do porão se entremostre na decisão de tomar posse, de habitar, agora e em definitivo, a gruta, a caverna, a raiz, visto que Florbela sonha que mora — tão bom! — dentro dele, e que ele mora — tão bom! — dentro dela. Assim, a casa que se queria construir, organizada em altura pela topografia do sonho, se aconchega no onirismo do corpo, onde encontra a sua felicidade maior de sede fusional oculta e íntima.

> Sonho... que eu e tu, dois pobrezinhos,
> Andamos de mãos dadas, nos caminhos
> Duma terra de rosas, num jardim,
>
> **Num país de ilusão que nunca vi...**
> **E que eu moro — tão bom! — dentro de ti**
> **E tu, ó meu Amor, dentro de mim...** (p. 224)

Veja-se que o erotismo florbeliano, pronto a eclodir no espetáculo dos cataclismos e das convulsões siderais, também é capaz de se recolher, silencioso e mudo, na zona de intimidade — a mais recôndita.

Tomo como um último exemplo para concluir esse pequeno trajeto de amostragem da sensualidade que escandalizou o mundo salazarista, um soneto sem título, localizado nos esparsos de Florbela, que tem o dom de aproximar a temática do erotismo àquela da busca de um outro país, enredando-as de tal maneira que, como se verá mais tarde, já no contexto do *Diário do último ano*, torna impossível a dissociação entre Eros e Thanatos.

O soneto, que é identificado pelo seu primeiro verso "Há nos teus olhos de dominador", explora uma alegoria, que se descerra no caminho para o novo mundo — portanto, numa simbólica das expedições dos descobrimentos portugueses. Por sua vez, dotado de todos os traços do herói, o amado e capitão segue "um misterioso ideal divino e humano" e navega por um mar calmo, horizontal, puro, sem acidentes, comandando a sua barca que, assim ritmada, se torna apta a acalentar devaneios.

Dentre esses, o do berço cósmico que é o mundo e a simbólica da imensidão embalada conferem uma deliciosa alternância de movimentos a essa navegação, a esse singrar de espaços à procura de regiões inaugurais, para onde a amada solicita ir, mesmo que como simples tripulante, disposta, todavia, a tornar-se audaz navegante capaz de alcançar, com o amado, esses distantes Reinos:

> Há nos teus olhos de dominador,
> No teu perfil altivo de romano,
> No teu riso de graça e de esplendor
> Um misterioso ideal divino e humano.
>
> Cruz de Cristo **sangrando** sobre o pano
> Das velas altas, lá vai, sobre o fragor
> Dum mar sereno, cristalino e plano,
> A tua barca de conquistador!
>
> Eu quero ir contigo a esses **distantes Reinos**! Deixa-me erguer as **brancas velas**,
> Ser um dos teus audazes navegantes!

> Meus olhos cegos são dois poços fundos...
> — Conta-me o céu! Ensina-me as estrelas!
> **Mostra-me a estrada dos teus Novos Mundos!**[5] (p. 327)

Atravessa, entretanto, o itinerário da caravela dos descobrimentos, uma semântica outra. A amada quer erguer as brancas velas para que o sopro as infle, dando curso ao devaneio, de modo a que a embarcação prossiga em busca das estrelas e do céu que o amado está prestes a lhe ensinar, a ela, cujos olhos são cegos: "dois poços fundos". Sem a bússola do amado, portanto, a terra do sonho jamais será alcançada e o conhecimento acenado será em vão. Mas é muito provável que essa descoberta esteja prestes a ocorrer, visto que sobre o pano das altas velas já sangra a cruz de Cristo. A simbólica do sangue na vela branca atravessada pelo vento forte orienta que o conhecimento do mundo inexplorado torna-se metáfora da defloração. Ação embalada num berço de felicidade sem limites, graças à expansão oferecida pela água ritmada e infinita, o descobrimento desse país de eleição alcança uma amplitude oferecida também pela verticalidade, presente nos mastros das altas velas, nos poços dos olhos da amada, no céu, nas estrelas, o que torna ascendente e impulsionada a própria estrada marítima para esses Novos Mundos.

Resta, agora, precisar melhor, à luz de outros subsídios, quais as fronteiras, os acessos, a cartografia que orienta Florbela na descoberta desses "distantes Reinos", desses "Novos Mundos", mapa que lhe permite o descerramento desse "ideal" que é, ao mesmo tempo, "divino e humano".

---

[5] Ajunto, aqui, a informação de que esse soneto sem título traz, em seu autógrafo (pertença do espólio do Grupo Amigos de Vila Viçosa, doado à entidade por Mário Lage, derradeiro marido de Florbela), a data de "Outubro 1930", pertencendo, portanto, à última fase da vida da poetisa, que morreria praticamente um mês depois.

A DOR CÓSMICA

Reato o parecer de seus detratores e pergunto: por que recai sobre o berço de Florbela — sobre, pois, o ambiente que Madureira crê tão pouco favorável à criação e à formação da escritora — a pecha de "maligno"? Conceição é, pois, nome da sua mãe — Antónia da Conceição Lobo — e este lhe é também atribuído, certamente por a menina ter vindo à luz no dia 8 de dezembro de 1894, dia consagrado à Nossa Senhora do mesmo nome. Digo bem: Conceição é como se chama a mãe de Florbela, mas o nome da sua madrinha de batismo e mãe efetiva, pois que vai criá-la — a ela e ao seu único irmão, Apeles, que haverá de nascer, da mesma união, a 10 de março de 1897 — é Mariana Inglesa, sua madrasta, e legítima mulher de seu pai, e em tudo conivente com o marido.

Todavia, nem por isso o atestado de batismo de Florbela e de Apeles comparece completo: desleixo do excêntrico João Maria, indiferença anarquizante diante da burocracia ou ojeriza a quaisquer tipos de formalidades, sobretudo às religiosas? O fato é que em ambos os registros lê-se que são "filhos ilegítimos de pai incógnito", muito embora sejam públicos de todos tanto a origem das crianças, que vivem mimados em casa do pai, homem muito conhecido em Vila Viçosa, quanto o apego desmedido deste e da esposa por elas. Aliás, os dois livros publicados em vida por Florbela foram subsidiados pelo pai, que, todavia, só perfilhará a poetisa dezenove anos após a morte dela, em 1949, e tão só em virtude daquela viva polêmica, que aproveitando-se também disso, apontava, no fato de ter sido registrada como "filha ilegítima", mais uma descabida desculpa a evitar que seu busto fosse finalmente erguido. Tal *affaire* tentava interditar, como já disse, uma campanha liderada pelos opositores do salazarismo, dentre os quais se fazia presente, é bom que se lembre, todo o contingente feminista português, que elegera Florbela como a sua bandeira, sobretudo depois de o Estado Novo haver dissolvido suas diversas associações. Já se vê, portanto, a razão por que Madureira considera tão nefastas as origens sociais e morais da escritora...

Mas quer queira quer não, as vicissitudes que rodeiam o nascimento de Florbela Espanca estão, ficcionalmente, presentes na sua obra, e mesmo a ponto de, em certos momentos, ela se remeter diretamente a essa mãe, precocemente morta, em 1908, aos 29 anos; aliás, num de seus últimos poemas, ela assim procede com muita ênfase. E essa é justo a peça em que Florbela suplica a sua entronização definitiva no reino da Morte, entidade que ela clama para curar-lhe a dor de existir, desenlace que de fato ocorre por sua livre e espontânea vontade no mesmo dia em que nasceu, no ano de 1930.

Nesse soneto intitulado "Deixai entrar a Morte", a fim de pedir o concurso dessa que é invocada como uma outra e mais benfazeja maternidade ancestral, a Morte, cujo abraço (e ela o dirá num outro derradeiro poema) é guarida e proteção, "doce laço", "raiz" — a escritora tem necessidade de remontar-se a seu nascimento para renegá-lo. Mas nem isto lhe basta nesse momento em que, de propósito, transmuta ritualisticamente a data do seu nascimento em data da sua morte. É preciso perguntar-se pela gratuidade da vinda ao mundo também dessa mãe-carnal, com quem, afinal, ela acaba *se confundindo* no transcorrer do soneto, graças à indecisão semeada pela anfibologia, figura de linguagem decorrente de uma construção sintática ambígua. Eis o poema:

> Deixai entrar a Morte, a Iluminada,
> A que vem para mim, pra me levar.
> Abri todas as portas par em par
> Como asas a bater em revoada.
>
> Que sou eu neste mundo? A **deserdada**,
> A que prendeu nas mãos todo o luar,
> A vida inteira, o sonho, a terra, o mar
> E que, ao abri-las, não encontrou nada!
>
> Ó Mãe! Ó minha Mãe, pra que nasceste?
> Entre agonias e em dores tamanhas
> **Pra que foi, dize lá**, que me trouxeste

> Dentro de ti?... Pra que eu tivesse sido
> Somente o **fruto amargo** das entranhas
> Dum **lírio** que em má hora foi nascido!... (p. 300)

Por inteira, disponibilizando-se à Morte, Florbela faz, neste soneto, um inventário do que tem sido. A constatação de "deserdada", muito forte e patética, explica que, muito embora ela tenha recebido por herança todos os bens deste mundo ("luar", "vida", "sonho", "terra", "mar") e os tivesse tentado reter em si — nada deles lhe ficou. Daí que pergunte à mãe pelo absurdo de ter vindo — através de dores e agonias — a "este mundo". Veja-se que o parto é concebido aqui como um arrancar doloroso das entranhas; e que o verso "Entre agonias e em dores tamanhas", mercê da sua disposição sintática, pode dizer respeito tanto ao nascimento da Mãe quanto ao da filha, assim como a subordinada "que em má hora foi nascido" pode referir-se tanto a "lírio", metáfora da Mãe, quanto a "fruto amargo", metáfora da filha.

Fundindo-se implicitamente à Mãe nessa hora crucial, Florbela parece querer estancar, desde a origem, e graças aos serviços da Morte, toda a sua linhagem feminina. Mas não só: na medida em que se faz atrair pelo abraço da Mãe mítica e ancestral que ela reconhece na imagem da Morte, tanto a mãe quanto a filha, por meio da mesma ambiguidade, parecem encontrar nesse reduto o indiferenciado primordial, do qual foram desentranhadas através do parto, e ao qual agora se entregam, graças ao concurso da Morte. É como se regressassem ao útero primevo, não mais agora em estado de trevas, escuridão ou dor, mas como se, por meio dele, penetrassem na luz, já que a Morte, como o sublinha Florbela logo no primeiro verso, é então a *Iluminada*, claridade que ela quer receber e à qual abre as suas portas e se doa inteira.

Ora, este excurso que acabo de cumprir, saltando do princípio para o fim, do nascimento de Florbela para a sua morte, não é nem um pouco casual. Sua biografia e sua produção literária me incitam a tal, visto que a poetisa elege como o dia da sua partida aquele mesmo da sua chegada ao mundo, ao mesmo tempo que sua obra imantiza paradoxalmente essas duas datas.

Pois bem. O outro poema a que me referi, quem sabe o derradeiro que produziu antes de suicidar-se, vem comprovar com largueza a mesma constatação: a de que ela assume o seu nascimento como um corte abrupto, como um desligamento doloroso das verdadeiras energias vitais, como uma dor violenta que a arrebata do aconchego quente da existência perene, da irmandade que ela mantinha, antes, com a inocência das coisas primeiras, com as forças telúricas. Assim, estranhamente, para Florbela, é como se tivesse morrido para a vida no dia em que nasceu, e regressado à existência primordial no dia em que morria para o mundo.

Melhor do que qualquer argumentação, arrolo para ratificar tal hipótese o poema intitulado "À Morte", no qual Florbela tuteia a esta Senhora, tratando-a intimamente como a sua fada madrinha, como aquela capaz de quebrar o quebranto que contra ela lançou a bruxa cruel, encantamento que a metamorfoseou em... ser humano. Daí que a lancinante autodesignação de *deserdada*, pertencente ao soneto anterior, se esclareça agora como equivalente ao *enfeitiçada* deste poema. Ei-lo:

> Morte, minha Senhora Dona Morte,
> Tão bom que deve ser o teu abraço!
> Lânguido e doce como **um doce laço**
> E como uma **raiz**, sereno e forte.
>
> Não há mal que não sare ou não conforte
> Tua mão que nos guia passo a passo,
> Em ti, dentro de ti, no teu regaço,
> Não há triste destino nem má sorte.
>
> Dona Morte dos dedos de veludo,
> Fecha-me os olhos que já viram tudo!
> Prende-me as asas que voaram tanto!
>
> Vim da Moirama, **sou filha de rei**,
> **Má fada me encantou** e aqui fiquei
> À tua espera,... **quebra-me o encanto!**" (p. 301)

O poema fala de um exílio, que é a vida, e do desejo de regresso à pátria de origem, que é a Morte, panaceia contra todos os males, unguento para todas as dores, paraíso para onde se quer voltar — lugar de agasalho, abraço, proteção, regaço

— para recobrar a unidade quebrada, a unidade perdida. Neste *outro* mundo, metaforizado pela *Moirama* — ao pé da letra, terra de estrangeiros, de onde vêm os mouros —, Florbela não é deserdada: ela é princesa, infanta — é filha de rei! Assim, a ânima, atormentada pela separação, quer reconduzir-se ao cosmos, depois de ter exercitado em plenitude a liberdade que lhe restou: ver e voar.

E é impressionante como este poema terminal reatualiza as origens poéticas de Florbela Espanca, comunicando-se em plenitude com o primeiro poema por ela produzido. Refiro-me à peça que data de 11 de novembro de 1903, quando Florbela contava apenas 9 anos incompletos, e que tem indicialmente por título o paradoxo com que se defrontará durante toda a existência: "A vida e a morte". Vejamos:

> O que é a vida e a morte
> **Aquela** infernal inimiga
> A vida é o sorriso
> E a morte da vida **a guarida**.
>
> A morte tem os desgostos
> A vida tem os felizes
> A cova tem a tristeza
> A vida tem **as raízes**.
>
> A vida e a morte são
> O sorriso lisonjeiro
> E o amor tem o navio
> E o navio o marinheiro.[1]

Tanto no primeiro quanto no seu derradeiro poema, a morte se recobre de sentidos de proteção, de fortaleza, enfim, da *guarida* que o mais antigo deles explicita com clareza no último verso da primeira estrofe: a morte é a guarida da vida. Enquanto, em ambos, a *morte* permanece inalterada como *guarida*, a *raiz* que, no poema inicial, era atributo de *vida* ("a vida tem suas raízes", reza o último verso da segunda estrofe), se expande e se aprofunda, já em metáfora da *morte*, no poema terminal:

---

[1] O manuscrito em questão foi publicado por Rui Guedes no volume I das *Obras completas de Florbela Espanca. Poesia 1903-1917* (Lisboa: Dom Quixote, 1985, pp. 42-3). Ao final do poema está grafado o seguinte: "Auctora Florbella Espanca/ Em 11-11-903/ com 8 annos d'Idade".

relembro que o "abraço da Senhora Dona Morte", *doce laço*, é como uma "raiz, sereno e forte".

Há também — e não me escuso de sublinhar — logo na primeira estrofe do poema inaugural, *um lapso*, que parece dizer, com voz oracular, aquilo que o poema final constataria em 1930 a respeito da *vida*. Vejamos: a Florbela de 8 anos escreve tentando definir "O que é a vida e a morte". Assim, especula: "Aquela (é) infernal inimiga;/ A vida é o sorriso/ E a morte (é) da vida a guarida". Ora, é voz corrente que o demonstrativo *aquela* diz respeito ao substantivo que mais longe está de si, enquanto o demonstrativo *esta* concerne sempre ao substantivo que mais próximo está de si. Pois bem, à luz deste lembrete, examino agora o segundo verso do poema. Não resta dúvida de que, em resposta à questão "o que é a vida e a morte?", obtém-se que o sintagma *infernal inimiga* não é atributo da *morte*, mas da... *vida*! Sim, inconsciente e precocemente, com certeza, à Florbela de 8 anos, a vida é que é a *infernal inimiga*, conclusão na qual, pateticamente, o poema final desemboca, quando acaba concebendo a vida como encantamento de que foi presa a princesa pela má fada.

E, assim, suponho que haja alcançado, afinal, a fímbria de uma, digamos, dor de origem em Florbela: de uma dor básica, fundamental, de raiz, de desligamento da mãe primordial, a que chamarei *dor cósmica*. E os primeiros sintomas dessa dor surgem mais decisivamente ao final do primeiro manuscrito da poetisa, até há pouco inédito, o intitulado *Trocando olhares*, que comporta oitenta e oito poemas e três contos, todos produzidos entre 1915 e 1917.[2]

Nas últimas páginas desse manuscrito, e num ciclo de sonetos dedicado a Américo Durão, poeta que Florbela havia conhecido através da leitura do livro *Vitral da minha dor* (observe a inserção, no título dessa obra, do sentimento que venho perseguindo), ela nomeia, pela primeira vez, aquilo que seria a sua *outra vida*, ou seja, a sua *vida anterior*: e

---

[2] Os contos em pauta são "A oferta do Destino", "Amor de sacrifício" e "Alma de mulher"; deles me ocuparei no devido tempo. Se desmembro os conjuntos poemáticos, obtenho cento e quarenta e cinco poemas em lugar dos oitenta e oito referidos.

isso se passa justo num poema que se desdobra como a ponte entre o primeiro manuscrito e a primeira obra publicada, o *Livro de mágoas* (1919). O título do soneto a que me refiro, desse que patenteia a existência da *outra vida*, vai se converter, do manuscrito para o livro, de "Desalento" em "A minha Tragédia", numa gradação que provavelmente intensifica a perda desse país original. E ambos os sonetos se desenvolvem (malgrado as variações perpetradas do original para a versão final) dentro da mesma ambiência soturna e maldita que nem mesmo a refundição que o poema alcança na obra publicada chega a amainar. Logo no original, Florbela explica que o roxo dos seus lábios é "saudade/ Duns beijos que" lhe "deram noutra vida"! E, ao longo da sua obra poética, será possível compreender melhor o que ela vai designando e precisando através dessa expressão — é o que buscarei elucidar.

Num manuscrito autógrafo sem título, depositado na Biblioteca Pública de Évora, que tem início com o poema "Livro do nosso amor", composto por trinta peças, presumivelmente anteriores a 1923 e posteriores a 1919 — há seis peças que não ingressaram no *Livro de Sóror Saudade* (1923) e que reproduzo na minha edição de *Florbela Espanca. Poemas*.[3] Numa delas, intitulada "Mãezinha", Florbela afirma que:

> Andam em mim fantasmas, sombras, ais...
> Coisas que eu sinto em mim, que eu sinto agora;
> Névoas de dantes, dum **longínquo outrora**;
> Castelos d'oiro em **mundos irreais**... (p. 321)

Observe o leitor a presença de índices que remetem à mesma zona de estranhamento atrás frisada: "longínquo outrora", "mundos irreais". Já num soneto posterior, pertença do póstumo *Charneca em flor* (1931), dedicado à Laura Chaves e intitulado "Sou Eu!", Florbela assegura que:

> Em vão me sepultaram entre escombros
> De catedrais duma escultura vã!
> Olha-me o loiro sol tonto de assombros,
> E as nuvens, a chorar, chamam-me **irmã**!

---

[3] Cf. na edição referida as páginas contidas entre 317 e 323.

> Ecos longínquos de ondas... **de universos**...
> Ecos dum **mundo**... dum **distante Além**
> **Donde eu trouxe a magia dos meus versos!** (p. 249)

Aqui, o "longínquo outrora" se converte em "distante Além" de onde Florbela trouxe a magia dos seus versos — e repare-se que este poema consiste precisamente na definição do seu próprio "eu". Ainda num outro soneto do mesmo livro, a poetisa, enaltecendo os olhos do amado, faz deles os depositários de todos os seus pertences, inclusive do seu corpo entregue à vida ou à morte. Em "Teus olhos", portanto, vendo-os tanto como o seu "leito de núpcias irreais" quanto como o seu "suntuoso túmulo de morta", ela esclarece que nesses olhos

> (...) ficaram meus palácios moiros,
> Meus carros de combate, destroçados,
> Os meus diamantes, todos os meus oiros
> Que trouxe **d'Além-Mundos ignorados**! (p. 254)

Assim, o "distante Além" do poema "Sou Eu!" se converte, agora, em "Além-Mundos ignorados", migrando, no "Pobrezinha" do póstumo *Reliquiae* (1931), para "regiões imaginárias". Aqui, tal expressão é invocada para delimitar, com segurança, a diferença entre o princípio de prazer, que é feminino, e o princípio de realidade, que é masculino, ou seja, a distância entre a ousadia, que é coisa de mulher, e o conformismo e a mesmice que, aqui, identificam o comportamento do amado. Assim,

> Nas nossas duas sinas tão contrárias
> Um pelo outro somos ignorados:
> Sou filha de **regiões imaginárias**,
> Tu pisas mundos firmes já pisados. (p. 295)

Mas, muito antes, no soneto "Lágrimas ocultas" do seu livro inicial de 1919, Florbela já nomeava uma "outra vida" em que foi feliz, em que tinha "o rir das primaveras". Dizia, então, ela:

> Se me ponho a cismar em outras eras
> Em que ri e cantei, em que era qu'rida,
> Parece-me que foi **noutras esferas**,
> Parece-me que foi numa **outra vida**... (p. 136)

O fato é que a lembrança dessa *outra vida*, tão aprazível, torna triste e desditosa a vida de agora. E no soneto "Lembrança" de *Charneca em flor*, tal assertiva se amplia, constatando, inclusive, o teor mítico dessa que habitava a outra vida:

> **Fui Essa** que nas ruas esmolou
> E foi a que habitou Paços Reais;
> No mármore de curvas ogivais
> Fui Essa que as mãos pálidas poisou...
>
> Tanto poeta em versos me cantou!
> Fiei o linho à porta dos casais...
> Fui descobrir a Índia e nunca mais
> Voltei! Fui essa nau que não voltou...
>
> Tenho o perfil moreno, lusitano,
> E os olhos verdes cor do verde Oceano,
> Sereia que nasceu de navegantes...
>
> Tudo em cinzentas brumas se dilui...
> Ah, quem me dera **ser** *Essas* **que eu fui**,
> *As* que me lembro **de ter sido... dantes!**... (p. 223)

Florbela, aqui, encarna o próprio mito, *o nada que é tudo*, no dizer de Pessoa, de maneira que a nostalgia pelas "outras" de que se lembra de ter sido, antes, num país de outrora, numa pátria antiga, faz dela uma **cidadã do aquém**. E o advérbio *aquém*, antônimo de *além*, designa bem, a meu ver, essa terra *anterior à vida*, à qual ela se refere tão obsessivamente. Assim, fica agora esclarecido, depois deste primeiro percurso, por que o nascimento aparece-lhe, naquele poema que de início comentei, o soneto "Deixai entrar a Morte", como uma violência; e é de maneira precisa isso o que ela nos elucida em "A Maior Tortura" de *Livro de mágoas*, quando certifica que a sua "pobre Mãe tão branca e fria" lhe deu "a beber a Mágoa no seu leite!" (p. 143). Da mesma forma, deixa de ser enigmático para nós imaginar por que a vida lhe pousou na fronte, ao nascer, apenas "martírios" — tal como nos assegura numa outra peça do mesmo livro, a "Pior Velhice". Vê-se, portanto, que o nascimento se afigura, para ela, como o corte abrupto que a desligou da sua fonte primeva:

> A vida que ao nascer enfeita e touca
> D'alvas rosas, a fronte da mulher,
> Na minha fronte mística de louca
> **Martírios** só poisou a emurchecer! (p. 149)

É, portanto, desta perspectiva, que Florbela se julga uma forasteira, uma estranha no mundo em que vive, ou, de maneira mais exata, como veementemente insiste em "Caravelas..." do *Livro de Sóror Saudade* — uma desterrada: "Dum estranho país que nunca vi/ Sou neste mundo imenso a exilada" (p. 180). Exilada, estrangeira, degredada, Florbela é uma "pobre de longe", que pede, exausta, pousada à terra, neste comovente soneto de *Charneca em flor*, intitulado, em origem, "Minha terra", e transformado, por Guido Battelli, em "Pobre de Cristo":

> Ó minha terra na planície rasa,
> Branca de sol e cal e de luar,
> Minha terra que nunca viste o mar
> Onde tenho o meu pão e a minha casa...
>
> Minha terra de tardes sem uma asa,
> Sem um bater de folha... a dormitar...
> Meu anel de rubis a flamejar,
> Minha terra mourisca a arder em brasa!
>
> Minha terra onde meu irmão nasceu...
> Aonde a mãe que eu tive e que morreu,
> Foi moça e loira, amou e foi amada...
>
> Truz... truz... truz... Eu não tenho onde me acoite,
> **Sou uma pobre de longe**, é quase noite...
> **Terra, quero dormir... dá-me pousada!** (p. 251)

Mas é, de início, e não por acaso, num soneto dedicado a seu irmão, e publicado em *Livro de Sóror Saudade*, que Florbela justifica com clareza por que se sente de fato uma cidadã do aquém. A peça em pauta tem também um título indicial: "O meu mal":

> Eu tenho lido em mim, sei-me de cor,
> Eu sei o nome ao **meu estranho mal**:
> Eu sei que fui a renda dum vitral,
> Que fui cipreste, caravela e dor!

Fui tudo que no mundo há de maior:
Fui cisne, e lírio, e águia, e catedral!
E fui, talvez, um verso de Nerval,
Ou um cínico riso de Chamfort...

Fui a heráldica flor de agrestes cardos,
Deram as minhas mãos aroma aos nardos...
Deu cor ao eloendro a minha boca...

Ah! de Boabdil fui lágrima na Espanha!
E foi de lá que eu trouxe esta ânsia estranha,
Mágoa não sei de quê! Saudade louca! (p. 178)

Vale a pena debruçar mais detidamente sobre este poema. Registro que, por ter sido "tudo o que no mundo há de maior" — renda de vitral, cipreste, caravela, dor, cisne, lírio, águia, catedral, etc. — é que Florbela tem "saudade louca" e "mágoa" de ter-se desligado "de lá", dessa terra de aquém-fronteira, onde ela compartilha da origem de tudo: suas mãos é que deram perfume ao nardo, sua boca é que conferiu o colorido ao eloendro. Também a metáfora que envolve Boabdil é muito cara ao sentimento de patético desterro que a poetisa quer nos transmitir: historicamente, Boabdil, o mouro, ao perder Granada, chora convulsivamente quando se convence do quanto é impossível reverter tal impasse, ter a terra de volta. Ou seja, o mal de Florbela, o seu estranho mal, aquele que ela enuncia neste soneto, é ter se desgarrado das suas origens, ter se distanciado da sua terra de origem, ter perdido a sua nacionalidade... cósmica.

Também no soneto "Nihil novum" (p. 298), de *Reliquiae*, um dos seus últimos trabalhos, Florbela afirma ter vivido em outras eras, em outras antigas plagas: em Bruges, no Egito, no Ispaã, no Bósforo. E esse território é o de um "País de lenda", é o do "Reino" em que ela é "Infanta", para o qual, aliás, quer retornar, pois que só nele poderá se dissolver na impessoalidade, numa espécie de indiferenciação primordial, dado que lá ela se converterá numa sombra, apenas numa sombra igual a tantas outras. Trata-se de "Nostalgia", pertença de *Charneca em flor:*

Nesse País de lenda, que me encanta,
Ficaram meus brocados, que despi,
E as joias que p'las aias reparti
Como outras rosas de Rainha Santa!
Tanto opala que eu tinha! Tanta, tanta!
Foi por lá que as semeei e que as perdi...
Mostrem-me esse País onde eu nasci!
Mostrem-me o Reino de que eu sou Infanta!

Ó meu País de sonho e de ansiedade,
Não sei se esta quimera que me assombra,
É feita de mentira ou de verdade!

Quero voltar! Não sei por onde vim...
Ah! Não ser mais que a sombra duma sombra
Por entre tanta sombra igual a mim! (p. 233)

  Voltar à terra de origem, ao País de lenda onde ela deixou toda a sua riqueza, ao Reino de que é Infanta, onde é apenas sombra entre outras sombras, é, sem dúvida, regressar à terra do não-ser, ao lugar da dissolvência de si, emaranhada com as outras coisas, a um espaço onde não há limites entre os objetos, onde tudo se toca, irmanado num mesmo ser, numa inconsciência benfazeja. Nessa terra do não-ser, ela poderá recuperar a "inocência das coisas brutas", que são sãs e inanimadas, de maneira a tornar-se tão só "florescência de astros" nas noites, aura das coisas, haste, choupo, seiva, ramaria inquieta. É o que um soneto de *Charneca em flor*, sintomaticamente denominado "Não-ser" vem revelar:

> Quem me dera voltar à inocência
> Das coisas brutas, sãs, inanimadas,
> Despir o vão orgulho, a incoerência:
> — Mantos rotos de estátuas mutiladas!
>
> Ah! Arrancar às carnes laceradas
> Seu mísero segredo de consciência!
> Ah! Poder ser apenas **florescência**
> **De astros** em puras noites deslumbradas!
>
> Ser nostálgico choupo ao entardecer,
> De rumos graves, plácidos, absortos
> Na mágica tarefa de viver!

> Ser haste, seiva, ramaria inquieta,
> Erguer ao sol o coração dos mortos
> Na **urna de oiro duma flor aberta**!... (p. 243)

No VII poema do ciclo "He hum não querer mais que bem querer" de *Charneca em flor*, Florbela confere, então, o hierático nome de "País da Luz" a essa terra do não-ser — e eu lembro ao leitor que a Morte é, nos poemas a que ela se dedica claramente a essa Senhora, não por acaso, a *Iluminada*... Assim, como adianta definitivamente este poema, "esta vida é somente uma passagem", "um atalho sombrio". De maneira que ela pretende apenas

> Que Deus faça de mim, quando eu morrer,
> **Quando eu partir para o País da Luz**,
> A sombra calma dum entardecer (p. 262)

Todavia o paraíso, que a morte lhe reserva, ela só pode tangê-lo, daqui onde está, de onde se encontra degredada, mercê, apenas, do sentimento de panteísmo, aliás, título do poema de *Charneca em flor* que Florbela dedica a Botto de Carvalho:

> Tarde de brasa a arder, sol de verão
> Cingindo, voluptuoso, o horizonte...
> Sinto-me luz e cor, ritmo e clarão
> Dum verso triunfal de Anacreonte!
>
> **Vejo-me asa no ar, erva no chão,**
> **Oiço-me gota de água a rir, na fonte,**
> **E a curva altiva e dura do Marão**
> **É o meu corpo transformado em monte!**
>
> E de bruços na terra penso e cismo
> Que, neste **meu ardente panteísmo**,
> Nos meus sentidos postos, absortos
>
> Nas **coisas luminosas** deste mundo,
> **A minha alma é o túmulo profundo**
> **Onde dormem, sorrindo, os deuses mortos!** (p. 250)

Tão só dessa irmandade com as coisas da natureza, desse sentir-se prolongar e ecoar nos elementos, nessa sintonia analógica com tudo o que existe, é que ela se igualará à charneca, às urzes, ao alecrim, à hera florida no muro em ruínas, irradiando-se em luz, cor, ritmo, clarão, asa, erva, gota, monte. Daí que sinta que a sua alma a tudo reúna e catalise, como se fosse uma urna, uma arca secreta, que é, ao mesmo tempo, o "túmulo profundo" que alberga todos os deuses desaparecidos.

A PROSA

Seria de estranhar se a prosa de Florbela não trouxesse pelo menos indícios dessa tópica que venho examinando na sua poesia, visto que o seu teor obsediante permite supor que ela não se suspenderia mesmo à custa de uma mudança de gênero. Todavia, é preciso lembrar que, em virtude da subjetividade e do tom confessional que a lírica autoriza e expande, ela parece estar mais apta e mais receptiva para acolher esse tipo de *tópos*, que se apresenta como uma confidência sentimental, que a prosa — e me refiro, estritamente, à prosa ficcional: os seus contos. E isso porque, no outro tipo de prosa praticado por Florbela, a de caráter autobiográfico, como é o caso do *Diário* e das inúmeras peças epistolográficas, há suficiente espaço e dimensão para que tal tópica se instaure com largueza, aí encontrando lugar privilegiado para se expressar, já que esse tipo de escrita propicia o acolhimento de tudo quanto diz respeito à subjetividade, fazendo desta o seu império.

É preciso, todavia, guardar bem as fronteiras entre ficção e história: não é evidente que um motivo ficcional atravesse com naturalidade sua demarcação própria para se adentrar igualmente na biografia. Ou melhor dizendo: não é evidente que um dado biográfico se transfira ileso para a ficção, visto que as leis que regem a biografia são diversas daquelas que regem a literatura. Donde, portanto, aquilo que foi identificado, na lírica florbeliana, como sendo a dor cósmica, deve com certeza comparecer na escrita de índole pessoal — mas de maneira alterada e modificada: a cada um o seu próprio.

Começo por especular sobre os contos de Florbela, cujos volumes ela não chegou a publicar em vida, os constantes de *O dominó preto* e de *As máscaras do destino*.[1] A ideia,

---

[1] Utilizo as edições da Livraria Bertrand, publicadas em Lisboa: *O dominó preto* em 1982 e *As máscaras do destino* em 1981. As citações e transcrições conservam a ortografia original em português de Portugal.

trabalhada por sua poesia a partir de um lapso inaugural (a vida é a "infernal inimiga") de que o nascimento se perfaz como uma violenta ruptura com a verdadeira vida, com as energias originais e primevas, como quebra da unidade primordial, enquanto sequestro da inocência e da comunhão com as forças telúricas — é reencontrada, portanto, no âmbito da sua prosa de ficção. Assim, é como um primeiro corolário, como um desdobramento dessa constatação, que pode ser localizada uma grave afirmativa a respeito do ser humano, tanto no primeiro quanto no segundo livro. Em ambas as situações, é diante do espetáculo impressionante da natureza, da fantástica presença da terra-mãe, diante da qual o homem se rende em êxtase, que o sentimento da sua baixa vida, da sua mesquinhez, da sua insignificância transparece com toda a propriedade.

O corte, o desligamento entre cosmos e ser humano fica aí implícito, já que a negatividade deste é cogitada apenas a partir do distanciamento em que ele se concebe como parte destacada, sem remissão, do todo. No caso do conto "O regresso do filho", situado em O *dominó preto*, a acusação do narrador, que filtra a mente do personagem, é forte e taxativa, transparecendo na elucidativa expressão "crime de ser homem". Assim, o velho lavrador, absolutamente extasiado pela beleza da terra alentejana ao crepúsculo, absorto pela paz desprendida dos horizontes abertos, pela contemplação das minúsculas borboletas que, por um feliz milagre, fugiam ao triste destino de folhas presas às duras e secas hastes da charneca, diante do esmalte abrasado das searas, da cordilheira de ondas desenhada pelas azinheiras escuras, envolto pelo profundo silêncio, sente seus olhos se erguerem

> numa instintiva ação de graças. A alma do homem, tão insignificante, sente-se às vezes ultrapassar o mistério infinito da própria existência e procura ansiosa um infinito maior ainda onde perder-se; é nessas horas que o homem se sente perdoado do **nefando crime de ser homem**.

É também diante do espetáculo inebriante da natureza, agora na sua versão noturna, que um dos narradores do conto "Os mortos não voltam", de *As máscaras do destino*, refere a nossa pobre vida feia, tão diminuída diante da grandeza, dos mistérios, da envolvência mágica dessa hora impossível de ser retida pelas nossas humanas mãos. O narrador lembra uma noite tal como essa, em que os presentes foram abaixando o tom da voz para não ferir a fina camada de encanto com que ela os enlaçava, evitando, assim,

> quebrar a harmonia da hora, daquela hora duma sobrenatural e mágica beleza que todos nós sentimos ser uma pausa **na nossa vida brutal**, um momento digno de deuses na **nossa feia vida de homens**, uma hora feita de envolventes bruxedos, tão pesada de perfumes, tão embebida de doçura que, maquinalmente, as mãos quase esboçavam o gesto de se estender para agarrar a hora maravilhosa que sentíamos fugidia e já perdida nos momentos que passam.

Sempre por oposição ao belo e encantatório da natureza, o homem se nomeia, pois, na prosa de Florbela, como vivente pesaroso e infeliz, levado mesmo ao paroxismo de existir em estado de "nefando crime". Já aquela sensação de encarceramento relativa ao fato de, nos seus poemas, Florbela se sentir enfeitiçada na vida, presa de um quebranto, à espera da fada que venha lhe quebrar tal encanto, e cuja versão mais otimista comparece na imagem da *Bela Adormecida* a ser despertada pelo *Prince Charmant*, também faz o seu percurso nos contos, mas já então pendendo a designar, por decorrência analógica, a própria situação feminina.[2]

A qualificação de encantadas por um condão, no aguardo de se revelarem outras, é conferida, num conto de *As máscaras do destino*, intitulado "O resto é perfume...", às árvores da charneca alentejana. Assim, a benfazeja luz da lua, tocando essa vegetação com a sua mágica claridade, transmuta-as em outros seres, de modo que todas elas,

---

[2] Vale a pena, para elucidação do leitor, citar aqui um poema de Florbela intitulado "Prince Charmant...", que ela dedicou a Raul Proença, e que se encontra em *Livro de Sóror Saudade*, a fim de que se possa conhecer a amplitude dessa apropriação do mito infantil e... feminino. Neste caso, o Príncipe que jamais virá se aparenta ao mito de Dom Sebastião: "No lânguido esmaecer das amorosas / Tardes que morrem voluptuosamente / Procurei-O no meio de toda a gente. / Procurei-O em horas silenciosas! // Ó noites da minh'alma tenebrosas! / Boca sangrando beijos, flor que sente... / Olhos postos num sonho, humildemente... / Mãos cheias de violetas e de rosas... // E nunca O encontrei!... Prince Charmant... / Como audaz cavaleiro em velhas lendas / Virá, talvez, nas névoas da manhã! // Em toda a nossa vida anda a quimera / Tecendo em frágeis dedos frágeis rendas... / — **Nunca se encontra Aquele que se espera!**"

vestidas de prata, toucadas de diamantes, recamadas de opalas, turquesas e safiras, calçadas de brocado, com os pés num tapete tecido a fios de oiro semeado de rubis, **são princesas, filhas de reis,** *belles au bois dormant* **à espera do Príncipe Encantado.**

A terra, vista agora enquanto prisão, cárcere, sufocamento, asfixia, impossibilitada de se comunicar e de demonstrar a sua força, a sua palpitação, a sua ebulição, tudo aquilo que encerra de dádivas, de sabedoria, de fertilidade, espécie de útero fechado como urna, tesouro escondido e aprofundado para sempre — é equiparada ao bíblico "anjo caído", não por acaso implicitando a porção demoníaca do feminino, interdição, mordaça. A narradora do conto em pauta refere, assim, o que há por baixo dessa serenidade com que a austera terra alentejana se apresenta aos olhares daqueles que não podem perceber o que de fato existe: lateja, ali, portanto,

> uma **força hercúlea**, força que se revolve num espasmo, que quer criar e não pode. **A tragédia** daquele que tem gritos lá dentro e se sente asfixiado dentro de uma cova lôbrega; a amarga **revolta de anjo caído**, de quem tem dentro de si um mundo e se julga digno, como um deus, de o elevar nos braços, acima da vida, e não poder e **não ter forças** para o erguer sequer.

Num conto que não chegou a integrar nenhum dos dois livros, e que tem por título "Carta da Herdade", a narradora refere-se à charneca quase nos mesmos termos, só que, desta feita, aproximando-a, decidida e claramente, à sua própria condição de mulher.[3] A revolta surda e patética, também presente no conto anterior, o sentido de encarceramento, de asfixia, contrastando com a vida íntima em ebulição, tudo isso amordaçado numa cadeia de maldição, é como ela sente a terra e a si própria. Assim, a charneca

> é como eu **uma revoltada, sem gestos e sem gritos**. Nesta hora do entardecer, toda ela **palpita** em misteriosas vibrações, toda ela é cor, vida, chama e alvoroço, **contido e encadeado por uma secreta maldição!**

---

[3] "Carta da Herdade" apareceu pela primeira vez na revista *Portugal Feminino*, n. 5, em Lisboa, em junho de 1930.

A Morte, que Florbela tuteia em sua lírica, está presente sobretudo nos contos de *As máscaras do destino*, obra que ela dirigiu expressamente à memória do irmão morto em 1927. Todos os contos desse volume dedicam-se a essa Senhora "dos dedos de veludo", às suas diferentes incorporações, transparecidas através de um caleidoscópio de situações engendradas a partir do suicídio de Apeles. Um desses contos, o intitulado "A paixão de Manuel Garcia", tematizando o suicídio, procura desenrolar uma eloquente defesa deste por meio da própria voz do narrador em terceira pessoa. Assim, a acusação de covardia é desclassificada em nome duma desmedida coragem que justifica esse ato como sendo o de uma escolha, de uma decisão em extremo dificultosa, e que pede, da parte daquele que o pratica, caráter e dignidade. Esse é o caso do personagem principal do conto, que o nomeia, aprisionado numa paixão impossível, porque demarcada por uma enorme diferença social. Foi-lhe preciso, segundo o narrador, altivez, serenidade, desprezo, desdém, audácia para cometer essa definitiva ação. De maneira que esse narrador, perdendo o distanciamento de observador, se dirige, de repente, ao leitor lançando-lhe uma investida um tanto agressiva, como se dele tivesse recebido algum tipo de acusação:

> Quem foi **que se atreveu** a dizer alguma vez, quem foi que ousou traçar num papel as letras da palavra **cobardia**, falando dum suicida?! Oh, **a medonha coragem** dos que vão arrancando de si, dia a dia, a doçura da saudade do que passou, o encanto novo da esperança do que há de vir, e que serenamente, desdenhosamente, sem saudades nem esperanças, partem um dia sem saber para onde, **aventureiros da morte, emigrantes sem eira nem beira, audaciosos esquadrinhadores dos abismos mais negros e mais misteriosos** que todos os abismos escancarados deste mundo!

Este texto, escrito após o desenlace de Apeles em 6 de junho de 1927, em muito se aproxima de convicções que a escritora demonstrava ter desde havia muito. Levando em conta apenas o que se conservou dos seus escritos, é possível localizar numa carta de Florbela a Júlia Alves, datada de 1916, portanto, cerca de pelo menos onze anos antes, um outro apaixonado depoimento a respeito do suicídio. Nessa carta, provavelmente de junho desse ano, Florbela comenta a obra de Silva Pinto nomeada *Neste vale de lágrimas*, ajuntando que houve uma perfeita harmonia entre aquilo que leu e aquilo que deveras sente, daí a razão por que havia compreendido com tanta alma a dor que nessa obra transita. Assim, acerca do suicídio, Silva Pinto desenvolvia uma parábola indiana sobre um pobre a quem lhe foi dado um fardo para carregar, sem todavia o consultarem, sem acertarem com ele o transporte, muito menos a razão de ser do fardo, sequer o seu destino. Topando com um sacerdote, o pobre, que se questiona por esse abuso, resolve aceitar o seu conselho e abandona o fardo, partindo em paz. Florbela então comenta que deitar fora o fardo é o que desejaríamos "nalguma hora angustiosa da nossa vida". Assim, tal parábola é

> **uma resposta** aos que chamam o suicídio um fim de cobardes e de fracos, quando são unicamente os fortes que se matam! Sabem lá esses pseudofortes **o que é preciso de coragem** para friamente, simplesmente, dizer um adeus à vida, à vida que é um instinto de todos nós, à vida tão amada e desejada a despeito de tudo, **embora essa vida seja apenas um pântano infecto e imundo**!

Ela mesma, diga-se de passagem, já ousara ou viria a ousar o suicídio algum tempo depois, visto que um poema de Botto de Carvalho, dedicado a ela, registra num de seus pulsos a marca dessa tentativa. A obra que estampa essa peça, *Sol poente*, foi publicada em 1919, quando Florbela se encontrava na Faculdade de Direito, o que leva a crer que essa primeira experiência fosse anterior a tal data.[4] E a avaliação a respeito da vida, contida no final das palavras da escritora para Júlia Alves, elucida e faz com que se amplie cada vez mais o lapso inaugural a respeito da "infernal inimiga".

Num outro conto do mesmo livro, intitulado "O aviador", a Morte é concebida como companheira inseparável daquele que quer se ultrapassar, que deve se arriscar para dar sentido à vida — e esta seria, em verdade, a missão do verdadeiro homem. Assim, Ela deve tomar assento na cabine, ao lado do aviador, como alguém definitivo, como permanente companheiro de viagem, como auxiliar nas sondagens de desbravamento do

---

[4] O poema, intitulado "A Princesa incompreendida", dirigido "Para a Senhora Dona Florbela Dalma" afirma que havia "Frio e esguio, num dos seus pulsos, / Finos, nervosos, convulsos, / Terrível, pequenino e inapagável / **O primeiro sinal dum suicídio em vão...**"

mundo, de descobrimento de novos limites. De maneira que aquele que não se encontra sempre na fímbria das suas próprias fronteiras é tido, no contexto do conto, como um desprezível "burguês"...

O conto em questão se desempenha enquanto uma parábola sobre a vida e se compraz em mostrar que, na medida em que se exclui da existência a contingência, a vida se torna insuportavelmente segura e impossível de ser galgada. Daí que a Morte deva ter sempre cadeira cativa ao nosso lado, a fim de que valorizemos cada gesto que esbocemos. A metáfora do aviador é, portanto, valiosa, visto que ele deve ser "um cavaleiro *sans peur et sans reproche*, que toma posse do céu, que abre as asas gloriosas", nunca "sem riscos" ou "sem perigos". Assim, aquele que

> não brinca, sorrindo, com o seu mau destino; **que não vence** com um piparote as horas más, as tirânicas forças da Natureza sempre em luta, terrível descobridora de desalentos; um aviador **que não é senhor do céu, da terra e do mar, à força**; que a não dobra como a cabeça vencida duma amante rebelde entre os seus braços de aço; um aviador sem mascote, sem audácia, sem *panache* — **é lá um aviador!**... Não passa dum soldado que deserta às primeiras balas!... Um aviador sem a sua companheira vestida de negro, toucada de luto a seu lado, ao lado do seu peito, na carlinga?! **A Morte!**...

A Morte também encarna, na lírica de Florbela, uma instância de recuperação da irmandade com as coisas brutas, com as coisas inanimadas, que ela considera sãs e não contaminadas, estádio de reabilitação da sintonia analógica com tudo quanto existe. O sentimento de panteísmo, que tratei de observar na sua poesia, explica, da parte da escritora, a preparação, a passagem para tal transformação, o patamar de alcance para a ocupação do reduto primeiro, na trilha do indiferenciado, na busca de indícios da beatitude primordial. Na sua prosa, essa busca de aproximação com as coisas transparece numa espécie de empatia para com os seres brutos, que pode ser surpreendida, por exemplo, num dos contos de Florbela, e que ocupa em definitivo a sua obra autobiográfica, já então como um envolvimento cósmico, como se ilustrasse de fato o seu trânsito real para aquele outro mundo tão almejado.

Naquele conto restado à margem dos que compuseram os dois volumes de prosa de ficção, o "Carta da Herdade", muito provavelmente a última das composições em prosa de Florbela, datado de junho de 1930, testemunho da sua derradeira estada no seu tão querido Alentejo — o único interlocutor da narradora é o cão Morgado, que vem recebê-la à porta da Herdade, já, aqui, como uma espécie de guardião das portas sagradas à que Florbela, de fato, vai se adentrar dentro em pouco.

Nessa peça, ela confere ao animal, na sua solidão, dotes humanos: sentimentos de solidariedade, conhecimento do que lhe vai na alma, calor e companheirismo. E a narradora dedica verdadeiramente a ele grande parte do seu discurso; primeiro, se dá conta de que há nos olhos dele

> cor de tabaco loiro, ao fixar-me, **qualquer coisa de humano, de compreensivo, de caricioso**: a sua linda alma de cão que não sabe que tem alma.

Em seguida, dá-lhe mesmo foros de onisciência, na medida em que supõe que ele penetre com aqueles olhos profundos os seus pensamentos mais recônditos, a sua miséria a mais bem guardada, os sofrimentos os mais bem ocultos. Adivinha nele a piedade por ela, pois

> que me estudou nos nossos longos passeios solitários pela planície, que sabe no que eu penso e o que eu vim esquecer, que vê como os fantasmas me saem ao caminho. Aquela sombra, ao longe, não será **aquele meu irmão**, cavaleiro de lenda, que um dia partiu para não voltar? Quem sabe! **Amigos vivos** que me morreram, **amigos mortos** cheios de vida, quem sabe se, como eu, o luar os tenta nesta doce noite misericordiosa e pura! Estendo as mãos ao luar branco, como a uma fogueira e a recordação doutros beijos enche-me de nostalgia amarga **dos que se sabem exilados para sempre**.

Ter como único companheiro a compartilhar seus pensamentos e sentimentos um cão parece ser suficientemente eloquente para sinalizar esse estágio derradeiro do exílio de que a sua obra toda nos fala. Seu desterro é tão amargo que apenas a companhia dos seres brutos lhe é permitida, porque nelas se asila ainda a última esperança da compreensão, do entendimento, da comunhão ou, na pior das hipóteses, a ilusão disso. Aliás, adentrando já agora na sua biografia, é possível pinçar inúmeras remissões a esse exílio, sobretudo àquele concernente ao seu último ano de vida. De propósito, elejo para trazer aqui o testemunho das cartas de Florbela a Guido Battelli, escritas todas no transcorrer dos seus derradeiros seis meses de vida.[5]

Nelas, o exílio vai tomando a roupagem e o retiro da "sóror", da invalidez, do encarceramento e, por fim, da jaula. Logo na terceira carta a Battelli, que data de 5 de julho, Florbela assegura ao professor que lhe era, então, quase desconhecido, que a sua alma está destruindo o seu corpo, a "eterna história da lâmina corroendo a bainha". Confessa que passa a maior parte do seu tempo

> na cama ou na *chaise-longue* da minha salinha de estar, onde tenho os meus **livros**, as minhas **flores** e o meu **cão**; **a cela** de Sóror Saudade. Sou **uma inválida, uma exilada da vida**.

Eis aqui o próprio atestado da construção do casulo, do mausoléu, daquela urna, cujo aspecto significativo nos remete ao útero primordial, ao referido "túmulo profundo" de que nos fala o poema "Panteísmo", aquele que alberga todos os deuses mortos. Sua sala de estar se transforma, pois, num lugar sagrado, na cela da religiosa da saudade, que acolhe apenas e estritamente o essencial, tão só aquilo de que Florbela não pode se desligar: a memória dos tempos, contida nos livros; a palpitação e o frescor da existência, contidos nas flores; a interlocução completa, o afago da compreensão, contidos no cão. Separada do mundo graças à grossa edificação conventual, seu exílio é já a preparação para o recolhimento completo que espera encontrar na Morte, para a fruição da vida total e plena. E não é à toa que, na mesma carta, ela refira o seu estado de espírito "desejoso da transformação universal pela morte".

À medida que as missivas se seguem e que Florbela sente, da parte do seu correspondente, mais confiança, ela vai precisando essa situação de encarceramento, a ponto de revelar-se uma

---

[5] No último capítulo contextualizarei essas vinte e quatro peças que compõem a correspondência de Florbela com Guido Battelli, desenvolvida simultaneamente à escrita do *Diário*, entre 14 de junho de 1930 e 5 de dezembro do mesmo ano, portanto, até as vésperas da sua morte.

"pantera", uma "bárbara da charneca" enjaulada, que sonha com os seus longes, com os seus matagais distantes de onde é oriunda. Esta parece ser, pois, a versão mais atualizada da saudade da pátria longínqua que lemos nos seus poemas. Já, aqui, a religiosa se concebe em estado de bicho, estádio a que parece ter sido levada por aquele já apontado sentimento de empatia para com os seres brutos. Ela própria se vê, agora, nessa carta de 21 de agosto, a oitava remetida a Battelli, como ser bruto, como um ser bárbaro da sua terra de origem — a charneca alentejana. Longe dela, é o aborrecimento que a acomete enquanto a saudade a faz sonhar. Assim,

> Sóror Saudade é **uma bárbara da charneca**, uma **pantera enjaulada** que, nestas imensas tardes de verão, abre a boca de aborrecimento, sonhando com as noites de lua cheia **dos seus matagais longínquos**.

Já na carta de 26 do mesmo mês, a décima dirigida ao professor italiano, Florbela traça diretamente a ilação entre encarceramento e morte. Trata-se, da mesma forma como se lê na sua obra poética, da morte redentora, transubstanciadora, daquela que — e aqui ela precisa melhor — vai transformá-la em raiz, seiva, regressando, assim, à inocência das coisas telúricas, situando-a em harmonia completa com o cosmos:

> A pantera está enjaulada e bem enjaulada, **até que a morte** lhe venha cerrar os olhos, e da sua miserável carcaça **cinzele um tronco robusto** a latejar de **seiva**, ou uma **sôfrega raiz** a procurar fundo a água que lhe mate a sede.

Por tal trilha, reencontramos, então, no ápice da sua história pessoal, um dos índices mais substantivos a nomear, na sua lírica — e desde a sua primeira produção! — a Morte: *raiz*! E essa Senhora é vista, de novo, com suas qualidades as melhores, de infinito e de repouso absoluto. Eis o que comenta com Battelli a carta de 3 de agosto, a sexta a lhe escrever quando, referindo a dificuldade de conciliar o sono e de dormir horas em seguida, ela explicita o seu desejo da morte:

> A morte, talvez... esse infinito, esse total e profundo repouso; não me queira tirar a certeza de que ela é tudo isto: seria uma maldade,

quase um crime. Pense bem: eu, que não sei o que é dormir uma noite inteira, **dormir muitas, dormir todas e todos os dias e todos os anos, pelos séculos dos séculos!** Só esta ideia me faz sorrir. Deve ser tão bom!

Acerca daquele sentimento que, já na sua prosa, se traduz como o crime de ter nascido, e que, na sua lírica, se apresenta como um degredo, como o cumprimento de uma pena antiquíssima, me dou conta de que ele reaparece nas suas cartas a Battelli, sempre por oposição à experiência de um sentimento elevado, estético. E a grandeza que, em contrapartida, ela experimenta nesse momento de êxtase como um empréstimo, contaminada que fica por essa sensação de beleza, se revela nela como sendo a dimensão magnânima que só a morte é capaz de oferecer. Assim, nessa mesma sexta carta, a datada de 3 de agosto, Florbela confessa ao professor que sente, às vezes,

> uma elevação de alma, o voo translúcido duma emoção **em que pressinto um pouco o segredo da suprema e eterna beleza**; esqueço a **minha miserável condição humana**, e sinto-me nobre e grande **como um morto**. É um instante... Tudo depois é tão vago, de tal maneira solto e impreciso, de tal forma inerte e passivo, que tenho a impressão nítida de **ter vindo de longe cumprir a pena do crime de ter nascido.**

De fato, como exilada, como degredada, ela sente falta de algo que é incapaz de definir — tal como ocorre na sua ficção. Só que na correspondência com Battelli, Florbela procura atribuir esse anátema à sua idiossincrasia, colocando-a na conta da sua responsabilidade, como sendo provocado pelo seu próprio caráter, pelo seu temperamento, pela sua maneira de ser. É o que afirma na sua quarta carta, a de 10 de julho:

> O meu mundo **não é** como o dos outros, quero demais, exijo demais, há em mim **uma sede de infinito**, uma angústia constante que eu nem mesmo compreendo, pois estou longe de ser uma pessimista; sou antes **uma exaltada**, com uma alma intensa, violenta, atormentada, **uma alma que se não sente bem onde está**, que tem **saudades... sei lá de quê!**

De resto, em muitos momentos dessa correspondência, Florbela faz referências à sua enorme empatia pelos seres inanimados, toda vez que procura se descrever para o professor, quando quer minuciar a sua personalidade e a sua maneira de olhar para o mundo. Ela afirma, por exemplo, na sua quinta carta, a que tem como data 27 de julho, que adora as árvores, as pedras, os bichos, as flores, a tudo que ela chama de "imobilidades frementes", que a enternecem e a deslumbram. E o interessante dessa confissão é que, na medida em que mais demonstra afeto e emoção por tais "pequeninas consciências", parece inevitável que tombe para a direção da terra purificadora e da morte transmutadora, e que lhe repugne, ainda mais, a baixa vida que considera ser a dos homens. Dos bichos, dos seres brutos, aos seres humanos, ela vê, portanto, uma distância decrescente e depreciativa, como aquela entre a pureza e a conspurcação; e lhe parece, portanto, inevitável que o caminho que a leva aos seres brutos e sãos a aproxime à terra e à morte benfazeja. Assim, o ímã que puxa Florbela para os seres inanimados é a convicção de um dia se transformar neles, na "glória", como diz, de ser eles, graças à prestidigitação maternal da morte:

> Não posso olhar para um céu cheio de estrelas que não sinta vontade de chorar de alegria, de humildade, de reconhecimento. Vejo rosto às pedras, rostos petrificados que comovem, atitudes quase humanas **que me fazem cismar na glória de ser pedra, um dia...** Gosto dos sapos de olhos de estrela; tenho vontade de lhes responder ao seu grito das noites húmidas de verão, seu grito de êxtase que tem a doçura duma frase de amor; tenho vontade de lhes dizer coisas ternas. Nada há que mais me comova que a sua ingénua graça de feios.

Daí que, de todos os bichos, ela prefira, além dos feios, também aqueles que tocam mais de perto a terra, demonstrando ter com ela uma familiaridade que lhe é invejável. Porque a terra é extraordinária, é a purificadora, aquela que é trampolim para outro corpo, outra vida, outro mundo, para uma distância que a defenda dessa baixa vida.

> Gosto imenso de todos os bichos pequeninos, simples, vestidos de pardo, **como o meu hábito de Sóror Saudade**, desses que só sabem andar abraçados à terra, **em íntimo contato com ela**, a terra misteriosa e purificadora, a terra amiga e boa que **dum assassino sabe fazer uma rosa**, que nos há de lançar a todos **mais para além**, para o céu, para a luz, para os astros onde não chegue a desprezível

vaidade dos tolos, a covardia das traições, a baixeza das mentiras, **toda esta grotesca comédia humana que me suja e a quem eu não perdoo o sujar-me**.

É também no mundo animal que Florbela reencontra a presença de algo que lhe é crucial, a da "injustiça da sorte", da qual ela parece padecer visto que se sente arrancada arbitrariamente da sua verdadeira vida. Falando na sétima carta da sua profunda e dolorosa sensibilidade, que ela julga doentia, já que qualquer coisa à toa a martiriza, ela refere, de novo, a ternura apaixonada pelo que há no mundo de simples e de inocente, desembocando, portanto, no seu carinho pelos bichos. Conta, então, a Guido Battelli, que, desde pequena, ficava

> horas debruçada sobre um formigueiro, dizia coisas ternas aos sapos e às aranhas, e era eu quem criava os pardais e as andorinhas caídos dos ninhos que o meu irmão, solícito, me levava para que eu lhes servisse de mãe. Quando matava as moscas para alimentar as andorinhas, já **o triste problema da injustiça da sorte me atormentava**. Por que sacrificar as moscas em benefício das aves? Não compreendia: se ambas tinham asas!...

O *Diário* de Florbela, que dá conta, intermitentemente, do último ano da sua vida, e que se compõe de 32 fragmentos em forma de pequenas anotações, comentários, confidências, vontade de autoconhecimento, devaneios, reflexões, numa atividade de solidão de clausura — expande e encerra esse trânsito da tópica lírica da dor cósmica, que atravessa a sua literatura, penetrando, já agora, na sua história pessoal.[6] Nessa obra de natureza intermédia — visto que comporta tanto uma escrita ficcional quanto biográfica, e que se caracteriza por seu teor híbrido, albergando fatos da vida privada, secreta e, ao mesmo tempo, pública, impondo-se como um repositório variado do registro tanto racional quanto intuitivo, amalgamando pensamentos, emoções, puros atos de sensibilidade, de devaneios, segredos, perguntas atônitas, incursões no mistério impalpável e, ao mesmo tempo, cerrado

---

[6] A primeira publicação dessa obra ocorreu em Lisboa e se deu sob o título de *Diário do último ano*, pela Livraria Bertrand, em 1981, numa edição fac-similada, acrescida de um poema sem título, encontrado no espólio do Grupo de Amigos de Vila Viçosa, que contou com o prefácio de Natália Correia. Remeto o leitor ao capítulo intitulado "Diário (e epistolografia) do último ano".

dialogismo entre as diferentes pessoas daquela que escreve — Florbela se prepara para regressar à terra de que era Infanta. Retorno que se dará sob a égide do... Príncipe Encantado, motivo que, já neste estágio final, é, todavia, encarnado pela Senhora Dona Morte — neste caso, na sua roupagem sagrada de Fada Madrinha.

A Morte comparece, portanto, no seu *Diário*, como a benfazeja, como a aguardada Boa Fada, a "minha Senhora Dona Morte dos dedos de veludo", a mesma e respeitada entidade invocada com tanta ternura no soneto "À Morte" de *Reliquae*. Assim, no fragmento do dia 24 de janeiro, a propósito do *Diário* de Maria Bashkirtseff, Florbela se espanta de ver como essa autora se sente apavorada diante da iminência do seu fim. Assim, mostrando confiar inteiramente no trabalho perfeitíssimo da Morte, pergunta-se como aquela não chegou a compreender

> que **o único remate possível à cúpula do seu maravilhoso palácio de quimeras**, de ambição, de amor, de glória, poderia apenas ser realizado por **essas linhas serenas, puríssimas, indecifráveis, que só a morte sabe esculpir?**

Ao mesmo tempo, a sua terna tendência para com os seres brutos acaba, no contexto deste *Diário*, por tomar proporções de envolvimento cósmico, pois que Florbela se encontra nessa antessala em que se prepara para penetrar na sua tão ansiada guarida — acolhedora, pacífica, envolvente como o útero materno de que se viu arrancada e privada desde o seu nascimento. Já no fragmento de 13 de janeiro, encantada com os olhos do seu cão, a escritora perguntava-se, referindo-se à outra vida que teria experimentado, em

> que rosto humano, **num outro mundo**, vi eu já estes olhos de veludo doirado, de cantos ligeiramente macerados, com este mesmo olhar pueril e grave, entre interrogativo e ansioso?

Companheiros de infortúnio tanto quanto ela, pois que encerrados na mudez e na urna de irracionalidade que não lhes permite a comunicação com o mundo, também nos bichos ela surpreende o mesmo encarceramento de que é vítima; daí a sua comoção e enternecimento, daí a sua cumplicidade para com eles. E, a propósito disso, Florbela conclui deles, no fragmento de 22 de fevereiro, o mesmo que ocorre consigo:

> O olhar dum bicho comove-me mais profundamente que um olhar humano. Há lá dentro uma alma que quer falar e não pode, **princesa encantada por qualquer fada má**.

O fato é que o desenlace, ou melhor, o enlace com a vida verdadeira e plena, vai ocorrer no *Diário* como um ato de amor, desdobrado em pleno ósculo entre Eros e Thanatos. Daí que a morte encerre, para Florbela, uma atitude erótica, semelhante àquela contida naquele poema até há pouco inédito, produzido em outubro de 1930 e identificado pelo seu primeiro verso "Há nos teus olhos de dominador". Ou seja: o ato erótico é concebido como um ato de expedição, de descoberta e de conquista dos "distantes Reinos", como via para o conhecimento dos "Novos Mundos". Como se pode agora confirmar, é à Morte-Amor que Florbela, naquele mesmo poema, afinal, solicitava:

> "Meus olhos cegos são dois poços fundos...
> — **Conta-me o céu! Ensina-me as estrelas!**"

Assim, a melancolia que a dor cósmica provoca, na poetisa e na contista que é Florbela Espanca, se revela em extremo produtiva, pois que ela é que lhe permitiu, através desse mesmo motivo e *tópos*, conceber uma obra de tal dimensão. Como se pode concluir, trata-se de uma tristeza que durante todo o seu percurso desafiou a indiferença e a abulia, que foi estímulo e *élan* para a criação literária, recusa à apatia e à passividade da depressão. Todavia, parece ser essa mesma melancolia que, por último e malgrado tudo, irá — infelizmente! — sequestrar em definitivo do convívio humano a mulher que sustentava a artista.

DADOS BIOGRÁFICOS DE
FLORBELA ESPANCA

1894 — Filha de Antónia da Conceição Lobo e do republicano João Maria Espanca, nasce Flor Bela d'Alma da Conceição Espanca, no início da madrugada de 8 de dezembro, em Vila Viçosa (Alentejo). Será criada pela esposa do pai, Mariana do Carmo Ingleza, também sua madrinha, como sucederá com Apeles, seu único irmão que, fruto daquela mesma união, virá ao mundo a 10 de março de 1897.
Antónia da Conceição Lobo falecerá em 1908, ano em que é assassinado o Rei D. Carlos, quando regressava a Lisboa vindo de Vila Viçosa, ano em que a família se transfere para Évora para dar continuidade aos estudos de Florbela, que ingressara no Liceu. Somente em 13 de junho de 1949, quase vinte anos após a morte da poetisa, João Maria a perfilhará — e apenas para formalizar, aos olhos dos pudibundos detratores da poetisa morta, uma legitimidade que sempre lhe foi assegurada pelo desvelo, carinho e permanente assistência de pai.
João Maria Espanca começara a vida como sapateiro, profissão que herdara do pai, passando, depois, a exercer a função de antiquário, negociante de cabedais, de desenhista e pintor, de fotógrafo, dono da Photo Calypolense de Vila Viçosa, e, por fim, de cinematografista, viajando por todo Portugal, exibindo filmes no seu *vitascópio de Édson*. Grande boêmio e aventureiro, viajara pela Espanha, por Marrocos e pela França, tendo naufragado no Mediterrâneo. Vai falecer em 3 de julho de 1954, em Vila Viçosa, com 88 anos de idade.
1903 — Datam deste ano as primeiras composições de Florbela. "A vida e a morte" vem registrada com a indicação de ter sido composta em 11/11/1903; do dia 12 de novembro

há um "soneto" em redondilha maior, que começa com o verso "A bondade, o som de Deus", onde se assegura que é feliz aquele que tem "um bom irmão" — generosa e precoce homenagem a Apeles. Data do ano seguinte, do dia 2 de fevereiro, um poema dedicado ao pai, que aniversaria, em que Florbela lhe pede que seja muito seu amigo e do seu irmão. Comparece nessa peça aquilo que, possivelmente, fosse o seu grande receio de então: o de que "se tu nos morreres"...

1906 — São suas amigas, desde esta altura, Milburges Ferreira (a Buja, amiga da vida inteira, sua vizinha, e afilhada, como Florbela, da "mãe" Mariana Ingleza), Mónica Berlim, Lydia Rebocho Pais. Evidências dessas amizades podem ser localizadas na correspondência de Florbela Espanca.

1910 — Em 5 de outubro, quando rebenta a Revolução que vai abrir as portas à República em Portugal, Florbela e a família se encontram em Lisboa, no Francfort Hotel do Rossio. De 1911 a 1913, Florbela retira para consulta, da Biblioteca Pública de Évora, as seguintes obras: *O lírio do vale*, de Balzac, *Os três mosqueteiros*, de Alexandre Dumas, *Amor de salvação*, de Camilo Castelo Branco, *A dama das camélias*, de Alexandre Dumas, *A morte de D. João,* de Guerra Junqueiro, *Miniaturas*, de Gonçalves Crespo, *Garrett e o Romantismo*, de Teófilo Braga.

1913 — Interrompendo o Liceu, Florbela casa-se em Évora, no dia dos seus 19 anos, com Alberto de Jesus Silva Moutinho, seu colega de escola desde 1904, indo o casal residir em Redondo (onde ela tem o seu cão Rajá, do qual muito se orgulha). Mais tarde, de regresso à Évora, o casal fica morando na casa do pai de Espanca. De setembro de 1912 a fevereiro de 1913, quase até as vésperas do seu casamento, Florbela mantivera uma relação sentimental com João Martins da Silva Marques, de Redondo, que ela teria conhecido em Figueira da Foz, e que viria a ser, mais tarde, assistente da Faculdade de Letras de Lisboa e diretor da Torre do Tombo — episódio que ficou registrado por meio de algumas cartas trocadas na altura. Neste mesmo ano, batiza, em 8 de maio, o primo Túlio Espanca, que virá a ser editor de *A Cidade de Évora*, vogal das Academias

Portuguesas de História e Nacional de Belas Artes, profundo conhecedor da arquitetura eborense.

1916 — De volta a Redondo, Florbela dá início, em meados de abril, ao caderno *Trocando olhares*, que contém oitenta e oito poemas e três contos – "Oferta do destino", "Amor de sacrifício" e "Alma de mulher" — produzidos entre 10 de maio de 1915 e 30 de abril de 1917. Nele estão incluídos os projetos *Trocando olhares*, *Alma de Portugal*, *O livro d'Ele* e *Minha Terra, Meu Amor*. Também desse manuscrito ela extraiu as antologias *Primeiros passos* (1916) e *Primeiros versos* (1917), amostragens com que inutilmente se empenha na sua estreia literária. Colabora no *Modas & Bordados* (suplemento de *O Século* de Lisboa), em *Notícias de Évora* e em *A Voz Pública* (Évora). Corresponde-se com Madame Carvalho e com Júlia Alves, ambas do Suplemento *Modas & Bordados*, e envia, para a apreciação de Raul Proença, a antologia *Primeiros passos*. Os autores de sua preferência que, por uma ou outra razão, cita na correspondência com Júlia Alves, são os seguintes: António Nobre (o preferido), Goethe, Júlio Dantas, Guerra Junqueiro, Cesário Verde, Augusto Gil, Victor Hugo, Correia de Oliveira. As obras que lhe chamam a atenção neste momento são as seguintes: *Neste vale de lágrimas*, de Silva Pinto, *Fel*, de José Duro, *Os gatos*, de Fialho de Almeida, *Doida de amor*, de Antero de Figueiredo, o *Só*, de António Nobre — a preferida. Também é citada, para passar pelo seu crivo, uma obra de Virgínia Águas, cujo título não fica identificado.

1917 — Toma contato com a obra *Vitral da minha dor*, de Américo Durão, de que alguns dos sonetos de um ciclo do manuscrito *Trocando olhares* expressam a leitura, poemas que, aliás, perfarão a ponte para o *Livro de mágoas*. Vivendo desde setembro em Lisboa, sob os auspícios do pai, Florbela matricula-se em 9 de outubro na Faculdade de Direito da Universidade de Lisboa, que abandonará em meados de 1920. Muito embora não se tenha nenhuma informação a respeito de se Florbela tomou ou não conhecimento de Alfredo Pedro Guisado, participante do *Orpheu* (1915), o nome dele consta, nos anais da

Faculdade, como tendo sido seu colega de turma. Foram também seus contemporâneos, aí, Américo Durão, José Schmidt Rau, Botto de Carvalho, José Gomes Ferreira, Vasco Caméliet, António Ferro (que foi editor do número 2 do *Orpheu*, posteriormente diretor do *Diário de Notícias* de Lisboa, tendo, em editorial de 24 de fevereiro de 1931, chamado a atenção de Portugal para a obra de Florbela; transformado em 1936 em Secretário da Instrução Pública, vai combater ferrenhamente a campanha de erguimento do busto da poetisa no Jardim Público de Évora, à qual apoiara e divulgara antes).

Em 1918, a poetisa se trata, em Quelfes (cidade próxima a Olhão), das consequências de um aborto involuntário e mal curado, que teria infectado ovário e pulmões; em julho de 1920, ela está grávida de António Guimarães, fato que ocorre também em meados de 1923: em ambas as situações Florbela é vítima de aborto involuntário.

1919 — Sai em junho, em Lisboa, pela Tipografia Maurício, o *Livro de mágoas*, coletânea de trinta e dois sonetos, dedicada "A meu Pai. Ao meu melhor amigo" e "À querida Alma irmã da minha. Ao meu Irmão". São duzentos exemplares franqueados pelo pai e, a crer em peça da sua epistolografia, a feitura do livro teve como leitor e interlocutor assíduo a Raul Proença. São contemporâneas de Florbela as seguintes poetisas: Virgínia Victorino (a mais divulgada e a mais bem conceituada delas, que publicou *Namorados*, em 1921, *Apaixonadamente*, em 1923, e *Renúncia*, em 1926), Fernanda de Castro (mulher de António Ferro), Thereza Leitão de Barros, Laura Chaves, Amélia Vilar (uma de suas "ingênuas" detratoras futuras), Beatriz Arnut, Oliva Guerra, Marta Mesquita da Câmara, Ludovina Frias de Matos, Diana de Liz (mulher de Ferreira de Castro).

Num livro de poemas intitulado *Sol poente*, Botto de Carvalho dedica à Florbela um poema, "A Princesa Incompreendida", onde já dá notícia do "primeiro sinal de um suicídio em vão" num de seus pulsos.

1920 — Em 4 de março de 1920 tem início a correspondência de Florbela com António Guimarães, que se prolonga com assiduidade até, pelo menos, 3 de dezembro de 1923. Inéditas até dezembro de 2008, as cartas vieram à luz com o título *Perdidamente. Correspondência Amorosa 1920-1925*.

1921 — Divorcia-se de Moutinho em 30 de abril e casa-se, em 29 de junho, no Porto, com António José Marques Guimarães, alferes de Artilharia da Guarda Republicana, que conhece desde princípios de 1920 em Lisboa. O casal passa a residir no Castelo da Foz, mas no ano seguinte já se encontra em Lisboa, onde Guimarães se torna chefe de gabinete do Ministro do Exército.

João Maria divorcia-se de Mariana em 9 de novembro, casando-se com a ex-empregada Henriqueta de Almeida em 4 de julho de 1922. Apeles, que presta serviço no cruzador *Carvalho Araújo*, e que vai ser graduado segundo-tenente, transporta para a ilha Fernando de Noronha o segundo avião utilizado por Gago Coutinho e Sacadura Cabral para a célebre Travessia do Atlântico Sul, em 1922 — travessia acompanhada, por isso mesmo, com todo o interesse por Florbela, que guardou os recortes de jornais que noticiavam a respeito, aqueles em cujas fotos se vê Apeles (recortes que, da Biblioteca Nacional de Lisboa, foram transferidos hoje para o seu espólio da Biblioteca Pública de Évora).

Ainda em 1922, em 1º de agosto, a recém-fundada *Seara Nova* publica o seu soneto "Prince Charmant...", dedicado a Raul Proença, o interlocutor literário de Florbela, de todos o mais significativo e mais competente.

1923 — Em janeiro, vem a lume a sua segunda coletânea de sonetos, *Livro de Sóror Saudade*, composta de trinta e seis sonetos e editada pela Tipografia A Americana de Lisboa. Compreendem duzentos exemplares custeados por João Maria Espanca. Para sobreviver, Florbela dá aulas particulares de português, em Lisboa, e uma de suas alunas tornar-se-á sua estudiosa e amiga: trata-se de Aurélia Borges.

1925 — Divorcia-se de Guimarães em 23 de junho (divórcio litigioso em que Florbela é acusada de abandono do lar e de ter injuriado o marido de "malandro"..., conforme pode-se ler nos autos) e casa-se, a 15 de outubro, com o médico Mário Pereira Lage (a quem conhece desde 1921, e com quem vive desde 1925), em Matosinhos (Porto), onde, a partir de 1926, morará com ele na casa dos sogros até a sua morte.

Mariana Ingleza, com a qual Florbela nunca deixou de ter contato, falece em dezembro, em razão de um tumor no útero, diagnosticado em 1915. Também no final de dezembro falece a noiva de Apeles, Maria Augusta Teixeira de Vasconcelos, o que vai levá-lo a escrever, em seguida, à irmã uma carta desconsolada, clamando pela morte.

1927 — Principia sua colaboração no *D. Nuno* de Vila Viçosa, dirigido por José Emídio Amaro que, juntamente com Azinhal Abelho, publicariam em 1949 as *Cartas de Florbela Espanca*. Não encontra editor para o *Charneca em flor* e prepara um volume de contos (provavelmente *O dominó preto*, publicado postumamente apenas em 1982); dá início à tarefa de tradutora de romances para a Civilização do Porto, tendo, antes, em 1926, vertido outros para a Figueirinhas do Porto.

São estes os volumes por ela traduzidos até a sua morte, pertencendo os três primeiros à Figueirinhas do Porto: *A ilha azul*, de Georges Thiery (1926), *O segredo do marido*, de M. Maryan, (Biblioteca das Famílias, 1926), *O segredo de Solange*, de M. Maryan (Biblioteca das Famílias, 1927), *Dona Quichota*, de Georges de Peyrebrune (Biblioteca do Lar, 1927), *O romance da felicidade*, de Jean Rameau (Biblioteca do Lar, 1927), *O castelo dos noivos*, de Claude Saint-Jean, 1927), *Dois noivados*, de Champol (Biblioteca do Lar, 1927), *O canto do cuco*, de Jean Thiery (Biblioteca do Lar, 1927), *Mademoiselle de la Ferté* (romance da atualidade), de Pierre Benoit (Série Amarela, 1929), *Maxima* (romance da atualidade), de A. Palácio Valdés (Coleção de Hoje, 1932).

Apeles, tornado Primeiro-Tenente da Marinha, mergulha para sempre no Tejo durante um voo de treino com um hidroavião, em 6 de junho; seu corpo nunca foi encontrado. Até o dia 4 de junho, Florbela havia permanecido com ele, em Lisboa. Inconsolável, a poetisa se põe a trabalhar pela memória do irmão, produzindo os contos de *As máscaras do Destino*, volume publicado postumamente em 1931.

1928 — Consta que, em julho, Florbela ter-se-ia apaixonado por Luís Maria Cabral, médico e pianista, e que, em agosto, teria tentado o primeiro suicídio com soporíferos.

1929 — Segundo testemunho de Rui Guedes, em maio deste ano, Florbela procura o diretor de cinema Jorge Brun do Canto, que ultimava o elenco para o filme *Dança dos paroxismos*, a fim de que pudesse ser contratada como atriz, tal como o fora sua amiga Maria Emília Vilas. Todavia, o diretor a recusou por considerá-la "muito apagada". Curioso que esse filme só ganharia a sua estreia em 1985, na Cinemateca Nacional de Lisboa. O diretor teria dito na ocasião ao empresário: "Quem poderia adivinhar que por trás daquela rapariga apagada se encontrava o monstro de poesia e sensibilidade que hoje conhecemos?"

1930 — Em 11 de janeiro enceta o seu *Diário* (que virá à luz apenas em 1981); a 18 de junho principia a correspondência com Guido Battelli, professor italiano (na altura com 62 anos de idade), visitante na Universidade de Coimbra, que publicará em 1931 o *Charneca em flor*, volume composto de cinquenta e seis sonetos (acrescendo-o, na segunda edição, de mais vinte e oito sonetos, o *Reliquiae* — na terceira edição serão acrescentados mais cinco). Battelli publicará ainda nesse mesmo ano o *Juvenília* (que se compõe de poemas dispersos de Florbela, na sua maioria pertencentes à fase anterior à primeira publicação) e as *Cartas de Florbela Espanca* à *Dona Júlia Alves e a Guido Battelli* (cartas que ele publica incorretamente cortando trechos, interpolando outros). Florbela colabora no *Portugal Feminino* de Lisboa, na revista *Civilização* e no *Primeiro de Janeiro* (ambos do Porto).

Em agosto, a amiga Maria Helena Calás Lopes (casada com o irmão de Buja, o Alfredo Lopes, ambos residentes em Lisboa) permanece, com os filhos pequenos Maria Luísa e José Pedro, dois meses na companhia de Florbela. É durante essa época que Guido Battelli virá a Matosinhos para conhecer pessoalmente a poetisa.

Maria Helena voltará de novo a Matosinhos apenas no dia 8 de dezembro, conforme combinado, para estar com a amiga no seu aniversário, aliás, graças à generosidade de Mário Lage, que cedera ao pedido da esposa oferecendo-lhe como presente a solicitada viagem de Helena. Era projeto de Florbela acompanhar a amiga a Lisboa, aquando do Natal, descendo, em seguida, para o Alentejo. Todavia, Maria Helena, ao desembarcar em Matosinhos, encontra morta a aniversariante que, entretanto, lhe havia legado em carta confidencial todas as instruções para o seu enterro, bem como as suas últimas disposições. Entre estas, dois pedidos: de que fossem colocados, dentro do seu caixão, os fragmentos do hidroavião que Apeles pilotava quando morreu (e que Florbela havia ido buscar pessoalmente em Lisboa na ocasião), bem como o de que cobrisse o seu corpo inerte com braçadas de flores.

Em setembro, falece o sogro de Florbela com quem, segundo consta, ter-se-ia desentendido desde o princípio do relacionamento com Lage, muito embora tivessem sido justo os pais de Mário Lage os padrinhos do seu casamento religioso. O sogro encontrava-se com esclerose, desarticulando, havia já algum tempo, a vida familiar.

Em outubro, segundo Aurora Jardim, Florbela estaria apaixonada por Ângelo César, advogado do Porto, e em seguida teria ocorrido a sua segunda tentativa de suicídio com barbitúricos. Na passagem de 7 para 8 de dezembro, precisamente às duas horas da madrugada do dia 8, à hora exata em que nasceu e no dia em que completava 36 anos de idade, Florbela morre em virtude de uma *overdose* de barbitúricos. Deixara, como disse, numa carta pessoal instruções para a amiga Maria Helena Calás Lopes também acerca dos seus pertences; ao marido também destinara uma carta, bem como preparara postais de despedida às amigas mais próximas.

Todavia, a certidão de óbito, passada com base nas declarações do carpinteiro Manuel Alves de Sousa, e não no testemunho de algum médico, atesta que Florbela morreu de edema pulmonar às 22 horas do dia 7 de dezembro — horário em que foi, por conveniência de realização do enterro, calculada a sua morte.

2008 — Em dezembro de 2008 sai, pelas Edições Quasi do Porto, sob a tutela da Câmara Municipal de Matosinhos, o volume *Perdidamente. Correspondência Amorosa (1920- -1925)*. Até então inéditas, essas cartas foram estabelecidas por Maria Lúcia Dal Farra, que as organizou, apresentou e fixou-lhes notas, nessa edição que teve como prefaciadora Inês Pedrosa.

BIBLIOGRAFIA DE
FLORBELA ESPANCA

Livro de mágoas. Lisboa: Tipografia Maurício, junho de 1919.
Livro de Sóror Saudade. Lisboa: Tipografia A Americana, 1923.
Charneca em flor. Coimbra: Livraria Gonçalves, janeiro de 1931.
Charneca em flor (com 28 sonetos inéditos). Coimbra: Livraria Gonçalves, abril de 1931.
Cartas de Florbela Espanca (a Dona Júlia Alves e a Guido Battelli). Coimbra: Livraria Gonçalves, agosto de 1931.
Juvenília: versos inéditos de Florbela Espanca. Coimbra: Livraria Gonçalves, outubro de 1931.
As máscaras do Destino. Porto: Editora Marânus, dezembro de 1931.
Sonetos completos (Livro de mágoas, Livro de Sóror Saudade, Charneca em flor, Reliquiae). Coimbra: Livraria Gonçalves, 1934.
Cartas de Florbela Espanca. Lisboa: Edição dos Autores, s.d., prefácio de Azinhal Abelho e José Emídio Amaro (1949).
Diário do último ano. Lisboa: Livraria Bertrand, 1981, prefácio de Natália Correia.
O dominó preto. Lisboa: Livraria Bertrand, 1982, prefácio de Y.K. Centeno.
Obras completas de Florbela Espanca. Lisboa: Dom Quixote, 1985-1986, 8 v., edição de Rui Guedes.
Trocando olhares (estudo introdutório, estabelecimento de texto e notas de Maria Lúcia Dal Farra). Lisboa: Imprensa Nacional/Casa da Moeda, 1994.
Florbela Espanca (organização e estudos de Maria Lúcia Dal Farra). Rio de Janeiro: Editora Agir, 1995, coleção "Nossos Clássicos".

Poemas. Florbela Espanca (estudo introdutório, organização e notas de MariaLúcia Dal Farra). São Paulo: Martins Fontes, 1996 (1. ed.).

Florbela Espanca. Afinado Desconcerto. Contos, cartas, diário (estudo introdutório, apresentações, organização e notas de Maria Lúcia Dal Farra). São Paulo: Iluminuras, 2002 (1. ed.).

Florbela Espanca. À margem dum soneto/O resto é perfume (fixação de texto e posfácio de Maria Lúcia Dal Farra). Rio de Janeiro: 7 Letras, 2007.

Perdidamente. Correspondência Amorosa - 1920-1925 (fixação de texto, organização, apresentação e notas de Maria Lúcia Dal Farra). Porto (Vila Nova de Famalicão): Quasi/Câmara Municipal de Matosinhos, 2008, prefácio de Inês Pedrosa.

CONTOS

APRESENTAÇÃO

Os únicos dois volumes de contos preparados por Florbela Espanca só foram publicados depois da sua morte. Thereza Leitão de Barros, crítica literária de renome na época, e que tinha examinado, em 1927, a poesia de Florbela em Escritoras de Portugal, comentava em 7 de dezembro de 1930 (quando, então, como ali mesmo se diz, a poetisa estaria agonizando), que ela havia escrito também contos, a grande maioria ainda inéditos. Apelando aos editores que se interessem por essa produção, que ela julga muito importante, considera que todos os contos

> têm originalidade e nenhum apresenta qualquer deslize de bom gosto literário, aliás bem desculpável em quem viveu quase sempre longe do proveitoso convívio intelectual. **Com certeza haverá algum editor que publique, sem demora**, a obra em prosa que Florbela deixou e que é melhor, **incomparavelmente melhor do que tanto livro de contos apregoado sem cessar pelas trombetas da Fama**.[1]

Mas, deles todos, apenas As máscaras do destino, *provavelmente o último a ter sido composto, ganha rapidamente uma primeira edição que, embora póstuma, data de dezembro de 1931 — e isso graças ao influxo do* Charneca em flor, *que gozava, então, de enorme sucesso. Publicado, pois, logo no ano seguinte à morte da escritora, o volume contou com a revisão do dr. Cláudio Bastos e a rubrica da Editora Marânus do Porto.*[2] *Entretanto, a sua segunda edição só ocorreria em*

---

[1] Cf. Thereza Leitão de Barros, "Florbela Espanca". *Portugal Feminino*, ano 1, n. 12, Lisboa, 31 jan. 1931, p. 18. Aproveito para lembrar que toda a prosa transcrita encontra-se, como no original, na ortografia de Portugal.

[2] Cláudio Bastos foi, com Augusto Martins e Pedro Vitorino, diretor da revista bimestral *Portvcale*. Também é autor de *Foi Eça de Queirós um plagiador?*, de *A linguagem de Camilo, O doutor diabo*. Era, na ocasião, ao mesmo tempo diretor da coleção "Biblioteca Clássica" da mesma editora. Tudo indica, portanto, que ele tivesse tido importante papel na publicação do volume de contos de Florbela. Todavia, no seu comentário à publicação de *As máscaras do destino*, Celestino David, que é muito bem informado, e que é, aliás, o responsável pela ideia do busto, afirma no *Diário de Notícias* de Lisboa, em 11 fev. 1932, referindo-se a

1979, quando passaria a ostentar, graças então à chancela da Livraria Bertrand de Lisboa, um prefácio assinado por Agustina Bessa-Luís. Já O dominó preto, *presumivelmente o primeiro desses livros a ter sido escrito por Florbela, obteria a sua primeira edição, aliás pela mesma Bertrand, apenas em 1982; ele se faria acompanhar, naquela ocasião, de um prefácio de Yvette Kace Centeno.*

Em carta de 15 de maio de 1927 a seu patrício José Emídio Amaro, Florbela informa que já tem pronto um livro de versos, o Charneca em flor, *infelizmente sem editor, enquanto trabalha em traduções e num volume de contos que quer pronto para outubro. Mas como, em menos de um mês após essa revelação, precisamente a 6 de junho, Apeles desaparece tragicamente no Tejo, ela acabará deixando de lado tal projeto para dedicar-se a um outro, agora por inteiro consagrado ao irmão. É assim que* As máscaras do destino *nasce, pois, sob o signo da memória ao seu morto querido.*

No mesmo jornal dirigido por José Emídio Amaro, D. Nuno *de Vila Viçosa, Florbela fará publicar em 17 de junho de 1928, portanto, um ano e poucos dias após a morte de Apeles, o conto de abertura desse livro: "O aviador". E, na revista lisboeta* Portugal Feminino, *de que se tornara colaboradora desde o lançamento em 1930, ela vai estampar "Os mortos não voltam" em julho desse ano, conto que, como o anterior, é pertença do volume destinado ao irmão. Ainda no* Portugal Feminino, *Florbela dará à luz mais duas de suas obras em prosa: "À margem dum soneto", compreendido no póstumo* O dominó preto, *e "Carta da Herdade", nem bem um conto, mas mais propriamente uma crônica poética, que traz ali a referência "Alentejo, Junho de 1930", e que não ficou incluída em nenhum dos dois livros de contos.[3]*

Guido Battelli, que "este ilustre senhor acaba de nos dar a conhecer, com o livro *As máscaras do destino,* o que Florbela foi como artista da prosa" (p. 11). De fato, parece difícil de cogitar que Battelli, responsável pelas duas edições de *Charneca em flor,* pela das *Cartas,* pela de *Juvenília,* pelas segundas edições do *Livro de mágoas* e do *Livro de Sóror Saudade,* tudo isso durante o ano de 1931, não tivesse tido também participação nessa edição dos contos.

[3] "O aviador" aparece no *D. Nuno,* n. 95, v. 4, 17 jun. 1928, p. 4; "Os mortos não voltam" em *Portugal Feminino,* n. 6, jul. 1930; "À margem dum soneto" em *Portugal Feminino,* n. 2, mar. 1930; "Carta da Herdade" em *Portugal Feminino,* n. 5, jun. 1930.

Assim, até a sua morte, o montante suposto de contos preparados pela escritora para publicação consistia em seis, pertença de O dominó preto, *e em oito concernentes a* As máscaras do destino, *além do avulso e híbrido "Carta da Herdade" — perfazendo um total de quinze peças.*[4] *Todavia, na polêmica publicação que Rui Guedes empreendeu da obra da poetisa, surgem, além desses, no primeiro volume dedicado aos "Contos", mais outras quatro peças: "Mamã", "A oferta do Destino", "Amor de sacrifício" e "Alma de mulher" — e, sobre estas, serão necessárias algumas palavras de elucidação.*[5]

As três últimas — localizadas no interior do primeiro manuscrito conhecido de Florbela, o intitulado Trocando olhares, *volume que encerra poemas compostos entre 1915 e 1917 — datavam, respectivamente, de 1º, 11 e 12 de abril de 1916. Delas, só "A oferta do Destino" havia sido publicada, e apenas postumamente. Carlos Sombrio, na sua obra de 1947,* Florbela Espanca, *tratando da correspondência da poetisa com Júlia Alves, dá à estampa uma das cartas em que Florbela a transcrevia, oferecendo-a à amiga.*[6]

Na verdade, temos, neste último caso, algo como uma parábola acerca da espera do "Prince Charmant", tema que atravessa toda a obra de Florbela e que continua obsidiante até nas derradeiras páginas do seu Diário. *A temática desenvolvida é a da errância e da insatisfação, da ânsia do mais além, da sagração maldita, como o frisa Seabra Pereira no referido prefácio. Ele concebe esta peça mais como um poema em prosa que propriamente outra coisa, sublinhando nela a incidência do maravilhoso tradicionalista, a mundividência fatalista e a estruturação recorrente.*

---

[4] Quanto aos contos escolhidos para figurarem em *As máscaras do destino* é quase certeza que a escolha definitiva, tal como comparece na primeira edição póstuma, tenha sido efetivada por Florbela. Já não ocorre o mesmo com *O dominó preto*, cuja disposição final não se sabe a quem pertence.

[5] Trata-se dos volumes III e IV da coleção *Obras completas de Florbela Espanca* (Lisboa: Dom Quixote, 1985), intitulados respectivamente "Contos" e "Contos e Diário", com o prefácio "A águia e o milhafre" (derrota passional e malogro do Eu absoluto na prosa literária de Florbela Espanca: dos contos ao diário)", de José Carlos Seabra Pereira, situado no primeiro deles, pp. III-XXXV.

[6] Cf. Carlos Sombrio, *Florbela Espanca*, Figueira da Foz: Homo, 1947, pp. 54-5.

Quanto à "Mamã", que, ao que tudo indica, deve pertencer a uma fase muito remota da vida da escritora, a da era dos bancos escolares do curso primário, também não concerne em exato ao gênero do conto. Trata-se de uma cena rapidamente traçada, que guarda parentesco com as redações que somos obrigados a produzir, na tenra idade, sobre um clichê determinado, e que conservamos nos nossos guardados, tal como o fez Florbela, apenas como lembrança de um tempo que nos é grato.

"Amor de sacrifício" e "Alma de mulher", escritos quando dos seus 21 anos de idade, são contos ainda imaturos que, tanto quanto as peças anteriores, Florbela de certeza jamais cogitaria em publicar. Seabra Pereira os aprecia apenas enquanto subgêneros, como versões em prosa dos poemas contemporâneos de Trocando olhares. *A meu ver, ambos padecem de um certo empenho ingênuo, de demasiadas boas intenções e de nobres sentimentos típicos da literatura cor-de--rosa. Ostentam uma tonalidade sentenciosa e encontram-se na faixa de uma escrita datada, um tanto* kitsch, *desenhando um cruzamento de altruísmo amoroso e de patriotismo heroico, condizentes, aliás, com as campanhas de guerra do tempo em que foram realizados. Neles, o destino funciona com uma vocação tão fatal, que nem o tecido, aliás, impecável e fiel à feição do conto, salva da inverossimilhança. Desse modo, quase não se distanciam do popular dramalhão.*

Estes dois contos e os dois textos anteriores, se possuem as qualidades da prosa fluente e do equilíbrio de composição, se neles o narrador mostra conhecer de perto, e com proveito, o procedimento imagético, padecem, entretanto, de uma estandardização discursiva e de um timbre vocabular que compromete a especificidade de cada história narrada. Contribuem, ainda, para esse estado de mesmice, um repertório recorrente de cunho piegas e, sobretudo, o uso de estereótipos que, para além da nota muitas vezes moralizante, não se libertam do ranço de um certo estrato burguês epocal em que se cristalizaram.[7]

---

[7] Acerca da polêmica publicação dos contos e do diário de Florbela, pelo empresário Rui Guedes, remeto o leitor à recensão de minha autoria intitulada "Florbela Espanca, *Contos, Contos e Diário, Fotobiografia*", publicada pela *Colóquio/ Letras*, n. 92 (Lisboa: Fundação Calouste Gulbenkian, jun. 1986, pp. 87-90), onde aponto os evidentes senões.

Já a situação de O dominó preto *é muito diferente. Este volume encerra, como afirmei, seis contos: "Mulher de perdição", "À margem dum soneto", "Amor de outrora", "O dominó preto", "O crime do pinhal do Cego" e "O regresso do filho". Os três primeiros (e, de certa forma, cada um dos restantes) giram em torno do feminino e das suas diferentes investiduras, enquanto os três últimos podem ser ditos mais propriamente de cunho regionalista. "Mulher de perdição" concentra questões que põem em foco tipos femininos em litígio: de um lado, a casta, bela, perfeita — a parente; e, de outro, a aventureira, sereia, felina, cortesã — a misteriosa. "À margem dum soneto" expõe, como tratarei de mostrar, a necessidade social de expurgo do feminino; segundo Seabra Pereira, "Amor de sacrifício" e "Amor de outrora" se aproximam e se estendem para este conto, que apresenta cadeia textual descontínua e uma projeção existencial na criação literária. "Amor de outrora", por seu turno, se centra na tópica do amor marginal e em temáticas, como o quer o mesmo crítico, frequentes na criação literária de então: a do calamento de uma paixão juvenil sob o peso de uma vida superficial e a da legítima fidelidade à permanência do primeiro amor. Só que, acrescento, ambas descambam para o impossível de continuidade tanto da relação amorosa clandestina quanto da revivescência legítima de um amor, cuja interrupção inclui a existência de um filho, ao qual nenhum dos pares quer impingir sofrimento.*

De vertente regionalista são os três derradeiros contos. "O dominó preto" — embora centrado na personagem masculina, um pobre rapaz de província, simplório e apaixonado, que acaba se suicidando — dá relevo à ausente mulher enigmática que provoca a sua morte. "O crime do pinhal do Cego" implicita o embate entre dois tipos de feminino, a amante e a esposa, diluindo-as ambas na figura única da mãe, enquanto "O regresso do filho" enfoca, entre outras questões, uma das missões reservadas à mulher dentro da esfera do mundo rural.

Teresa Bernardino, numa recensão sobre este livro no Diário de Notícias *de Lisboa, datando da época em que foi lançado, mostra que, nele, Florbela pratica uma crítica social, denunciando a simplificação que as pessoas impõem à própria vida, a banalidade da mulher tradicional, vazia de espírito, típico objeto sensual, que busca atrair apenas pela elegância e beleza, a sua prisão em preconceitos e nas "cadeias austeras do dever", a hipocrisia, a pobreza do meio social, a agressividade do lugar que não dá oportunidade de realização do indivíduo na sua própria terra, a loucura desencadeada pelo sacrifício do afastamento, da ausência, do desconhecido. Sua perspectiva é a de que Florbela, na procura de si mesma, viveu o drama da insatisfação incontida, da busca do absoluto no humano, da insuficiência e da pequenez que encontrou ao longo da sua existência: daí o conflito que transparece no interior dos contos, conflito com o mundo, com os "seus preconceitos idiotas", com "as suas leis inumanas e lógicas", como o afirma a escritora em um dos contos de* O dominó preto.[8]

As máscaras do destino *compreende, por sua parte, um livro que, para ser inteiramente apreendido, deve ser lido a partir da sua dedicatória, toda ela um canto doloroso de ternura por Apeles. O pórtico "A meu Irmão, ao meu querido morto" dá ensejo direto à tônica da perda, da intensa dor, do mau agouro a que não se deu ouvidos, ao acesso definitivo de* Thanatos, *a morte, que Florbela quer, a todo custo, esconjurar, expulsar, para domesticá-la, tornando-a a referência através da qual não se morre, mas se permanece: "Os mortos são na vida os nossos vivos, andam pelos nossos passos, trazêmo-los ao colo pela vida fora e só morrem connosco".*

Se o livro é escrito para Apeles, também é dito que ele o inspirou e acalentou a irmã enquanto esta o produzia. Sua sombra, confessa Florbela,

> **debruçou-se sobre o meu ombro**, *no silêncio das tardes e das noites, quando a minha cabeça se inclinava sobre o que escrevia; com a claridade dos seus olhos límpidos como nascentes de montanha,* **seguiu o esvoaçar da pena sobre o papel branco**; *com o seu sorriso um pouco doloroso, um pouco distraído, um pouco infantil,* **sublinhou a emoção da ideia, o ritmo da frase, a profundeza do pensamento**.

Mas, mais que isso, cada conto é construído como uma face da história de Apeles e da sua morte precoce e misteriosa,

---

[8] Cf. Teresa Bernardino, "A crítica social em Florbela Espanca", *Diário de Notícias*, Lisboa, 26 out. 1982.

metaforizada em vários registros que incluem, ainda, a presença da noiva morta, as especulações dos amigos, as aspirações da própria Florbela em relação à permanência post mortem *do irmão. São, de fato, variações em torno do desaparecimento de Apeles; e, digamos, dos dois livros de contos este é aquele que tem raízes históricas mais palpáveis, que funcionam, aliás, mais diretamente, como uma espécie de trampolim para a sua própria realização ficcional. Agustina Bessa-Luís dirá que tais contos são o que melhor conduz o mapa biográfico de Florbela, pois que se fazem disfarces da memória triste, desenhando um deserto amoroso sacudido por um vento açulador.[9] Aqui, o que transparece, de todo, é o "culto fraterno levado ao paroxismo, numa devoção absoluta", como nos informa Joaquim Manso.[10]*

São oito os contos nele contidos: "O aviador", "A morta", "Os mortos não voltam", "O resto é perfume", "A paixão de Manuel Garcia", "O inventor", "As orações de Sóror Maria da Pureza" e "O sobrenatural". Através de "O aviador", a morte de Apeles é narrada por meio do registro mitológico, onde o movimento de descida significa ascensão, depuramento. "A morta" constitui, digamos assim, a transfiguração literária do episódio da morte da noiva de Apeles, do inconformismo do noivo, e do encontro de ambos na morte, num mundo para além do nosso entendimento. "Os mortos não voltam" constata o patético existente na extrema força do sentimento amoroso que, todavia, se sente em absoluto impotente diante do mistério da morte; "O resto é perfume" encontra, como se verá, na certeza de que a vida pode ser lida pela morte, o único consolo que evita (ou aproxima) a loucura. "A paixão de Manuel Garcia" é, por seu turno, uma defesa do suicídio (e esta é uma das hipóteses mais seguras a respeito da morte de Apeles), enquanto "O inventor" é uma efabulação fantasiosa a respeito do relacionamento existencial que se pode manter com a morte — certamente, aquele que Florbela lê, então, na biografia do irmão; "As orações de Sóror Maria da Pureza"

---

[9] Cf. o "Prefácio" de *As máscaras do destino* (Lisboa: Livraria Bertrand, 1979, pp. 7-25).

[10] Cf. Joaquim Manso, "As máscaras do destino", *Diário de Lisboa*, Lisboa, 15 jan. 1931, p. 1.

misturam erotismo e misticismo, sagrado e profano, sublinhando a temática da perda, do luto amoroso,[11] e "O sobrenatural", localizado por inteiro no reino do fantástico negro, traz à tona o amor criptônico.

De uma maneira geral, a crítica que tem se ocupado dos contos de Florbela tende, em geral, a depreciá-los diante da sua obra poética — e é, no caso desta antologia, prerrogativa do leitor julgar a procedência de tais juízos. Para Yvette Kace Centeno, Agustina Bessa-Luís, Livia Apa e Seabra Pereira, os mais importantes estudiosos dedicados ao exame da prosa de Florbela, seus contos nada trazem de original, pois que suas personagens são enrijecidas por uma visão formal e tradicionalista, convencionalista até, muito diversa daquela que Florbela dá a conhecer nos seus poemas, daquela com que neles se apresenta.[12]

Bessa-Luís acha que a nossa poetisa receia, nesse domínio da sua obra, ser original, pois que a singularidade seria, para ela, uma Medusa que paralisa os homens, afastando-os dela e tornando-os temerosos de si; assim, Florbela escreveria contos formais apenas para ignorar o seu formidável gesto de desagradar.

Livia Apa supõe que, ao procurar se submeter aos clichês do gosto popular da sua época, a contista tenha buscado, por tal meio, encontrar a maneira mais segura para se comunicar com um público mais amplo. A estudiosa italiana compara, para deplorar, os contos de Florbela com aqueles de Ana de Castro Osório, sua contemporânea e feminista batalhadora, onde a questão do divórcio e da emancipação da mulher são tratados de um ponto de vista ativo e ativista. Não deixa de sublinhar, também, que Florbela produz situações monótonas em que

---

[11] Numa inaugural análise deste conto, Luzia Noronha encontra em Sóror Maria da Pureza (que procede ao ritual de passagem por dentro da estamenha, do estigma da dor mística e do seu respectivo avesso de erotismo) a metáfora enclausurada em Sóror Saudade: a da própria Florbela. Cf. *Entreretratos de Florbela Espanca*. São Paulo, tese de doutorado defendida na PUC/SP, 2000.

[12] Um interessante estudo de Renata Soares Junqueira lê toda a obra em prosa de Florbela à luz da estética da teatralidade, oferecendo outra via interpretativa muito curiosa. Cf. *A estética da teatralidade:* leitura da prosa de Florbela Espanca, de Renata Soares Junqueira. Campinas, tese de doutorado defendida no Departamento de Teoria Literária do Instituto de Estudos da Linguagem da Unicamp, 2000.

demonstra escassa habilidade na construção de narrativas, e em que a técnica é pouco elaborada, visto que o narrador ali intervém de maneira melodramática. Segundo ela, o léxico da prosa florbeliana é rebuscado e de adjetivação excessiva; todavia, malgrado toda esta camuflagem, eles acabam por deixar transparecer um estado de melancolia e de frustração, uma visão dolorosa e desencantada da vida, uma incapacidade em se contactar com a realidade, com o mundo social à volta. Assim, Apa supõe que a mesma capa social que oprimia Florbela em vida acaba por ser reencontrada nessa atitude (eu diria linguística) que emana de seus contos.[13]

De uma maneira geral, todos concordam, pois, que há como que um retardamento da prosa diante do verso. Sobre os contos de Florbela paira, por assim dizer, a suspeita de estereótipo, de desconfiança de uma medíocre ficção de bons sentimentos, muito embora Joaquim Manso assegure que, por exemplo, na sua prosa há "uma flama de sonho e de paixão ardente que arde também nos seus versos com a mesma intensidade".[14]

Seabra Pereira pondera que ocorreriam, nas suas narrativas, coincidências inverossímeis, retratos inconvincentes, aprisionamento dos personagens pela ótica do narrador e um pendor declamatório à maneira da ficção neorromântica, que explora os ambientes outonais, a visão desencantada, o cariz fatalista da realidade, enfim, a visão negativista da existência humana. Mas, aindasegundo ele, a vertente original dos contos de Florbela Espanca residiria na resposta oferecida à sorte sinistra, ao destino, por essa espécie de dissidência iniciática que — mais que pelo enlouquecimento — é representada pelo suicídio.

No que concerne às peças reunidas em As máscaras do destino, *o crítico surpreende a atração de Florbela pelas alucinações telepáticas, pelos fenômenos ocultistas, espíritas, pelas atmosferas misteriosas e tétricas, pelas fantasmagorias necrotéricas de fundo popular — características todas tão*

---

[13] Este é o parecer de Livia Apa, constante em "Note sulla prosa di Florbela Espanca" (*Annali dell'Instituto Universitario Orientalie (Sezione Romanza)*. Nápoles: Società Editrice Intercontinentale Gallo, 1990, pp. 139-143) e em "Entre público e privado: a prosa de Florbela" (*A planície e o abismo*. Évora: Vega/Universidade de Évora, 1997, pp. 249-53).

[14] Cf. o já citado comentário de Joaquim Manso no *Diário de Lisboa*.

em moda na literatura finissecular. Todavia, ele registra, em Florbela, uma empatia importante com o meio ambiente, uma espécie de impressionismo paisagístico, uma tópica da alma das coisas, de concepção analógica da vida universal que, entretanto, não chega a firmar-se como fenômeno simbolista das correspondências, mas sim enquanto convergência do impressionismo com a morbidez psicológica — com a premonição, o suspense, os omina*, a profecia, a predição. O estilo de Florbela se torna, pois, um tanto frouxo mercê da própria inovação imagística e da prática da personificação e da sinestesia.*

Já para Yvette Kace Centeno, os contos apreendem apenas o retrato social a que Florbela foi habituada a desempenhar, de maneira que, através deles, é como se ela pretendesse ser conhecida apenas pela imagem que imagina ser sua. Neles, é como se houvesse uma visão bipartida da mulher — as excelentes e enquadradas socialmente, de um lado, e, de outro, as marginais —, sendo que o modelo ideal fica desempenhado pela mulher-mãe que, segundo a estudiosa, é o que, afinal, vigora. Assim, a partir desta prosa, ganham voz um pretenso equilíbrio da mediania burguesa, um gosto pela vida requintada e por um erótico socializado, não contestado. Centeno acha que é no pequeno mundo regional, e não no mundo burguês, que Florbela se realiza melhor, visto que no ambiente da natureza, onde o Alentejo é o paradigma, ela simplesmente escreve os seus personagens, sem procurar julgá-los, o que não acontece, aliás, nos contos que escapam desta ambientação. Mas onde Florbela se revela superior é nos detalhes circundantes do meio ambiente: é a estes que ela transforma em cambiantes da alma, e é neles que, através de delicado sensualismo, ela migra da sua poesia para a prosa. De resto, Centeno está convicta de que a própria Florbela recusaria a visão formal e tradicionalista que impõe, na prosa, às suas personagens mulheres.[15]

Agustina aborda essa questão de uma outra perspectiva: crê que os contos de Florbela devem ser lidos com a confiança amigável que um diário de adolescente deve merecer da nossa parte, em que certa mediocridade talentosa anuncia os desejos que se evitam. E ela própria os lê como máscaras do feminino:

[15] Cf. "Prefácio" a *O dominó preto* (Lisboa: Livraria Bertrand, 1982, pp. 7-21).

para compreender seus contos é preciso conhecer a mulher que se esconde debaixo do culto ao traje, mulher essa que, no fundo, é apenas uma patética "solidão criminal". O vestido, as peles, as pérolas, os chapéus desafiam quem tenta devassá-la, quem procura reduzi-la ao comum, de maneira que Florbela exerce a vaidade contra o prazer, tão só para encobrir carências, para se proteger — como uma espécie de "arranque de desilusão". A gestação, mais que a maternidade, é o seu elemento natural, e a megera a sua grande legitimidade. Florbela pertence à raça das mulheres que amam desagradar, àquela que procede como Lilith, a usurpadora, a que disputou o poder com o homem, enquanto escreve como Eva, a sedutora — a que não passa de um artifício para tentar criar uma sociedade viável e equilibrada. É assim que, segundo Bessa-Luís, Florbela produz uma santidade de salão, livros de amor, histórias encantadas... Seus contos seriam, pois, uma desesperada maneira de, no mundo, fazer sala aos outros.

Através da seleção que apresento a seguir, e que compreende uma antologia dos contos de O dominó preto, *de* As máscaras do destino *e dos esparsos, a partir da temática que expõem, cabe ao leitor, como já sugeri antes, concluir se correspondem ao seu julgamento os pareceres dos críticos que vim anotando acima.*

O FEMININO

"Carta da Herdade"

Selecionando os contos em função da temática do feminino, apresento, a seguir, três deles: "Carta da Herdade" que, segundo se viu, permanece esparso, já que não foi inserido em nenhum dos livros de conto; "À margem dum soneto", pertença de O dominó preto; *e "O resto é perfume", de* As máscaras do destino.

Publicado na seção "Páginas Breves" de Portugal Feminino, *e assinado por "Maria", esse pequeno momento em prosa intitulado "Carta da Herdade" recebe, no número seguinte dessa revista lisboeta e na mesma seção, uma resposta de Maria Amélia Teixeira (Filha), intitulada "Carta a Maria". Segundo Seabra Pereira, trata-se de um texto digressivo, inassimilável à ficção narrativa e mesmo ao chamado conto de atmosfera. Em "Carta da Herdade" dar-se-ia, para ele, a transição dos contos para o* Diário, *numa espécie de deambulação impressionista e introspectiva. Tal narrativa perfaria a via de perscrutação lírica de uma subjetividade sagrada pelo signo saturnino, para a singularidade maldita. De equilíbrio fugidio, esta peça mostra ter com a natureza uma relação transitiva, personificando-a, ao mesmo tempo em que se vale da fraseologia popular, do encantamento suntuário e da mediação floral.*

Vejo-a como uma pequena obra-prima, como um instante fulgurante do poder lírico de síntese de Florbela e, da sua prosa, talvez, a mais bem realizada. Na sua simplicidade de monja sem preciosismos, essa página se perfaz como a apreensão de um momento mágico que tem a leveza de um sussurro; é uma escrita de quem encontrou, por fim, asas nas palavras — é um sopro. Os motivos mais expressivos da poética de Florbela são como vibrados aí. O olhar está prenhe da charneca imensa e deserta ao crepúsculo, a terra do seu exílio. E o interdito telúrico, que a charneca encerra, toma voz devagarinho no diálogo secreto das coisas da natureza, no movimento silencioso com que o esbatido da luz, erotismo discreto, as transmuta verticalmente, fazendo com que um bocado de céu se ache borboleta, que a borboleta se surpreenda urze da charneca, e que a charneca encontre, no mistério deste corpo que escreve, a sua última transfiguração e o seu espelho. Essa irrealidade suspensa desenha sombras — a do irmão morto. E o cão, que vai acompanhar Florbela ritualmente no seu Diário *até a morte, antecipadamente aí se apresenta no seu posto de guardião das Portas Sagradas, oferecendo-se como guia noturno nos meandros do mundo sutil em que ela começa a ingressar desde agora, já alada.*

A charneca que Florbela apresenta a esse amigo longínquo é, na verdade, a metáfora da sua própria condição, como também o são, nesta pequena carta, o cão Morgado e a fumaça do seu cigarro. É o liame da tristeza incondicional e do interdito que une mulher e charneca, pois que esta, tal como ela, é uma revoltada sem gritos, sem o alívio das lágrimas, à qual foi negada a expressão do que lhe vai na alma. E toda ela é prenhe de vibrações, de cores, de alvoroço — contidas, enclausuradas, encerradas como num cofre. E o estado elementar do feminino se revela: a mulher é aquela que se sabe exilada para sempre.

Igualmente interdito é o cão Morgado que, nesse momento crepuscular, prolongado em êxtases, vem recebê-la. Não pode falar, mas adivinha-se nele o conhecimento que tem dos segredos, do sofrimento alheio, por meio da atenção prestada à solitária amiga nos passeios a seu lado; ele penetra em tudo com o seu olhar cúmplice e sapiente — o que ela pensa, o que veio esquecer, os fantasmas que saltam sobre ela pelos caminhos. Também a fumaça do cigarro que degusta, calada, diante do luar, desenha palavras incompreensíveis e, ainda pior, palavras que, malgrado tudo, ela ainda recorda, "erguidas do mais profundo de mim mesma como dum túmulo".

Este instantâneo que a carta encerra se desenvolve, pois, entre o silêncio e a algazarra, entre o interdito dos que se retiraram do mundo (e o feminino parece fazer parte desta rendição) e o alvoroço daqueles que retornam aos lares a essa hora mágica e pura, em que a narradora, diante da natureza, se sente mais lavada de culpas e mais limpa, como se tivesse acabado de nascer ou estivesse pronta para morrer.

CARTA DA HERDADE

Amigo longínquo e querido:

Apresento-lhe a charneca ao entardecer, a minha triste charneca donde nasceu a minha triste alma. Selvagem e rude, patética e trágica, tem a suprema graça, cheia de amargura, dos infinitamente tristes, a quem foi negada a doçura das lágrimas. É enorme e é simples; fala e escuta. O que eu lhe tenho ouvido! O que eu lhe tenho dito! Toda morena do sol, que a queima em verões sem-fim, é como eu uma revoltada, sem gestos e sem gritos. Nesta hora do entardecer, toda ela palpita em misteriosas vibrações, toda ela é cor, vida, chama-se alvoroço, contido e encadeado por uma secreta maldição!
Mas como ela é bonita, a minha charneca!
Borboletas azuis, minúsculas, tombam lá do alto como bocadinhos de céu. Outras roxas... as urzes, talvez, a que, por milagre, tivessem nascido asas. Os crepúsculos, nestas imensas extensões, são longos, longos; um êxtase que se prolonga e que chega a fatigar-nos. O sol constela o poente de pedrarias, e são uma maravilha os montes azulados de Espanha, brumas perdidas ao longe, vagas, aéreas, irreais. A noite desce por fim, arrastada, luarenta, uma claridade que se confunde com o crepúsculo.
Voltam os homens do trabalho, volta o gado ao seu estábulo caiado como uma ermida. Ladram os cães, festivos, enchendo o silêncio de brados. Começa a cega-rega dos grilos. Cai no espaço, como gotas de água, o lamento dos sapos sequiosos.
Volto para o grande *monte* iluminado, lá ao fundo, lentamente, sem grande pressa de chegar. A noite envolve--me toda, anestesia-me, mãos pálidas e suaves que afagassem devagarinho um mendigo leproso. Sinto-me mais pura nesta pureza imensa, mais limpa, mais lavada de culpas do que se tivesse nascido agora.

O grande cão de guarda, o *Morgado*, caminha ao meu encontro, solene e grave, a dar-me as boas-noites como quem cumpre uma missão diplomática. Baloiça o farto penacho da cauda como uma pluma doirada. Há nos seus olhos, cor de tabaco loiro, ao fixar-me, qualquer coisa de humano, de compreensivo, de caricioso: a sua linda alma de cão que não sabe que tem alma. Numa amabilidade de bruto, roça-se por mim sem nenhuma piedade pelo meu vestido branco, onde as grandes patas desenham a carvão flores desgrenhadas em traços futuristas, e o meu rosto tenta-o para um beijo amigo que — ingrata! — resolvo desdenhar, sem explicações supérfluas. Não se aproxima do *monte* para onde me dirijo: solitário, sente o máximo desprezo pelas multidões ululantes; aristocrata, tem horror aos gritos e às vozes sonoras dos seus outros irmãos de sangue vermelho, de raça plebeia. Fica de longe a ver-me, e o seu olhar, que me segue, dá-me uma impressão de calor, de bem-estar, de ternura, como um olhar humano. Adivinho que tem piedade de mim, que me estudou nos nossos longos passeios solitários pela planície, que sabe no que eu penso e o que eu vim esquecer, que vê como os fantasmas me saem ao caminho. Aquela sombra, ao longe, não será aquele meu irmão, cavaleiro de lenda, que um dia partiu para não voltar? Quem sabe! Amigos vivos que me morreram, amigos mortos cheios de vida, quem sabe se, como eu, o luar os tenta nesta doce noite misericordiosa e pura! Estendo as mãos ao luar branco, como a uma fogueira, a recordação doutros beijos enche-me da nostalgia amarga dos que se sabem exilados para sempre. Ergo os olhos ao céu: um jasmineiro florido, longe, longe! As estrelas empalidecem deslumbradas, elas também, pela brancura milagrosa.

O Morgado é agora uma grande sombra imóvel. Que pensará, ele também, sozinho, na imensidade da charneca luarenta?... Ouve-se mais próxima a algazarra da chegada, no *monte* iluminado. O vozeirão dos homens, as vozes mais agudas das mulheres, o tropear dos machos nas pedras do pátio formam uma sinfonia bárbara que perturba a noite nos seus sonhos de paz.

A senhora lavradora, o senhor lavrador, os filhos e os netos rodeiam-me solícitos e acolhem-me com um sorriso claro.

Naqueles rostos, tostados de sol, o sorriso é uma fogueira a arder. Calada, sento-me à porta, e enquanto os arabescos azulados do meu "Muratti's", saboreado com volúpia e olhado com reprovação, traçam no ar palavras que não entendo, outras palavras recordo; erguidas do mais profundo de mim mesma como dum túmulo, mortas que não querem morrer, que não se resignam à fria mortalha do esquecimento em que um dia as envolvi, para as sepultar.

Janela aberta, noite alta, o luar canseiroso vem ainda dar a última demão de cal às paredes do meu quarto, e quando o sono me vem, enfim, fechar os olhos, ainda fica a trabalhar até de madrugada, até a esse instante em que a andorinha, a primeira ave acordada, solta o seu grito de oiro e atravessa, como uma flecha, o céu ainda pálido sobre a charneca ainda adormecida.

Amigo longínquo e querido, a triste charneca desdenhada envia-lhe, em nome doutra desdenhada ainda mais triste, um braçado de saudades acabadinhas de colher.

Alentejo, Junho 1930.

Maria

"À margem dum soneto"

O enredo de "À margem dum soneto" é muito simples: ao cair da tarde, uma poetisa recebe em sua casa um visitante a quem confessa ter terminado o soneto com que vai fechar seu livro. Ela lê-lhe o soneto e ele, a propósito do assunto suscitado pelos versos ouvidos, narra-lhe um caso e lê um trecho de uma carta a este relacionada. O conto finaliza com uma troca de palavras de parte a parte, que não contestam a unidade de significação entre soneto, caso e carta — ao contrário. De maneira que nenhum diálogo se produz efetivamente entre as duas personagens, salvo aquele entre as narrativas que cada um reserva para o outro: da parte da poetisa, aquela embutida no poema; da parte do visitante, aquela registrada no caso e na carta. Mas como se verá, se o soneto é metáfora do caso e da carta — diferentes coisas tornadas iguais — nada de efetivo acontece neste conto. Temos, assim, um enredo ausente, suspenso, onde tudo se passa silenciosamente à beira do som e do sentido desse poema, enredo que progride de maneira quase imperceptível.[1]

Concorre, para tal, a função do narrador, que se empenha em filtrar todas as notações psicológicas através do ambiente (aliás, como se viu, uma constante muito cotada da prosa de Florbela) e, neste caso específico, em também coá-las por meio do pequeno gesto discreto que a poetisa desenha, desfiando com seus dedos finos, inconscientemente e a todo o tempo, uma a uma as contas do colar que traz ao pescoço. Trabalha também para essa sensação difusa de isolamento, a ambiência conferida à sala, aconchegante e recolhida, onde a poetisa recebe o visitante. Assim, os véus escuros da noite que tomba vão se encostar, maciços, como cortinas

---

[1] Esta leitura está, mais ou menos, colada à que publiquei, sob o título "Florbela: os sortilégios de um arquétipo", no *Boletim Bibliográfico da Biblioteca Mário de Andrade*, n. 3/4, v. 43 (São Paulo: Prefeitura do Município de São Paulo, jul.--dez. 1982, pp. 43-8).

espessas que impedirão o olhar para fora das janelas. Diante da simplificação do cosmos exterior, graças à gradativa escuridão e ao frio de inverno, a sala, iluminada pelo candeeiro e aquecida pelo radiador, será toda uma reserva de intimidade. A ordem que irá regê-la vai ser, por isso, outra: o espaço interno ganha em relevo, se multiplica, se diferencia e se expande, ocupando os cantos mais recônditos, até que a sala se ofereça como um abrigo — tanto mais seguro quanto mais densa for a noite, mais intenso o inverno de novembro, mais secreto o código dos assuntos ali implicitados.

De fora, vêm apenas os gemidos pungentes da sirene do porto, em que o próprio mundo expira, e que vão, pouco a pouco, se esgarçando em direção ao final do conto. O seu planger será sempre doloroso, e é com tal timbre que eles vão se enroscar, ora numa, ora noutra voz que soa na sala, debatendo-se langorosamente até alcançarem o silêncio. Assim, a luz tênue da lua que, tímida, iniciará a vida das coisas do mundo, vem substituí-las ao fim do conto — mas só depois que tudo for dito.

A atmosfera obtida é, portanto, de luz e sombra, da tarde que se faz noite, transições de uma para outra gama; silêncio e gemido, a candeia acesa e o escuro de fora, o radiador e o frio do inverno, a luz da paisagem solar no quadro da parede e o breu para além das vidraças, a intimidade da sala e o incógnito da noite, o brilho das porcelanas chinesas e o opaco da escuridão, e, finalmente, o candeeiro que cede sua claridade à lua. Este sinal de oscilação das coisas vem pressagiado no veludo branco e negro do traje da poetisa, e se duplica no terno confronto entre camélias naturais e flores de cretone, ambas na iminência de mutuamente se substituírem.

O soneto que, não por acaso, é o antepenúltimo de **Reliquiae**, *o livro póstumo de Florbela, sugere um mergulho na zona pessoal mais profunda e o descobrimento de um tipo especial de solidão, a acompanhada, a solidão de um Eu povoado por outros tantos Eus. O poema indica, portanto, a experiência da solidão patética em que se encontra a alma múltipla. Eis o seu último terceto:*

> Ó pavoroso mal de ser sozinha!
> Ó pavoroso e atroz mal **de trazer**
> **Tantas almas a rir dentro da minha!...**

E, neste, se instala o enigma a ser decifrado sobre a mulher, não por acaso associado àquele da criação poética: a ideia de despersonalização, de dispersão, de unidade diversificada, de pluralidade de pessoas que habita, sobretudo, a natureza da lírica moderna. Todavia, Florbela o aproxima, agora, à imagem da mulher — e por quê? Ora, o papel social que se confere à mulher seria tão delineado e estável quanto aquele que se atribui ao homem?

Sem dúvida, esta oscilação de rostos com que a tradição dota a natureza feminina não está gratuitamente invocada neste conto. Da parte de Florbela, tanto poetisa como mulher, há uma imensa galeria de transfigurações de que seus poemas dão conta: a irmã, a sedutora, a virgem, a impossuível, a voluptuosa, a panteísta, a amiga, a desencantada da vida, a sóror, a pária, a Princesa do Desalento, a deusa, a Infanta do Oriente, a Castelã da Tristeza, a mãe, a erótica, a insaciável, a Princesa Encantada — e às quais os seus três casamentos e afogueadas paixões atestam autenticidade. Mas é preciso atentar para o que há por baixo, no fundamento dessa oscilação de imagens; é necessário descobrir qual é o manequim que sustenta tal trânsito. E este parece não ser outro senão a formulação mais remota da essência feminina: a possessa.

De fato, a possessa está a meio caminho entre a feiticeira e a histérica, e o que a sociedade pretende expulsar dela, enquanto padrão social relativo tanto ao homem quanto à mulher, é aquilo que é dito pertencer à esfera do feminino: o imaginário, o noturno, o desconhecido, o desenfreado, enfim, a desordem. Assim, a figura da possuída não passa de um refém entre duas potências antagonistas que a disputam (o bem e o mal, Deus e o Demônio). Ela é, afinal, uma sequestrada, um lugar, um puro receptáculo; porque não é um princípio ativo, por isso é salva, permanecendo à margem da fogueira.

A possessa não é, portanto, como a feiticeira, mas é condenada porque se presta a esse espaço de litígio. Ela sofre algo tal como uma violação espiritual, porque foi ocupada do exterior e, por isso, só poderá ser libertada do exterior — e por uma personagem que se endereçará ao inimigo que se insinuou nela, personagem esta que, não por acaso, ocupa um padrão social masculino: o padre ou o psicanalista.[2]

O feminino se revela, assim, um continente negro, o lugar que acolhe, o receptáculo, o lugar vacante, aquele que está entre, enfim, o sustentáculo da oscilação. Neste caso, a identidade feminina se dá a conhecer como um espaço vazio, passivo, movediço — um lugar disponível.

Entende-se, à luz de tais esclarecimentos, o enigma proposto pelo último terceto do soneto, mistério que a poetisa endereça ao seu visitante. Mas, afinal, quem será esse homem? O único dado fornecido pelo conto a seu respeito é o de que ele tem livre acesso aos hospitais, e, para ser mais precisa, aos hospitais de... alienados. Este homem tão especial declara à poetisa que o soneto "a explica (...) e ao mesmo tempo a envolve". E para decifrar os termos do poema, ele o recobre com um caso... clínico, bem ao gosto do psiquiatra que é. Assim, ele lhe narra a seguinte história, a de um sujeito conhecido de ambos que se encontra recolhido num asilo de alienados porque enlouqueceu por ter provado, na sua mulher, essa mesma alma múltipla. De maneira que toda a sua paixão, bem como a futura loucura, se deveram ao encantamento que a imaginação extraordinária dela, toda diversificada, colorida, variada e palpitante de vida — provocou nele. A propósito, o nome que Florbela dá ao poema lido em "À margem dum soneto", aquando inserido em **Reliquae**, *é, simplesmente, "Loucura". Esse título, porém, nem sequer é mencionado no conto — e precisaria ser?*

Todo o transtorno mental desse paciente, que é um major, decorre de que ele foi incapaz de separar, na esposa, essa romancista brasileira, a vida e a arte, muito embora tivesse se aplicado com ênfase na decifração "de um segredo de que depende uma vida". O fato é que o major não conseguiu apagar da vida "cenas inteiras dos romances dela, que ele revivia, que misturava à sua vida, sem conseguir destrinçar, por fim, a verdade da ficção". Porque, lendo os seus romances, encontrou-a como Angélica, a casta, a imaterial, a intocada, em **Alma branca**; *como Salomé, a cortesã, a voluptuosa,*

---

[2] A propósito, consulte-se o excelente estudo de Monique Schneider, *De l'éxorcisme à la psychanalyse. Le féminin expurgé* (Paris: Retz, 1979), de onde retiro tais conhecimentos.

a ardente, em Flor de luxo; *como a céptica, a irônica, a desencantada da vida*, em As mãos sem nada; *como Cláudia, a ambiciosa, a assassina, no romance homônimo; como a mentirosa de* Vida inútil; *como a ninfomaníaca de* Paixão de Maria Teresa. *Diante destas oscilações femininas e do encantamento que experimenta por elas, o major não vê senão em sua esposa a "hidra de mil cabeças, de mil corpos, de mil almas". E, nessa febre louca e insensata, ele vinha chorar doidamente "com a cabeça no regaço da mulher", que o consolava "como se sossega uma criança doente". Enfim, no desencontro total com tais mulheres, ele acaba por desconhecer em que corpo se asila a própria esposa, e perde, assim, a sua própria identidade.*

Enquanto o psiquiatra lhe faz esta narração, a poetisa apenas desfia languidamente, com seus dedos finos e delgados, uma a uma as contas do seu colar cor-de-rosa. E a unidade multiplicada começa, então, a tomar corpo nas suas mãos e nos seis retratos espalhados pela sala, que parecem, já agora, representar cada um desses rostos femininos. O arquétipo de mulher fica ali, inteiro, oferecendo todos os seus sortilégios e as imagens passeiam, então, entre Diana, a caçadora, Vênus, a sedutora, Juno, a mãe — sem, entretanto, se decidir por uma só.

O psiquiatra lê a carta do major, de que ele é portador, endereçada à Maria. A carta confirma a história e a incapacidade do major de exorcizar na sua mulher esse dom — poético? feminino? — da alma múltipla. Na carta, e do hospício, ele reclama dela que exerça ela própria essa função: "Maria: expulsa as outras todas e fica só tu!"

Uma chuva de pétalas de camélias pinga silenciosamente e imita, no seu pontilhar sobre o tapete, o desfiar das contas do colar, o mesmo tema da unidade multiplicada que ecoa, de novo, na voz sonora do médico que, agora, repete o último terceto do soneto. E porque tudo o que foi dito é, em aparência, tão impessoal a esse jogo de sedução que, afinal, transcorre entre poetisa e visitante, torna-se necessário desvelar as máscaras. À ela, interessa saber do seu destino, ou seja, se esse pretendente aceita ou não correr com ela o mesmo risco que o major correu com a mulher. Interessa conhecer, no diagnóstico do psiquiatra, o grau de arrebatamento do amador. E ela pergunta: "E... não tem receio... de endoidecer?"

Lançado tão claramente o desafio, o pretendente não pode responder nem sim e nem não. Levanta-se, iluminado numa chama de alegria, sorri e debruça-se sobre ela, sussurrando com intensidade cada palavra:

> As almas das poetisas são todas feitas de luz, como as dos astros; não ofuscam, iluminam...

Da poetisa, já se sabe, ele não teme a loucura. O amor dessa mulher pode lhe ofertar somente conhecimento, lucidez — de maneira que o psiquiatra cede seu lugar ao amador. E, através dessa frase, pronunciada como anuência amorosa, mas que dá, sobretudo, legitimidade de existência tanto poética quanto pessoal a esse Eu povoado de outros Eus, a poetisa acolhe a mulher que é e surpreende, no psiquiatra, o homem que aguardava. Porque ela, presa de encantamento, só sabe ripostar esta pequena coisa:

> Poeta!...

E somente nesse instante ficam ambos, pela primeira vez, reunidos no mesmo acorde, escutando, no mesmo compasso, o ruído das pétalas que continuam a cair no silêncio. O exorcista está, finalmente, possuído pelo mesmo feitiço que veio expurgar — e a mulher sai vitoriosa.[3]

---

3 A propósito, em *Florbela Espanca*, pertencente à Coleção "Nossos Clássicos" da Editora Agir (Rio de Janeiro, 1995), chego à conclusão, com Lacan, de que essa mulher não existe. Se o leitor estiver interessado em acompanhar tais especulações, remeto-o, portanto, a essa obra.

À MARGEM DUM SONETO

A poetisa, vestida de veludo branco e negro como uma andorinha, estendeu a mão delgada, onde as unhas punham um reflexo de joias, ao visitante que surgia à porta da salinha iluminada.

As grandes flores dos cretones claros davam ao pequeno aposento um ar alegre de festa íntima. O irradiador aceso espalhava por todo ele uma temperatura deliciosa. Nas paredes, pratos da China preciosos; uma praça de aldeia cheia de sol, de Alberto Sousa. Aqui e ali, espalhados por colunas e mesinhas, os sorrisos amigos de meia dúzia de fotografias. Três jarras enormes, ajoujadas de camélias brancas, puríssimas, lembrando, na sua gelada perfeição, exangues flores de cera.

Lá fora, a tarde de Novembro desdobrava-se em véus lutuosos, encostava-se às vidraças como cortinados de burel pardo, opacos e pesados. O mugido das sirenas rasgava as sombras do crepúsculo em gemidos lamentosos, carregados de desolação e tristeza.

— Sabe? Fechei hoje o meu livro de versos...

E num sorriso radioso:

— Com um belo soneto!

O sorriso dele tornou-se mais caricioso, deu-lhe maior luminosidade aos olhos sérios, distendeu-lhe as linhas duras da boca de lábios finamente desenhados.

Sentou-se na cadeira que ela lhe indicava, circunvagou pela salinha, acolhedora e íntima, um olhar satisfeito e murmurou:

— Diga.

A poetisa concentrou-se, fixou os olhos num ponto do espaço, num olhar já vago como afogado em sonho, e docemente, numa doce voz macia e triste, começou, enquanto desfiava num gesto inconsciente as grandes contas do seu colar cor-de-rosa:

> *Tudo cai. Tudo tomba! Derrocada*
> *Pavorosa! Não sei onde era dantes*
> *Meu solar, meus palácios, meus mirantes!*
> *Não sei de nada, Deus, não sei de nada!*
>
> *Passa em tropel febril a cavalgada*
> *Das paixões e loucuras triunfantes!*
> *Rasgam-se as sedas, quebram-se os diamantes!*
> *Não tenho nada, Deus, não tenho nada!*
>
> *Pesadelos de insónia ébrios de anseio!*
> *Loucura a esboçar-se, a anoitecer*
> *Cada vez mais as trevas do meu seio!*
>
> *Ó pavoroso mal de ser sozinha!*
> *Ó pavoroso e atroz mal de trazer*
> *Tantas almas a rir dentro da minha!...*

Um longo silêncio... As sirenas mugiam lá fora cada vez mais lamentosas e mais tristes. Uma camélia desabou de repente numa chuva de pétalas sobre o tapete.

— Então?— pronunciou a poetisa, baixinho.

E a voz dele, comovidamente, murmurou:

— Como você é dolorosa! Dir-lhe-ia bem o nome de irmãzinha das dores. Nos seus olhos parece caber toda a tristeza deste mundo, a sua boca é já um belo verso doloroso e a sua voz é a própria dor em música...

E repetiu o último terceto:

> *Ó pavoroso mal de ser sozinha!*
> *Ó pavoroso e atroz mal de trazer*
> *Tantas almas a rir dentro da minha!*

— La beauté est douloureuse... já o disse Anatole.

Fez-se de novo um grande silêncio, que a voz dele quebrou subitamente:

— Esse soneto com que você vai fechar as portas douradas do seu belo livro, soneto que a explica e que ao mesmo tempo a envolve, faz-me lembrar um caso que muito me interessou nesta minha última peregrinação pelos hospitais de Paris. Se não receasse entristecê-la, contava-lho.

— Conte — respondeu ela simplesmente, estendendo-lhe a mão, que ele beijou.

— Recorda-se da romancista brasileira que um dia me apresentou naquela festa em casa de seus pais? E do major L., que por ela se apaixonou nessa ocasião? Sabe que se casaram em Paris, há uns dois anos? Pois bem, é deles que se trata, ou por outra, dele. Fui encontrá-lo num hospital de alienados em Paris, este Verão.

E perante o olhar interrogador dela:

— Não sabia? — e noutro tom: — Dá-me licença?

Puxou da cigarreira, escolheu um cigarro, que acendeu, e principiou:

— Como deve recordar-se, aquela paixão deixou completamente assombradas todas as pessoas das relações de ambos. Ela era feia, nada elegante, não sabia vestir-se, e ele, pelo contrário, era um rapaz adorável e um dândi. A explicação, quanto a mim, é tudo quanto há de mais simples: aquela feia era inteligente, tinha o talento, o espírito e a graça, e sobretudo o encanto, duma imaginação extraordinária, palpitante de vida, apaixonada e colorida, sempre variada, duma pujança assombrosa como as profundas florestas da sua pátria brasileira. Pois foi precisamente essa imaginação que o apaixonou, que acabou por o endoidecer...

— Não vejo em nada disso o meu soneto...

Ele interrompeu-a numa fingida impaciência:

— Não seja mulher, você que o é tão pouco. Espere...

A poetisa sorriu e esperou que ele continuasse, voltando a desfiar, num gesto maquinal, as grandes contas do seu colar cor-de-rosa.

— Um dia, pouco depois de se casarem, ele começou a ter umas ideias bizarras. Começou a vê-la desdobrar-se, a descobrir-lhe, através de todos os seus romances, as almas diversas que eram dela e que ela ocultava dentro de si. Curioso, não é? Naquele romance *Alma Branca* viu-a imaculada, ingénua, fria e longínqua. Viu-a, com as mãozitas estendidas, manter o amor a distância, com um olhar de pavor. Viu-a passar no mundo, inacessível e sagrada, entre filas respeitosas de homens que nem ousavam cobiçar a sua imaterial beleza. Viu-a morrer, virginal e sorridente, numa cama do tamanho dum berço, onde o peso do seu corpo cavara um ninho de andorinha. Viu-a depois naquele outro romance *Flor de Luxo* ardente e sensual, rubra flor de paixão, endoidecendo homens, perdendo honras, destruindo lares, cortesã gananciosa cheia de vícios, toda manchada de impurezas. Viu-a no seu outro romance *As Mãos sem nada* céptica e desiludida, irónica, desprezando tudo, desdenhando tudo, passando indiferente em todos os caminhos, fazendo murchar todas as coisas belas, plenas de entusiasmo e exaltação, com o seu hálito gelado, mal as suas mãos lhes tocavam. Viu-a assassinar a irmã em *Cláudia*. Viu-a mentir, mentir dia e noite só pelo prazer de mentir, em *Vida Inútil*. Viu-a beijar doidamente o amante doido na *Paixão de Maria Teresa*.

"Que mulher era então ela? Que mulher era aquela mulher? Que mulher era a sua mulher? Quantas mulheres tinha ele?... E então, quando a possuía, via a outra, a de alma branca, estender as mãozitas trementes para o afastar, com um olhar de pavor; quando lhe dava um beijo de ternura, um doce beijo de amigo, via-lhe na boca o sorriso da *Flor de Luxo*, via-lhe os lábios pintados entreabrirem-se, rubros, no seu sorriso de cortesã; quando a ouvia discutir uma obra de arte, uma bela acção, um rasgo sublime de generosidade, no calor de qualquer emoção espiritual, logo pensava: "Mas se ela não crê em nada?!" E assim via-a mentir a todas as horas, toda ela era uma mentira viva; a sua carne feita doutras carnes, a sua alma onde se debatiam mil almas, aparecia-lhe simbolizada numa hidra de mil cabeças, de mil corpos, de mil almas!

"E, a pouco e pouco, começou a fugir dela, a ter-lhe medo. Espreitava-lhe o menor gesto, todas as expressões, as mais leves, da fisionomia. Via-a sempre mascarada e já lhe conhecia as máscaras uma a uma.

"Aquele sorriso era da Cláudia, quando cravava as unhas no pescoço da irmã, quando a via morrer sob a pressão dos seus dedos. Aquele olhar vago era o olhar, entre irónico e desdenhoso, da que não crê em nada, da desencantada da vida. Aquele rápido bater de pálpebras servia a Cláudia para velar o fulgor do olhar quando o amante sorria à irmã na penumbra do jardim das murtas. Aquele gesto era um doce gesto de Angélica quando erguia as urnas pesadas das tulipas nos solitários de cristal. Era assim que Salomé levantava as ondas revoltas dos cabelos, pesadas como um elmo de ouro maciço, naquele mesmo gesto de voluptuoso cansaço. Maria Teresa mordia as pétalas das flores assim mesmo quando o amante pousava nela, brutal como uma carícia de fauno, o olhar que a despia...

"E vinham-lhe à lembrança cenas inteiras dos romances dela, que ele revivia, que misturava à sua vida, sem conseguir destrinçar, por fim, a verdade da ficção.

"A mulher passou com ele dois anos desgraçados, dois anos miseráveis, pavorosos!

"Quando a estreitava nos braços, debruçava-se-lhe no olhar como quem se debruça no parapeito dum abismo onde marulha o mar, para ver... mas só lhe distinguia a espuma branca dos sonhos, a água negra marulhava lá mais para o fundo... E então, desiludido, apavorado, chorava em altos gritos a miséria de não saber quem era a mulher que possuía, quem era a mulher que era dele!

"Chamava-lhe Angélica e queria-a sempre vestida de branco com uma gola afogada de tule branco como a outra; Maria Teresa, e queria-a de veludo negro com o cabelo liso em franja sobre a testa; chamava-lhe Cláudia e cobria-a de joias, obrigava-a a andar com os dedos carregados de anéis, grandes colares de contas ao pescoço, os braços apertados em rígidos braceletes de escrava; Salomé, e punha-a meia nua, impudica, de revoltos cabelos frisados, de negros olhos alongados em dois traços até às fontes.

"Se a ouvia rir, seguia-lhe a música do riso, num ar de profunda concentração. Quem se teria rido?... De quem seria aquela gargalhada?... Angélica não se ria nunca, morreu novinha com os seus lábios virgens dum riso... Salomé ria mais alto, as suas gargalhadas rasgavam o silêncio como punhais... Cláudia só sabia sorrir... De quem seria aquele riso?...

"Se a ouvia falar, espiava-lhe o movimento dos lábios, com a atenção de quem decifra um enigma de que depende uma vida. Que mentira dissera ela, a mulher mentirosa?... Que frase de gélida nostalgia murmurara ela, a mulher desiludida?... Que mistério de volúpia segredara ela, a mulher cortesã?...

"E ele, como se chamava ele? Quem era ele? O amante de Maria Teresa, que a vestia toda de cor-de-rosa, quando a vestia de beijos?... Ou aquele conde luxurioso e brutal que possuía Salomé num tapete de peles fulvas como um leão a leoa?... Ou aquele estudante apaixonado e romântico que lia Musset e se levantava de noite para tocar ao piano nocturnos de Chopin?...

"Nos seus momentos lúcidos, cada vez mais raros, chorava doidamente, com a cabeça no regaço da mulher. Ela amava-o, tinha pena dele, consolava-o, tranquilizava-o, como se sossega uma criança doente. Por fim, ficou completamente louco; tiveram de o encerrar numa cela de doidos. E foi lá, minha doce poetisa e amiga, que eu o fui encontrar numa radiosa manhã do Verão passado."

A poetisa não quebrara ainda o encanto do seu gesto. As contas do grande colar cor-de-rosa continuavam a passar-lhe pelos dedos brancos e delgados. O seu olhar, enevoado de lágrimas, vagueou um momento pela sala, prendeu-se ao brilho fulgurante da campânula do irradiador, e ali ficou como que hipnotizado.

— Tenho aqui uma carta — prosseguiu ele — , umas frases sem nexo que ele escreveu e que me entregou, para eu entregar à mulher, no dia em que o fui visitar. Quer que leia?

Ela disse que sim com a cabeça.

— Maria: expulsa as outras todas e fica só tu. Não queiras tantas bocas no teu rosto que eu tenho medo de ti. Monstro com tantos nomes, dantes chamavas-te só Maria. E eu? Como é que eu me chamo, minha mulher...

A poetisa interrompeu-o de súbito, pondo-lhe docemente a mão na boca.

— Cale-se...

Os olhos, afogados numa bruma de lágrimas, procuraram o olhar sério que, ao encontrá-los, se dulcificou num olhar de intensa ternura.

As camélias brancas iam deixando cair as pétalas imaculadas sobre o tapete onde parecia ter nevado. As grandes flores dos cretones claros pareciam querer imitá-las, mais lânguidas agora, mais abertas, como que por milagre embriagadas de aromas pesados. Despediam um brilho mais suave as cores amortecidas das porcelanas, nas paredes. Os sorrisos das fotografias eram mais ausentes, mais vagos nos cantinhos onde a luz do candeeiro não batia.

Lá fora, a noite de Novembro rasgava os seus véus de luto para que o frio luar de Inverno enchesse de prata os caminhos obscuros. Tinham-se calado, no porto, os mugidos lamentosos das sirenas. Na sala só se ouvia o ligeiro ruído que as contas cor-de-rosa faziam ao bater umas nas outras sob os dedos da poetisa como na areia da praia as conchas que o mar arrasta...

Então, no silêncio pesado duma misteriosa e dulcíssima emoção que os envolvia, ergueu-se lentamente a voz dele, recitando o último terceto:

Ó pavoroso mal de ser sozinha!
Ó pavoroso e atroz mal de trazer
Tantas almas a rir dentro da minha!...

— E... não tem receio... de endoidecer?... — murmurou a poetisa, como que a medo, ao esvair-se na penumbra a última sílaba do verso.

A estas palavras, pronunciadas numa vozinha triste e cheia de desalento, ardeu-lhe nos olhos sérios uma chama de alegria, o sorriso aberto que lhe rasgou os cantos da boca, de linhas duras, fez-lhe brilhar na sombra o esmalte são dos dentes. Debruçou-se para ela, como se lhe estivesse gravando na alma as palavras que murmurava:

— As almas das poetisas são todas feitas de luz, como as dos astros: não ofuscam, iluminam...

As camélias iam-se desfolhando todas, a pouco e pouco. Ela sorriu, abanando tristemente a cabeça:

— Poeta!...

E ficaram ambos a escutar o ruído das pétalas sobre o tapete, que caíam como gotas de água no silêncio.

"O resto é perfume..."

No contexto de As máscaras do destino, *o conto "O resto é perfume..." se oferece para ser lido como sendo a própria resposta que Florbela teria encontrado para poder sobreviver à morte de Apeles. De fato, ali se narra a iniciação de uma mulher nos segredos mais íntimos da natureza, a ponto de entender a vida através da morte, ou seja, a ponto de compreender na vida o papel que nela desempenham os mortos, sabedoria que lhe é ministrada por um louco, e que é compartilhada por santos, filósofos, profetas, artistas e iluminados — gente, como se vê, banida da sociedade, situada na sua marginália. Nestes se incluem, como o conto se incumbe de enunciar, Joana d'Arc (considerada feiticeira e herética), Pascal (cujas doutrinas sobre a graça e a predestinação fizeram espécie no século XVII), Savonarola (místico queimado por heresia), João Huss (precursor da Reforma e queimado como herético) e Leonardo da Vinci.*

O consolo, que passa a ser o viático dessa personagem-mulher, permitindo-lhe continuar viva durante essa "época dolorosa" da sua existência, ultrapassando as crises que a assaltam subitamente, vem do entendimento de que tudo o que vemos e que existe é pura ilusão, já que o mundo é inventado pelos vivos que, aliás, nada sabem, porque o conhecimento é privilégio dos mortos. Estes são os que andam pelo mundo, constituindo-se, afinal, nos únicos seres que de fato existem, nos que verdadeiramente nos tocam e os quais sentimos, de maneira que eles é que fazem a vida. O que comumente os dedos tateiam ou que os olhos captam ou o que os ouvidos apreendem não passa, portanto, de simples quimera que se esboroa. Assim, apenas os iniciados podem ver aquilo que ultrapassa o que ali está, porque eles têm percepção para escutar os mortos e conhecer o que eles lhes mostram, a ponto de penetrar nesse entendimento.

Mas isso não pode ser dito — *primeiro porque faz dos iluminados seres incompreendidos, perseguidos e à margem da ordem estabelecida. Depois, porque as palavras são pífias e insuficientes para comunicar verdades tão poderosas. Daí a conclusão de que "o resto é perfume..."*

Eis, portanto, assim resumidas, as poucas palavras que implicitam o conhecimento em que a personagem-mulher encerrou o sentido da sua existência e que a têm mantido viva durante as atuais vicissitudes, às que ela mesma apoda de "dolorosas". Todavia, para além dessa significação, a mais direta do conto, interessa reter a maneira como esse tipo de sabedoria comparece aqui. E isso porque chama a atenção do leitor o fato de que essa iniciação se exponha, nesta peça, eivada de uma carga semântica muito semelhante àquela com que Florbela tem designado o feminino, tanto ao longo dos seus poemas quanto no transcorrer das obras em prosa em que tal temática se aloja.

Para já, repare-se que a personagem-mulher em pauta nos é apresentada no seu caráter de exceção, de desvio à regra e, para configurá-la melhor, o próprio narrador, que sabemos ser romancista, a descreve enquanto um ser contraditório, mais especialmente, como alguém em estado de perfeito oximoro. Essa mulher sela sua personalidade por meio do estado paradoxal do estar entre, visto que nos é definida como um "afinado desconcerto". É que nela se misturam "gritos de revolta, dulcíssimos gemidos, grotescas gargalhadas de escárnio", ao mesmo tempo em que também se divisa nela um erotismo contido, uma sensualidade torturada. Se aproximarmos todas estas atribuições que lhe são conferidas, veremos que ela encerra, numa palavra, o interdito — qualidade, como se vê, semelhante à dos mortos, que só podem ser pressentidos pelos iniciados, e que não podem ser sequer traduzidos.

Devido, portanto, à sua maneira de pensar e de ser, essa mulher se encontra, por assim dizer, isolada das suas pares, muito embora guarde características que também pertencem às outras. Todavia, a regra social geral para consolo ou analgésico às dores femininas, que consiste em refugiar-se na religião, no dever, no amor, na prática da caridade e do *sacrifício — não funciona para ela. Muito ao contrário, em lugar da corriqueira ação de* fiat Maria, *é ao ensinamento de um doido, como ela própria reconhece, que essa personagem se lança para ultrapassar as terríveis aflições de que é acometida. É desta maneira que, de princípio, ela escapa ao protótipo mariano que radicaliza intransigentemente o papel feminino. Mas paga alto sua ousadia: pois que é por essa via que ela ingressa na vida marginal, noturna e lunar, já que acompanha os loucos, os profetas, os iluminados, os artistas — enfim, os mortos.*

E os mortos representam, neste conto, como já salientei, o supremo interdito — algo que diz diretamente respeito à histórica condição feminina. E a filosofia emanada do conhecimento de que eles detêm a essência da realidade se baseia, portanto, no fato de que se encontram enclausurados e impotentes para manifestarem-se por si próprios. Ora, no conto, aqueles personagens que agregam justamente tais características são a mulher a quem me refiro e a terra alentejana — ambas, como os mortos, símiles de fechamento, de insulamento, de internalização.

Da perspectiva da personagem-mulher, transformada, nesta narrativa em cascata, em contadora da sua própria história, na terra alentejana "a alma das coisas parece falar através da imobilidade das formas". Também o estado de entremeio, conferido à ela no conto, parece ser próprio dessa mesma terra. Segundo ainda o que nos narra, nos olivais do Alentejo tem-se

> a impressão de se estar fora do mundo e em comunicação com ele, **dentro da vida e fora dela**, no estranho e triunfal inebriamento de agitar perdidamente as asas no espaço e no profundo desânimo de as sentir presas ainda!

Mas, o mais espantoso é quando a explicitação da terra alentejana, gritando o interdito e o estar entre, se revela a perfeita metáfora da mulher e dos mortos.

Num momento de felicidade narrativa, essa personagem descobre o que se asila sob a pretensa serenidade da sua terra, descobrindo que dentro dela *lateja uma força hercúlea, força que se revolve num espasmo, que quer criar e não pode. A tragédia daquele que tem gritos lá dentro e se sente asfixiado dentro duma cova lôbrega; a amarga revolta de anjo caído, de quem tem dentro do peito um mundo e se julga digno, como um deus, de o elevar nos braços, acima da vida, e **não poder e não ter forças para o erguer sequer**!*

É assim que a terra alentejana, símbolo da própria interdição feminina, catalizando a força maternal, a intimidade sufocada, se revolve e se perfaz numa escrita de dentro, à maneira de uma poética uterina.

O RESTO É PERFUME...

— Nesta época dolorosa da minha vida — prosseguiu a minha amiga —, sabe você aonde vou buscar o mais benéfico consolo, o analgésico mais seguro contra estas crises que me assaltam de vez em quando, de repente, no meio duma frase, dum riso, crises que me fazem lembrar um cobarde assalto, pelas costas, numa praça iluminada e cheia de gente?

A minha amiga, no terraço da sua linda casa, uma romântica casa, meio *cottage*, meio palacete, que dava para o mar, formulava-me esta estranha pergunta à queima-roupa, naquele ar de maliciosa seriedade que lhe era habitual e que lhe dava um tão estranho encanto.

Estávamos sós, naquela quente tarde de Agosto, face ao mar, abrigados do vento, que naquele pedaço de costa é quase constante, pelo toldo às riscas vermelhas e brancas que nos separavam do resto do mundo, comodamente estendidos em cómodas cadeiras de vime; à mão, em cima duma elegante mesinha também de vime, um grande ramo de sécias, desgrenhadas e finas como crisântemos, o *Bouddha Vivant* de Morand com a faca de marfim marcando a página interrompida, e a mancha verde, gritante, dum novelo de lã: o seu trabalho, o seu inseparável trabalho de *crochet*. Bastas vezes me tinha dado que pensar aquele seu eterno *crochet,* os velhos dedos sempre agitados numa lida incessante. Verão e Inverno, os seus íntimos não se lembravam de a ver um instante imóvel, estendida na sua cadeira, posição que, à primeira vista, pareceria calhar como uma luva àquela estranha e dolorosa imaginativa. Quem sabe? Talvez aquela incessante agitação dos dedos, que ela tinha brancos e delgados, de miudinhas unhas de bebé, lhe ajudasse a compor melhor as complicadas sinfonias das suas meditações, onde havia de tudo em afinado desconcerto, se a frase pode arriscar-se... — gritos de revolta, dulcíssimos gemidos, grotescas gargalhadas de escárnio.

Amodorrado pelo calor, e por esta indolência, por este desprendimento cheio de beatitude, por esta incapacidade de esforço intelectual ou físico que nos ataca às primeiras horas da tarde e depois duma boa refeição, olhei para ela sem responder.

— Às palavras dum doido — rematou ela, simplesmente.

Desconcertante e bizarra, com ela nunca a gente sabia aonde iria parar; as suas premissas chegavam sempre a conclusões fantásticas; através dos seus argumentos, os factos chegavam--nos irreconhecíveis, tomavam as atitudes mais ambíguas, nas contorções do seu espírito escarnecedor e singular. Nela, parecia andar um Mark Twain de braço dado com um Edgar Poe.

Todos nós, que aqui estamos, conhecemos mulheres que em épocas dolorosas da sua vida procuraram um consolo, um analgésico, como ela dizia, na religião, esse maravilhoso unguento que faz sarar todas as chagas, no cumprimento do dever, o mais rígido, no amor, no sacrifício mesmo pelos seus ou pelos estranhos, na prática da caridade, na arte; mas uma mulher que se agarre, como à única tábua de salvação que a pode fazer boiar à tona de água, às palavras dum doido, qual de vocês conhece essa mulher? Pois bem, conheci-a eu, e vou dizer-lhes o que ela me disse, o que lhe ouvi e que nunca mais me esqueceu, naquelas primeiras horas duma quente tarde de Agosto. Pode ser que a algum de vocês faça bem... Tudo é possível.

— Conheci-o numa pequena vila, nessa linda província alentejana que tão pouca gente conhece, onde toda a paisagem, em certas horas, toma ares extáticos de iluminados, onde a alma das coisas parece falar através da imobilidade das formas.

"Era um velho muito alto, muito limpo, sempre muito bem-vestido, com uma grande cabeleira branca ondulada, que ele tinha o costume de alisar de vez em quando, com a mão, quando falava. Era de boa família, de origem fidalga, dizia-se. O pai tinha aparecido ali, um belo dia, vindo não sei donde, e ali tinha morrido anos depois. Eu não cheguei a conhecê--lo, é claro. Lembro-me vagamente de um pormenor curioso acerca da sua vida: levantava-se ao escurecer e deitava-se só às primeiras horas do dia; fazia toda a sua vida de noite. Lia quase constantemente os poetas gregos e latinos; era muitíssimo culto e não falava com ninguém. O filho, bizarro como ele, caíra com a idade, a pouco e pouco, numa completa loucura; mas, muito calmo, muito doce, muito bem educado, não incomodando ninguém, deixaram-no à vontade, e ninguém o incomodava.

"Eu fiz dele o meu único confidente, a minha grande afeição; ele era ao mesmo tempo o meu cão, o meu livro, a minha amiga íntima, o inseparável companheiro dos meus longos passeios solitários pela planície.

"Caminhávamos horas a fio pelas estradas fora, calados, a olhar avidamente tudo o que nos cercava. A minha família, principalmente o meu pai, não se conformava com semelhante esquisitice, e a princípio lutou desesperadamente contra mais aquele disparate, aquela tola mania de fazer dum doido o meu maior amigo; mas, como já estava habituado às bizarrias do meu carácter e como eu, segundo eles diziam, não fazia nada como a outra gente, acabaram por me deixar em paz a mim e ao meu amigo doido. Nunca tive outro assim... e hoje, as suas palavras que eu evoco são, como já lhe disse, o meu mais benéfico consolo, o meu analgésico mais seguro contra as crises que me assaltam de vez em quando, no meio duma frase ou dum riso.

"Parece-me, se fechar os olhos, que foi ontem a última vez que o vi. As nossas conversas eram sempre um longo monólogo: ele falava, eu ouvia. Nunca li nos livros frases mais belas, ideias mais tragicamente consoladoras, de uma maior e mais elevada espiritualidade. A palavra dele era como a água: gotinha a cair numa raiz abrasada, regato que vai segredando profecias às ervas do chão, torrente impetuosa que tudo arrasta, que tudo leva à sua frente.

"A planície estendia-se até aos confins do horizonte, de cambiantes inverosímeis A estrada poeirenta, quase recta. Charnecas bravias, dum e doutro lado. Aqui e ali, a rara mancha escura duns torrões lavrados que mais tarde fariam o grande sacrifício de, mortos à sede, darem pão. Sob a serenidade austera da minha terra alentejana, lateja uma força hercúlea, força que se revolve num espasmo, que quer criar e não pode. A tragédia daquele que tem gritos lá dentro e se sente asfixiado dentro duma cova lôbrega; a amarga revolta de anjo caído, de quem tem dentro do peito um mundo e se julga digno, como um deus, de o elevar nos braços, acima da vida, e não poder e não ter forças para o erguer sequer! Ah, meu amigo! o génio que, com o grotesco vocabulário humano, pudesse fazer vibrar a nossa sensibilidade, estorcer os nossos nervos de encontro à trágica e mentirosa insensibilidade da minha dura terra alentejana! Nem Fialho, nem nenhum! Que mar alto de desolação e de força possante a perder de vista... e o Sol a abrasar tudo, incendiário sublime a deitar fogo a tudo! E quando a chuva cai!... O misto de inefável êxtase e de sofredora humildade com que a mísera e amarga erva rasteira recebe a água fresca do céu! Moisés no monte Sinai, recebendo as palavras divinas...

"Outras vezes, íamos para o lado dos olivais, campos tão tristes, tão tristes, que toda a atmosfera parece impregnada de tristeza; até a luz é triste. Oliveiras salpicadas de cinza, sobre terras barrentas que parecem empapadas em sangue. Não se vê um vulto humano... não se ouve uma voz... Tem-se a impressão de se estar fora do mundo e em comunicação com ele, dentro da vida e fora dela, no estranho e triunfal inebriamento de agitar perdidamente as asas no espaço e no profundo desânimo de as sentir presas ainda! A terra é tão triste, tão triste, que a gente até tinha pena de lhe pôr os pés em cima; nos nossos passos, ao pisá--la, arrastávamos o remorso e a dor de quem um dia escarneceu um pobre! As nossas mãos esboçavam sem querer o gesto de a levantar, de a erguer devagarinho até à altura dos nossos lábios; sentíamos uma profunda e dolorosa vergonha de a adivinharmos humilde e boa, pobrezinha a dar misericordiosamente todo o bem que tem, a despojar-se de todas as suas escassas galas de pobre envergonhado, inesgotavelmente, nas mãos abertas dos ricos soberbos.

"Muitas vezes, confundíamos os arrastados crepúsculos de Verão com as claras noites de lua cheia. Estávamos longe; vínhamos para casa noite fechada. Na charneca, o luar inundava tudo, os rosmaninhos e os alecrins, as estevas e as urzes, todas as moitas sequiosas, que o bebiam como água límpida que um cântaro a transbordar entornasse lá do alto. Às vezes era tão branco, tão imaterial, duma tão pura religiosidade, que a planície alagada fazia lembrar uma grande toalha de altar onde tivessem espalhado hóstias.

"Nos olivais era ainda mais lindo. O meu amigo doido sorria apaziguado. O luar entrava sorrateiro, em bicos de pés, não fosse alguém pô-lo lá fora... E as árvores, as tristes oliveiras de há pouco?!... Ao passar pelo meio delas, dava vontade de lhes perguntar: "E os vossos vestidinhos de burel cinzento? Que lhes fizeram, princesinhas de lenda?... Onde está o teu vestido e o teu negro capuz, *Peau d'Ane*? E o teu, *Cendrillon*?" Todas vestidas de prata, toucadas de diamantes, recamadas de opalas, turquesas e safiras, calçadas de brocado, com os pés num tapete tecido a fios de oiro semeado de rubis, são princesas, filhas de reis, *belles au bois dormant* à espera do Príncipe Encantado.

"Quando estávamos cansados, ao cair da tarde, sentávamo-nos no tronco carcomido duma oliveira, nas pedras dum muro esboroado ou em qualquer talude de estrada poeirenta. Ele estendia o braço para o horizonte longínquo que se diluía nas sombras do crepúsculo, alisava a sua longa cabeleira branca, e começava a falar. Eu, de mãos no regaço, imóvel, ouvia.

"Uma tarde, em Abril, tínhamo-nos sentado no muro de uma propriedadezinha à beira da estrada, perto da minha casa. Lembro-me tão bem! Parece-me ver desenhar-se na minha frente, no cimo daquelas ondas, sempre as mesmas e sempre diferentes, o humilde *décor*: um muro, um lilás todo florido e, a animar a cena, ele e eu.

"Naquele dia esteve sempre muito agitado, dir-se-ia que a fada Primavera não se tinha esquecido de trazer também para ele o seu quinhão de seiva a tumultuar que nos troncos velhos, como nos novos, quer subir e dar flores. Apesar de há muito estar habituada à sua esquisita maneira de se expressar, não entendi completamente o sentido das suas palavras, nessa tarde. Por muito tempo, não consegui adivinhar a razão por que as trazia gravadas no cérebro como misteriosos símbolos, palavras de encantamento e de magia a que só depois penetrei o sentido. Primeiro, foi preciso sofrer e chorar. Tinha de fazer delas, com o correr dos tempos, o meu estranho viático para as horas dolorosas; tinha de encerrar dentro delas todo o meu sentido da vida. O que durante anos inteiros procurara nas páginas dos livros, conseguira extrair de ideias condutoras no estudo das mais variadas filosofias, o que adivinhara em mim de misterioso e de grande, tudo o doido, no seu falar incoerente, conseguiu meter dentro daquele dulcíssimo crepúsculo de Abril.

"O cenário, como vê, nada tinha de extraordinário: um muro, um lilás em flor, o horizonte a esbater-se nas cinzas abrasadas do crepúsculo... Vocês, os romancistas, precisam de muito mais... Pois bem! daquele muro, daquele lilás, com o horizonte, opala a fundir-se num largo oceano de sombras, por pano de fundo, fez o meu doido um grande tratado de Filosofia para uso das almas simples e sofredoras; com aquele pouco, compôs ele os dogmas da minha futura religião.

"Vês?" apontava ele para o horizonte longínquo. "Não, tu não podes ver!, à tua compreensão só pode chegar a percepção dos objectos que os teus misérrimos sentidos te apresentam e tal como eles te os apresentam. Lês isso em qualquer cartapácio de Filosofia.

"O bom do Kant passou a vida a pregá-lo. O que os teus dedos tacteiam são as ilusões dos teus olhos e dos teus ouvidos. Árvores! Que são árvores?... Pedras? Poeira? Que é isso? É o mundo!... E tu vês o mundo! Os homens criaram o mundo! De uma árvore fizeram uma floresta, de uma pedra um templo, deitaram-lhe por cima um pozinho de estrelas e pronto... fizeram o mundo! E não há árvores, não há pedras e não há florestas, nem há templos, e as estrelas não existem. Não há nada, digo-te eu. Tu não sabes nada. Os mortos é que sabem. Os vivos chamam-lhes sombras. Os vivos metem as sombras dentro dum caixão, fecham-no à chave, pregam-no bem pregado, soldam-no, afundam-no na terra, muito fundo, e a sombra lá vai... fica o resto. São eles que por aí andam, são eles que tu sentes. Não há árvores, não há pedras, não há nada: há mortos. Os mortos é que fazem a vida; dentro dos túmulos não há nada. Eu queria agora dizer-te o que vejo, o que os mortos veem, mas não posso. As palavras não vão além do que tu vês e ouves; as palavras são túmulos: estão vazias. Olha", e apontava as primeiras estrelas que se acendiam na abóbada do céu, "aquilo são estrelas, dizem os homens... e porque não há-de ser o pó doirado que tombou de uma grande asa de borboleta? Eu queria dizer-te agora o que é a vida dentro do mundo. Os mortos sabem. Eu sei. Os mortos poisaram as pontas das suas miríades de dedos sobre os meus olhos, enterraram-nos para dentro de mim, e mandaram-me ver... eu vi. Aparecem, de séculos a séculos, vivos que veem. Os homens chamam-lhes santos, profetas, artistas, iniciadores. Os homens escrevem em léguas e léguas de traços e borrões as suas histórias... e explicam-nos, comentam-nos, decifram-nos! Oh, miséria, deixa-me rir!! Joana d'Arc... Pascal... Savonarola... João Huss... Vinci... Oh, miséria! Tu vives, mas não sabes a vida. Estes sabiam-na, mesmo com os olhos fechados, mas dentro da vida. Os outros mortos também a sabem. Olha", e, arrancando abruptamente um cacho de lilás, deu-mo a cheirar, "é perfume! A vida é este cacho de lilás... Mais nada... O resto é perfume..."

— O resto é perfume... — repetiu lentamente a minha amiga, olhando o mar que as primeiras velas sulcavam.
E, mãos no regaço, vi-a pela primeira vez imóvel, esquecida de mim e de tudo.

THANATOS

"Epígrafe" e "Dedicatória"

É a morte o motivo que reúne os contos a seguir. E como As máscaras do destino *é o livro dedicado a seu "Morto" querido, apresento ao leitor o pórtico que abre originariamente o volume, fazendo-o acompanhar da Dedicatória.*

Essa insígnia inicial se resume na transcrição e no patético comentário de uma sentença de Marco Aurélio, que Florbela elege como inscrição tumular de Apeles. Esta se reporta a dois grãos de incenso, destinados a serem queimados; um cai mais cedo que o outro, o que em nada altera o destino de ambos. E essa "imensa renúncia" que Florbela surpreende no símbolo fá-la resignar-se com o esboroamento do primeiro grão enquanto aguarda a consumação do seu próprio.

Todavia, nesta pequena e pungente página, já se antecipa a Dedicatória, pois que a epígrafe, impossível de ser selada no túmulo de origem, que é móvel e contrafeito ao eterno — visto que nada pode ser gravado nas águas onde Apeles descansa — fica sulcada como a porta de ingresso a este livro, que Florbela declara ter produzido para evitar, justo, que seu querido Morto desapareça consigo. Esta é, segundo supõe ela, a única maneira mortal de que dispõe para oferecer-lhe a eternidade.

Na Dedicatória, ela relembra que também ofertou a Apeles, há oito anos atrás, o seu primeiro livro — o Livro de mágoas *(1919). Ali, todavia, a oferta dizia respeito "À querida alma irmã da minha, ao meu Irmão", enquanto que é, já, agora, "A meu Irmão, ao meu querido Morto" a quem, assim consternada, ela se dirige então. Apeles é, pois, descrito naquilo que de igual e de melhor possui em relação a ela, como a sua parte vitoriosa, mais digna e mais bela, como o seu mesmo e como o seu outro. É curiosa a declaração de que, através da bondade e da meiguice dele, era possível à Florbela viver a ilusão de ter um filho, o que parece significar que era a existência dele que lhe nutria a quimera da maternidade e da perpetuação.*

EPÍGRAFE

*Vários grãos de incenso,
destinados a ser queimados,
espalharam-se sobre o mesmo
altar. Um caiu mais cedo, outro
mais tarde; que lhes importa?*
Marco Aurélio

Sobre uma pedra tumular ficaria bem esta sentença do mais poeta dos sábios, mas nada de firme, nada de eterno se pode gravar nas ondas, e são elas a pedra do seu túmulo.

O grão de incenso que, sobre o altar, caiu mais cedo, ardeu mais cedo; foi apenas um grão de incenso entre o número infinito dos que hão-de cair e arder, entre a imensidade doutros que já caíram, que já arderam; e o infinito desapego, o desesperante abandono, a imensa renúncia do símbolo faz tombar num gesto de resignação as minhas mãos crispadas, tapa-me a boca que quereria gritar, abafa-me os soluços e as blasfémias na ansiosa expectativa do momento em que outro grão de incenso há-de cair e arder...

"Um caiu mais cedo, outro mais tarde; que lhes importa?"

DEDICATÓRIA

A meu Irmão
ao meu querido Morto

Quando há oito anos traçava com orgulho e ternura, na primeira página do meu primeiro livro, onde encerrara os sonhos da minha dolorosa mocidade, estas palavras de oferta: *À querida alma irmã da minha, ao meu Irmão*, que voz de agoiro, que voz de profecia teria segredado aos meus ouvidos surdos, à minha alma fechada às vozes que se não ouvem, estas palavras de pavor: Aquele que é igual a ti, de alma igual à tua, que é o melhor do teu orgulho e da tua fé, que é alto para te fazer erguer os olhos, moço para que a tua mocidade não trema de o ver partir um dia, bom e meigo para que vivas na ilusão bendita de teres um filho, forte e belo para te obrigar a encarar sorrindo as coisas vis e feias deste mundo, Aquele que é a parte de ti mesma que se realiza, Aquele que das mesmas entranhas foi nascido, que ao calor do mesmo amplexo foi gerado, Aquele que traz no rosto as linhas do teu rosto, nos olhos a água clara dos teus olhos, o teu Amigo, o teu Irmão, será em breve apenas uma sombra na tua sombra, uma onda a mais no meio doutras ondas, menos que um punhado de cinzas no côncavo das tuas mãos?!...

Que voz de agoiro, que voz de profecia teria segredado aos meus ouvidos estas palavras de pavor?!

Ah, a miséria dos nossos ouvidos surdos, das nossas almas fechadas! *Les morts vont vite...* Não é verdade! Não é verdade! Os mortos são na vida os nossos vivos, andam pelos nossos passos, trazemo-los ao colo pela vida fora e só morrem connosco. Mas eu não queria, não queria que o meu morto morresse comigo, não queria! E escrevi estas páginas...

Este livro é o livro de um Morto, este livro é o livro do meu Morto. Tudo quanto nele vibra de subtil e profundo, tudo quanto nele é alado, tudo que nas suas páginas é luminosa e exaltante emoção, todo o sonho que lá lhe pus, toda a espiritualidade de que o enchi, a beleza dolorosa que, pobrezinho e humilde, o eleva acima de tudo, as almas que criei e que dentro dele são gritos e soluços e amor, tudo é d'Ele, tudo é do meu Morto!

A sua sombra debruçou-se sobre o meu ombro, no silêncio das tardes e das noites, quando a minha cabeça se inclinava sobre o que escrevia; com a claridade dos seus olhos límpidos como nascentes de montanha, seguiu o esvoaçar da pena sobre o papel branco; com o seu sorriso um pouco doloroso, um pouco distraído, um pouco infantil, sublinhou a emoção da ideia, o ritmo da frase, a profundeza do pensamento.

Bastar-me-ia voltar a cabeça para o ver...

Este livro é dum Morto, este livro é do meu Morto. Que os vivos passem adiante...

Florbela Espanca

"O aviador"

Em "O aviador", como já referi, encontramos, em estilo elevado, uma alegoria da morte de Apeles, em que o seu acidente é iluminado através do mito de Faetonte, este mesmo derivado de luz, brilho, claridade, que é como se descreve o outro.

No sentido de atingir o ápice da sua espécie radiosa, em busca do mais alto, Faetonte, guiando o carro de Apolo, seu pai, cai em êxtase e perde o domínio sobre os cavalos de fogo que despenham-se do espaço em direção ao Erídano. As náiades e ninfas do rio misterioso, tocadas por sua magnífica ousadia, oferecem-lhe sepultura condigna, enquanto que suas irmãs, vertendo incessantes lágrimas sobre o seu túmulo, se transformam em choupos. Tal metamorfose prodigaliza a explicação de que, mesmo em outro estado, ou no caso de ainda enquanto árvores, as Helíades, tanto quanto Florbela, continuam a prantear o irmão.

Malgrado tudo, pode-se ler o conto como a parábola da gesta gloriosa, do arrojo, como o elogio da desmesura, que compreende contraditoriamente o risco, o perigo e o inebriamento da ultrapassagem das regras. E, através desta perspectiva, o descomedimento é visto como o trampolim que permite a ultrapassagem do homem, o seu desprendimento da terra, o seu mergulho na eternidade, enfim, o salto do aprisionamento à liberdade total. A morte se torna, portanto, uma apoteose.

A parábola se desenvolve num elevado estilo que se quer épico, numa apoteose onde o herói é aproximado à estatuária, ao bronze, ao ouro, à nobreza, aos rostos da numismática. Mas essa heroicidade, ao invés de estar sendo narrada, é antes descrita enquanto passos de um óleo, de uma tela no exato momento em que a inspiração plástica a concebe, desde os tons cambiantes em que se vai tecendo de início até as tonalidades heráldicas e sem esbatidos com que o episódio toma corpo no final.

Chamo a atenção do leitor para a manutenção desse nível estilístico, inteiramente diverso dos contos anteriores, para a presença de componentes sensuais na descrição das cenas, para a plasticidade das imagens e para a metáfora de "gaivotas", por exemplo, flexionada logo no princípio do conto: "os lenços claros, desdobrados, das gaivotas, dizendo adeus aos que andam perdidos sobre as águas do mar..."

O AVIADOR

No veludo glauco do rio lateja fremente a carícia ardente do Sol; as suas mãos doiradas, como afiadas garras de oiro, amarfanham as ondas pequeninas, estorcendo-as voluptuosamente, fazendo-as arfar, suspirar, gemer como um infinito seio nu. Ao alto, os lenços claros, desdobrados, das gaivotas, dizendo adeus *aos que andam perdidos sobre as águas do mar...* Algumas velas no rio, manchazinhas de frescura no crepitar da fornalha. Mais nada.

Um óleo pintado a chamas por um pintor de génio. As tintas flamejam ainda húmidas: são borrões vermelhos as colinas em volta; doirado, o indistinto turbilhão da casaria ao longe.

A vida estremece apenas, pairando quase imóvel, numa agitação toda interior, condensada em si própria, extática e profunda. A vida, parada e recolhida, cria heróis nos imponderáveis fluidos da tarde.

Os homens, saindo de si, borboletas como salamandras que a chama não queimara, abrem os braços como asas... e pairam! Acima do óleo pintado a chamas por um pintor de génio ascende... o quê? Outra gaivota?... Outra vela?... O Sol debruça-se lá do alto e fica como uma criança que se esquecesse de brincar no trágico assombro do nunca visto! Outra gaivota?... Outra vela?...

Tudo em volta flameja. O pincel de génio dá os últimos retoques ao cenário de epopeia. As tintas têm brilhos de esmaltes. São mais vermelhas as colinas agora, mais doirada a cidade distante.

Os filhos dos homens, cá em baixo, deixam cair nos campos a enxada que faz nascer o pão e florir as rosas; os pescadores largam os remos audaciosos que rasgam os mares e os rios, e os filhos dos homens mais duramente castigados, os que habitam o formigueiro das cidades, param nas suas insensatas correrias de formigas, e todos voltam a face para o céu.

O que anda sobre o rio? Outra gaivota?... Outra vela?...

Lá em cima, a formidável apoteose desdobra-se no meio do pasmo das coisas. É um homem que tem asas! E as asas pairam, descem, redopiam, ascendem de novo, giram, latejam, batem ao sol, mais ágeis e mais robustas, mais leves e mais possantes que as das águias. É um homem! A face enérgica, vincada a cinzel, emerge, extraordinária de vida intensa, na indecisão dos contornos que lhe fazem, vagos e pálidos, um vago pano de fundo; a face e as mãos. É um Rembrandt pintado por um titã.

Os músculos da face adivinham-se na força brutal das maxilas cerradas. Nos olhos leva visões que os filhos dos homens não conhecem. Os olhos dele não se veem; olham para dentro e para fora; são de pedra como os das estátuas e veem mais e mais para além do que as míseras pupilas humanas. São astros.

É um homem! Deixou lá em baixo todo o fardo pesado e vil com que o carregaram ao nascer; deixou lá em baixo todas as algemas, todos os férreos grilhões que o prendiam, toda a suprema maldição de ter nascido homem; deixou lá em baixo a sua sacola de pedinte, o seu bordão de Judeu Errante, e, livre, indómito, sereno, na sua mísera couraça de pano azul, estendeu em cruz os braços que transformou em asas!

Não há uma sombra de nervosismo, uma crispação, naquele perfil de medalha florentina, naquela face moldada em bronze, um bronze pálido que lateja e vibra; não há uma ruga naquele olímpico modelo de estatuária antiga, recortado no oiro em fusão da tarde incendiada. O seu coração, ao alto, é mais uma onda do rio, embaladora, rítmica, na sensualidade da tarde; é uma voz que sussurra, que ele sente sussurrar em uníssono com outra voz que sussurra mais áspera, mais rude —, a voz do coração de aço que, sob o esforço das suas mãos, palpita e responde.

O Sol ascende mais ao alto, vai mais para além, tem agora um fulgor maior, e, sobre o bronze vibrante das mãos triunfantes, vai pôr a mordedura da sua boca vermelha. São brutais aquelas mãos, formidáveis de esforço, assombrosas de vontade! Esqueceram as carícias e os beijos, o frémito dos contactos inconfessáveis, o trémulo tactear das carnes moças e cobiçadas; deixaram lá em baixo os gestos de doçura e piedade, o aroma das cabeleiras desatadas, a forma dos rostos desejados moldados nas suas palmas nervosas, todas as posses onde se crisparam e os desejos para que se estenderam; perderam as curvas harmoniosas, a tepidez dolente e macia de preciosos instrumentos de amor! Contraíram-se em garras e, no alto, crispadas sobre a presa, são elas que algemam, são elas que escravizam, que subjugam as asas cativas!

 E, lá no alto, o homem está contente. Como quem atira ao vento, num gesto de desdém, um punhado de pétalas, atira cá para baixo uns miseráveis restos de oiro que levou; do seu oiro de lembranças de que se tinha esquecido. O homem está contente.

 E a apoteose continua. O pintor de génio endoideceu; atira sem cambiantes, sem sombras, sem esbatidos, traços como setas que se cravam; arroja brutalmente todos os vermelhos e os oiros da sua paleta, e pinta como quem esmaga em gestos tumultuosos de demente. Donde vem tanto oiro? Prodígio! Miragem! Deslumbramento! Até as velas sangram e as asas, peneiradas de cinza, das gaivotas se encastoam de rutilantes pedrarias raras. É irisado agora o veludo glauco do rio; o sol atira-lhe a rir, como um menino, pródigo e inconsciente, as suas últimas gemas. As colinas, em volta, são mãos abertas de assassino, e o casario, chapeado de luz, é um manto de púrpura rasgado, cujos farrapos vão prender-se ainda nas labaredas do horizonte a arder. O homem está contente. Atira as asas mais ao alto, escalando os cimos infinitos, já fora do mundo, na sensação maravilhosa e embriagadora de um ser que se ultrapassa! Sente-se um deus! As mãos desenclavinham-se, desprendem-se-lhe da terra onde as tem presas um derradeiro fio de oiro... e cai na eternidade.

 Tanto azul!... As filhas dos deuses, ondinas, sereias, nereidas, princesas encantadas, acodem todas pressurosas. Há um remoinho de cabeleiras de oiro; os braços são remos de marfim abrindo as águas; trazem nos seios nus a curva doce das ondas, no riso os misteriosos corais das profundidades; arrastam mantos verdes tecidos de algas, como rendas, onde se prendem estrelas; todo o luar prateado que à noite faz fulgir o rio, trazem-no em diadema nos cabelos.

 Falam todas a um tempo: Que foi?... Que aconteceu?... e a fala é um arrepio de ondas...

Em volta das asas mortas, são como flores desfolhadas em redor dum esquife negro. E olham...

— É mais um filho dos homens? — pergunta uma, estendendo o braço como uma grinalda de açucenas.

Mas a de cabeleira mais fulva, onde o oiro foi mais pródigo e se aninhou mais vezes, responde num sussurro:

— Não. Não vês que tem asas?

— E então um filho dos deuses? — pergunta outra.

— Não. Não vês que sorri?

E cercam-no, contemplam-no, vão mais perto, quase lhe tocam...

Há um remoinho mais febril nas cabeleiras de oiro; gemem mais fundo, mais melodiosas, as vozes miudinhas, e os mantos, como serpentes, em curvas donairosas, enlaçam-se uns nos outros.

— Tem os cabelos negros como aquele que tombou no mar do Norte...

A de cabeleira mais fulva, onde o oiro foi mais pródigo e se aninhou mais vezes, acerca-se ainda mais... estende o braço a medo... ousa tocar-lhe num gesto mais leve, mais brando que um suspiro... abre-lhe as pálpebras descidas, no ar recolhido de quem abre duas violetas...

Em volta fremem mais fundo as ondas dos seios; as mãos abrem os dedos como faúlhas de estrelas; uma lânguida sereia, divinamente branca, eleva o veludo branco dos braços como duas ânforas cheias.

— Que tem dentro? — pergunta Melusina.

— Estrelas? — diz uma filha de rei.

— Não; duas gotas de água, verdes, límpidas, translúcidas, serenas. Venham ver...

Num turbilhão, entrelaçando as rendas subtis dos mantos roçagantes, confundindo os raios de sol nascente das cabeleiras fulvas, debruçam-se todas, e, no fundo, no seio translúcido das duas gotas de água, veem redopiar as palhetas de oiro das cabeleiras de oiro, veem fulgir os raios luarentos dos diademas, e todas as gotas de água dos seus olhos vogam no fundo, como estrelinhas, tão límpidas, claras, serenas elas são.

Olham-se extáticas todas as deusas das águas; faz-se mais brando o ciciar das vozes; os gestos são finos como hálitos; os mantos verdes empalidecem, são cor das pupilas agora.

Uma segreda:

— Vamos deitá-lo lá no fundo, naquele leito de opalas irisadas que o mar do Oriente nos mandou...

Diz outra:

— Vamos pô-lo naquela urna de cristal que é como um túmulo aberto donde se avista o céu...

— Vamos envolvê-lo na mortalha daquele farrapo de luar de Agosto que as ondas nos trouxeram da planície... — murmura outra.

E há vozes, escorrendo como um óleo divino, que ciciam:

— Vamos espalhar sobre ele, como pétalas de oiro, os nossos cabelos loiros...

— Vamos selar-lhe a boca com o coral cor-de-rosa das nossas bocas em flor...

— Demos-lhe, para ele descansar a cabeça, as brandas vagas dos nossos seios nus...

— Para o deitar, eu sei dum sítio onde desabrocham, entre espumas de neve, rosas mais pálidas que as que eu tinha no meu palácio distante — diz uma filha de rei.

— Eu sei de um túmulo de areia onde a areia é de prata...

— Eu descobri a gruta toda em pérolas cor-de-rosa, onde fica a madrugada... As ondas ali não cantam, poderá dormir descansado...

— Levemo-lo para aquele berço em forma de caravela que destas praias partiu e se perdeu no mar das Tormentas...

O frémito das vozes fazia-se maré alta... as pálpebras violetas palpitavam...

Foi então que uma delas, que tinha no olhar um pouco da nostálgica tristeza humana, que mostrava ainda sinais de algemas nos pulsos de seda branca, que trazia nos cabelos uma vaga cinza de crepúsculo, murmurou, enquanto num gesto, onde havia ainda esfumadas reminiscências de gestos maternais, lhe aconchegava ao peito a mísera couraça de pano azul:

— Deixem-no... Talvez lhe doam as asas quebradas...

Silêncio...

E aquele que tinha sido um filho dos homens ficou a dormir na eternidade como se fora um filho dos deuses.

"O inventor"

Retendo os dados essenciais da vida do irmão, Florbela assenta, em "O inventor" uma espécie de biografia, sem dúvida imaginosa, de Apeles. Em narrativa incessante, e com certa graça de expressões e humor, são-nos explicitados a sua atração precoce pela água, os seus folguedos de menino de província apaixonado pelos encantos do oceano, as suas leituras da adolescência e do liceu acerca dos bravos homens do mar, a quem pretende equiparar-se, e, afinal, a decepcionante entrada na Marinha. A maçante rotina do alto-mar, que nada lhe pede de risco ou de heroico, fá-lo trocar a âncora pelas asas, de modo que ascendendo a este outro patamar, onde a iminência do desconhecido carrega consigo o perigo constante, ele conhece a presença permanente da "companheira indefectível de todos os aviadores: a Morte".

Como a sua existência é sempre regida pelo apego ao impossível, logo logo ele se põe a pesquisar um tipo de avião que não comporte a falha. Assim, quando seus projetos chegam a bom termo, acaba por se dar conta de que a vida, sem o imponderável e a aventura, não tem sentido. Assim,

> o seu grande invento, donde tirara toda a sua soberba, onde filiara todos os seus cálculos de ambição e de glória, **não passava, afinal, duma má, duma feia ação, duma cobardia!**

Destrói, portanto, as pesquisas de tantos meses porque se dá conta de que não pode abdicar da companheira invisível sentada a seu lado na cabine. Ela era-lhe, afinal,

> indispensável, precisava de lhe sentir o hálito gelado, de a sentir debruçada sobre o seu ombro, **a arrastá-lo para longínquos e ignotos países de aventura**, onde seria bom, talvez, aportar um dia, nervos cansados, cabeça esvaída, braços pendentes da suprema paz dos supremos abandonos...

Neste conto, como se apreende, se desenrola um longo percurso que, afinal, se decide pela mortalidade, pelo risco, pelo perigo, pelo sempre mais, pelo ultra plus. *Sem dúvida, "O inventor" asila também a mesma parábola compreendida em "O aviador": a necessidade de ultrapassamento, de conhecimento do que há para além, de questionamento dos limites, de experimentação do limiar pessoal.*

O INVENTOR

Era pequerruchinho, ainda engatinhava, e já queria ser marinheiro. A sua minúscula bacia de três palmos onde, em três litros de água, a mãe lhe mergulhava todos os dias o corpinho rechonchudo e tenro de magnólia carnuda toda aberta, já era para ele o mar, o mar imenso, a extensão infinita com todas as suas maravilhas, as suas vagas enormes, os seus embustes, as suas traições. Com as mãos pequeninas de deditos escancarados como os raios duma estrela, audacioso e aventureiro, fazia as ondas maiores, desencadeava tempestades. Com os olhitos arregalados debruçava-se no abismo, contemplava extático as misteriosas profundidades, a água a tremer em zigue-zagues irisados e o cobre da bacia a faiscar no fundo, amarelo como oiro. De vez em quando fazia naufrágio: pernas ao ar num pânico indescritível, berrava como um possesso, todo inundado, a sua bela valentia por água abaixo, procurando as saias da mãe para se agarrar como um náufrago a valer à mais pequenina tábua de salvação.

Cresceu, e com ele a sua grande mania de patinhar. A mãe costumava dizer, meio a rir meio zangada, que tinha raça de pato. De manhã, depois do almoço, saía de casa muito lavado, muito limpo, o bibe de quadrados azuis e brancos irrepreensivelmente passado a ferro, o cabelo numa risca muito direita, as botas de cordovão muito amarelinhas, para ir falar à avó, a uma avó que nunca conseguia pôr-lhe em cima os olhos cansados, ainda escuros e húmidos como duas amoras dos campos. O tanque da horta dos Senhores Ramalhos ficava a dois passos, no caminho da casa da avó. Que tentação! E se ele fizesse como o *Petit Chaperon Rouge*?... E se ele fosse ver a água?... Vê-la só... mais nada! Não queria rasgar o bibe, nem desmanchar a risca do penteado, nem sujar as botas, é claro! Nem por sombras! Mas por ir ver a água... só vê-la!, não era caso para que, num segundo, lhe desabassem em cima todas aquelas catástrofes. Era evidente! Claríssimo... como a própria água do tanque da horta dos Senhores Ramalhos... A consciência, esse rabujento desmancha-prazeres, ia falando cada vez mais baixo, as rugas da testa, cavadas no esforço da concentração, alisavam-se, os doces olhos garços enchiam-se--lhe já do infinito prazer, da alegria triunfal e sã de se mirarem num grande espelho movediço e claro. Vencia a tentação; nem as tentações se fizeram para outra coisa... O tanque, ao longe, no meio dos salgueiros, parecia de prata; cheirava a fresco. O peito dilatava-se-lhe de satisfação. Deitava-se ao comprido sobre o rebordo de pedras, reclinava a cabecita morena sobre o braço estendido; a mão, pendida, num gesto quase sensual, afagava a água, que se abria tépida e a envolvia de doçura. E se ele descalçasse as botas e arregaçasse os calções? Poderia meter-se lá dentro; a água não lhe chegava com certeza aos joelhos... As pestanas batiam frementes como que para velar o fulgor de duas pupilas cobiçosas, a mão mergulhava mais fundo na água clara... Ai! Lá molhara a manga! E se ele despisse o bibe e a blusa?... Era melhor: não correria o sério risco de se tornar a molhar. A tentação pôs novamente o manto furta-cores da prudência, e a consciência, enganada, aprovou a sofismática verdade. Num relâmpago, como quem tem medo de reflectir ou de se enganar, ei-lo que despe a blusa e o bibe. Fica um instante pensativo: o trabalho que tem para arregaçar os calções é o mesmo que para os tirar de vez e, num ar de grande decisão, resolve-se pelo remédio mais radical: despe-se todo. As botas são desapertadas num ai. De tentação em tentação, de fraqueza em fraqueza, os compromissos de consciência levam um homem honrado à prática de todos os crimes... Ei-lo completamente nu. O corpito moreno e magro de garoto azougado brilha ao sol, que, atravessando os ramos verdes dos salgueiros em volta, o vai acariciar de fugida. A água fulge chapeada de claridade. Dum salto, atira-se à água. Os olhos fecham-se-lhe de voluptuosidade. Há na curva das fartas pestanas escuras descidas sobre os olhos qualquer coisa da sensualidade dum corpo que mãos suaves de mulher acariciassem... A água faz um glu-glu indolente e melodioso e vai espraiar-se em pequeninas vagas no rebordo de pedra. Um melro, quase azul à força de ser negro, espreita malicioso o camarada, por entre os ramos dos salgueiros, dum verde mais intenso, mais cru na tarde que sobe resplandecente. E o pequeno nada, chapinha, mergulha, estira-se, patinha como um deus das águas, ébrio de vida moça e livre, sob a carícia do sol, que lhe morde a carne morena coberta de pequeninas gotas irisadas.

As horas passam, correm velozes como gamos perseguidos. A tarde avança, o Sol declina no horizonte; corre uma brisa mais fresca à superfície da água encrespada; os salgueiros inclinam-se mais, presos da singular melancolia que as coisas tomam ao sentir os furtivos passos da noite... O garoto acorda do seu êxtase. Meu Deus! A primeira impressão é desagradável: é uma impressão de frio, de angústia, de remorso, que lhe aperta a alma de passarinho. Depressa: um salto para o rebordo de pedra. Enfia os calções num segundo, veste a blusa ao contrário, os botões do bibe, mal seguros, saltam-lhe todos sob os movimentos convulsivos das mãos. As meias, das avessas. Agora as botas... os atacadores: três voltas em redor da perna e pronto! Não há tempo para apuros! Meu Deus! É quase noite! Debruça-se na água: o cabelo, encharcado, cai-lhe em melenas sobre a testa. Parece um ladrão! Que irá dizer a mãe? E a avó, coitadinha?! Os olhos enchem-se-lhe de lágrimas, sobem-lhe soluços à garganta, mas, como é valente e já sabe, tão pequeno ainda, tomar corajosamente a responsabilidade dos seus actos, enxuga à pressa as lágrimas à ponta do bibe molhado, engole os soluços, e, assobiando uma música de que é laureado compositor, mãos nos bolsos, cabeleira ao vento, toma galhardamente o caminho de casa.

A mãe recebe mal o pequenino fauno; depois dum ríspido sermão que ele não entende, despe-o de repelão, dá-lhe de cear, e mete-o na cama sem o doce beijo das boas-noites. A alma de passarinho faz-se ainda mais pequenina, a boquita amuada alonga-se num beicinho triste, volta-se para a parede numa grande renúncia de todas as coisas boas deste mundo, e fica-se a dormir como um bem-aventurado.

De noite, porém, não tem sossego. Sonha com o tanque; põe a cama numa desordem indescritível, toda a roupa num alvoroço; os braços e as pernas são uma dobadoura. A mãe, que se levanta a cobri-lo uma dúzia de vezes, não pode deixar de sorrir ao vê-lo nadar, muito aplicado, com uma expressão de grande seriedade, sobre o travesseiro, com a camisa de noite arregaçada até ao pescoço.

Na escola, mais tarde, é um tormento para lhe captarem a atenção, toda virada para o exterior, incapaz do menor esforço de concentração; não está um momento quieto, todo ele é movimento e vida. Das folhas arrancadas aos cadernos de contas e aos livros, faz espectaculosos chapéus armados de almirante, constrói frotas poderosíssimas, que põe a navegar no mar largo duma grande barrica, onde a professora guarda a sua provisão de água com que, ao cair da ardente tarde alentejana, mata a sede às violetas e aos lírios do seu pequeno jardim de padre-cura.

Adormece, abraçado a um barco de cortiça e velas de pano-cru, que o pai lhe deu num dia de anos. Os presentes de Artaxerxes fá-lo-iam sorrir de desdém perante a dádiva principesca.

Já homenzinho, nas longas noites de Inverno, acocorado à chaminé onde o madeiro crepita, lê embevecido, horas a fio, todo o Júlio Verne, histórias de piratas e corsários; o navio--fantasma enfeitiça-o; os naufrágios heroicos entusiasmam-no; foi durante anos todos os capitães de navios naufragados, morrendo no seu posto, aos vivas a Portugal!

No liceu sonha com a Escola Naval: é uma ideia fixa. Põe a um gato abandonado, repelente, todo pelado, encontrado numa suja travessa das imediações do liceu, o nome de *Marujo*; a uma galinha, a quem endireitara uma perna quebrada, ficou--lhe chamando *Canhoneira*; o cão, seu companheiro de folias, chamava-se *Almirante*.

No dia em que pela primeira vez envergou a linda farda da Escola, quando o estreito galão de aspirante lhe atravessou a manga do dólman azul-escuro, foi como se S. Pedro abrisse diante dele, de par em par, as bem-aventuradas portas do paraíso. Era marinheiro! Sabe lá a outra gente o que é ser marinheiro! Para ele, ser marinheiro era a única maneira de ser homem, era viver a vida mais ampla, mais livre, mais sã, mais alta que nenhuma outra neste mundo! O seu forte coração, sedento de liberdade, era, no seu rude arcaboiço de marujo, como um pequeno jaguar saltando do fundo da jaula, estreita e lôbrega, contra as barras de ferro que o retêm afastado da selva rumorosa.

Ao pôr pela primeira vez o pé num navio, lembrou-se do tanque da sua infância e sorriu; o mesmo clarão de dantes, de fascinação e de triunfal alegria, iluminou-lhe os olhos garços; as pálpebras tiveram o mesmo estremecimento de voluptuosidade e cobiça. O rio sempre era maior que o tanque de outrora... Quando viu fugir Lisboa, afogada nas sombras violetas do crepúsculo, e se lhe deparou todo o mar na sua frente, a sua alma audaciosa, rubra do sangue a escachoar dos seus irrequietos vinte anos, tomou posse do mundo num olhar de desafio!

Quando voltou, porém, meses depois, vinha desiludido, furioso contra o seu sonho, que se tinha ido quebrar, como todos os sonhos, insulso e embusteiro, de encontro à banalidade ambiente. Aquilo, afinal, era uma maçada, uma tremendíssima maçada! O mar, todo igual, monótono embalador de indolências. Não havia corsários nem piratas; o navio-fantasma era um fantasma dos seus sonhos de outrora. O mar era muito mais lindo nos livros e nos quadros. Os poetas e os artistas tinham-no feito maior do que ele era; afinal, era pequenino como o tanque, acabava ali perto... Não tinha sido preciso arriscar nem uma só parcela de vida; não havia no seu navio mulheres e crianças a salvar; não havia naufrágios heroicos; o capitão nem uma só vez teve ocasião de ir ao fundo, no seu posto, aos vivas a Portugal! E sorria com uma grande ironia nos olhos claros de expressivo olhar de lutador.

Renegou o seu culto sem pesar nem remorsos, com a mais completa das indiferenças, e, dum dia para o outro, o mar que tinha sido a grande quimera da sua ardente imaginação de meridional, que tinha sido a sua noiva, a sua amante nos dias felizes da adolescência, foi atirado para o lado, no gesto negligente dum bebé que atira pela janela fora uma concha vazia.

"Aquilo afinal era uma maçada, uma tremendíssima maçada", e os olhos claros, investigadores, de olhar acerado como o das aves de rapina, procuraram ardentemente outra coisa. Franziu os sobrolhos no ar recolhido e concentrado de quem excogita, de quem procura uma solução difícil... Olhou o céu profundo... e achou! Um avião! Era aquilo mesmo. Ser aviador é melhor que ser marinheiro! É abraçar no mesmo abraço o céu e o mar! Na linguagem dos símbolos, a âncora, definindo a esperança, nunca poderá valer as asas que são a libertação. A âncora agarra-se ao fundo e fica, as asas abrem--se no espaço e penetram o céu como um desejo de homem a carne palpitante de uma virgem que possui. Seria aviador! E foi.

Quando pela primeira vez voou, não se esqueceu de sentar na carlinga, a seu lado, ao lado do seu coração, aquela que dali em diante seria a companheira de todos os dias, a companheira indefectível de todos os aviadores: *a Morte*.

Mas um dia começou a pensar que aquilo assim não tinha jeito: queria ver o céu coalhado de asas como o mar de velas, queria ver asas por toda a parte. O homem podia lá estar à mercê dos espasmos da Natureza, dos seus caprichos, dos vendavais, dos nevoeiros, das manias dum motor?! Podia lá ser! Revoltado, franze a testa, encrespa as sobrancelhas, reflecte, pesa os prós e os contras, resolve-se... e lá vai ele à conquista da sua nova quimera, do seu novo velo de oiro!

Havia de inventar um motor perfeito, sem caprichos nem manias; das suas mãos sairia resolvido o árduo problema. Não teria sossego nem descanso enquanto não conseguisse animar com o poder da sua inteligência e da sua vontade a inércia do ferro e do aço, enquanto não desse forma palpável ao seu novo sonho, ao seu poderoso sonho de orgulho, do trágico orgulho humano que desencadeia as avalanchas e arremessa sobre as cabeças erguidas os maus destinos à espreita.

Trabalhou dia e noite. Fugiu dos camaradas, do bulício do mundo e das suas tentações. Como um trapista na sua cela, encerrou-se no seu grande desejo, e teimou, teimou, sem um desfalecimento, sem uma quebra de vontade, da sua vontade que ele tinha erguido até ao máximo, que ele tinha educado até pedir-lhe tudo, até agrilhoá-la de pés e mãos, chicoteada e vencida, à sua grande ideia, ideia que era o seu máximo estímulo: *difícil, está feito; impossível, far-se-á*.

Às vezes caía exausto, com a cabeça pendida sobre a secretária onde passara a noite a alinhar cifras, a enegrecer de algarismos folhas e folhas de papel. Passou um ano, um imenso rosário de horas, brancas e negras: horas de entusiasmo, horas claras que tudo iluminavam em volta — em que tudo parecia fácil, luminoso e claro; horas de desilusão, de fadiga, donde saía mais firme na sua resolução, as rugas da testa mais cavadas, o olhar mais profundo, mais cheio da ideia fecunda que o trabalhava.

Um dia, julgou ter achado! Oh, aquele dia! A embriaguez do homem que se igualou a Deus! O coração a bater, a bater, a sentir-se grande demais para um peito tão pequeno, para um tão mesquinho destino! A humidade das lágrimas a embaciar o olhar gigante que se esquecera um momento de ter nascido pigmeu! O artista, o poeta, o inventor de novos símbolos, de novas formas, o criador de movimento e de vida, todos os que desbravam caminhos, os que talham, abrem, por entre os matagais selvagens e os campos estéreis da ignorância e da banalidade, as belas estradas largas do pensamento e das ideias, esses que me compreendam e que o compreendam! As palavras são o muro de pedra e cal a fechar o horizonte infinito das grandes ideias claras.

Nunca fora tão feliz nem se sentira tão desgraçado! Os dias que se seguiram foram um tormento delicioso, um inquieto inebriamento que o trazia como que pairando acima das realidades terrestres. A montagem das peças, as experiências, todo o gozo paradisíaco dos seus sonhos realizados, arrastavam-no para além da vida, para além do mundo sensível, numa esfera de quase loucura, de múltiplas sensações inverosímeis, de emoções profundíssimas e raras. Manejava as peças uma por uma, em gestos de uma infinita suavidade, com um olhar, com um sorriso de ternura, que faria ciúmes a uma amante.

A tarde da definitiva experiência, experiência que dera a certeza dos mais belos resultados, passou-a ele numa febre de orgulho, em cálculos de ambição, de glória e de riqueza, como um monarca doutros tempos contando o oiro e as pedrarias que as caravelas lhe traziam das misteriosas Índias longínquas.

À noite, depois dessa tarde memorável, depois do motor desmontado, dos preciosos papéis fechados num envelope lacrado, depois da carta escrita ao director da Aviação, a quem pedia nomeasse uma comissão para avaliar os resultados práticos do novo motor que tinha inventado, com a cabeça a escaldar, o pulso como um cavalo a galope, febril, ansioso, resolveu sair, dar um passeio sozinho, procurando como um calmante a fresca aragem da noite, que descia sobre a cidade frenética como um monge sereno e plácido, de negro capuz, a murmurar orações confusas.

No seu passeio, procurou instintivamente as ruas escuras, as ruas solitárias; depois de dezenas de voltas e reviravoltas, sem saber como, foi dar consigo à beira do Tejo. Um degrau de pedra formando um esplêndido banco, ali próximo; esta aparição foi providencial à sua fadiga: sentou-se. Olhou o rio que faiscava à claridade da pálida Lua de Agosto. As grandes carcaças dos navios imóveis manchavam o rio de esguias sombras escuras. Pensativo, apoiou a cabeça nas mãos, os cotovelos nos joelhos... E uma grande paz desceu subitamente sobre ele, vinda da noite, da escuridão, talvez do seu humilde destino de homem; entrou-lhe no coração cansado como uma branda lufada de ar puro num quarto abafado de doente. Realizara os seus sonhos, todos os seus sonhos! Que havia mais agora?... Já os homens podiam sulcar os ares sem medo aos vendavais, às cóleras brutais da Natureza; já o céu se podia coalhar de asas como o mar de velas. Todo o homem poderia ter, sem perigo e sem riscos, a cobiçada sensação de comandar nos elementos como um semideus. À ideia de toda a gente andar lá por cima com a tranquilidade de quem rola de eléctrico, o seu sorriso de *gavroche* doutros tempos deu-lhe ao rosto a maliciosa e amarga expressão de quem ousa tocar num mistério sagrado e pueril. Sem riscos?... Sem perigos?... A ideia que a princípio o fizera sorrir, trouxe-lhe agora à mente um mundo de coisas em que nunca pensara. Sem riscos?... Sem perigos?... Pôs-se em pé dum salto. A frase, assim, nua e crua, revoltava-o. Num relance, abrangeu todo o alcance da sua obra, do seu esforço titânico, de tudo quanto tinha realizado. Ah, não! Isso não! Mas era uma cobardia, afinal, o que ele tinha feito, o que ele alcançara depois de dias e noites dum trabalho de gigante. O seu grande invento, donde tirara toda a sua soberba, onde filiara todos os seus cálculos de ambição e de glória, não passava, afinal, duma má, duma feia acção, duma cobardia! Um aviador, um cavaleiro *sans peur et sans reproche*, que toma posse do céu, que abre as asas gloriosas sem riscos, sem perigos, como um simples burguês que rola de eléctrico cá por baixo?! Um aviador que não brinca, sorrindo, com o seu mau destino; que não vence com um piparote as horas más, as tirânicas forças da Natureza sempre em luta, terrível descobridora de desalentos; um aviador que não é senhor do céu, da terra e do mar, à força; que a não dobra como a cabeça vencida duma amante rebelde entre os seus braços de aço; um aviador sem mascote, sem audácia, sem *panache* — é lá um aviador!... Não passa dum soldado que deserta às primeiras balas!... Um aviador sem a sua companheira vestida de negro, toucada de luto a seu lado, ao lado do seu peito, na carlinga?! *A Morte!*...

A esta ideia, um brando sorriso encheu-lhe novamente o rosto de claridade. Não! ele não a amava... ele não amava a Morte, não!... mas era-lhe indispensável e doce como o mal da saudade, era-lhe precisa ali, a seu lado, a lutar com ele, enrolando sem descanso o fio da sua vida moça e ébria de audácia entre os seus dedos sem piedade. Era--lhe indispensável, precisava de lhe sentir o hálito gelado, de a sentir debruçada sobre o seu ombro, a arrastá-lo para longínquos e ignotos países de aventura, onde seria bom, talvez, aportar um dia, nervos cansados, cabeça esvaída, braços pendentes na suprema paz dos supremos abandonos...

Dominado por uma invencível obsessão, de novo febril, ansioso, atravessou à pressa as ruas escuras, as ruas solitárias, caminho de casa. Galgou as escadas a quatro e quatro, empurrou a porta de repelão, entrou no quarto, deu volta ao comutador, e o seu olhar foi cair imediatamente, instintivamente, sobre o grande envelope branco lacrado a vermelho vivo.

Abriu a janela de par em par sobre o bulício da rua, e então, serenamente, distraidamente, num ar de quem pensa noutra coisa, foi se entretendo a lançar ao vento, como quem atira pétalas murchas, os pedaços rasgados dos preciosos papéis que horas antes lá encerrara e que representavam o melhor do seu esforço, o fruto abençoado das suas febres, o triunfo das noites de vigília, as asas do seu sonho feérico, da sua doirada quimera perseguida e vencida!

Foi depois às peças do motor, meteu-as dentro duma mala. Dar-lhes-ia destino ao outro dia; o fundo do mar, talvez...

Feito isto, como um justiceiro em paz com a sua consciência, deitou-se, e dormiu descansado como havia muitas noites não dormia.

No dia seguinte de manhã, quando o avião sulcou de novo os ares como uma grande gaivota pairando sobre o rio, o aviador olhou para o lado, ao lado do seu peito, na carlinga, e sorriu à companheira invisível que não quisera expulsar.

"Os mortos não voltam"

À maneira de uma narrativa em cascata, uma das formas prediletas de Florbela no que concerne ao conto, "Os mortos não voltam", que, como os anteriores, é pertença de As máscaras do destino, também tematiza acontecimentos ao redor da morte de Apeles.[1] Florbela focaliza-o agora como o noivo desaparecido nas águas, em iguais circunstâncias que as reais, noivo querido e amado pela moça que tem sofrido a sua ausência desmesuradamente, desde então, e que vai encerrar o seu inútil aguardo professando num convento de Segóvia.

O episódio que nomeia o conto ocorreu em noite igual à presente, em circunstâncias semelhantes, há muitos anos atrás, quando, no transcorrer de uma festa, um grupo de pessoas da sociedade discutia a existência post mortem, exatamente como agora — diante da noite, da lua, dos segredos do mar imenso. A parecência das situações leva o personagem-narrador a relatar os acontecimentos de então, que dizem, portanto, respeito, ao poderosíssimo sentimento de falta que toma conta da noiva enviuvada, inebriada pelo fascínio da noite, pelo encantamento da romântica e pungente balada cantada por voz tépida e pelas mágicas esperanças que as discussões acerca do regresso da morte trazem de conforto ao seu jovem e desconsolado coração.

Este narrador conta, pois, como presenciou os soluços, o apelo desesperado da moça em direção ao mar, o pedido

[1] É com certa liberdade teórica que estou usando, neste momento, o conceito "narrativa em cascata". Normalmente ele nomeia a narrativa em primeira pessoa que é cedida, como no caso anterior em que me reportei a ela, a outra primeira pessoa. Neste caso e no seguinte, ouso ainda denominá-la assim, muito embora se trate de um narrador em terceira pessoa que cede a palavra para um narrador-testemunha. O que me leva a propor tal categoria ainda nestes dois casos diferenciados é o fato de que, em virtude de certos índices valorativos e de semelhante comportamento estilístico, tem-se a impressão de que se trata de uma voz identificável (e talvez a mesma, presente num e noutro conto) aquela que narra em primeira instância, muito embora jamais diga "eu". Assim, implicito que seja a voz da própria Florbela a desse primeiro narrador em terceira pessoa. Mas, a rigor, a esse tipo de procedimento narrativo eu deveria denominar de narrativa que introduz a voz de um narrador-testemunha.

angustiado de esmola lançado ao destino, a obcecante vontade de que o seu amor pudesse, talvez por um instante, mostrar-se a ela nesse momento de tão intenso desejo. Ele teve a impressão de que a sua única vontade, diante daquelas misteriosas águas, era

> o impossível prodígio de poder erguer, com as suas mãozinhas que tremiam, **a ponta daquela mortalha, a dobra daquele grande lençol**, e contemplar um minuto, um só minuto, os olhos estranhos, inolvidáveis do morto.

Daí a sua convicção, nascida dessa magistral experiência providenciada pelo acaso, à qual não faltou "campo experimental, cenário, ambiente particular, emoção elevadíssima" — que, de fato, os mortos não voltam, pois que se voltassem "haveria um que naquela noite teria voltado, quando o chamaram".

OS MORTOS NÃO VOLTAM

— Tenho a certeza de que os mortos não voltam.
O velho e simpático Dr. X, quebrando o silêncio em que se tinha emparedado toda a noite, fez esta estranha afirmação num tom tão peremptório, com uma tal firmeza de acentuação, com uma tão grande autoridade, que a sua frase, balde de água gelada na exaltação do grupo, fechou a discussão como por encanto.
— Os mortos não voltam — repetiu.
Todos os olhares convergiram para ele. Impassível, eixo da curiosidade geral, puxou mais a cadeira para o vão da janela aberta de par em par sobre a noite cálida e estrelada de Agosto. Sacudiu a cinza do cigarro, aspirou uma lufada de ar carregado dos aromas dispersos do jardim e do mar, e continuou tranquilamente:
— Eu explico a minha afirmação... e o tom em que a proferi — acrescentou, com um dos seus belos sorrisos, de cujo encanto tinha o segredo e que eram talvez a mais clara explicação dos seus repetidos triunfos na vida. — Se a nossa discussão, meus senhores, não é uma discussão ociosa, o que é muito provável, se semelhante coisa pode entrar tanto quanto possível no domínio dos factos experimentais, se tudo isto que acabámos de dizer não é metafísica pura, a minha afirmação de há pouco tem valor, e eu vou dar-lhes a sua explicação. A minha certeza é o fruto duma experiência que o acaso preparou magistralmente, numa época em que estes problemas apaixonavam os intelectuais, problemas que deram origem aos soberbos trabalhos de Gurnay, primeiro, e, logo a seguir, de Crooks, Lodge, com o seu célebre Raymond, trabalhos que suscitaram todas as curiosidades no mundo pensante. Nessa época, já relativamente afastada e por assim dizer ainda de ontem, que a época trepidante dos sem-fios e dos aviões destronou, não se falava noutra coisa: alucinações telepáticas, visões, lucidez, pressentimentos, aparições objectivas, etc., fenómenos ocultos, misteriosos, discutidos entre a zombaria e a incredulidade de uns e a credulidade

medrosa de outros — eis o assunto de toda a conversação de uma ordem mais elevada ou com pretensões a tal. Eu lia tudo quanto se publicava sobre o caso, e hesitante, baloiçado entre a dúvida e a certeza, intuitivamente crédulo e reflectidamente descrente, preso deste indefinido mal-estar que nos avassala perante os factos desconhecidos, fora do nosso conhecimento imediato, não conseguia firmar uma opinião, ver esboçar-se o prelúdio de uma vaga certeza.

"Até que um dia, ou antes uma noite, o meu espírito sossegou, apoiado a uma absoluta convicção de que os factos até hoje não vieram desmentir.

"Não, meus senhores, os mortos não voltam. Nada faltou à preparação da magistral experiência que o acaso me fez presenciar: campo experimental, cenário, ambiente particular, emoção elevadíssima, tudo! E, nessa noite, depois das rápidas parcelas de segundo dum voo para além dos limites do consciente, a alma poisou de novo no domínio da vida material sem ter visto, sem ter sentido nada.

O Dr. X. fez uma pausa, olhou a noite recamadinha de estrelas, e pareceu escutar a voz soturna das ondas, rezando o seu cantochão de eterna ansiedade.

— Foi em casa da Senhora L. — principiou ele. — Você conhece, Veiga — disse, voltando-se para um rapaz alto e loiro, de monóculo —, a deliciosa velhinha que possui, num cenário de maravilha, *le dernier salon où l'on cause*. Faz agora anos por estes dias. Festejava-se num jantar íntimo a saída, do colégio, da neta, a endiabrada garota que hoje é mãe não sei já de quantos taludos bebés. Estávamos todos no terraço, depois de jantar, naquele lindo terraço todo em mármore cor-de-rosa, janela escancarada sobre o mar, que parece ter sido idealizado por um paxá das *Mil e Uma Noites*. Estava eu, a dona da casa, Madame V., os dois irmãos Grey, o Ravara de Melo e aquela linda rapariga que o ano passado professou num convento de Segóvia e que você também conheceu muito bem, Lídia de Vasconcelos. Lembro-me como se o caso se tivesse passado ontem. Não sei que poder evocador se desprende desta noite, da melopeia destas ondas, que misteriosos eflúvios traz consigo o ar que entra por esta janela aberta, o certo é que preciso fazer um esforço para me convencer que isto não se passou ontem, que tantos anos não dispersaram já toda esta gente que evoco. Influência do cenário igual, da noite igual da discussão, talvez...

"Os Estoris enchiam-se de pontos luminosos; o céu, de estrelas miudinhas. O Monte lembrava um presépio, como agora, sobre o mar a escurecer, a preparar o mistério das suas bodas com a Lua que vai surgir toda de branco.

"Discutia-se um caso de telepatia narrado pelo mais novo dos Grey, aquele místico Robert duma psicologia tão curiosa. Tinha visto, segundo ele dizia, a mãe entrar no seu quarto, depois de ter atravessado um comprido corredor que levava directamente à alcova onde meses antes expirara. O caso levantou, como calculam, enorme celeuma. Na mesa ninguém se entendia; falavam todos a um tempo, faziam-se comentários, cada um expunha a sua opinião, contava um caso da sua vida. Houve risos, blagues, e, quando saímos para o terraço, deixando os dançarinos no salão, o Robert continuava, impassível, a garantir a autenticidade da sua história, e nós todos engalfinhados a discuti-la.

"Parece-me estar ouvindo o Ravara de Melo, o céptico elegante, fazendo rir com os seus espirituosíssimos paradoxos a escultural Madame V., aquela loira Madame V. de quem a Lila dizia que trazia a arder na cabeça todas as fogueiras de S. João, o tom de máscula impassibilidade do Robert afirmando, a voz já apagada e tão doce da Senhora L.

O Dr. X. interrompeu o que estava a dizer para acender outro cigarro, rito praticado sempre com um raro deleite de sibarita, precursor do raro prazer de se intoxicar, operação que levava a cabo metodicamente, desde os *Paxás* da sua adolescência até aos preciosos *Abdulas* de agora.

— Que linda noite! — murmurou, como se falasse consigo próprio, e, em voz alta, continuando: — Era uma noite assim; a pouco e pouco fomos adoçando as vozes para não quebrar a harmonia da hora, daquela hora duma sobrenatural e mágica beleza que todos nós sentimos ser uma pausa na nossa vida brutal, um momento digno de deuses na nossa feia vida de homens, uma hora feita de envolventes bruxedos, tão pesada de perfumes, tão embebida de doçura que, maquinalmente, as mãos quase esboçavam o gesto de se estender para agarrar a hora maravilhosa que sentíamos fugidia e já perdida nos momentos que passam. O riso de Madame V., num dado momento, quase nos chocou como uma falta de tacto, uma inconveniência, como se ela se lembrasse de aparecer nua diante de nós todos. De repente, elevou-se no salão a voz da Lila cantando a *Balada do Rei de Tule*:

>Houve outrora um rei em Tule...

"A voz profunda e pastosa entrava na noite como um punhal numa ferida: dilacerava-a. A pungente melodia fez-me subir as lágrimas aos olhos, e ao coração uma turba de recordações que eu julgava perdidas no mar da vida como a taça lendária sobre as águas do mar.

"Calámo-nos todos, a ouvir. O ruído das ondas acompanhava em surdina a voz maravilhosa que subia e se espalhava na noite, que parecia concentrar-se e compreender como uma alma. Julguei naquele momento ouvir um soluço abafado, como se uma onda se tivesse quebrado ali mais perto de nós; voltei-me negligentemente como para poisar o cigarro numa mesinha que estava atrás de mim; não vi ninguém, a não ser a Lídia de Vasconcelos que tranquilamente mordiscava um cravo branco. Quando a voz se calou no arrastar dos últimos versos:

>E a taça lá vai boiando
>Por sobre as águas do mar...

fez-se um silêncio que nenhum de nós ousava ser o primeiro a quebrar. Sobressaltou-nos, numa impressão desagradável, a voz roufenha, monótona, do Robert, que num tom peremptório, num tom todo britânico, teimosamente preso à sua ideia, reatava o fio da discussão interrompida: "Os mortos voltam".

"A doce Senhora L. não pôde conter um sorriso. Aquele sorriso, naquela ocasião, vinha sublinhar a sua opinião sobre os Ingleses, opinião que eu conhecia e que achava de uma injustiça flagrante; mas vão lá convencer as mulheres da injustiça de uma opinião que elas criaram sozinhas!

"A discussão acendeu-se outra vez. Ravara deitou novamente fogo às peças de artifício do seu espírito brilhante. O riso de Madame V. ecoou mais cristalino na noite pura...

"Foi então que, de novo, chegou aos meus ouvidos o eco abafado dum soluço. Não havia dúvida, tinha sido um soluço. Voltei-me rapidamente. A Lídia continuava a mordiscar o seu cravo branco, mas, olhando-lhe as mãos, compreendi tudo num relance: tremiam como as asas duma avezinha presa.

"O coração apertou-se-me cheio duma imensa piedade por aquele tristíssimo destino da rapariga. "Vocês sabem a história... talvez", disse ele voltando-se para o grupo que o escutava, e, a um sinal negativo do rapaz de monóculo: "Não? A Lídia estava noiva dum seu camarada, Álvaro Bacelar", disse ele a um oficial da Armada que o ouvia, com uma grande atenção, de pé, encostado ao peitoril da janela; "não, você não pode lembrar-se; isto passou-se há anos, ainda você não tinha entrado sequer na Naval; dum seu camarada que morreu, vítima de um desastre no mar, oito dias antes do marcado para o casamento. O cadáver, apesar de incansáveis pesquisas, nunca mais apareceu. Era um esplêndido rapaz, dotado das mais fortes e sérias qualidades, de uma beleza viril que se impunha. Lembro-me muito bem da cara dele, principalmente dos olhos; tinha um olhar duro, um estranho olhar que nos penetrava como uma verruma, que afirmava, que insistia; mas, quando nos pressentia o vago mal-estar de uma alma que se sente vasculhada, adivinhada até aos seus mais recônditos esconderijos, o olhar mágico dulcificava-se, aveludava-se, transformava-se na suavidade de um olhar quase feminino, lânguido e caricioso. Era realmente um belo rapaz. Lembro-me muito bem dele e da tragédia da sua morte. Nos primeiros dias houve sérios receios de que a noiva enlouquecesse. Eu fui vê-la nessa ocasião; depois, esteve numa casa de saúde na Alemanha, viajou pelo Oriente, foi a Jerusalém. Voltou, passados dois ou três anos, curada, segundo parecia. Reatou os seus hábitos interrompidos, viram-na de novo, mais linda do que nunca, os salões mais chiques da capital, e começaram, é claro, a fazer-lhe a corte. Nova, bonita, rica, por que não? O mundo é dos vivos, os mortos têm o seu à parte. Era natural que a pobre rapariga esquecesse, fizesse por viver, tentasse de novo fundar um lar, desejasse filhos, não é verdade? As mãos geladas de um cadáver não têm o direito de prender eternamente o coração de uma rapariga de vinte anos que crê na vida, mas as decepções, na turba cada vez mais numerosa dos pretendentes, foram-se multiplicando; Lídia de Vasconcelos atendia benevolamente todos, mas não se decidia a escolher nenhum. Vocês compreendem, um morto é um temível rival, um competidor seríssimo que tem por si as mil vantagens que a ausência e a saudade lhe emprestam. A morte é o Reutlinger das recordações; na objectiva do coração foca--as para sempre em beleza imutável e única. Quando, naquela noite, lhe vi tremer as mãos pequeninas que, num jeito cheio de ansiedade, seguravam o cravo branco, quando a vi olhar num olhar de inexprimível desalento aquele mar, mortalha imensa dum ente que para todos era há muito apenas uma recordação diluída e que para ela era a única realidade existente, tive a impressão nítida de que o seu único, o seu obcecante desejo, naquela ocasião, seria o impossível prodígio de poder erguer, com as suas mãozinhas que tremiam, a ponta daquela mortalha, a dobra daquele grande lençol, e contemplar um minuto, um só minuto, os olhos estranhos, inolvidáveis, do morto. Senti que aquelas mãos só tinham forças para pedir ao destino aquela esmola. O seu vestido de rendas prateadas, na claridade leitosa da Lua, que se elevava acima das ondas, vestia-a de espuma a faiscar. O grande diamante do seu anel de noivado parecia grande e pesado demais para o seu dedo miudinho e frágil de bebé. Naquele terraço, quase às escuras, fez-me pensar numa imaterial aparição; parecia mais uma onda que tivesse galgado o terraço e que se imobilizasse na expectativa dum prodigioso e inefável milagre. A voz aguda e trocista de Madame V., respondendo à frase do Robert, sobressaltou-me como uma pessoa que, no melhor do seu sono, é acordada brutalmente para a realidade da vida. "Oh Robert, que candura a sua! Estes Ingleses!... Você teve muito simplesmente uma má digestão, coisa que acontece a muita gente. Será você sonâmbulo?", acrescentou a rir. Robert abanou gravemente a cabeça, o irmão sorriu com o seu frio, com o seu cortante sorriso saxónico. Vocês não podem fazer uma ideia: nunca vi sorrir um inglês, que não ficasse irritado. Aqueles sorrisos nus e ao mesmo tempo complicados, onde parece não haver nada e onde se adivinha tanta coisa, espicaçam-me como um aguilhão. Ia para responder; não tive tempo. A voz da Senhora L., que naquele momento se elevou, foi um unguento, um calmante no prurido da minha cólera absurda; serenou-me como por magia. Ela dizia, abanando tristemente a cabeça branca, que parecia de prata ao luar: "Não, Robert, os mortos não voltam e é melhor que assim seja... Que vergonha se voltassem! Onde há por aí uma alma de vivo que se tivesse mantido digna de semelhante prodígio?... Eles vão, e a gente fica e ri e canta e deseja e continua a viver! Mutilados, amputados, às vezes do melhor de nós mesmos, a gente é como estes vermes repugnantes que, cortados aos pedaços, criam novas células, completam-se e continuam a rastejar e a viver! É uma miséria, é, mas é assim!"

"A voz da Senhora L. perdeu-se num murmúrio, casada ao murmúrio surdo das ondas, lambendo os rochedos da praia. No salão dançava-se animadamente um charleston em voga. Foi então que, na noite pura, na noite silenciosa talhada em horas de imperecível beleza, estalou o grito sobre-humano, o grito que, passados tantos anos, trago ainda nos ouvidos, que foi como que o comentário à margem de todas as minhas dúvidas e incertezas, que consubstanciou em si, no arrastar das suas notas trágicas, a resposta às minhas interrogações em frente ao formidável mistério da morte. Lídia de Vasconcelos tinha-se erguido na cadeira e, voltada para o mar lívida, irreconhecível, estendera os braços, e soltara num grito, como um arranco, como um desgarrar de fibras, o nome querido: "João!"

"Àquele brado de angústia, àquele chamamento, àquele apelo desesperado, a própria noite se enrodilhou cheia de medo e de assombro e todos nos entreolhámos à espera que das ondas surgisse o morto, novo Lázaro a um novo *Surge et ambula*. Foi um segundo de emoção como nunca tinha vivido, como nunca mais poderei viver. Foi um momento. Lídia tornou a cair na sua cadeira como um triste farrapinho branco, numa crise de soluços que a sufocava; todos se levantaram para a socorrer. Eu fiquei a olhar para o mar, o mar impiedoso que guardava a sua presa, que se espreguiçava molemente como uma fera que tem sono. Não, meus senhores, os mortos não voltam. Se voltassem, haveria um que naquela noite teria voltado, quando o chamaram."

O Dr. X. calou-se. Atirou para o jardim o cigarro meio consumido, e ficou pensativo, a olhar o mar, com os olhos rasos de água.

"O sobrenatural"

O conto "O sobrenatural" também concerne à temática de que se ocupa todo o volume de As máscaras do destino, muito embora nada nele diga diretamente respeito aos acontecimentos à volta da morte de Apeles. No entanto, a ambiência, a procedência dos personagens (oficiais da Marinha), a caracterização de dois deles, Castro Franco e Mário de Meneses, que parece corresponder à descrição do irmão de Florbela, e mesmo a configuração sobrenatural da "Gatita Blanca", que pode ser interpretada como a Morte ou seja, como a ameaça tanto desta quanto do desconhecido — são dados que permitem a suspeita de que Florbela ainda prossegue glosando os trágicos eventos que se referem à morte de Apeles.

De novo, é a (impropriamente denominada) narrativa em cascata aquela que introduz a ação principal. Como se irá ler, três camaradas estão ceando com três respectivas acompanhantes num gabinete dum restaurante quando, em virtude do ar pesado do cansaço e da bebida, começam uma discussão tola, inconsequente e sem nenhum sentido. E tanto é assim que, nesse bate-boca banal, a acepção da palavra "burguês" passa, de qualificação do substantivo — "affreux bourgeois": medonho, espantoso, que mete medo —, para componente constitutivo do seu próprio conceito, ou seja: o burguês seria o homem que "ao menos uma vez na sua vida tenha tido medo".

Como vai se depreender, depois, tal conceito é formulado de maneira muito empenhada por parte de quem o profere: a "Gatita Blanca", das moças, a mais bela e sensual — a mais desejada. Sim, porque, através do questionamento deste, será inevitável o testemunho dos rapazes e, dentre eles, o de Mário de Meneses — justo aquele visado por ela. O fato é que, chegada a sua vez, no transcorrer do relato de um Natal antigo, quando algo de sobrenatural lhe sucedeu, tornando-o presa de um sentimento de profundo pavor — ele acaba por *reconhecer que a aparição daquela noite não era senão a daquela mesma mulher, cujos olhos o haviam perseguido durante toda a ceia, cujas feições davam-lhe a sensação de* dejà vu, *o que, finalmente, justificava a indisposição que o acompanhara durante todo o jantar. Essa aparição era a...* "Gatita Blanca"!

Chama a atenção o timbre típico de Poe na descrição do espaço assustador que lhe foi destinado na Quinta, por ocasião da sua visita à namorada, no relembrado Natal. A cama ficava ao alto de um estrado, o que lhe dava a aparência de um catafalco; a escada entre a cama e a parede levava para "não sei que tenebrosos abismos". A sala para onde desciam os degraus se reproduzia, como num pesadelo; toda de pedra, sem porta, sem janela, sem frestas — uma "casamata de fortaleza". Pois bem, fechado hermeticamente nesse perfeito mausoléu guardado por poderosas portas de carvalho maciço, que Menezes trancara por dentro, mesmo assim, ele ouve o sussurro de sedas e os passinhos leves que, só no momento da narração, reconhecerá.

Deitar-se com "Gatita Blanca" é a aspiração mais cobiçada por todos os rapazes, de maneira que ninguém entende o seu desdém. Sabemos, todavia, já que acompanhamos Mário de Menezes por dentro, de que são feitas as sedas do vestido dela, o verde dos seus olhos, a leveza dos seus passos...

O SOBRENATURAL

Naquela noite de Inverno, num dos acanhados mas confortáveis gabinetezinhos do clube, eram seis a festejar uma data, uma data memorável e festiva que nenhum dos seis sabia ao certo qual era: três rapazes e três raparigas, destas a que o mundo, numa amarga e prazenteira ironia, costuma alcunhar "de vida fácil".

Os rapazes eram três oficiais de marinha, três primeiros-tenentes. O mais velho, Castro Franco, um belo espécime de estoira-vergas que andava na vida sempre como se andasse embarcado: à mercê das ondas. Inteligentíssimo e muito culto, cheio de originalidade e duma graça à parte, tinha na sociedade a má reputação que, não sei como, costumam fazer-se aos seres verdadeiramente inteligentes e bons. Uns diziam que era um bêbedo, alguns morfinómano, outros devasso; os mais benevolentes chamavam-lhe maluco. Ele ria-se, e deixava correr. A propósito da sua má reputação, citava muitas vezes o conhecido provérbio árabe: *os cães ladram... a caravana passa*. E a caravana lá ia passando, por vezes no meio de latidos infernais. O outro, Paulo Freitas, rapaz elegante, loiro, sempre de monóculo, um grande amigo de Castro Franco, de quem era a sombra quer de dia quer de noite. Rapaz ordenado, metódico, prático, passava tormentos e gastava torrentes de saliva na missão que se propusera de fazer entrar o outro no bom caminho, como ele dizia. Inútil saliva e vãos tormentos! Castro Franco desnorteava-o; sempre vário, pitoresco, fantasista, só era imutável em três coisas: na variedade, no pitoresco e na fantasia. Não tinha horas de comer nem de dormir, não sabia o valor do dinheiro nem do tempo; deitava, às mãos-cheias, numa suprema e inútil prodigalidade, pela janela fora, o primeiro e o segundo. Era o castigo das ordenanças que andavam sempre atrás dele, à procura dele, a lembrar-lhe tudo, a puxar-lhe pela casaca a toda a hora. O outro, um belo rapaz moreno e forte, tipo peninsular, com uns soberbos olhos claros, cheios de profundeza e doçura, Mário de Meneses.

No gabinete, pequenino como um beliche, quente do fumo dos cigarros, do ardor das luzes e dos corpos, ninguém se entendia; falavam todos a um tempo, numa discussão que ameaçava eternizar-se.

Tinham acabado de cear. As garrafas de Porto entravam e por muito, com graves e pesadas responsabilidades, na exaltação e no impetuoso entusiasmo da discussão. A voz de duas das raparigas elevava-se, aguda e penetrante, acima do troar das vozes deles, como o ruído que numa estrada à beira-mar produzem as rodas dum carro de bois.

Só a *Gatita Blanca* não dizia nada. A *Gatita Blanca*, vestida como sempre de duras sedas brancas, fixava os olhos verdes, oblíquos e semicerrados como o dos felinos, nas volutas azuladas do fumo do cigarro que tinha entre os dedos. Era o orgulho dos clubes onde se dignava aparecer, e o encanto e a loucura dos *habitués*. Viera ninguém sabia donde. Falava o espanhol na perfeição, o francês e o inglês sem o mais leve defeito de pronúncia. Aparecera em Lisboa um belo dia, sozinha. Os raros amantes que lhe tinham conhecido eram escolhidos por ela, seleccionados com um requinte de gosto extraordinário, entre os mais belos rapazes da sociedade.

Todos exactamente o mesmo tipo de beleza masculina: rostos enérgicos, faces duras e secas, perfis de medalhas antigas, frontes onde o buril do pensamento e da acção traçara os vincos imperecíveis que, na carne, são rastos de coisas mortas que foram sonhadas e vividas.

O clã indígena tecera logo as mais variadas lendas a seu respeito. Foi sucessivamente filha dum duque, dum grande de Espanha, intratável e severo, a quem fugira uma noite de Inverno, na companhia dum mísero estudante plebeu a quem amava; uma freira belga fugida do seu convento de Bruges; uma princesa russa, talvez, quem sabe?... a própria princesa Anastácia, a própria filha do czar da Rússia... As fantasias deitaram-se à obra, e ei-las numa azáfama, digna de melhor objectivo, a bordar sem cessar as mais belas flores quiméricas na trama do aborrecimento e da banalidade alfacinhas. Puseram--lhe o nome de *Gatita Blanca* por andar sempre vestida de duras sedas brancas e ter os olhos verdes, oblíquos e semicerrados dos felinos. A *Gatita Blanca* sabia tudo, compreendia tudo embora falasse pouco; na inquietadora imobilidade das suas atitudes, tinha realmente um não sei quê, um vago ar de mistério que inquietava e dispunha mal.

A discussão eternizava-se. Mário de Meneses, irritado, nervoso, acendia os cigarros uns nos outros, mas não bebia. Os camaradas e as duas raparigas, cálices após cálices, iam esgotando as garrafas. Eram mais pastosas, mais aveludadas as vozes deles; mais melodiosas, menos agudas as das mulheres. Uma delas, estendida no divã, fazia já uns vagos gestos de bebé que se ajeita para dormir; a outra, com a cabeça encostada à mesa, metia os caracóis loiros num prato cheio de restos de perdiz.

A *Gatita Blanca* fumava sempre, sem uma palavra. Castro Franco, já bêbedo, queria à viva força que lhe dissessem o que era um burguês. Teimava, praguejava, insistia, largava a discussão, parecia ceder, para passados momentos voltar à mesma, numa obsessão de bêbedo, numa teima que nada fazia remover, que ninguém fazia calar. Queria por força saber o que era um burguês.

— Mas, afinal, vocês não me dizem o que é um burguês?

— É todo o homem que tem dinheiro — disse a rapariga do divã, num ar sonolento, enfastiado, de quem quer fechar uma conversa que já lhe não interessa.

— Nada disso — respondeu Castro Franco, levando a mão ao bolso. — Eu tenho aqui dinheiro... Olha, é verdade! Tenho! — prosseguiu num ar admirativo de satisfação. — Eu tenho aqui dinheiro e... não sou um burguês.

— Um burguês é um homem que tem sono às nove horas da noite — proferiu a outra rapariga.

— Também não é. Quando estou três noites sem me deitar, tenho sempre sono às nove horas da noite. As duas da madrugada é que me passa... — rematou Castro Franco muito sério.

— *Je suis un affreux bourgeois* — gaguejou Paulo Freitas, sorvendo o seu décimo cálice de Porto.

Castro Franco voltou a cabeça para ele, e com um profundo desdém:

— Nem bêbedo é original, este animal.
— Rima — respondeu o outro, num ar de grande seriedade.
Foi então que, pela primeira vez, naquela noite, se ouviu, numa frase seguida, a voz da *Gatita Blanca*:
— Um burguês é todo o homem que ao menos uma vez na sua vida tenha tido medo. *Medo* — repetiu sublinhando a palavra —, não "susto". A vossa negregada língua tem tais subtilezas...
— Essa serve. A *Gatita Blanca* falou e falou bem — pontificou Castro Franco, muito solenemente, com a cabeça direita e o dedo muito espetado.
— *Je suis un affreux bourgeois* — disse, pela segunda vez, Paulo de Freitas.
Ninguém se dignou responder àquela gloriosa evocação de Vautel.
Mário de Meneses, mais aborrecido, mais irritado, a face torturada de tiques nervosos, acendeu o último cigarro, que deixou ficar em cima da mesa, levantou-se, dirigiu-se para a janela, onde ficou de pé a tamborilar com as pontas dos dedos nos vidros, onde a chuva traçava misteriosos sinais cabalísticos.
Toda a noite estivera maldisposto, sem saber por quê. Ficara assim logo que entrara e dera com os olhos naquela mulher, que não conhecia, que apenas entrevira na véspera à porta do clube onde um amigo comum os tinha apresentado um ao outro. Não sabia a que atribuir aquele estranho mal-estar que o desnorteava, que o alheava de tudo, a ele de ordinário tão senhor de si, tão calmo e tão equilibrado. Parecia-lhe por vezes que já a tinha visto, que a conhecera mesmo intimamente, que a amara, talvez... e ao mesmo tempo, ao ouvir-lhe a voz, nas rápidas palavras que com ela trocara, obtivera a certeza, a irrefutável certeza que nunca a tinha encontrado. Mas nesse caso donde provinha aquele singular nervosismo, de que longínquos e estranhos mundos lhe vinha aquela estranha sensação, penetrante e bizarra, de já visto, de já conhecido? Agora, enquanto os dedos lhe continuavam maquinalmente a tamborilar, na vidraça que dava para a chuvosa noite de Dezembro, aquelas notas pueris e dolorosas do minuete de Boccherini que toda a noite lhe marulhara na cabeça, ouvia vagamente, como num sonho, o eco da discussão que se avivara

subitamente, mais exaltada e mais acesa do que nunca. Afinal, que lhe importava a ele quem era, donde vinha e para onde ia aquela misteriosa cabotina?! Valia bem a pena estar a quebrar a cabeça! Tinha conhecido tantas! Sob tantos céus diferentes, em tantas terras que os seus pés vagabundos tinham pisado! Era evidente que não valia a pena cansar-se na resolução daquela charada, procurar em que dia, em que ano, em que segundo, aquela revolta cabeça frisada se lhe encostara ao peito, na rápida e frágil embriaguez dos seus prazeres de homem, em que porto do mundo aqueles olhos verdes, oblíquos, semicerrados como os dos felinos, o tinham fitado assim... assim...

Voltou-se. Os olhos da mulher estavam fixos nele, num olhar parado que o arrepiou.

Onde, mas onde vira ele, onde sentira ele aqueles olhos?!

A voz dela, que se elevou naquele mesmo segundo, interpelando-o, não lhe trouxe à ideia nenhuma voz ouvida.

— Então, Meneses, você não nos diz se já algum dia teve medo?...

Não, tinha a certeza, a irrefutável certeza que nunca em dias de sua vida ouvira aquela voz. Aquele tom grave, sereno, aquela inflexão arrastada, um pouco cantante, não respondia a nenhuma recordação, a nenhum eco do seu passado.

Deixou a janela, onde o frio, a chuva e a escuridão carregavam como um exército, vinham impetuosamente esmagar-se, num último assalto, de encontro a uma invencível fortaleza de luz e calor. Sentou-se e, numa súbita intuição, como um relâmpago que rapidamente lhe iluminasse a vida inteira, de repente, lembrou-se.

— Já tive medo.

Castro Franco endireitou-se no divã, e olhou-o com surpresa.

— Confesso humildemente que sou um *affreux bourgeois*, como diz ali o Paulo, repetiu Mário de Meneses num sorriso fugitivo que mais parecia um esgar.

A mulher que tinha a cabeça encostada à mesa, levantou-a, e olhou para ele com um olhar de incredulidade. A *Gatita Blanca* sorriu.

Mário de Meneses pousou o cotovelo em cima da mesa, encostou à mão a bela cabeça morena onde brilhavam inúmeros fios de prata, e começou:

— Tinha eu vinte e quatro anos e era guarda-marinha. Namorava naquele tempo uma rapariga que trazia a minha crédula mocidade presa ao encanto dos seus sorrisos e das suas levianas criancices. Essa rapariga era de Lisboa, morava aqui, mas, um belo dia, em pleno Inverno, por um capricho dos vários que lhe eram habituais, resolveu ir passar as férias do Natal com uma amiga que habitava uma quinta, um solar muito antigo, ali para os lados de Queluz. E lá foi no dia vinte e dois de Dezembro.

"Eu, aborrecido, irritado pela malfadada ideia, recusei-me peremptoriamente a ir vê-la. Mas, no dia vinte e quatro à tarde, sozinho, sem família, neurasténico, pus-me a evocar outros Natais, outros remotos Natais na minha província distante. Ah! O poder evocador de certas tardes, de certos momentos! A casa onde outrora, naquela noite, ardia na chaminé branca de neve o grande madeiro de azinho! Ouvi distintamente a voz longínqua e cansada de uma avó velhinha que, num crepúsculo cinzento de Inverno, fechava a porta que dava para o quintal, dizendo: "Vai cerrar-se a noite em água", enquanto o riso de minha mãe ecoava na sala de jantar, onde punham a mesa para a consoada. "Vai cerrar-se a noite em água." E, àquela frase, o madeiro de azinho crepitava mais alegremente na chaminé, o meu infantil egoísmo achava que era mais doce a sua luz e mais vivo o seu calor. Haveria chuva, frio e vento lá fora, pelos caminhos, mas depois da Missa do Galo haveria ali dentro, à chaminé, o madeiro de azinho a crepitar, e a meada de oiro e prata dos belos contos de fadas, que a avó sabia, desenrolar--se-ia numa milagrosa abundância, horas a fio.

"Vozes queridas, vozes apagadas e mortas, como eu vos ouvi naquela tarde de Dezembro!

"Era tal a minha tristeza e tão grande o meu desânimo que resolvi ir à quinta, ao tal solar, ver a rapariga. Assim fiz. Cheguei já bastante tarde. Escurecia. O sítio era lúgubre, uma cova húmida e frondosa que, à luz daquele crepúsculo e naquele estado de espírito, me pareceu sinistra. Ao fundo, mesmo ao fundo, a casa enorme de pedra escura, cercada de árvores enormes. Uma avenida muito comprida ia dar mesmo ao grande pátio, fechado por um amplo portão de ferro que uns molossos de granito, roídos de musgo, encimavam.

"O homem que me acompanhava, bisonho e triste, não me disse uma palavra desde a estação até a casa, que me mostrou com um gesto. A minha opressão, o meu mal-estar eram cada vez maiores. Lembrava-me viver um conto de Dickens. Tive vontade de voltar para trás, de correr até à estação, meter-me num comboio, e voltar para Lisboa, mas lá consegui dominar-me e entrei. Felizmente, os donos do solar não o habitavam. A entrada fazia-se por ali, mas, do solar, apenas se atravessava um jardim que na escuridão me pareceu enorme, com grandes ruas ladeadas de murtas altíssimas, quase da minha altura. Aqui e ali, vultos brancos de estátuas em atitudes que me pareceram ameaçadoras; por toda a parte me apareciam, transformados em Fúrias, cabeças de Medusa, Saturnos devorando os filhos, monstros horríveis de faces contorcionadas — inofensivos mármores que, provavelmente às claras horas do dia, ostentariam as castas formas de Diana ou os voluptuosos espreguiçamentos de Ledas com cisne ou sem cisne. Dei um suspiro de alívio ao sair do labirinto das murtas e ao dar com os olhos na casa para onde um capricho tinha levado, em pleno Inverno, a minha caprichosa namorada.

Mário de Meneses fez uma pausa, bebeu uma gota de Porto do seu cálice intacto, e evitando fixar os olhos verdes da *Gatita Blanca* que sentia, pesados e insistentes, fixos nele, prosseguiu:

— Foi agradável o jantar; o serão, esplêndido. Conversou-se, dançou-se animadamente, e lembro-me até que, por duas vezes, a minha namorada tocou para mim, magistralmente, o pueril e doloroso minuete de Boccherini.

"Chovia quando me encontrei novamente no sinistro jardim das murtas. Já não havia nenhum comboio para Lisboa. As conveniências, não permitindo que um rapaz de vinte e quatro anos dormisse debaixo do mesmo tecto que abrigava os virginais sonhos da sua namorada, as mesmas conveniências pregavam comigo impiedosamente no solar, aonde ia passar o resto daquela noite.

"Meus Natais, meus remotos Natais, cheios do riso traquinas da minha irmã e da voz longínqua e cansada da minha avó velhinha... "Vai cerrar-se a noite em água..." Aonde é que eles iam, onde estavam eles?!

"Deixaram-me no meu quarto. Era uma hora da noite. Estava só, só naquele casarão enorme, no fundo daquela cova sinistra. Pareceu-me estar enterrado vivo, e sem esperanças de sair dali, de ver algum dia a luz do Sol. Num grande esforço de vontade, encolhi os ombros e consegui expulsar as ideias sombrias. A chuva tinha parado; em compensação o vento redobrava de violência, gemia, assobiava, cantarolava, rugia. Nunca ouvi um vento assim. Encostei-me a uma das janelas desconjuntadas que o vento abanava furiosamente, e olhei. A noite não estava muito escura: via as árvores, lá fora, dobrarem-se quase até ao chão; pareciam supliciados, a quem mão impiedosa fustigasse, pedindo misericórdia. Arranquei-me àquele espectáculo, que não tinha nada de folgazão, e resolvi-me a passar revista aos meus domínios.

"O quarto era enorme. A vela que me tinham deixado acesa, ardendo só dum lado, dava uma luzinha que o vento, entrando pelas largas frinchas das janelas, fazia dançar, ameaçando apagá-la de vez. A cama, no alto de um estrado, parecia um catafalco. Os reposteiros de damasco, de que já nem se conhecia a cor, roídos pelos ratos, pendiam lamentavelmente em frangalhos. O tecto, que a luz da vela não iluminava, perdia--se em trevas profundas e insondáveis. Num recanto, entre a cama e a parede, uma escada com a balaustrada de madeira trabalhada, que descia não sei para que tenebrosos abismos. Resolvi ir ver. Queria dormir descansado. Com a vela na mão, desci meia dúzia de degraus, e achei-me numa grande sala, igual à primeira, mas toda de pedra, sem porta nem janela nem fresta. Uma casamata de fortaleza. Tornei a subir, abanei as duas grandes portas de carvalho maciço, tranquei o melhor que me foi possível as duas janelas, deitei-me, e apaguei a luz. Dei uma volta na cama, aconcheguei os cobertores, que a noite estava fria, e preparei-me para adormecer.

Mário de Meneses calou-se e circunvagou pelo gabinete um olhar estranho, um olhar de sonâmbulo, que se cruzou com a lâmina de aço dum olhar esverdeado que o fitava ardentemente.

As duas raparigas estavam agora sentadas no divã baixinho e, muito chegadas uma à outra, estreitamente enlaçadas, com os olhos muito abertos, olhavam vagamente adiante de si. Paulo Freitas dormitava encostado à parede, com o monóculo irrepreensivelmente entalado na pálpebra. Castro Franco continuava a beber, imperturbável.

— Quando principiava a dormir — prosseguiu —, naquele rápido instante de bem-estar que ainda não é sono mas que também já não é vigília, acordei bruscamente sobressaltado. Eu estava absolutamente tranquilo, encontrava-me na plena posse das minhas faculdades intelectuais, não estava obcecado por nenhuma ideia, e não tinha medo, ainda não tinha medo...

"Ouvi fortes pancadas numa das maciças portas de carvalho; um arrepio percorreu-me todo, da cabeça aos pés. Tacteei, debaixo do travesseiro, a caixa dos fósforos, sentei-me na cama, e peguei na arma que à cautela tinha deixado à cabeceira. As pancadas cessaram, e então, na solidão da casa enorme, ouvi, ouvi distintamente, naquele mesmo instante, um sussurro de sedas no meio do quarto e uns passinhos leves, muito leves, correndo pela sala... frr... frr...

"Confesso que tive medo. Dei um grito. Os passos cessaram. Passou um bocado. O meu coração abalava-me desesperadamente as paredes do peito. Eu continuava com a mão enclavinhada na pistola. Arrepiado, risquei um fósforo; acendi a vela. O quarto enorme e escuro... Ninguém...

"O vento continuava a uivar na noite de Dezembro a sua trágica sinfonia. Levantei-me e percorri o quarto todo; ergui os frangalhos dos reposteiros roídos; não houve recanto que não esquadrinhasse; bati as paredes: tudo pedra! As portas, inabaláveis; as janelas, intactas como as tinha deixado. Desci à casamata: nada! Tornei a subir e deitei-me. Os meus nervos eram como cordas duma lira onde o pavor poisasse os dedos.

"Esperei nas trevas... frr... frr... o mesmo ramalhar de sedas... os mesmos passinhos leves... frr... frr... dum lado para o outro no quarto...

"De que estranhos mundos viriam, para me povoarem a solidão do quarto naquela noite de Natal, aqueles estranhos passos?... que alma envolveriam aquelas duras sedas a ramalhar?...

"E, toda a noite, os mesmos passos leves, na mesma correria... frr... frr...

Mário de Meneses, a voz entrecortada pela emoção, calou-se. Fez-se um pesado silêncio, que ninguém rompeu. Instantes depois, em voz mais firme, prosseguiu:

— De manhã, mal rompeu a aurora, corri para a estação sem me despedir de ninguém, e só respirei em Lisboa. Tive medo.

A chuva continuava a fustigar implacavelmente as vidraças. A noite, transida de frio, espreitava para dentro e queria entrar, a aquecer-se, quem sabe?... Soaram buzinas de autos na avenida deserta.

Mário de Meneses calou-se de vez, levantou-se, e foi até o divã erguer, num gesto muito doce, uma cabeça loira que, na inconsciência do sono, resvalara quase até ao chão. Todos os outros dormiam também.

Mário de Meneses, então, sentindo, inflexível, o olhar verde fito nele, cravou por sua vez os olhos, altivamente, no olhar da mulher de branco. Ela endireitou-se, num brusco sobressalto de rins como um jaguar, poisou o cigarro e, nuns passinhos leves, muito leves, as duras sedas brancas ramalhando... frr... frr... dirigiu-se para ele. Imóvel, o coração opresso, esperou quase sem respirar. A mulher passou-lhe os braços nus, braços frios de estátua, em volta do pescoço e, num súbito gesto de quem vai morder, esmagou a boca de encontro à sua boca num grande beijo de amor.

Quanto tempo durou aquele beijo? Quanto tempo passou depois? Uma hora? Um segundo?... Mário de Meneses nunca o soube dizer. O tempo não é de todos os mundos; o sobrenatural não tem lógica nem limites.

Quando os dois rapazes acordaram, o cigarro perfumado acabava de se consumir no cinzeiro de cristal.

Paulo Freitas, espreguiçando-se, bocejando a ponto de quase desarticular os queixos, com o irrepreensível monóculo entalado na pálpebra, foi acordar com um beijo uma das raparigas. Castro Franco fez o mesmo à outra, depois de escorripichar um último cálice de Porto.

A *Gatita Blanca*, os olhos esverdeados semicerrados, a boca entreaberta num misterioso sorriso, esperava.

Então, Mário de Meneses, perante o olhar atónito dos dois camaradas e o assombro das raparigas, abriu a porta de repente e desapareceu...

E nunca se soube, nunca talvez se saberá a razão por que um homem desdenhara desassombradamente o seu invejado direito, cobiçado por uma cidade inteira, de se deitar, naquele resto de noite, entre os linhos e as rendas do sumptuoso leito da bela e misteriosa *Gatita Blanca*.

A VERTENTE REGIONAL

"O regresso do filho"

Numa obra consagrada à presença do Alentejo nos escritos de diferentes escritores, Victor Santos conclui que

> Florbela Espanca, Mário Beirão e Monsaraz são três altos e característicos poetas regionalistas, porque intensamente viveram em comunhão com uma **paisagem característica: a sua terra**.[1]

Sob tal denominação "regional" incluo alguns contos pertencentes a ambos os volumes em prosa produzidos por Florbela. Além deste que registro a seguir, "O regresso do filho", cumpre arrolar também "O dominó preto", "O crime do Pinhal do Cego", pertencentes todos ao livro O dominó preto, *e mais "A paixão de Manuel Garcia", procedente de* As máscaras do destino. *Em todos os quatro contos há uma preocupação em registrar situações de um certo estrato regional de origem alentejana, atravessadas por algumas inquietações de ordem social, recobertas por um falar típico dessa província (e, nem sempre de maneira tão alentada, mas sempre presente), por um apego às raízes locais, ou seja, à cultura, à paisagem e à terra alentejana, seja da parte do narrador ou das personagens que habitam tais histórias. Este grupo de contos se diferencia visivelmente dos dois outros, entre si mais próximos, pois que se ocupam de outras classes sociais, sobretudo das de esfera burguesa, enquanto este se dedica ao campesinato, ao operariado e às classes mais humildes. Aproxima-se este grupo da temática de um futuro movimento literário português, que se espraiaria a partir de 1940 — o que nos revela uma outra face de Florbela, ignorada e surpreendente. A feliz combinação*

---

[1] Cf. Victor Santo, *A paisagem alentejana em Florbela Espanca, Mário Beirão e Monsaraz*. Lisboa: Imprensa Baroeth, 1936.

de lirismo e crítica social que, mais tarde, selarão a obra de um outro alentejano, o romancista Alves Redol, já dominam estes contos produzidos na década de 1920, permitindo que se indague (não sem espanto) sobre esse aspecto: — teria sido Florbela Espanca neorrealista avant la lettre*?*

Por exemplo, as questões sociais são um motivo predominante tanto em "O dominó preto" quanto em "A paixão de Manuel Garcia" e, em ambos, elas podem explicar o desencontro amoroso e o doloroso desenlace, que compreende o suicídio das personagens desfavorecidas — os masculinos. Assim, as aspirações de classe da costureirinha, pela qual o Joaquim, de "O dominó preto", está apaixonado, levam-no a cometer um funesto erro de interpretação, enquanto que as diferenças sociais levam ao amordaçamento moral de Manuel, de "A paixão de Manuel Garcia", que jamais terá o arrojo de confessar seu amor à moça rica.

Interessa neste último conto reter o fato de que a mãe do rapaz detém toda a consciência do abismo entre as classes sociais, e essa revolta a impulsiona a destinar a carta de despedida escrita pelo filho, não a quem de direito, mas a uma outra jovem, a costureirinha que, como ele, passara a vida a amar sem ser amada. Neste gesto em que ela crê receber o aval do filho morto, a mãe espera poder nutrir na moça, tanto quanto poderia ter ocorrido com o seu filho, pelo menos a ilusão e o consolo de ter despertado, na sua humildade, tamanha paixão.

De comum entre os dois contos há o fato de que ambos têm início in media res *e se desenvolvem em retrospecção; mas há também a defesa do suicídio, já um tanto mais vincada naquele do livro dedicado a Apeles, certamente em virtude das razões que, na altura, estão impulsionando a feitura dessa obra.*

Ambos os contos ocorrem numa cidade de província, dentro do seu mundo acanhado: Joaquim é caixeiro (e à custa de muita economia torna-se sócio da mercearia em que trabalhou a vida toda) enquanto Manuel é canteiro e trabalha na oficina do avô. A ingenuidade e a boa-fé são componentes de ambos os personagens, mas em Joaquim estas chegam a desfavorecê--lo. Maria, a costureira que o despreza e que parece ter vida fácil, fá-lo vestir-se de dominó para o tão aguardado encontro da terça-feira de Carnaval; mas a sua falta de palavra e o achincalhamento a que o submete no jardim público faltando ao encontro, vai, no passar das longas horas de espera, pouco a pouco transformando Joaquim, de "dominó" em "espantalho desprezível" e, finalmente, em "fantoche" — fantasia que se torna a sua mortalha fatal.

Tanto Maria quanto Maria del Pilar, os respectivos objetos de desejo das referidas personagens, ficam ausentes da narrativa propriamente dita. Os contos se desenvolvem a partir da perspectiva dos rapazes e ainda é assim no caso de "A paixão de Manuel Garcia", mesmo neste conto, em que o personagem está morto desde o princípio, porque é da retrospectiva da mãe dele, que seguiu todo o processo da paixão do filho, que a narrativa se desenrola. Maria del Pilar nem tem ideia de que é amada por ele e, por isso mesmo, passa ao largo da sua história, de maneira que nem sequer ouvimos a sua voz. Maria, ao contrário, conhece a insistente paixão de Joaquim e, pelos vistos, não lhe dá a mínima atenção; de maneira que, também, jamais chegou a comparecer na narrativa. Assim, os principais móveis de ambos os contos ficam ausentes.

Também o narrador, em ambos os casos, embora em terceira pessoa, se envolve com o assunto e acaba por tomar o partido daquele que segue de perto. Em "O dominó preto", ele faz comentários, por exemplo, deste tipo:

> **É nestas almas simples** que o amor é mais puro e mais forte. O manancial de águas claras que na planície vai matar sedes e reverdecer os campos, jorra do seio das duras pedras das montanhas em sítios agrestes, longe e alto!

Já em "A paixão de Manuel Garcia", a partir de certo momento, sobretudo nas cercanias do clímax, o narrador compartilha a dor da infeliz mãe e adota o seu foco narrativo. Observe:

> A pobre mãe abafou um soluço, voltou-se, e olhou o morto (...): a boca parecia sorrir num esgar de desdém, os olhos pareciam abrir-se e pestanejar como se lá dentro as pupilas quisessem ver. Ver o que, meu pobre adolescente que morreste velho? Ver o quê?... A vida que numa grotesca ironia te fez nascer na casinha dum pobre, a ti, a quem o destino cego dera a alma coroada de rosas e verbenas dum grego doutros tempos?!

> *Tudo em ti era beleza, poesia e graça... e tudo isso a vida, miserável e trocista, vestiu com o cotim do teu pobre fatinho da semana, com ao teu ridículo e mesquinho fato novo dos domingos!* **Quem dirá a estes troçados da vida o porquê do seu destino, a razão do engano que os fez nascer pastores, filhos de reis!...**

É curioso neste último conto que Manuel, na medida em que fortalece o seu amor pela Maria del Pilar, vá produzindo, graças à simbólica permitida pelo seu ofício de canteiro, as peças da sua gradativa despedida; a Saudade, a Fé, as Musas, os Anjos — todos talhados com o mesmo perfil, com o mesmo sorriso, com os mesmos contornos do rosto de Maria del Pilar. "Parecia que a pedra tinha a consciência da sua alta missão, o orgulho de, bruta e informe, realizar um sonho, ser transformada, por um raro prodígio de amor, numa Maria del Pilar que a paixão dum pobre divinizara."

Os outros dois contos passam-se na roça. "O crime do Pinhal do Cego" é situado, como o diz o título, nessa localidade, e gira em torno de um crime misterioso e insolúvel ocorrido há quatro anos: o violento assassinato de Francisco, marido de Rosa, numa noite de chuva e vento de inverno. Só depois de mortos o pai e os dois irmãos de Ritinha do Prior, esta procura Rosa para segredar-lhe a razão do crime: eles o assassinaram porque ela engravidou de Francisco, e a criança de quatro anos que ali está é o filho deles. Há uma suspensão temporal e, em seguida, sabemos que ambas as viúvas vivem juntas em grande harmonia e criam o menino.

Também aqui o narrador interioriza os sentimentos da personagem, mas já em situação diferente que a atrás referida, pois que utiliza o discurso indireto livre. No momento em que Rosa conhece, postumamente, a traição do marido, as

> lágrimas caíam-lhe, uma a uma, no chão, como pequeninas pérolas dum colar desatado. Que são as almas dentro da gente, Deus de misericórdia! **Fundos lodosos cheios do formigar constante de milhares de coisas ignoradas** e no alto, à tona de água, um espelho límpido e puro onde os olhos se podem mirar confiadamente. Ela não soubera, não, não adivinhara nada daquela alma ali tão perto dela, onde os seus olhos se miravam com uma tão grande confiança, não lhe vira o fundo lodoso, o formigar constante dos milhares de coisas ignoradas!... Ah, o seu Francisco! O seu homem!...

Assim, também a questão do imperscrutável, do insondável que envolve o ser humano, dos abismos que habitam a alma humana — também fica tematizada aqui.

Outro dado que chama a atenção neste conto é a sintonia entre a paisagem e a temperatura da cena ou entre aquela e os sentimentos da personagem em pauta. Após o crime, parecia

> *que o céu se desfazia em chuva: grossas cordas de água, que alagavam nos campos as sementeiras precoces e faziam sair dos seus pequeninos leitos de miúdos seixos polidos e brilhantes as líricas ribeirinhas, transformadas em largos rios, regougando ameaças. Grandes bandos de gralhas passavam lá no alto, traçando,* **com a tinta escura das asas na página aberta dos céus,** *esguios pontos de exclamação.*

Os pequenos fios de águas, uma vez confluídos, se transmutam em ameaças, enquanto o espanto pelo acontecido se expressa no voo das gralhas. Situação diametralmente oposta, em termos de alegria e luz, em virtude da cena de carinho, compreensão e generosidade, que encerra a decisão de vida em comum das duas mulheres, é a que se desenvolve ao final do conto, e que funciona como a sua moldura.

> *O Sol, ainda alto, entornava rios de ouro pela estrada fora. Dourava tudo: as árvores, a capelinha da Senhora dos Remédios, as serranias de Espanha, o casario da aldeia, toda a paisagem em torno* **como para a passagem dum deus magnífico e triunfante.**

"O regresso do filho" é, talvez, de todos pertencentes a esta temática, o mais bem realizado. Refere-se a ele, pela primeira vez, o jornalista Bourbon e Menezes, em 1931. Narrando um encontro, ocorrido há perto de dois anos, com Florbela em Lisboa, na Marques, conta ele que a escritora desenrolou

> *o manuscrito que trazia embrulhado, leu-me dois dos seus contos, provavelmente ainda hoje inéditos. Escutei-os atentamente. Recordo-me de que um deles se intitulava* ***"O Filho" e se desenrolava na paisagem alentejana...*** *O outro era um conto inteiramente diverso na tessitura e no desenho das figuras,* ***estranho como uma materialização espírita.***[2]

---

[2] Cf. Bourbon e Menezes, "Como conheci Florbela Espanca", *Diário de Notícias*, Lisboa, 11 mar. 1931, p. 1.

O outro conto mencionado pelo jornalista pode ser um dos últimos aqui transcritos. Quanto ao que ele identifica na paisagem alentejana, considero-o perfeito na construção das personagens e nas respectivas caracterizações, na extração da fortaleza delas através da natureza que as circunda, nos diálogos certeiros eivados de termos típicos e de configuração de mundo igual, na ostentação de certos traços culturais do alentejano como o amor à terra, as relações de compadrio e de camaradagem entre vizinhos de lavouras, a superstição. Também a abordagem de um tema que será explorado pelo futuro Neorrealismo, a migração, está no cerne deste conto que se ocupa de lavradores, de gente que vive da terra e que a trabalha e que tem, com ela, uma relação muito especial. Talvez a sua única fraqueza seja a demonstração de uma certa ingenuidade por parte do narrador, num pequeno e único momento: a asserção de que na "bela terra alentejana não há ladrões porque não há fome e o lavrador não é desconfiado" — o que é desmentido no interior do próprio conto, pois que se há migração para a África é, certamente, porque deve haver "fome".

"O regresso do filho" narra a volta de dois migrantes alentejanos: o bem-sucedido e aquele de sina infeliz. O conto é tecido do ponto de vista de quem espera por eles, pais e parentes, de maneira que pouco saberemos acerca dos motivos que os levaram a deixar a terra natal tão amada e acerca do que lá em África se passou com eles, a não ser pelo breve relato do menos favorecido dos dois. O intuito do conto é, portanto, o de auscultar as reações daqueles que ficaram, diante das notícias, nem sempre dignas de fé, que chegam a respeito dos dois rapazes. Assim, Justino Urbano recebe informação do afilhado pelo filho e faz-se mister que ele leve a triste nova da sua morte ao compadre Gabriel. A batalha íntima que se trava no coração do padrinho na rota, que empreende a pé, para o Monte das Chãs, mostra o quanto de caridade, superstição, dúvida, solidariedade confluem na sua decisão de poupar o compadre da notícia. Todavia quando, por outras vias, o compadre se inteira da desgraça, perde para sempre a razão, de maneira que, mesmo quando o rapaz, contra todas as expectativas, regressa à casa, o pai continua ainda a aguardar o filho que um dia voltará...

Vale a pena apontar uma crítica social esboçada pelo conto, que denuncia a exploração dos camponeses através dos impostos. No monólogo solitário de Justino Urbano pela estrada afora, ele condiz que os

> governos lá estavam para dar às pessoas estas tristes notícias, que eles lá é que sabem quem vive e quem morre. **Não era só décimas e mais décimas em cima dum homem a pontos de, a bem dizer, lhe levarem quase a seara toda!**

Através do relato do afilhado, também transparece a situação do migrante em África: febres, roubos, doenças, falta de recursos e de assistência, muito embora a terra seja fértil e generosa nos seus frutos.

A força da terra alentejana é nomeada como aquela que atrai o seu nativo de volta, como aquela que rende energia a quem precisa. O afilhado confessa que a

> terra chamara-o sempre e, longe dela, nunca a sorte o bafejara, nunca! Ai, as saudades que ele tinha tido! Naquelas terras de África, exuberantes e riquíssimas, entre aqueles extensos milharais dum verde intenso e cru, no meio de toda aquela opulenta vegetação carnuda e forte, crescendo à doida, **lamentara do mais fundo da sua cismática e austera alma alentejana os seus campos incultos, as suas charnecas bravias, o cheiro a feno, a ervas amargas, a tostado, os seus pequeninos prados**.

Mas o momento mais intenso localiza-se, sem dúvida, na cena em que o pai toma conhecimento do desaparecimento do filho. Como um zumbi, ele procura a horta, onde o seu olhar abraça a lavoura bem tratada, o regato, o laranjal, o morangal, os musgos de veludo verde-escuro. Como poderia ter desaparecido o seu filho se

> aquelas árvores, que já ali estavam quando ele nascera, que as nortadas tinham sacudido, queimadas pelas geadas, despidas e açoitadas pelas mãos brutais do inverno, **continuavam ali, continuavam a viver, poupadas pelos anos, protegidas pelo destino, intactas**, quase iguais às que ele vira em pequenino!

De maneira que quando amanhece, ele tinha já a certeza de que o filho haveria de regressar, "certeza firme e funda como firmes e fundas aquelas árvores tinham vivido quase intactas, anos e anos pregadas ao duro chão alentejano".

A intensidade com que Florbela chama para a sua obra a terra alentejana, o entendimento que demonstra ter dela, confere à escrita, a meu ver, uma outra dimensão, a qual, aliás, Vitorino Nemésio foi de todos o primeiro a flexionar. Conclui ele que

> a rapidez com que a lenda se apoderou de Florbela mostra bem como estamos em presença — creio que pela primeira vez na literatura portuguesa — **de uma poetisa musa**. Mais do que isso: **de uma divindade ou de um duende, um ser mitológico** de que já alguns poetas (Manuel da Fonseca, por exemplo) se apoderaram para dele fazerem a alma da planície alentejana, genius loci errante entre o piorno e as estevas.[3]

---

[3] Cf. a já comentada matéria de Vitorino Nemésio.

O REGRESSO DO FILHO

— Nazaré! Eh, Nazaré! Onde diacho se meteria o raio da rapariga!
E depois duma breve pausa berrou mais alto:
— Ó Nazaré.
— Pai! — gritou de dentro uma vozita esganiçada —, lá vou!
— Então tu não ouves chamar, mulher?! Há mais de quanto tempo "ó Nazaré, ó Nazaré" e tu sem apareceres! Pareces mouca!
— É que eu...
— Anda lá, anda lá — atalhou o velho bruscamente —, lê lá a carta que chegou agora da vila. É do teu irmão!
E o senhor Justino Urbano, da Herdade das Pedralvas, metia à cara da rapariga, num alvoroço, numa impaciência impossíveis de disfarçar, a carta já saída do envelope onde as garatujas do filho se ostentavam grossas e bem legíveis sobre a brancura da folha de papel.
A rapariga pegou na carta e rapidamente deu princípio à leitura:

Meu pai...
Quando esta lhe chegar às mãos vai ficar muito triste com a notícia que tenho para lhe dar, pois vossemecê gostava muito do Justino que era seu afilhado. Pois é verdade, o Justino tenho a certeza de que morreu lá para aquelas malditas terras do interior, para onde a sua desgraça o levou vai fazer um ano. Nunca mais se teve notícias dele e já não é o primeiro que para lá fica...

A rapariga, com a voz a tremer, interrompeu a leitura para enxugar uma lágrima à ponta do aventalito de chita. O senhor Justino Urbano tossiu para disfarçar a comoção que o invadia.
— Anda lá... anda lá.... — murmurou.
A rapariga, firmando a voz, continuou a ler:

...Coitado do compadre Gabriel quando souber. Eu não lhe mando dizer nada. Escrevo-lhe a si para lhe ir dar a notícia, que sempre será melhor, pois o filho deve estar morto a estas horas. Já há mais de três meses que chegaram boas notícias de todos os que foram com ele e por cá o que consta é que ele morreu.

Eu estou aqui bem e não faço tenções de ir para mais banda nenhuma a não ser para as nossas terras, pois isto de terra de pretos nunca costuma dar bom resultado, como aconteceu ao pobre do Justino.

Dê recados meus à prima Isabel e às pequenas, ao Elias, ao compadre Josué, ao Manel da Tenda e a todos os que por mim perguntarem.

Diga à nossa Nazaré que eu em breve lhe escrevo e que já cá lhe comprei, para lhe levar, um colar muito lindo de marfim e uns brincos de coral como os da professora de S. Bento.

E o meu pai receba um aperto de mão e muitas saudades deste seu filho que lhe pede a bênção

Francisco Urbano

Ao terminar a leitura da carta, a rapariga, num ar de interrogação aflita, ergueu para o pai os grandes olhos escuros marejados de lágrimas como duas amoras orvalhadas.

O pai, a olhar vagamente, ao longe, a mancha negra do montado, não fez um movimento.

A sombria moldura da porta da cozinha, aberta de par em par sobre o silêncio dos campos, fazia lembrar uma *cuvette* onde a paisagem luminosa, arqueando-se em grandes ondas largas até às altas serranias azuladas de Espanha, tomava o seu banho de ouro.

Veio até eles o brando arrulhar dum pombo. Outro desceu num grande frémito de asas e começou a apanhar as migalhas, em movimentos rápidos, receosos, que lhe faziam cintilar o largo colar de esmeraldas e rubis que lhe cingia o pescocito airoso.

A rapariga, num gesto muito doce, amarrotava a carta seguindo-lhe os movimentos.

De repente, a um gesto brusco do velho, o pombo desapareceu batendo asas. Com um fundo suspiro, o velho transpôs a porta da cozinha, sem uma palavra.

No dia seguinte, logo depois do almoço, o senhor Justino Urbano, da Herdade das Pedralvas, meteu-se a caminho do Monte das Chãs para ir dar a triste notícia ao compadre Gabriel.

Manhã tórrida de Junho. As ceifas estavam à porta. Já os trigais maduros erguiam o ouro pesado das espigas nas hastes altas, num gesto hierático de oferta a qualquer deus pagão, enquanto as perdizes, repletas e desconfiadas, atravessavam à pressa os regos por entre as searas com a filharada atrás. O senhor Justino Urbano caminhava devagar, enxugando de vez em quando, com o grande lenço de chita vermelha, o suor que, sob o negro chapeirão, lhe inundava a testa, toda sulcada de rugas miudinhas. Inquieto, distraído, não tinha um olhar para o que o cercava, às voltas com o problema da sua árdua e tristíssima missão.

Que havia ele de dizer àquele pai?... Como havia de dizer àquele desgraçado que já não tinha filho?... Em que túmulo fechado iria ele transformar aquela casa, adormecida na feliz expectativa do regresso do herdeiro, logo que lhe transpusesse os umbrais?!...

O senhor Justino Urbano parou de repente junto a uma copada azinheira que, no cotovelo do atalho, desdobrava um lencinho de sombra na aridez da terra de pousio, tirou o chapéu que lhe escaldava a testa, atirou com ele para o chão num gesto raivoso, estendeu o lenço e sentou-se.

A terra onde os olhos se lhe perderam parecia não ter fim até nos longínquos horizontes onde se confundia com o céu. Minúsculas borboletas dum azul muito carregado, outras dum amarelo intenso como ocre lembravam flores de charneca a que de repente tivessem crescido asas na ânsia de fugirem ao triste destino que, tão doces, as prendera àquelas hastes secas e duras que jamais tinham visto curvar-se em blandiciosos gestos de doçura. A seara madura era como que um outro céu mais abrasado, dum esmalte mais vivo. As grandes azinheiras escuras, espalhadas aqui e ali, desenhavam desgrenhadas flores de sombra no ouro em pó das suaves colinas, arredondadas e fugidias, cordilheira de ondas pequeninas até onde os olhos as podiam seguir.

Em volta, o silêncio era tão profundo, tão religiosa e extática a paz dos campos, que os olhos do lavrador incrédulo se ergueram da terra numa instintiva acção de graças. A alma do homem, tão insignificante, sente-se às vezes ultrapassar o mistério infinito da própria existência e procura ansiosa um infinito maior ainda onde perder-se; é nessas horas que o homem se sente perdoado do nefando crime de ser homem.

O Justino Urbano soltou um profundo suspiro e os olhos encheram-se-lhe de lágrimas ao dar com o "monte" do compadre Gabriel, erguido no alto da mais elevada colina em torno, a uma meia hora de caminho. Era uma grande casa quadrada, branca de neve, à torreira do sol, sem a doçura duma árvore a dar-lhe sombra. É que os sombrios olhos alentejanos precisam encher-se de infinito, precisam das amplas extensões onde o ar corre liberto e o Sol, pelas tardinhas solitárias, adormece cansado, imperador aborrecido do seu trágico gozo de incendiar. Justino Urbano fixou por largo tempo o "monte" do compadre Gabriel; depois, lentamente foi-se levantando, apanhou o chapéu, o lenço, que dobrou cuidadosamente, deu dois passos para a frente, outros dois para trás e por fim parou, indeciso, sem saber o que havia de fazer.

— Não querem lá ver vossemecês a minha vida — resmungou em voz alta.

De súbito, encolhendo os ombros raivoso e aborrecido, vociferou num ar de grande resolução:

— Pois vou-me embora, pronto! Quem quiser que lhe vá dizer!

E a passos rápidos, sempre resmungando, voltou costas à colina, onde a casa quadrada alvejava ainda a grande distância, tomando o caminho de casa.

Nada! Que ele tinha dois filhos que eram como duas medalhas e não queria acarretar-lhes desgraça falando em desgraças, não queria matá-los levando notícias de morte a um pobre homem que nunca lhe tinha feito mal nenhum!

"E quem sabe lá!", continuava ele no seu descosido monólogo. "Estas coisas tão longe nunca uma pessoa assente lhes pode dar *creto* logo às primeiras. Os governos lá estavam para dar às pessoas estas tristes notícias, que eles lá é que sabem quem vive e quem morre. Não era só décimas e mais décimas em cima dum homem a pontos de, a bem dizer, lhe levarem quase a seara toda! O compadre Gabriel havia de o saber, que as más novas sabem-se sempre! Antes se não soubessem!"', rematava num suspiro.

— Nada, nada! — repetia. — Não, que eu tenho dois filhos!

E no supersticioso medo, cheio de inquietação e egoísmo que de repente lhe oprimia o coração como numa tenaz de ferro, olhava desvairado a imensidade daquela terra que o cercava, como se ela lhe fosse cair toda às pazadas sobre os corpos inanimados dos filhos.

Quem o visse de longe tomá-lo-ia por um bêbado, coisa que o sisudo lavrador nunca tinha sido em dias de sua vida, tais eram os gestos e a raiva que sacudia o chapeirão e o grande lenço de chita vermelha, desfraldado como um pendão de revolta, a que de vez em quando limpava a cara alagada.

Quando chegou à herdade, a filha, que o não esperava tão cedo, por pouco que não deixou cair a arregaçada de ovos que trazia da capoeira ao vê-lo de camisa desabotoada, o chapeirão derrubado para a nuca, o sobrecenho carregado, e mais assustada ficou quando o viu arremessar para cima do grande poial da porta da cozinha, onde àquela hora se estendia já uma nesga de sombra, o lenço que trazia na mão.

Não se atreveu a interrogá-lo nem o velho lhe deu tempo.

— Vai-me buscar um púcaro de água! Quem quiser que lhe diga!! Eu é que não estou para isso! — trovejou, deixando-se cair para cima do poial.

A rapariga entrou na cozinha, donde voltou passados instantes com um grande púcaro de barro cheio de água fresca, e enquanto o pai bebia, sôfrego, a água límpida, ficou-se a olhar para ele interdita e inquieta.

— Mas vossemecê não foi às Chãs?... — perguntou-lhe a medo.

— Não — tornou o velho numa voz mais doce. — Não tive ânimos. Faltou-me a coragem. Ainda cheguei ao Caminho Velho. Depois, assim que de lá avistei a casa, voltei para trás. Quem quiser que lho diga!

E, depois duma pausa, murmurou em ar de confidência:

— Tu bem sabes que o compadre Gabriel, desde aquela doença, nunca mais ficou bom. Tem lá assim a modos que umas ideias esquisitas... Não ficou lá muito certo! Tive medo que lhe desse alguma coisa, que ficasse para aí maluco, ou...

Deteve-se, vendo debuxar-se nos lábios da Nazaré um levíssimo sorriso.
— Vocês são mesmo umas cabras! — bradou, dando uma forte palmada no poial. — Tudo é uma risota! Tudo é uma risota!
A rapariga voltou a cara e ficou muito corada, entretendo-se a enrolar e a desenrolar a ponta do aventalito de chita. O velho caiu nas suas meditações, olhando vagamente o muro branco, em frente, onde o sol batia de chapa.
— Se vossemecê quisesse... — arriscou a rapariga, numa vozita receosa.
O velho voltou-se para ela, interrogando-a com o olhar.
— A ti Ana passa aí à noite. Hoje é quarta-feira e ela foi à vila com o Roque, que eu vi-os passar de manhãzinha. Diz-se-lhe a ela e...
— Ora é isso mesmo! — interrompeu o pai. — Tiveste boa ideia. A ti Ana criou o rapaz, vai ter muita pena, mas o pai sempre é pai e ninguém melhor do que ela lho pode dizer. Tiveste boa ideia. Pois é a ti Ana mesmo que lho há-de dizer!
Efectivamente, ao sol-posto, a ti Ana passou montada no burrito que o Roque, um garoto de rosto vivo e corpo desempenado, levava brandamente pela arreata a caminho do "monte". A Nazaré tinha-a ido esperar à entrada do montado que cortava a meio o atalho que ia direito às Chãs.
— Pareces uma sardinha a assar nas brasas! — gritou-lhe de longe a ti Ana a rir, ao vê-la aparecer, delgada e morena, sobre o horizonte avermelhado onde o Sol se sumia lentamente.
Quando porém, meia hora depois, a ti Ana tornou a montar o burrito a que o Roque tomou a arreata num gesto de impaciência, pois era quase noite e as Chãs ficavam longe, a pobre velha já não ria; levava mais vinte anos sobre os ombros curvados e os olhos tinham-se-lhe cavado subitamente, cegos das mais dolorosas lágrimas que uns olhos podem chorar.
O irmão ainda mourejava lá por fora quando ela chegou a casa. Chegou dali a bocado, já noite fechada, com o gado. Da cozinha, onde punha a mesa para a ceia ajudada pela afilhada, uma filhita dum criado que tinha puxado para casa, ouvia-se o vozear dos homens, o tropear dos machos nas pedras do pátio, de vez em quando o mugido profundo e lamentoso dum

boi, o ladrar insistente dos cães, à distância. A ti Ana parava de momento a momento na sua lida e ia disfarçadamente à porta da cozinha, para que a pequena não visse limpar à ponta do lenço preto os olhos que se lhe inundavam de lágrimas teimosas.

Quando o irmão transpôs a porta da cozinha, conversando com os dois criados, deu-lhe as boas-noites em voz sumida e foi numa tremura que serviu a ceia sem dar palavra.

Quando acabaram de comer, o irmão levantou-se como de costume, nas noites abafadas de Verão, foi fumar um cigarro, sentado num poial de tijolo que corria a todo o comprimento da casa e donde se avistavam, em noites luarentas, os "montes" muito brilhantes engastados na meia-luz dos outeirinhos suaves correndo brandamente até às altas serranias de Espanha.

— Estava muita gente na feira? Trouxeste as cordas? — perguntou-lhe ele de lá, ouvindo-a ainda lidar na cozinha.

— Trouxe — respondeu ela num murmúrio.

— Sabes? — tornou ele —, aquelas terras de semeadura da banda de cá do rio, as do ti Samuel, estão para vender. Fui hoje vê-las. Quando o rapaz voltar... Aquilo era tudo uma herdade. Não te lembras?

Ela não pôde responder, a garganta opressa pelos soluços.

Ele continuou:

— Bem boa seara a do Brás! A terra é igual... Eu não tenho agora dinheiro, mas se elas não se venderem até lá, quando o meu rapaz voltar...

— Ó Gabriel — conseguiu ela articular, transpondo a porta da cozinha e ficando de pé ao lado dele. — Não sei o que me adivinha o coração... Há quase um ano que não temos carta do Justino... Se lhe tivesse acontecido alguma coisa?...

O velho, sobressaltado, levantou para ela o rosto, subitamente duma palidez de cera.

Via-se como de dia. O luar era uma cascata de luz despenhando-se dos outeiros. Inundava e submergia tudo. As sombras tinham-se refugiado aos cantos, muito encolhidinhas, expulsas de toda a parte pelo dilúvio; e o manancial de luz correndo pelas colinas arredondadas, pelos vales fugidios, perdendo-se nos longes, era de minuto a minuto mais farto e transparente, alagando os "montes" muito caiados erguidos a meio das encostas ou nos altos duma brancura milagrosa.

— Sim... — gaguejou ela. — Soa-se para aí que o nosso Justino...

E já com as lágrimas a correrem-lhe em fio pela cara abaixo:

— Foi em casa do compadre Justino que mo disseram, hoje mesmo, quando voltava da feira. Receberam carta do Chico em que dizia que o nosso Justino, coitadinho, tinha morrido, lá para aquelas terras do interior...

Foi tão desvairado o olhar que o velho lhe lançou que ela teve medo e apressou-se a dizer, enxugando as lágrimas:

— Ninguém nos mandou dizer a nós. Tem fé, Gabriel! Quem sabe lá! Pode ser que não seja assim...

O velho não respondeu, mas deixou pender a cabeça e os braços num ar de desolação tão atroz que a ti Ana correu para ele e, levantando-lhe a cabeça, procurou animá-lo. Ele, sem forças para a interrogar, tinha fechado os olhos como se esperasse o golpe supremo, resignado.

— Então, Gabriel! Tem ânimo, homem! Pode ser, pode muito bem ser que o nosso Justino volte. Isto há-de ser tudo mentira! O padrinho diz o mesmo. Lá dos governos é que têm obrigação de dizer quem vive e quem morre. A gente cá não sabe nada. Então, Gabriel!

O velho ergueu lentamente a mão trémula para que a irmã se calasse e, numa voz que mal se ouvia, murmurou:

— Deixa-me sozinho.

E como ela se preparasse para responder, ele repetiu a súplica no mesmo tom muito doce, na mesma voz sem timbre:

— Deixa-me sozinho.

Ela não ousou desobedecer-lhe. Fez-lhe a vontade e entrou na cozinha, reprimindo os soluços que lhe afogavam o peito. Ao retirar-se para o seu quarto, depois de tudo arrumado, foi à porta espreitá-lo; viu-o na mesma posição, quase deitado sobre o banco, a cabeça pendida para o peito, os braços caídos.

— Vou-me embora, Gabriel — disse-lhe muito baixinho. —Tem cuidado com a porta da cozinha. Vê lá, não a deixes aberta...

Ele não respondeu.

Quando se sentiu completamente só e o silêncio o envolveu como as rígidas pregas dum sudário, sacudiu o torpor em que caíra, levantou-se lentamente e deu uns passos pelo pátio. Depois, sem lançar sequer um olhar para a porta da cozinha, aberta de par em par, encaminhou-se para a horta, de que se via alvejar à distância o murozinho branco. Empurrou o portão de ferro que nunca se fechava. Na bela terra alentejana não há ladrões porque não há fome e o lavrador não é desconfiado. Entrou. A horta com o muro à volta, baixo, calado de fresco, fazia pensar num alegre e romântico cemitério de aldeia onde mortos dormissem descansadinhos, na paz do Senhor.

O velho sentou-se numa pedra rente à terra e abraçou num olhar vago os talhões bem tratados, o regato de água límpida que cortava a horta, para as regas, o laranjal, massa sombria ao fundo, donde vinha em lufadas um ar carregadinho de perfumes. A Lua, espreitando por cima do muro, deslizando por entre os ramos das árvores, caía de borco sobre a fonte e os seus mil raios prateados eram na água outros tantos barquinhos luminosos que as gotas, caindo da bica em branda cadência, faziam vogar e submergir-se. O regato, a seus pés, corria sem cessar, num estonteamento de garoto, rindo a bom rir por entre o morangal até sumir-se lá ao canto, junto ao muro, na sua fofa caminha de musgos de veludo verde-escuro.

O velho abrangeu tudo aquilo num olhar que a pouco e pouco se ia tornando mais consciente, sorveu o ar com a ânsia de quem se sente asfixiar e levantou a cabeça num gesto de desafio e de orgulho.

Ah, não! Não podia ser! O seu filho não podia ter morrido assim, longe dele, longe da terra, longe de tudo que o vira nascer, de tudo que o vira crescer e fazer-se homem! Ah, não! Não podia ser! O filho!... O seu menino, o seu rapaz, que tanto lhe custara a criar sem mãe, que tantos cuidados lhe dera, que só a fraqueza do seu amor deixara partir assim à aventura como seu desejo fora, o seu maior sonho de riqueza, teria desaparecido assim como uma pedra do chão, um punhado de terra, uma haste de erva rasteira, sem nada ter ficado dele, nem ao menos um túmulo, um montão de terra num cemitério com uma cruz ao alto a proteger-lhe o sono!

E aquelas árvores, que já ali estavam quando ele nascera, que as nortadas tinham sacudido, queimadas pelas geadas, despidas e açoitadas pelas mãos brutais do Inverno, continuavam ali, continuavam a viver, poupadas pelos anos, protegidas pelo destino, intactas, quase iguais às que ele vira em pequenino!

Ah, não! Não podia ser!...

E a esperança foi-se-lhe insinuando no peito, toda a noite, a passos leves, cautelosa e traiçoeira. Um clarão de loucura atravessou-lhe as pupilas baças, e os cantos duros da boca torceram-se num jeito de sorriso. Levantou mais a cabeça. Uma quase certeza invadia-lhe a alma torturada, fazia-lhe bater o coração como se tivesse vinte anos e um grande milagre lho florisse como um altar. A sua imaginação, sempre um pouco insensata, apresentou-lhe o filho cheio de força e saúde, com as mãos plenas de riquezas, de volta à casa onde nascera, comprando terras, todas as terras em volta, as terras de pão que ninguém a peso de ouro recusaria vender-lhe, fazendo das Chãs a maior herdade daquelas redondezas, daquelas vinte léguas até serras de Espanha.

E quando, de manhãzinha, o Sol assomou, todo cor-de-rosa, no horizonte vestido de cores pálidas, dum louro de topázio, dum suave lilás de anémona, num dia verde translúcido de certas asas de libélulas, o nosso homem tinha tanto a certeza de que o filho havia de voltar, e voltar rico, como tinha a certeza de existir, certeza firme e funda como firmes e fundas aquelas árvores tinham vivido quase intactas, anos e anos pregadas ao duro chão alentejano.

E daquele dia em diante, acentuando-se a loucura, mais se lhe meteu em cabeça a cisma de que o filho estava vivo e voltaria rico, e começou por toda a parte a falar com grande entusiasmo da compra de terras que ia fazer, chegando a entrar em negociações com os proprietários que, conhecendo-lhe a mania, abanavam gravemente a cabeça com um misto de comiseração e ironia e uma grande malícia nos olhos escuros, semicerrados.

Passaram-se assim dez anos. Nasceu gente e morreu gente; voltou remediado e de saúde o filho do senhor Justino Urbano, da Herdade das Pedralvas; o mundo continuou nas suas voltas e reviravoltas eternamente incógnitas ao nosso entendimento, mas do Justino do Gabriel das Chãs é que nunca se soube nem novas nem mandados. A pouco e pouco, um primeiro, outros depois, todos o foram esquecendo... Só o pai continuava à sua espera, certo do seu regresso como no primeiro dia. "Quando o meu rapaz voltar...", dizia ele...

Ora deu-se o caso que um belo domingo de Fevereiro, estando o senhor Justino Urbano a acabar de jantar em companhia dos dois filhos, viram com grande surpresa entrar pela porta dentro o vulto dum desconhecido, um vulto estranho e inquietante que fez soltar à Nazaré um grito de terror.

Parecia efectivamente um maltês, um desses mendigos vagabundos que costumam rondar pelas herdades ao lusco-
-fusco, rosnando a súplica que é quase uma ameaça, da tigela da sopa e do agasalho para a noite. Vinha enrolado quase até às sobrancelhas numa manta velha cujas pontas tocavam o chão; trazia na mão direita um grosso cajado, a que se arrimava, na esquerda um saquinho de chita onde mal podia caber uma muda de roupa.

Mal podendo ter-se nas pernas, amarelo como um círio, o homem desembuçou-se um pouco, encostou-se à porta e, numa voz que a emoção enfraquecia e os soluços embargavam, murmurou:

— Padrinho! Sou eu...

O senhor Justino Urbano deu um salto como se um aguilhão o picasse ao reconhecer naquele espectro o afilhado, e correu para ele abraçando-o a rir e a chorar, num alvoroço.

— Ó Justino! Ó rapaz!

A Nazaré, debulhada em lágrimas, e o Francisco foram-no amparando, levando-o devagarinho para uma cadeira baixa, ao cantinho da chaminé.

O senhor Justino Urbano parecia doido. Fazendo grandes gestos, não deixando falar ninguém, fazia andar tudo numa poeira, dando ordens e mais ordens, todo entregue à mais inebriante alegria da sua vida.

— Deixa lá, homem! Tira-te daí, Francisco — berrava para o filho. — Deixa-o tomar ar, cos diabos! Vá buscar lenha seca à loja! E tu, boca aberta — gritava voltando-se para a filha, que,

de pé, considerava o Justino com os olhos rasos de água —,
que estás para aí parada como um andor?! Despacha-te! Vai
matar um frango! Põe água a ferver, anda mulher!...
— Ora esta! — dizia para o afilhado. — Uma assim nunca
na minha vida vi! Ora o Justino!... Mas como vieste tu cá parar
ao fim de tantos anos?!
O Justino sorria enlevado, estendendo à chama as mãos
muito magras e trémulas.
Como tinha vindo cá parar!... Como os regatos vão parar ao
mar, a planta ergue a haste para o Sol e as nuvens se fundem
nos horizontes! A terra chamara-o sempre e, longe dela, nunca
a sorte o bafejara, nunca! Ai, as saudades que ele tinha tido!
Naquelas terras de África exuberantes e riquíssimas, entre
aqueles extensos milharais dum verde intenso e cru, no meio
de toda aquela opulenta vegetação carnuda e forte, crescendo
à doida, lamentara do mais fundo da sua cismática e austera
alma alentejana os seus campos incultos, as suas charnecas
bravias, o cheiro a feno, a ervas amargas, a tostado, os seus
pequeninos prados, colchas bordadas a malmequeres e a botões
de ouro que a Primavera estendia à beira dos raros regatos,
os ondulantes trigais salpicados de papoulas, toda a sua terra
a saber a rosmaninho e a alecrim, toda a sua linda província
recolhida e calma, que ele evocava como uma doce rapariga
de rosto moreno, olhos baixos e boca séria. Ai, as saudades
que ele tinha tido!

E o Justino, em voz muito fraca e ansiosa, depois de
tomar a pequenos goles a chávena de caldo muito apetitosa
a cheirar a hortelã que a Nazaré lhe preparara num instante
e de ter chupado uma asita e uma perna de frango, pôs-se a
contar aos três, que o ouviam cheios de piedade, a sua triste
história, história de desilusão e amargor. Os anos de luta e
de esperança primeiro, as suas ambições, os seus sonhos;
depois a sua partida para o interior, o roubo de que tinha sido
vítima, a doença, as malditas febres, a falta de recursos, por
fim, o hospital, a vergonha que alguém soubesse na terra a
miséria em que caíra, o desânimo que dele se apoderara e que
o fizera permanecer ignorado e esquecido, dado por morto
durante todos aqueles anos. Depois, ao sentir aproximar-se a
morte, a ansiedade de partir, de vir abraçar os seus, de morrer

na sua terra, na sua cama, de vir ver a sua casa e os seus campos. A ideia de ficar para ali, abandonado como um cão, sem ninguém que lhe fechasse os olhos, enchia-lhe a alma de pavor. Numa voz que de vez em quando se molhava de lágrimas, contou depois a medonha odisseia da viagem, tudo o que tinha sofrido, pensando não chegar vivo a casa, com o pensamento atroz de morrer no mar, de ser atirado para os peixes com um peso aos pés, como um bocado de carne podre. Mas conseguira chegar a Lisboa, depois à vila. Por uma vez tivera sorte! Pusera-se logo a caminho, a pé, pois gastara os últimos cinco réis e já não se importava de morrer, agora que estava na sua rica terra da sua alma!

— Qual morrer, nem qual carapuça! — bradou o senhor Justino Urbano, dando uma palmada em cima da mesa que fez tilintar a tigela e o copo. — Quem é que fala em morrer?! Com uma açordinha todos os dias ao levantar, umas migas com chouriço e um bom copázio de vez em quando, crias carne e ficas rijo e fero num mês! O Francisco também assim chegou um pelem! E olha para ele, a ver se o conheces!

A Nazaré e o irmão enxugavam os olhos disfarçadamente. O Justino sorriu, menos pálido, menos trémulo na atmosfera de bem-estar e de cordialidade de que se sentia rodeado.

— Agora — tornou o senhor Justino Urbano —, lá para a tardinha, quando te sentires com mais força, põe-se o macho ao carro e vamos até às Chãs.

O Justino ergueu para ele os olhos brilhantes de febre e atreveu-se a fazer a pergunta que desde a chegada se lhe adivinhava nos lábios. A medo murmurou:

— E a minha tia?... E o meu pai?...

— A tua tia — respondeu o senhor Justino Urbano, num tom um pouco contrafeito e esforçando-se para dar às palavras um tom natural. — A tua tia lá está, muito velhinha mas lá anda. Agora o teu pai... sim... vais vê-lo. — E em voz mais firme: — Está rijo! Está bom!

O Justino sorriu apaziguado e ficou-se a dormitar.

À tardinha, o macho posto ao carro, o Justino bem instalado numa cadeirinha e bem agasalhado num amplo capote à alentejana de farta gola de peles de raposa, os três homens lá foram a caminho do Monte das Chãs.

A tarde declinava já. Os campos abandonados espreguiçavam-se a perder de vista vagamente polvilhados de ouro, dum ouro pálido que esmaecia. O rapaz ia calado, embevecido. A cada canto um fantasma, uma recordação; a cada volta da estrada uma saudade. Os olhos prendiam-se-lhe a tudo, pareciam levar beijos no olhar como se pousassem devotamente em qualquer coisa de sagrado.

Passou no alto um bando de pássaros negros. Só num pé, à beira dum regato, grave e melancólica, uma cegonha cismava. O Justino sorriu. Era tudo como dantes. Nada tinha mudado.

Ao atravessarem o montado do Ribeiro, o padrinho voltou-se para trás e inquiriu num ar vagamente inquieto:

— Vais bem?

Ele acenou que sim com a cabeça.

Dali a instantes o senhor Justino Urbano tossiu, assoou-se e, sem se atrever a olhar para ele, tornou:

— O teu pai... não o estranhes... Anda a modos que esquisito de há um tempo para cá...

E ao ver o rapaz sobressaltar-se:

— Não é nada de cuidado – apressou-se a explicar. — Velhice. Ele já deve andar pelos setenta. É mais velho do que eu um bom par de anos...

O silêncio caiu cheio de pensamentos tristes. O Francisco, para se animar, começou a assobiar as "saias" daquele ano. O macho caminhava sem se apressar, contornando os montes, que, na brandura da tarde, pareciam recolher-se como pássaros para dormir.

Ao passarem pela azinheira grande, no cotovelo do atalho onde o senhor Justino Urbano, anos antes, tinha passado uns momentos bem amargos, avistaram a casa, o montado das Chãs, o murozinho da horta em baixo. O rapaz estendeu os braços como se quisesse abraçar tudo num abraço muito apertado, muito cingido ao peito alvoroçado e contente naquela bendita hora, tão sonhada, do regresso!

Era noite quando chegaram. Inquietos, os cães ladraram raivosamente. A ti Ana, corcovada e trôpega, abriu a porta da cozinha e espreitou para fora. Ao reconhecer a voz do compadre Justino, recuou e foi à pressa buscar a candeia.

— Quem é? — perguntou uma voz do canto da chaminé.

— Boas noites — gritou da porta o senhor Justino Urbano.
— Cá estamos, compadre! Venha de lá uma pinga! Trago-lhe uma visita!

— Uma visita... — balbuciou o velho, interrompendo o cigarro que estava fazendo e olhando curiosamente para onde sentia um rumor de vozes.

Entraram todos. A ti Ana, que ainda segurava a candeia, ao dar com os olhos no Justino soltou um grito e agarrou-se num desespero ao Francisco, sem tirar os olhos do sobrinho, que reconhecera logo.

Este, sem poder avançar um passo, branco como a cal, ficou à porta, a olhar de longe o pai, sentado à chaminé.

— Ora essa, compadre! — tornou a voz trémula do velho. — Entre. Cheguem-se cá para o lume.

O senhor Justino Urbano avançou, amparando o afilhado, que tremia como varas verdes. Entrou com ele na zona iluminada. A chama do lume e a luz da candeia deram-lhe em cheio no rosto, descobrindo-lhe as feições como em pleno dia.

Todos olhavam como que petrificados, os peitos opressos pela poderosa emoção da cena, à espera...

O velho, muito alquebrado, trémulo, levantou a cabeça toda branca e cravou os olhos no filho, que de pé, ansioso, fremente, o olhava também, pronto a lançar-se-lhe nos braços.

O velho abriu mais os olhos. Um lampejo de lucidez atravessou-lhe, numa vertigem, as pupilas baças, teve um sobressalto brusco, quase deixando cair o cigarro que segurava, o rosto contraiu-se-lhe numa expressão de ansiedade, de angústia, num esforço de compreensão, de tortura inenarrável, e os braços esgueiraram-se-lhe instintivamente no largo gesto de quem vai abençoar.

Mas foi um momento... Desviou os olhos... as pálpebras tornaram a descer brandamente sobre as pupilas foscas que as sombras da loucura obscureciam. Estendeu o braço, procurando no lume um ramo a arder onde acender o cigarro e, indiferente, longínquo, tornou, na sua voz trémula, num risinho pueril e quebrado:

— Pois é verdade, compadre... Quando o meu rapaz voltar...

CARTAS

APRESENTAÇÃO

Tudo o que toca à biografia e à produção literária de Florbela tem constituído, na certeira acepção que já em 1944 José Régio cunhara, um "triste folhetim".[1] Celestino David, que reuniu os capítulos esparsos de tal enredo, designou-o, em 1948, de verdadeiro "romance".[2] Neste contexto, menos ainda o que envolve a correspondência de Florbela comparece como exceção. Agustina Bessa-Luís, a partir do cotejo entre os manuscritos depositados na Biblioteca Pública de Évora e a primeira publicação da correspondência da escritora com Guido Battelli, registrou, em 1979, as indevidas "montagens" e adulterações que este professor italiano impôs às cartas em 1931, justo um ano após a morte da poetisa.[3] Também a publicação que delas empreendeu o empresário português Rui Guedes não fica atrás. Na edição de dois volumes da Dom Quixote de Lisboa, Cartas (1906-1922) *e* Cartas (1923- -1930), *vindas a lume em 1986, salientava-se que continham "184 cartas e postais (em vez das 51 publicadas em* Cartas de Florbela Espanca, *de que se fez apenas uma pequena edição em 1952)".[4] Inverdade das grandes: das 184 cartas apregoadas, apenas oito postais e catorze cartas de Florbela, além de seis cartas referentes a ela não tinham sido antes publicadas...[5]*

Esboço, então, para conhecimento do leitor, um pequeno histórico das vicissitudes por que passou a correspondência

---

[1] Cf. José Régio, "Continua o triste folhetim de Florbela Espanca". Porto, *Jornal de Notícias*, 25 set. 1944, p. 1.

[2] Cf. Celestino David, *O romance de Florbela Espanca. A Cidade de Évora*, v. 6 (n. 15-16), Évora, mar./jun. 1948, pp. 41-100, e v. 6 (n. 17-18), mar./jun. 1949, pp. 353-435.

[3] Cf. Agustina Bessa-Luís, *Florbela Espanca, a vida e a obra*. Lisboa: Arcádia, 1979.

[4] Tal informação está contida no *Jornal de Letras*, Lisboa, n.159, ano V, consagrado a "Florbela inédita", de 23 a 29 de julho de 1985, p. 10. Os dois volumes em pauta foram publicados como V e VI da já referida coleção *Obras completas de Florbela Espanca*.

[5] Cf. a minha recensão crítica a respeito, publicada na *Colóquio/Letras*, Lisboa, n. 99, Fundação Calouste Gulbenkian, set./out. 1987, pp. 109-111, intitulada "Edição das *Cartas de Florbela Espanca*, por Rui Guedes".

de Florbela. Considerando a cronologia da publicação dos inéditos, tudo tem início em 1931 com Cartas de Florbela Espanca a Dona Júlia Alves e a Guido Battelli.[6] *Mas aqui se publicam somente excertos "montados", tanto de sete das cartas que, entre 1916 e 1917, Florbela dirigiu à Julinha, quanto de doze de outras que, em 1930, endereçou ao professor italiano. Em 1940, no Arquivo Nacional, Costa Leão edita a futura célebre carta a Apeles (de 05/01/1926) e, em 1946, no* Florbela Espanca e a sua obra, *de Aurélia Borges, lê-se um trecho de uma carta que, em 1930, a poetisa enviara à sua ex-discípula e amiga, bem como no artigo de Roberto Nobre em* O Primeiro de Janeiro, *de 1946, são conhecidos sete inéditos da sua correspondência amorosa com "José", produzidos entre 1912 e 1913. Com a data de 1948, o* Florbela Espanca *de Carlos Sombrio, transcreve 32 peças inéditas, das quais uma pertence a Madame Carvalho, diretora em 1916 do Suplemento* Modas & Bordados *de* O Século.[7] *Através desta pequena epistolografia podem-se conhecer os projetos poéticos que, na altura, Florbela acalentava e que também se estendem não apenas pelas sete anteriores, mas já pelas 26 cartas a Júlia Alves, pela primeira vez impressas mais integralmente. Em 1948 e 1949, Celestino David publica, em* O romance de Florbela Espanca, *mais 41 cartas, na maioria integrais, das quais 39 eram inéditas: somente duas delas não pertencem a Florbela. Além disso, nessa edição, bem em consonância com o tom "romanesco" ou "novelístico" que recobre o que concerne à escritora, Celestino David descreve e cita fragmentos de novas cartas a Battelli, pois que delas tomara conhecimento, já que transcorrera o ano de 1941 e, com ele, o prazo para a abertura da correspondência da poetisa, depositada na Biblioteca Pública de Évora pelo*

---

[6] As referidas cartas foram publicadas por Guido Battelli em Coimbra, pela Livraria Gonçalves, em 1931.
[7] Insisto em oferecer os dados bibliográficos a respeito de tais publicações porque, quando transcrever as cartas, apenas indicarei sumariamente a origem. Assim: António da Costa Leão, "A tragédia de Florbela Espanca". *Arquivo Nacional*, Lisboa, v. 9, n. 429, 27 mar. 1940, pp. 196-7; e v. 9, n. 430, 3 abr. 1940, pp. 218--9; Aurélia Borges, *Florbela Espanca e sua obra*. Lisboa: Expansão, 1946; Roberto Nobre, "Florbela Espanca: inéditos de sua correspondência de amor". *O Primeiro de Janeiro*, Porto, 9 out. 1946, p. 3; Carlos Sombrio, *Florbela Espanca*. Figueira da Foz: Homo, 1948.

professor italiano: 23 cartas datadas de 1930, além de uma manuscrita pela poetisa mas assinada com carimbo da então diretora do Portugal Feminino, *Maria Amélia Teixeira*.

Em seguida, Azinhal Abelho e José Emídio Amaro dão à estampa mais 52 Cartas de Florbela Espanca, *das quais 49 eram inéditas. Por sua vez, Augusto d'Esaguy publica, em 1954*, Uma carta inédita de Sóror Saudade, *e Maria Alexandrina transcreve, em* A vida ignorada de Florbela Espanca, *em 1964, uma carta inédita de Florbela a Américo Durão, assim como, no* Clube das Donas de Casa, *em 1976, a primeira das cartas da escritora a António Guimarães, seu segundo marido — também inédita.*[8]

A referida edição de Rui Guedes estampa, pois, além do já arrolado, quatro postais e três cartas do acervo de Túlio Espanca (primo e afilhado de Florbela), quatro postais e cinco cartas do espólio da família Alberto Moutinho (primeiro marido da escritora), quatro cartas do acervo da família de Milburges Ferreira (a amiga de infância de Florbela), e duas cartas do espólio de Raul Proença (renomado escritor progressista e cientista político português), que se encontra depositado na Biblioteca Pública de Évora. Todavia, nenhuma informação a respeito da procedência deste material é fornecida (sequer em notas de rodapé) pela referida edição...

Em 1986, Viale Moutinho, fazendo observações à publicação de Rui Guedes, transcreve uma carta inédita de Florbela ao pai, datada de Matosinhos, 04/01/1928, o que, portanto, acresce para 185 as peças conhecidas da epistolografia florbeliana.*[9]

Sem dúvida, tendo por cenário o descrito, o leitor não achará difícil concluir que há várias imprecisões, adulterações, montagens e interpolações presentes nas cartas. Os manuscritos das cartas de Florbela a Battelli se encontram, pelo menos os conhecidos, depositados, como disse, na Biblioteca Pública de Évora; os manuscritos das cartas a Júlia Alves, segundo se*

---

[8] Azinhal Abelho e José Emídio Amaro, *Cartas de Florbela Espanca*. Lisboa, s.ed. e s.d. (1949); Augusto d'Esaguy, *Florbela Espanca:* uma carta inédita de Sóror Saudade. Lisboa: Império, 1954; Maria Alexandrina, *A vida ignorada de Florbela Espanca*. Porto, Edição da Autora, 1964 e "Da vida e poesia de Florbela Espanca (IV): a primeira carta", *Clube das Donas de Casa*. Lisboa, segunda quinzena jun. 1976, pp. 70-2.

[9] Cf. Viale Moutinho, "Uma carta inédita de Florbela e alguns reparos às *Cartas*", *Diário de Notícias*, Lisboa, 20 abr. 1986, pp. IV-V, Suplemento Cultura.

sabe, foram transportados por Battelli a Florença e, segundo consta, teriam sido destruídos no bombardeio que incendiou a casa do professor, durante a II Grande Guerra. Com exceção, portanto, dos manuscritos depositados nos espólios de Florbela nas Bibliotecas, na de Évora e na Nacional de Lisboa, as restantes peças autógrafas se encontram em situação de desconforto para o pesquisador, visto que o acesso a elas é dificultado pelos respectivos herdeiros, o que não permite que sejam cotejados originais e publicações. Ora, era esta precisamente a advertência de Lopes Rodrigues que, já em 1956, havia chamado a atenção para a discrepância entre as diferentes edições de uma mesma carta e que advertira para a necessária comparação com o original.[10] *Assim, procurando proceder da melhor maneira possível, em casos comprovados de existência do manuscrito, a transcrição aqui efetuada remeter-se-á ao autógrafo; em caso contrário, utilizarei a primeira edição, indicando sucintamente a fonte, visto que os dados bibliográficos já se encontram aqui fornecidos em notas de rodapé.*

Não é intuito desta edição oferecer ao leitor todas as 185 peças epistolográficas, mas antes, uma antologia que lhe permita conhecer a prosa de Florbela no que diz respeito a várias instâncias. Assim, as cartas escolhidas serão apresentadas segundo quatro diferentes rubricas: "Correspondência familiar", "Correspondência intelectual", "Correspondência amorosa" e "Diário (e epistolografia) do último ano".

---

[10] Cf. Lopes Rodrigues, "Nótulas florbelianas", *Boletim da Biblioteca Municipal de Matosinhos*, Matosinhos, 3 ago. 1956, pp. 3-53.

CORRESPONDÊNCIA FAMILIAR

Sob este título apresento uma antologia de cartas de Florbela a João Maria Espanca, a Henriqueta de Almeida, a Apeles Espanca, a Alberto Moutinho, a António Guimarães, a Manuel e Lina Moutinho, e ao dito "José". As cartas de Florbela ao primo e afilhado Túlio Espanca serão constantes da última parte deste trabalho, visto que preferi inseri-las na correspondência do derradeiro ano de vida da poetisa. As missivas estão dispostas em ordem cronológica e buscarei traçar o contexto em que elas se dão a fim de que se possa extrair o máximo proveito da leitura de cada uma delas.

As duas primeiras cartas datam do segundo semestre de 1912, enquanto a terceira, que encerra o acontecimento que tratarei de elucidar, não possui data, sendo provavelmente do final desse ano ou do princípio de 1913. Esse grupo de três cartas cobre um episódio desenvolvido, ao que tudo indica, a partir do mês de setembro de 1912, desenrolando-se pelos meses seguintes, episódio um tanto nebuloso da vida da Florbela anterior ao primeiro casamento, quando então contava ela dezoito anos incompletos. Tais eventos se referem à relação sentimental que teria ocorrido na vigência do noivado com o futuro marido, Alberto de Jesus Silva Moutinho, com quem viria a se casar no dia do seu aniversário em 1913, na Conservadoria do Registro Civil de Vila Viçosa. A correspondência de Florbela com o chamado "José", compreende ao todo sete peças, que vieram a público pelas mãos de Roberto Nobre, em 1946, origem que é também a dessa segunda carta que ora publico. Todavia, a primeira, a dirigida ao seu pai, e a terceira, dirigida a Henriqueta de Almeida, seriam editadas apenas em 1949, por Azinhal Abelho e José Emídio Amaro.[1]

Sabe-se hoje que "José" não passa de um criptônimo a esconder a verdadeira identidade de João Martins da Silva

---

[1] Para maior conforto do leitor tratarei de numerar, entre parêntesis, as cartas transcritas, segundo a ordem em que comparecem aqui.

Marques, oriundo de Redondo, Alentejo, e que viria a se tornar, mais tarde, assistente da Faculdade de Letras de Lisboa e diretor da Torre do Tombo. Florbela teria conhecido o rapaz na Figueira da Foz onde se encontrava em casa do seu padrinho Daniel da Silva Barroso.

A carta dirigida por Florbela, da Figueira da Foz, em 23/09/1912, a João Maria Espanca (1), começa por dar conta do recebimento das coisas de ordem prática a fim de que ela possa continuar a desfrutar esses dias em casa do padrinho, bem como do presente que o pai lhe envia pelas "festas". Da sua parte, a garota provinciana está deslumbrada com os modos chiques da companhia em que se encontra, com as relações importantes do padrinho, com o "luxo distinto", e já se ressente de ter de trocar esse ambiente pelo seu mundo real, sobretudo no que se refere aos rapazes, tão educados! Desde essa época Florbela tem planos de mudar-se para Lisboa, mas, pelos vistos, é em Évora que ela deverá voltar a estudar.

Essa necessidade que sente, ao longo da correspondência com o querido pai, de dividir tudo com ele, transparece aqui na nomeação do "rapaz muito nosso amigo e muito chic" — ao que tudo indica, o próprio "José." Observe-se como ela procura demonstrar, ao pai, ter, com o rapaz, uma certa familiaridade e uma certa ascendência: ia a passeio de barco com ele; tem vontade de "tirar os olhos" a esse "pastel" que se deixou adoecer; vai a casa dele para passar-lhe uma "descompostura" — tudo isto num tom brincalhão, bem entendido, como seria de se esperar que uma moça comprometida fale de um rapaz que não seja o seu noivo. Mesmo assim, para os tempos de então, o comportamento de Florbela é bem avançado e independente.

Outro dado importante que esta carta implicita é a de que Florbela resolve insinuar que está perfeitamente a par das relações amorosas entre o pai e a empregada, a Henriqueta de Almeida, visto que declara lhe dar no mesmo escrever tanto a um quanto a outro. Também, ao final da carta, ela há de dirigir as suas saudades à Henriqueta e não à madrasta. Já nesta altura, Mariana Inglesa, a sua madrinha e esposa legítima do pai, tem conhecimento da mancebagem e parece aquiescer, posto que não há nenhum sinal de conflito e que Henriqueta, sempre muito solícita, lhe dará todo o amparo durante a longa doença que a acometerá a partir desta época. O divórcio de João Maria Espanca só ocorrerá em 9 de novembro de 1921, e seu casamento com Henriqueta será celebrado em 4 de julho de 1922.

A segunda carta, escrita três dias após aquela ao pai, portanto, em 26/09/1912, é endereçada ao "amigo" (2). A carta responde a outra que ele lhe enviou, e começa aparentemente num tom jocoso, que ajuda a pedir desculpas pela injustiça cometida antes, mas que revela dados essenciais do seu temperamento: o seu orgulho. Responder a essa carta, provando que não pode ser amada por ele, a quem conhece há apenas oito dias, obriga-a a entrar numa intimidade que ela deveria consentir apenas ao seu noivo, a quem deve "completa lealdade". As demonstrações de íntegro caráter se seguem, e Florbela procura direcionar quaisquer sentimentos da parte dele para uma amizade baseada numa estima que, ela almeja, se extinguirá em recordação. Todavia, transparece aí uma coqueteria: ela desconhece como pôde ele encantar-se com ela, visto que apenas as mulheres caprichosas detêm poderes de sedução...

Mas agora a carta começa a revelar seus dois verdadeiros objetivos: censurar a atitude da mãe dele, que o proibiu de falar-lhe — o que explica, portanto, a aparente descabida menção inicial ao seu orgulho. É preciso, portanto, que ele obedeça terminantemente ao "egoísmo" materno que, aliás, Florbela compreende tão bem! E a ironia destilada se expande, inclusive, insinuando a dependência materna de José... O outro alvo é dar a saber a ele que ela tem, sim, notícia, do seu compromisso com a prima. Portanto, insistir na premissa que abre a carta não é, já agora, apenas loucura dele, mas também dela.

O seu afeto por ele fica, todavia, pouco a pouco semeado pela carta absolutamente enviesada e meandrosa, que despede o seduzido ao mesmo tempo em que o retém. Assim, Florbela diz gostar da dona Josefina porque esta admira muito a ele e não lhe vê defeitos; o amor entre ambos é uma dupla loucura porque ela é noiva e ele comprometido, além de dever obediência à mãe e ela lealdade ao noivo; de resto, ela não tornará a lhe escrever e nem a lhe falar, e nem mesmo lhe enviará o retrato, mas (porém, todavia), vai pedir-lhe pessoalmente "uma coisa"; o dever se impõe e ela só procede apenas de acordo com essas regras.

A terceira carta, enviada para Henriqueta, e que a ela se dirige como "Minha amiga" (3), é um pedido de socorro, e procura contar com a cumplicidade da empregada e amante do pai, e, sobretudo, com sua ascendência sobre o pai, a fim de que João Maria venha ter com ela, o mais rápido possível, para que possa resolver, em definitivo, a situação criada. Florbela, então, se encontra em grande sofrimento e em indecisão completa.

Um enigma acompanha esta carta: não fica claro se Florbela rompeu com o noivo ou com José. Mas tudo indica que o "inferno" diz respeito a uma situação de impasse absoluto em que se viu obrigada a se desligar de alguém que lhe é muito caro, "o meu melhor amigo", o que se configura como sendo antes Alberto Moutinho, o noivo, que José, um recém-conhecido. Também o fato de não querer mais voltar ao liceu confirma essa hipótese, visto que o noivo era seu colega desde o curso primário, e que, na ocasião, era seu colega de liceu. É provável, pois, que o noivo, conhecendo a relação de flerte, pelo que parece, mais diletante que sentimental, de Florbela com José, tenha rompido com ela, enviando-lhe de volta as cartas e desmanchando o noivado — o que explica o ter "sofrido tanto como nunca pensei sofrer" e o nunca "pensei que isso custasse tanto".

Também é bom de se notar o quanto a sua sensibilidade fica facilmente associada ao seu estado de saúde. Florbela se declara com febre, doente. Ou se trata deveras de uma situação conflituosa capaz de fazê-la assim em pedaços, dividida entre sentimentos contraditórios (medo e dó), ou ela exagera para poder chantagear um pouco o pai, a fim de que ele venha rapidamente socorrê-la.

O curioso disso tudo é que Florbela compartilhe tal intimidade antes com a amante do pai que com a madrasta. De um lado, entende-se que essa situação pede mais a compreensão de uma amiga experiente e, digamos assim, mais condescendente, que não acene com as prerrogativas de mãe, que propriamente de Mariana que, segundo se sabe através de outras cartas, é "moralmente" muito rigorosa no que diz respeito a Florbela. De outro lado porque, talvez, ela supusesse que poderia se fazer entender, no aspecto "deslealdade", melhor por aqueles que, tal como ela, padeciam da mesma falta, do que por aquela que tinha sido colocada como objeto dessa mesma ação.

A quarta carta, que se encontra depositada no espólio de Florbela na Biblioteca Pública de Évora, é dirigida ao já marido Alberto Moutinho, nesta altura (13/09/1918) em Faro, enquanto Florbela se encontra em casa de Edmond Plantier Damião, amigo do pai, em Lisboa (4). Desde 9 de outubro de 1917 ela frequenta a Faculdade de Direito da Universidade de Lisboa, vivendo intermitentemente com o marido. Em março de 1918 abortara involuntariamente e fora se tratar em Quelfes, acompanhada pelo marido; em setembro regressa a Lisboa e no dia 25 matricula-se no segundo ano da faculdade. Antes, entretanto, envia essa carta ao marido: os desentendimentos parecem óbvios, e Florbela encontra-se de novo em algum recanto daquele mesmo "inferno" da carta anterior. A relação amorosa parece estar esgotada e, pelos vistos, Alberto a culpa pela separação, enquanto ela se põe à disposição do marido, para acompanhá-lo para aonde ele quiser. Aparentemente há mais pessoas metidas nesse litígio, visto que Florbela usa o plural: muito provavelmente a sua família e a dele que, pelo que se sabe, eram muito próximas. Alberto era muito amigo de Apeles, tinha uma relação de extrema camaradagem com o sogro, enquanto Florbela mantinha amizade com as cunhadas e cunhado, sobretudo com Manuel Moutinho e sua esposa Lina, proximidade que conservará até o final da sua vida.

Neste momento, tudo o que ela pede é que a deixem em paz, que está farta de ouvir "discursos"; que nada mais sabe sobre coisa alguma, e que não está em condições de decidir nada, que está resignada e que aguarda. Espera resoluções e não discursos! E, aparentemente, resoluções ela só terá a partir de julho de 1920 quando Alberto, tendo notícias de que Florbela se encontrava "noiva" em Lisboa, resolve, finalmente, tomar as providências necessárias para legitimar a separação que, para ser mais ágil, deve ser litigiosa — no sentido de que seja ela, Florbela, a requerer ação contra ele: é o que Alberto Moutinho solicita, desde que tudo possa se passar com o mínimo possível de publicidade, em Vila Viçosa ou em Évora.[2]

Florbela, então, nomeará ao pai como seu procurador para tal ação, e Alberto escreve a João Maria uma alongada carta dando conta da demora em proceder ao divórcio que será, afinal, decretado, em 30 de abril de 1921, em Évora. As razões expostas por Alberto Moutinho para justificar a morosidade que impôs ao processo parecem ser um tanto fantasiosas, já que ele explica ter-se proposto a ganhar muito dinheiro "para deixar à sua filha se me matasse, como pensava, ou oferecer-lho como recompensa material do prejuízo que porventura tivesse sofrido com o casamento". Mas através de toda a generosidade que aparenta durante a carta e de todo o desprendimento em se deixar caluniar para que haja a separação litigiosa, o seu orgulho ferido não o impede de espicaçar o pai Espanca com declarações de que soubera que "essa Senhora tinha um namoro" e que não lhe convinha estar casado "com uma criatura que, mesmo casada, namora", e que haveria "gente, que se ofereceu para o que eu quisesse, para causar qualquer escândalo que a envolvesse, e com ela a toda a família, ao meu amigo Apeles principalmente, a quem estimo como um irmão". Entretanto, depois dessas alongadas impertinências, muda insolitamente de assunto, mostra interesse pelo trabalho do sogro, faz perguntas sobre as antiguidades com que trabalha o velho Espanca, pergunta por Apeles, convida-os e à Henriqueta a visitarem-no, sem deixar, todavia, de insinuar que, também ele (oh orgulho masculino!) tem os seus interesses afetivos. Porque a conversa sobre antiguidades desemboca numa "criatura em Lisboa" a quem ofereceu uma jarra do Japão por ocasião do aniversário.

E é bom de esclarecer que Alberto Moutinho tem razão no que concerne aos ditos "namoros" de Florbela; já em 25 de agosto de 1920, a escritora vive com António Guimarães na Rua do Godinho, 146, em Matosinhos, Porto, segundo se sabe

---

[2] Estas informações vêm dadas na carta que Alberto dirige à Florbela, de Portimão, em 9 de julho de 1920, e, ainda, numa outra mais alongada que dirige ao sogro, também de Portimão, em 16 de julho de 1920 — ambos os documentos são pertences da Biblioteca Pública de Évora.

pela carta a ela enviada pela senhora Maria Augusta Supico Ribeiro Pinto — pertença da Biblioteca Pública de Évora.

A quinta carta transcrita, publicada por Maria Alexandrina, é endereçada ao seu segundo marido, António Guimarães, de Lisboa, em 4 de março de 1920 (5), e é, até o presente momento, a única peça conhecida de uma correspondência que parece ter se alongado. É uma carta extremamente grave visto que Florbela foi vilipendiada e que ela não admite da parte de quem estima a mais leve suspeita acerca da sua honra. Pelo contexto da carta se depreende que Guimarães a havia pedido em casamento e que ela lhe tinha dado como resposta uma "singularmente fantástica" resolução: que se separe dela ou, então, que creia absolutamente nela. Portanto, cabe a ele decidir a respeito.

Chama a atenção nesta carta o desenrolar das mesmas tópicas que atravessam a transcrita carta a José: as calúnias que a rodeiam; a sua lealdade; o cumprimento do dever; a sua dignidade; o seu orgulho; a sua autenticidade; e ainda algo mais que estava apenas implicitado naquela carta de 1912: o fato de os outros não perdoarem a superioridade do seu caráter e da sua alma. Um dado a mais se acrescenta, todavia: a solidão.

Em julho de 1920, Florbela parte, de Lisboa, com Guimarães para o Castelo da Foz, para onde foi transferido; em agosto, como já adiantei, vivem em Matosinhos. Em 30 de abril de 1921, em Évora, é decretado o seu divórcio com Moutinho; em 29 de junho desse mesmo ano, Florbela se casa, na Conservadoria do Registro Civil do Porto, com o alferes de artilharia da Guarda Republicana, António José Marques Guimarães, então com vinte e seis anos. O casal vai viver nessa freguesia transferindo-se, em março de 1922, para uma quinta na Amadora e, já em junho do mesmo ano, para Lisboa. A respeito dessa época da sua vida, Florbela escreverá mais tarde a Apeles, em 29 de dezembro de 1923, apodando-a de "calvário", confessando que havia sofrido, sem que nunca ninguém lhe tivesse ouvido sequer uma queixa, toda a sorte de "humilhações", suportado todas as "brutalidades e grosserias", e se resignado a viver no "maior dos abandonos morais, na mais fria das indiferenças" — a publicação desta peça deve-se a Azinhal Abelho e José Emídio Amaro.

De Lisboa, de 25 de março de 1922, data essa próxima carta de Florbela, também dirigida a Apeles, publicada pelos dois biógrafos acima citados (6). Transcrevo, para que se tenha ideia da tonalidade de amizade, entendimento e camaradagem entre os irmãos, a carta de Apeles (de 24/01/1922, cujo remetente é o Cruzador Carvalho Araújo, África) que originou a de Florbela, e que é pertença da Biblioteca Pública de Évora:

> Bela
> A África é a 8ª maravilha, é mesmo mais que a 8ª, é a 10ª, a 15ª, é tudo que tu imaginares de melhor e não chega.
> O meu passeio em auto ao interior, caçar jacarés, é uma cena de magia. Para ti, mulher, só uma coisa entra negativamente: é o calor que realmente é brutal mas para mim, **rapaz na pujança da vida e que amo as coisas fortes**, isso contribui para avigorar o cenário, a fauna deslumbrante.
> Aqui tudo é vida, **até mesmo a morte é uma manifestação da enormidade da vida!** Eu tenho uma fantasia infinita, pois a natureza igualou-a.
> Matei um gato tigrado a que mandei curtir a pele, para recordação. Ia ficando na lagoa de Cacoaco (Quartel-General do jacaré) devido à minha imprevidência, quando tentava apanhar uma aigrette *linda que tinha morto.*
> Contar-te-ei coisas colossais, pois já sabes que não tenho paciência para escrever.
> Vou hoje com uns rapazes americanos, da Companhia de Petróleo, os mesmos do passeio dos jacarés, caçar aigrettes, *a ver se levo algumas penas para um chapéu para a Bela.*
> Como vai a saúde, e o António?
> A minha, de ferro; estou cor de bronze, já não quero outra vida.
> Tens tido notícias de Évora?
> Eu, nada.
> Escreve para Luanda
> Saudades António.
> Muitos beijos Bela do
>
> > Peles Leão.

O tom de brincadeira com que Florbela responde a esta carta de Apeles não esconde, entretanto, uma certa amargura presente no fato de que as "sensações fortes" a fazem sofrer, na descrição do marasmo português, no retrato de si mesma como uma velhota de 27 anos, na pintura da sua solidão. Acerca dos bichos que Apeles anda apanhando em África, vem à tona aquele sentimento de empatia que sempre a acompanha, mas ela trata, aqui, esse pendor como uma espécie de triste e misterioso desequilíbrio da sua pessoa. Florbela parece se alegrar ao tocar no trabalho de Apeles publicado pela Ilustração; ela o fará prometer que preparará a capa do Livro de Sóror Saudade; e, de fato, a aquarela que Apeles criou para tal (pertença, hoje, do Grupo Amigos de Vila Viçosa), num estilo art déco, dá justamente a impressão de ilustrar a descrição que Florbela faz de si mesma: sentada numa cadeira da Ilha, com um livro sobre o regaço, viajando pelo mundo afora, devaneando — a própria mulher que vive pela imaginação, como ela mesma se pinta.

Enquanto irmã mais velha, não se esquece de adverti-lo a respeito da saúde e dos cuidados consigo; a brincadeira final sobre o zoológico diz respeito às eternas apaixonadas de Apeles...

A próxima carta de Florbela, endereçada ao pai, não comparece integral na única edição que ganhou, a de Celestino David. Também a data está ausente, mas a suposição é de que seja de meados de novembro de 1925, vinda de Esmoriz (7). Há dois anos Florbela não se comunica com os seus, e isso em virtude da súbita separação de Guimarães, que dá origem a um imediato pedido de divórcio litigioso da parte dele, ainda em 1923 (e que será decretado em 23 de junho de 1925, na 6ª Vara Cível da Comarca de Lisboa), visto que ela abandonou o lar, propriamente num ímpeto, e que, praticamente em seguida, passara a viver com o dr. Mário Lage. Certamente, com receio do que a família, que tudo ignorava a respeito da má vida que levava com o marido, podia supor acerca dos seus atos que pareciam, portanto, em extremo intempestivos, enfim, com receio da "surpresa inesperadíssima", rodeada de infâmias que se teriam levantado contra ela — Florbela preferiu guardar silêncio e se isolar; e agora, nesta carta, se acusa de duvidar do afeto e da compreensão de todos e se ressente do seu orgulho que, afinal, postergou por tanto tempo a reaproximação.

Narra, então, com simplicidade de coração, como se deu o encontro com o atual marido, as resoluções que tomaram para viverem juntos, etc. É curioso como os cunhados de Florbela, os do primeiro e do segundo casamento, são-lhe sempre muito amigos e prestativos, ajudando-na no que necessita nessas situações de pico. Exemplo disso é agora o *cunhado Manuel, irmão de Guimarães, que, como ela explica na carta, "sempre me tratou muito bem", e que levou-a para o Norte depois da separação. Florbela, então, narra ao pai as maneiras e o comportamento da nova família para com ela, as circunstâncias materiais que a rodeiam, etc. Acha que é ainda temerário se comunicar com o Apeles, pois que desconhece a sua reação, muito embora tenha "um amor imenso ao meu querido irmão"; ocorre que ela não quer apenas que acreditem no que diz — mas, antes, quer ser estimada pelo que é. Solicita ao pai que mantenha silêncio a seu respeito diante da "mãe Mariana" — e isso devido ao rigor que ela sempre demonstrou para com Florbela, sobretudo depois que ficou cronicamente doente. Também a escritora não passa muito bem de saúde, sofrendo de colite: está magra e com "muito má cor", mas, mesmo assim, envia um retrato seu para o pai.*

A próxima carta de Florbela ao pai, data de 27 de dezembro de 1925 e parte de Esmoriz (8). É uma carta mista, em que ela mescla tonalidades diferentes: os comentários entristecidos pela morte de Mariana, cuja doença se prolongou durante mais de dez anos e que muito a transformou em vida, bem como discorre acerca das relações entre ambas; e os comentários irônicos sobretudo sobre a política local (a do Alentejo), de que o pai lhe dera conta em carta, política essa que já o fizera ir "parar à cadeia". De resto, Apeles apenas enviara um telegrama no dia do seu aniversário em resposta à carta que, afinal, ela lhe endereçara; a observação de que na "aviação nem todos morrem, graças a Deus", deve-se, sem dúvida, à preocupação a respeito da carreira que Apeles resolvera seguir: a de piloto da Marinha. A frase "Antes eu que sou mais velha; é de maior justiça ir primeiro" marca bem o enorme pavor que Florbela nutria de um acidente, como, aliás, ela o declara diretamente em outras cartas dirigidas ao irmão; daí a necessidade de se oferecer, para a morte, no lugar dele — o que, lhe parece, é mais justo. Quando se trata de Apeles, é sempre a responsabilidade e o amor de irmã mais velha que falam em Florbela.

E a tão aguardada carta de Apeles, a de reconciliação depois da separação de Guimarães, chega, afinal, até Florbela, mas, infelizmente, em forma de luto desesperador. Publicada inicialmente por Costa Leão, a imediata resposta de Florbela traz como cabeçalho Esmoriz, 5 de janeiro de 1926 (9), e se dá conta da imensa tristeza do irmão em virtude do falecimento da sua querida noiva, Maria Augusta Teixeira de Vasconcelos. Num discurso comovente e solidário, Florbela se vê atônita de experimentar enorme impotência diante da dor inconsolável do irmão, que também lhe anunciara o projeto de suicídio. Indiretamente, ela fala do quanto tem sido privada também pela vida, do quanto tem se "arrastado sempre" e do quanto, "embora cansada e esfarrapada", tem se "deixado viver", que é o que pede encarecidamente a ele: que se deixe permanecer vivo! Sabiamente, o único conforto a lhe oferecer é o de lhe ensinar que "é da nossa miserável condição não poder deter nada que o tempo leva, que o tempo destrói: nem as dores mais nobres, nem as maiores!"

E é uma ternura maternal a que toma conta dela e que se derrama pelas suas palavras de consolo: ele é o seu "querido filho", é o seu "pobre pequeno, desamparado, a estender-me os braços. Pelo que esta ideia de que tu sofres me é insuportável, dá-me a impressão de que tu não és meu irmão mas meu filho". Que Apeles saiba que também pertence a ela, que também é um pouco dela, o seu único irmão, e que ele não é justo que pense em morrer antes dela. Florbela quer o irmão perto de si como se pudesse zelar pela sua existência e impedir qualquer gesto tempestuoso, de maneira que insiste muito para que ele venha ter com ela, o que, de fato, ocorrerá em setembro.

E, por fim, Florbela traça rapidamente ao irmão, quase na mesma tonalidade em que o conforta, a recuperação da sua vida afetiva: o marido "apanhou o farrapinho, aqueceu-o e anda agora com ele junto ao coração, como se fosse um tesoiro".

A carta seguinte de Florbela segue para Henriqueta, com quem quer dividir, quase imediatamente, o pesadume do sofrimento de Apeles — peça publicada por Azinhal Abelho e José Emídio Amaro, que data de Esmoriz, 15 de janeiro de 1926 (10). É preciso lembrar que Henriqueta é analfabeta e que as cartas que envia são sempre ditadas a alguém: desta feita Florbela tem curiosidade de saber quem a escreveu, certamente por ter notado nela algum traço bizarro. Florbela também não sabe quem era a noiva do irmão e, para tais assuntos, a assessoria de Henriqueta é sempre valiosa, como também o é para o envio de azeite, de azeitona, de presunto, de porco, de peixe, para recados às amigas do Alentejo, para fornecer notícias acerca da família do tio e de Túlio Espanca, o primo afilhado, para consultas sobre a modista, sobre vestidos, e também sobre fofocas, das quais, aliás, se ocupa a última parte desta carta.

De resto, a poetisa está sempre no aguardo da vinda do pai e de Henriqueta, que nunca se decidem a irem visitá-la; afinal será ela quem seguirá para o Alentejo em março a fim de apresentar-lhes o marido. As dificuldades monetárias ocupam sempre algum espaço nas suas cartas, o que leva a concluir que Florbela deve ter passado a vida sempre a lutar contra a carência de dinheiro.

Apeles, que trouxera uns macaquinhos da viagem à África, parece tê-los deixado à tutela de Henriqueta, que tem "sido a mãe dele, sempre pronta a fazer-lhe todas as vontades". A sua tendência por bichos também transparece aqui, na afirmação de que "cada vez gosto mais de bichos e menos de pessoas"...

Já agora, a carta de Florbela vai na direção dos ex--cunhados Manuel e Lina Moutinho, e tão só para agradecer os pêsames pela morte de Apeles. Traz a data de 16 de junho de 1927 e foi publicada por Rui Guedes (11); Apeles desaparecera no Tejo, em frente ao Porto Brandão, no dia 6 passado, pilotando o hidroavião Hanriot 33, às 14h30. Florbela havia estado com ele em Lisboa até dois dias antes do desenlace, e regressara, depois da morte dele, para as suas exéquias, muito embora o corpo de Apeles não tivesse nunca sido encontrado. A resposta de Florbela aos Moutinhos é em extremo comovente: ela vê agora o irmão como a parte boa que havia nela, a parte que dela vivia, a parte dela que se realizava, de maneira que, perdendo-o, sente que perde a si mesma. Também agora Florbela descobre e admite que foi embora com ele o filho que nunca conseguiu ter. Começa, sem dúvida, a partir daqui, a derrocada da vida da escritora. Tendo--se, portanto, projetado no irmão e vivido nessa interposta pessoa o sucesso e a coragem, a bravura e a inteligência, ao contrário do que sentia ocorrer consigo, cada vez mais provinciana e mais recolhida, mais pesarosa e solitária — na medida em que o vê subitamente esboroar-se, para além da enorme reserva de afeto que ele significava para ela, para além do extraordinário amor e intenso carinho que dedicava a ele, Florbela sente que perde, verdadeiramente, o eixo da sua vida. É como se a existência vitoriosa, viril, audaciosa e nobre de Apeles resgatasse a ela todas as perdas sofridas e que, através dele, ela também se visse venturosa graças ao orgulho de tê-lo por irmão. Na medida em que ele desaparece, altaneiramente é verdade, honrando a sua existência desafiadora, Florbela sente-se desvanecer junto com ele. Por isso é que não há nada que a console, como insiste, "nada, nada".

E apenas a 13 de agosto, de Matosinhos, Florbela consegue se comunicar com o pai a propósito da perda de Apeles, carta publicada por Azinhal Abelho e José Emídio Amaro (12). Dois meses se passaram depois da morte do irmão e Florbela parece recrudescer na sua dor: a "gente é muito forte, já que não endoidece nem morre depois dum pavor assim. Eu cá estou ainda, vivo, ando, falo, depois de horas de martírio como não pode haver outras neste mundo". Florbela se espanta de se constatar ainda com vida. Mas já agora é preciso dar destino às coisas de Apeles, que Florbela quer distribuir como se prolongasse a existência dele junto às pessoas queridas: à mãe da noiva, ao melhor amigo, ao compadre, a ela. E para o pai e Henriqueta segue o seu partilhado carinho de patética órfã de Apeles: "coitadinhos dos meus velhos, dos meus pobres velhos sem filho".

A próxima carta, dirigida a João Espanca, data de Matosinhos, 29 de setembro de 1928, e foi publicada por Azinhal Abelho e José Emídio Amaro (13); segundo se sabe, Florbela tentara inutilmente o suicídio, mas quer poupar ao pai o desgosto; sua saúde está deveras debilitada, mas mesmo assim tem trabalhado num livro cuja edição procurará providenciar em novembro, em Lisboa: Charneca em flor ou As máscaras do destino? *O fato é que se trata de um livro ao qual já havia se referido em carta ao pai, em janeiro de 1928, nos seguintes termos:*

O meu livro cá está pronto na gaveta, e estou a ver que só sairá em novembro, pois o Laje fez-me a mim o que te fez a ti: nunca mais me apareceu e eu sem ele não posso fazer nada, pois é ele quem me faz o prefácio e quem me arranja casa editora e coisas para os jornais.[3]

Ocorre que, neste período, a escritora se encontra deveras a bout de soufle, de mal com o mundo e extremamente impaciente com o sogro senil, a ponto de, descaridosamente, confessar ao pai (a quem diz tudo) que deseja *"que os diabos"* o levem o mais rápido possível. A casa está um *"inferno"* e ela quer fugir para o Alentejo para passar o aniversário; todavia, apenas em maio do outro ano é que poderá realizar tal desejo.

A última carta selecionada, também dirigida ao pai, data de Matosinhos, de 6 de novembro de 1929 — publicada por Celestino David (14). Florbela continua maldisposta, de mau humor, *"bastante mal"*; ela tem dois livros prontos, um de prosa e outro de versos (certamente os dois acima arrolados), mas não tem fundos para a publicação; propõe ao pai que banque a edição e, quem sabe, num esforço de atraí-lo para tal, discorre em seguida sobre o orgulho do seu nome: *"O nome Espanca fica e é qualquer coisa de jeito!"*[4]

---

[3] O Lajes a quem ela se refere é Francisco Lajes, editor do *Livro de Sóror Saudade*, e a citada carta foi publicada por Azinhal Abelho e José Emídio Amaro.

[4] Sempre que as notações de lugar e de data estiverem entre colchetes, o leitor compreenderá que não se encontram presentes na carta, mas no envelope.

(1)
Figueira da Foz, 23-9-1912

Paizinho

Mesmo agora recebi a tua carta, e infinitamente agradeço o teres-te lembrado tão depressa de mim. O padrinho recebeu o dinheiro e, por consequência, eu também recebi o meu. Ainda nem sequer pensei em me ir embora e não sei quando irei. Provavelmente lá para o dia 5. É já tempo de regressar, se bem que nunca na minha vida me encontrasse assim tão bem. Ontem tínhamos dois camarotes para os toiros. Fomos num trem muito *chic*, todo à fidalga, de campainha eléctrica e criado fardado, enfim, digno de quem lá ia dentro. Falei com a senhora do Dr. Macieira, sabes, o que foi Ministro da Justiça. É uma senhora muito agradável, vestida simplesmente mas com magníficas joias. Não estive no camarote do padrinho mas sim no doutra senhora com quem o Dr. Macieira tem íntimas relações. Da maneira como eu estou é que merece a pena aqui estar.

Para vir para aqui arrastar misérias, acho melhor ficar num cantinho em casa. Agora é que eu conheço a Figueira com o seu luxo distinto, com todo o seu *chic* de praia da moda. Tenho visto as Pereiras aqui. Também estão numa casa bonita. Ando sempre muito corada. Até me envergonho desta cor tão vermelha que nunca vi em mim.

Como me há-de custar agora, depois de me ver tão diferente, ir aturar tanto malcriado! Alguns rapazes com quem convivemos esmeram-se em nos ser agradáveis. Como é possível agora desacostumar-me disso? Nós acostumamo-nos tão depressa ao que é bom!

A respeito de Évora nada digo, porque me seria infinitamente mais agradável o ir viver para Lisboa. Seria a minha sorte, creio eu. Deus queira que isso não passe, como é costume, de coisas que tu dizes todos os anos.

Gostei do cinto. Obrigada. Estimo que gozem nas festas. Eu nem sequer me lembrei dos Capuchos. Calcula a vontade que lhes tinha! Queríamos ir hoje dar um passeio de barco, mas um rapaz muito nosso amigo e muito *chic*, que remava, está doente com uma angina. Pouca sorte a dele e a minha!

Deus queira que a Nazaré seja feliz com o casamento.

Eu não escrevo à Henriqueta porque escrever a ti ou a ela parece que é a mesma coisa.

Eu não sou má mas também não sou boa, porque hoje tenho vontade de tirar os olhos ao pastel que se deixou adoecer duma maneira tão estúpida.

Agora vou à casa dele e, se não estiver quase bom, dou-lhe uma descompostura. Tenho muita preguiça de escrever, mas o que é certo é que esta carta já vai longa.

O padrinho recomenda-se. Foi hoje para a caça. Peço me recomendes a todos de lá. Saudades à Henriqueta e a ti um grande beijo da tua

Belinha

(2)
Figueira, 26-9-1912

Meu amigo

Vou responder à sua carta de 24, e ao mesmo tempo pedir-lhe mil desculpas das minhas maldades de ontem. Fui indelicadíssima para consigo, mas espero da sua bondade o perdão para todas essas indelicadezas. Posso contar com ele? Eu não sou muito má, mas, em compensação, sou extraordinariamente orgulhosa, e de todos os meus imensos defeitos é esse que eu mesma mais tenho combatido em vão. Magoou-me muitíssimo o seu procedimento, que afinal me parece hoje naturalíssimo, depois das suas desculpas tão habilmente arquitectadas... confesse...

Mas já me esquecia que a minha carta não é um pretexto para lhe dizer por outras palavras o mesmo que lhe disse ontem, talvez injustamente. Envio-lhe o livro que tão gentilmente me enviou, junto com a carta que contém o "célebre" pensamento que tantos desejos mostra em possuir. E tem muita razão, porque preciosidades destas não se desprezam.

Agora falemos a sério, que já é tempo disso. Pensei em não responder à sua carta porque era, afinal, o que ela muito bem merecia, mas como sou muito boazinha (modéstia à parte) faço precisamente o contrário do que penso. O seu amor, sendo sincero como creio, é dos que lisonjeiam uma mulher, seja essa mulher a mais digna das criaturas. Eu tenho a convicção que será bem ditosa a mulher que for sua durante uma vida inteira, tenho a certeza que será feliz a mulher que lhe consagrar a existência; mas, meu bom amigo, essa mulher não serei eu, nem sequer é possível pensar em tal loucura. Pense no que eu lhe digo e verá que tenho razão. Obriga-me a proceder contra o que a minha consciência me ordena, obriga--me a ouvir-lhe falar de uma coisa que eu não devia consentir a ninguém que não fosse ao meu noivo, ao homem a quem devo completa lealdade. Eu julgo que a mulher verdadeiramente digna é aquela a quem repugna uma traição, seja ela de que natureza for. Ele quer-me muito, tem confiança em mim, e eu que faço? Abuso assim daquele grande amor, daquela cega confiança, escrevendo-lhe e lendo as suas cartas em que me fala dum amor que eu não posso nem devo compartilhar. O que nos reserva o futuro senão acabar de vez com esta loucura? Quanta desilusão, quantas mágoas nos causará tudo isto? Pense bem, meu amigo, peço-lhe. "Tenhamos fé no futuro." Mas o que espera desse futuro que eu hei-de consagrar, por enquanto, a alguém que não há-de ser o Sr.? Por Deus lhe peço, por esse amor que diz ter-me, afaste o pensamento de mim, procure outra mulher, que as há tão dignas por esse mundo, que o tornará tão feliz quanto eu desejo sê-lo. Ficarei sendo sempre sua amiga, um pouco querida e um pouco esquecida, que de longe pensará muitas vezes nestes dias que temos passado juntos. Guarde sempre da minha estima uma recordação, porque a mereço, creia. Enoja-me a mentira; é por isso que sinceramente hoje lhe escrevo, tão sinceramente como lhe tenho falado. Que atractivos encontra em mim para que tanto me queira, conhecendo-me há apenas oito dias? Não posso saber nem compreendo o que em mim o encantou, conhecendo-me eu a mais simples de todas as mulheres, que tão encantadoras algumas se tornam com a intrincada rede dos seus lindos caprichos.

Disseram-me hoje uma coisa que me magoou bastante. De todas as coisas que a seu respeito me têm dito, foi esta talvez a que mais me custou pela significação humilhante para mim, que tem: disseram-me que sua mãe o tinha quase proibido de falar comigo, que se tem mostrado desagradavelmente surpreendida com a sua assiduidade junto de mim. E isto por quê? Não sei. Nunca mendiguei o favor de me falarem e, como já lhe disse, sou suficientemente orgulhosa para não aceitar semelhantes favores. Faça pois a vontade a sua mãe, sim? Eu nunca senti o quanto há de santo no amor de uma mãe boa como é a sua. O amor das mães tem destes egoísmos que eu compreendo, meu bom amigo. Eu não tenho o direito de lhe causar uma angústia, e creia que não lha causarei, por muito injusta que ela possa ser para comigo. Foi ontem à noite que eu detalhadamente soube isto. Peço-lhe que não diga a ninguém: faz-me esta vontade, sim? Contaram-me, também, uma coisa que me magoou e que me não devia magoar, uma coisa a respeito de uma prima sua de que já me tem falado algumas vezes. Para que me dizem estas coisas? Para quê? Para me torturarem, creio eu. São coisas que dizem respeito à sua vida íntima, com o que eu nada tenho, mas que apesar de tudo me fazem ver o que há de mau nesta gente que só é feliz quando faz sentir bem fundo o luto de uma amargura.

Têm-me causado muitos desgostos nestes últimos dias e isto para a minha vida simples, para os meus gostos de sossego e tranquilidade, é tudo quanto há de mais triste, pode crer, meu amigo. Tem sido o Sr. o causador de tudo isto, vê? Involuntariamente, bem sei, e eu perdoo-lhe. Digo-lhe isto apenas para ver as primeiras consequências da sua loucura e da minha. Uma única pessoa tem sido boa para mim: a D. Josefina, que é ao mesmo tempo muito sua amiga. Podem dizer-lhe muito mal de mim que ela não me diz nada. É muito boazinha, não é verdade? Eu gosto imenso dela, e talvez porque, para ela, o Sr. não tem defeitos. É uma das senhoras mais dignas que tenho encontrado. Não é da minha opinião?

Aproveito a ocasião para lhe dizer que lhe não dou o meu retrato e que lhe não tornarei a escrever. Sou má? Talvez, mas faço nisso o que devo e o que já há muito devia ter feito. Não me censure, não? Não torne a falar comigo, não digo já por mim, mas por si que vai causar contrariedades a quem deve tudo, à única pessoa que merece todo o amor da sua alma bondosa.

Hei-de hoje pedir-lhe uma coisa. Será apenas um momento a dizer, descanse, meu amigo, que eu sei fazer sempre o que devo.

Sinceramente afeiçoada, a sua amiguinha

Florbela

(3)
Minha amiga

Recebi a carta do papá. Domingo, sem falta, quero-os cá, porque isto não pode continuar assim.

É preciso tomar uma resolução, seja qual for. Já tenho as minhas cartas, rasguei-as todas, tudo está acabado. Eu tenho sofrido tanto como nunca pensei sofrer. Nunca pensei que isto custasse tanto.

Ele era o meu maior amigo. Não sei o que hei-de fazer, tenho a cabeça doida, tenho febre.

Eu não volto ao liceu. Quero ir-me embora, mesmo que seja para Vila Viçosa. Eu não posso viver assim. Ele escreve-me cartas que me fazem medo. Que dó que eu tenho dele, nem calculas!

Diz ao papá que venha domingo, para ir a Lisboa e ter ocasião de resolver tudo. Eu quero acabar com este inferno, quero ir-me embora.

Estou doente. Tem dó de mim, dá-me conselhos, eu quero-te cá. Quero ver o meu pai querido, estou doente.

Eu nem sei o que escrevo.

Pela saúde do meu paizinho, vem tu depressa ou leva-me daqui.

Adeus.

Beija-te muito a tua grande amiga

Florbela

(4)
Alberto

13-9-1918

Sobre a tua carta recebida hoje, nada ou quase nada tenho a dizer-te. Ela nada adianta sobre as tuas e as minhas razões. Continuas a sentir as tuas e eu as minhas... Apenas te direi que peço tréguas a este infernal cansaço destes últimos dias. Estou fatigada. Matam-me. Nada tens a dizer-me de novo, nem eu a ti. Queres agora atirar para os meus fracos ombros a pesada responsabilidade duma separação?! Seja. Dir-te-ei apenas o que já te disse creio que duas vezes. Seguir-te-ei para aonde me chamares, farei o que quiseres que eu faça. Espero. Sou tua mulher, não é verdade? Espero as tuas ordens, as tuas resoluções. Quando me não quiseres, diz. Se me quiseres, diz também. Eu só peço que me deixem em paz, ou pelo menos respirar, porque já não posso mais. Tudo quanto quiserem, mas não me enleiem mais com filosofias, com arguições e com queixas. Como te disse: espero. Eu não sei o que é a justiça, eu não sei o que é a verdade, eu não sei o que é o amor, eu não sei nada. Seja. Tu que sabes tudo, resolve, procede, simplifica. Mais discursos, não. Para quê? Valem todos o mesmo! São todos a mesma coisa! Já me disseste tudo e eu já te disse tudo. Estou como em minha casa. Tenho um tecto que me abrigue, tenho que comer. Posso perfeitamente esperar que resolvas a tua vida, a minha vida. Não tenho pressas já. Não é para mim tudo já a mesma coisa?! Teorias, mais não. Peço-te. Resolve tudo como quiseres. Tudo fica em tua mão, é tudo como quiseres. Estou cansada. Estou resignada. Já quase tudo me é indiferente. Eu espero mas, como já te disse, não discursos mas resoluções. Poupa-me a mais mágoas, que é uma obra de caridade.
Adeus.

Florbela

(5)
[Lisboa, 4 de março de 1920]

António

É provável que não possa falar-te, por isso, digo-te nesta carta o que te disse em casa da D. Georgina. Devia parecer--te singularmente fantástica a resolução que há bocado tão inesperadamente te comuniquei, mas os motivos que me levaram a tomá-la são, a meu ver, tão sérios que só tu, juiz nesta causa, poderás removê-los ou explicá-los duma outra forma. Sou sempre a mesma mulher leal a quem há dias fizeste o oferecimento generoso da tua alma e do teu nome. Como agradecer-te o oferecimento, cheio de amor e ternura que por tão poucos dias tão feliz me fez! Sou a mesma sempre. Posso olhar-te com os mesmos olhos tranquilos e límpidos que nunca mentiram. Poderá a minh'alma comungar com a tua no mesmo altar de pureza e dignidade sem mancha. Não tenho de ti a mais pequenina sombra de ressentimento. Nestes dias fizeste-me acreditar que a felicidade é provável no mundo. A minha pobre alma, tão magoada e dolorida, encontrou para ti os risos bons dos quinze anos. Sonhei passar a vida a teu lado, e como se num amor pudesse reunir todos os amores, sonhei ser, no nosso lar, a esposa, a irmã, a amiga incomparável e, em horas de desânimo, até a mãe que tu não tens há tanto tempo! Ainda ontem com meu irmão, desdobrei, como numa asa d'oiro ao sol, a minha vida tão cheia já de ti e ainda ontem eu disse como sonhava o futuro tão cheio de alegrias, tão quente de carinhos, tão grande de inteligência e de bondade, a viver junto de ti, bem encostada ao teu grande coração que tem andando tão só no mundo! Mas eu não te disse já que a vida não deixa nenhum castelo sem o deitar ao chão? Amo-te e amas-me, e afinal o que devia ser a única razão de proceder, não é; e não é porque eu sou leal porque eu não quero dever-te nada, a não ser um grande amor que eu teria com que pagar. Em volta de mim ergueu-se, como uma revoltante maré de lama, a intriga mais infame e mais cruel que se pode imaginar. Ouvi hoje, em casa da D. Georgina, coisas que não supus que as pudesse ouvir um dia. Tão só me sentem na vida que se atrevem a insultar-

-me como se eu fosse a última das mulheres! Eu, que sozinha, tenho cumprido sempre o meu dever, embora, como este, custe ao meu coração que afinal se revolta e se insurge contra a vida tão vil que me não deixa ser feliz nem fazer feliz os que eu estimo. A Ema diz que eu pratiquei infâmias e mil vergonhas na casa dela na noite do baile. Eu! Levanta-se em volta de nós a barreira que eu temia, e são tão espertos que a levantam de lama e podridão porque sabem que as minhas mãos não sabem tocar barreiras dessas. Separam-nos, António, e roubam-te a ti, como a mim, a felicidade porque ninguém como eu saberia ser tão radiosamente feliz por ti: e em ti! Amanhã será toda a gente a dizer a mesma coisa, a atirar-me a mesma lama, a envolver-nos em coisas baixas, tão baixas que eu nem me posso curvar para as avistar. O que eu hoje tenho sofrido meu grande amigo, meu único e incomparável amigo! Tenho sofrido mais que em toda a minha vida. Eu já previa a isto e com tanta razão! Não me perdoam a superioridade do meu caráter e da minh'alma; não me perdoam o ter-te prendido, a ti que nenhuma tinha prendido ainda. Quiseram estragar aquilo que seriam incapazes de compreender: a nobreza da nossa vida juntos, eu encostada ao teu coração, a senti-lo bater, p'la vida fora. Meu Deus, como isto tudo é vil! Sinto-me manchada só pelas palavras que ouvi, sinto-me suja de lama até ao fundo de mim mesma. Compreende bem, meu amor, que eu sou hoje a que era dantes, a que fui sempre. Não encontrarás consciência mais reta, maior amor ao dever, custe o que custar. É por ti apenas que eu quero fugir, porque não quero que a sombra duma dúvida aflore a tua alma, não quero nunca que uma leve suspeita tua, venha insultar-me no que eu valho, no que eu sou. Isso não quero e eu sou bem orgulhosa para não permitir aos raros que estimo a sombra duma suspeita. Quero que os meus olhos sejam acreditados fielmente porque eles nunca mentiram. Tenho medo que tu ouses duvidar, de leve que seja, da minha dignidade que é grande como a de nenhuma outra mulher. Expus-te a questão. A ti pertence resolver, aceitando a nossa separação ou crendo em mim absolutamente, firmemente, com convicção profunda e inquebrantável. Sou tua noiva e quero-te o bastante para querer que tenhas orgulho de mim para querer que me conheças como se me sentisses pensar, sentir, e viver. Sou digna de ti, sou digna do teu amor, sou digna como nenhuma de ser a tua companheira fiel e dedicada até a morte. O meu dever foi este: dizer-te tudo e eu cumpro sempre o meu dever. Quero até o fim, ser para ti a pequenina fonte límpida onde te podes debruçar sem medo. Espero a tua resposta. Sobre ela resolveremos a nossa vida.

Sempre a mesma

Florbela

(6)
25-3-1922

Meu querido irmão

Apesar de ter estudado um pouco de latim clássico e ter decifrado um não pequeno número de textos em português do século XV, palavra d'honra que me vi tola para decifrar o teu português do século XXV... Eu e o António estudámos com um cuidado meticuloso a tua prosa, tão conscientemente como se fosse uma inscrição misteriosa do túmulo dum faraó... Estou contente que já me tivesses escrito duas vezes, caso sem precedentes, em tempo algum; não esperava tanto e, por isso mesmo, por inesperada, maior é a alegria que as tuas cartas me causam. Ainda bem que te sentes bem no teu exílio e que te divertes assim tanto. A acção, o movimento, a vida intensa, ainda são grandes factores de felicidade, principalmente para uma criatura como tu: mais positivo que ideal, amando mais a vida que o sonho. Para mim, tudo isso seria um deslumbramento que chegaria a incomodar-me; as sensações fortes entontecem--me e fazem-me sofrer. A nossa vida neste velho Portugal, vida toda de resignação e sentimentalidade, vida estreita e mesquinha, sem horizontes nem ondas largas, convém mais a uma velhota de 27 anos que vive pela imaginação mais do que tu podes imaginar; na minha cadeira da Ilha, com um livro que me encanta sobre o regaço, eu viajo, às vezes, mais do que os maiores vagabundos, pelo mundo fora. Mas quanta inveja às vezes dos que caminham sempre! Palavra que esta Primavera portuguesa é estúpida. Queixas-te de demasiado calor; pois nós neste *adorável clima* trememos de frio de manhã à noite; chove torrencialmente, por vezes, e, no campo, onde eu vivo agora, isto é o mais desagradável que se pode calcular.

Deixa os gatos e os jacarés em paz, pelo amor de Deus. Pobres bichos, quanto prazer nos homens em acabar com eles! Se todos tivessem pelos bichos a simpatia que eu tenho, toda a gente se empregaria em tratá-los bem, como eles às vezes merecem bem mais do que as pessoas. De pessoas é que eu não gosto; e eu que não ligo importância a uma criança, enterneço-me vendo uma lagarta rastejar. A que anomalia do meu ser pertencerá isto? Que parte desequilibrada da minha alma vibra em contacto com os infinitamente pequenos, com os infinitamente simples?... Só falas em caçar, meu grande urso! És demasiado modesto quando dizes ter a natureza igualado a tua fantasia. Pateta Peles! Com dois traços tu fazes mais que toda a natureza com todos os seus gatos e jacarés. Vi na "Ilustração" a tua idealização do Alentejo. Demasiada serenidade, talvez, mas que profundidade de pensamento naquele rasgado de olhos! Ainda me não deste um só desenho teu, e isso é que eu queria muito, muito. Deixa os jacarés sossegados e faz algumas coisas para trazeres, sim? Certamente que todas as coisas belas que tu vês, e toda essa agitação do teu espírito, te hão-de fazer o efeito duma paixão e dar-te o gosto de produzir, de criar, de fazer Arte com A grande. Quando vens? Não sabes ainda o mês certo de regresso? Não sejas imprevidente; toma cuidado com a tua saúde; olha que o ferro também verga. É muito gentil essa ideia de trazer *aigrettes* para um chapéu para a Bela, mas vale mais um pelo da tua cabeça que as mais lindas *aigrettes* do mundo, apesar do pelo ser incomparavelmente mais feio. Eu imagino a cor bonita que hás-de trazer. Com certeza deves vir pouco mais ou menos da cor dum pele-vermelha. Tu já és abundantemente escuro... Notícias de Évora nada, também eu, apesar de consideravelmente mais perto. Creio que estão na Nave a passar a Páscoa. Tens-lhe escrito muito? Eu já desisti, visto não conseguir resposta. Escrevi dia 10 uma carta para Luanda; ainda vai certamente no caminho porque, tanto o postal como a carta que escreveste, levaram um mês certo a chegar.

Escreve muito; é uma festa quando se avistam os hieróglifos do *"Peles jacaré"*. Traz uma pele de leão, outra de urso e outra de tigre, ou antes, estas peles todas mas com o leão, o urso e o tigre dentro; instalas um Jardim Zoológico em Vila Viçosa e mandas para lá a Zulmira, a Aurora, a Lívia etc. etc...

O Tónio manda saudades e um abraço grande. Eu mando muitos beijos e muitas saudades, muitas, muitas.

Bela

P.S. — O Tónio pede selos daí para coleccionar. O remédio é escrever muito...

(7)
Paizinho

Já estava a ver que nunca mais recebia carta tua e já não estava mesmo nada contente. Eu estava há muito tempo morta por te escrever mas não o fiz por duvidar de ti, do meu irmão, da Henriqueta, de todos; pensei que nunca mais quisessem saber de mim e, orgulhosa como sempre fui, não quis ir ao encontro duma possível humilhação. O meu pecado foi julgar que o coração dum pai não era capaz de compreender o mal dos filhos; bem castigada fui por tal pensamento, pois o vosso afastamento de quase dois anos foi a minha única nuvem negra. Tudo contribuiu para que eu pensasse assim, principalmente o não teres respondido à minha carta e depois porque (...) Não admira que o que eu fiz tivesse sido para todos uma surpresa inesperadíssima, pois a ninguém tinha confessado a má vida (...) Fui ao Dr. Cassiano Neves, que me mandou para qualquer parte descansar pois tinha o coração tocado e às portas duma grave neurastenia. (...) vim então para o Norte, com o Manuel que sempre me tratou muito bem, e aqui, falando com o meu marido que sempre foi meu amigo, contei-lhe tudo; de conversa em conversa, não sei como ficou assente eu ir para sua casa, divorciar-me e casar com ele que sempre tinha gostado de mim sem nunca me dizer nem o mostrar. As coisas precipitaram-se quando voltei para Lisboa (...) só à vista poderia contar tudo circunstanciadamente. Eu não me podia conformar ter de me divorciar outra vez; da 1ª, nada me custou, mas desta vez chorei e sofri tanto sozinha, que eu não me quero lembrar; mas se eu não tivesse saído de casa, tinha ele saído, segundo me disse e acredito (...) Teve de ser, paciência (...) A minha família daqui trata-me muito bem e com muito mimo, que é do que eu gosto mais. Primeiro, há o pai e a mãe do meu Mário, que vivem dos seus rendimentos, tranquilos e bons velhotes que só vivem para os seus; depois, tenho o irmão do Mário que é casado e tem quatro filhinhos lindos. Destes é de quem eu sou mais amiga, porque me receberam em sua casa e me trataram sempre como uma irmã. Os dois estão agora na América do Norte; deixaram cá os filhos, que vão para o ano. Ele é médico lá e ganha mais de 20 contos por mês; nós também queríamos ir, mas a minha saúde por ora não o permite; é pena, porque lá é que se ganha dinheiro a valer. Eu vivo sozinha aqui em Esmoriz com o meu marido, uma criada, um criado preto e um cão. Aqui isto é muito bonito e tem imensos cogumelos bons que nós comemos. Quantas vezes eu falava em ti e no teu gosto por eles! (...) Vem, tu e a Henriqueta, logo que possas. Eu gostava tanto! (...) Preferia não escrever ao Apeles sem que tu me dissesses a atitude que ele resolve tomar para comigo pois, como já te disse, não quero que me acreditem mas sim que me estimem. E aqui há também o meu marido que não tolera nem para mim nem para ele a mínima falta de consideração. Eu tenho um amor imenso ao meu querido irmão mas, por isso mesmo, não quero forçá-lo a nada. Era um desgosto se ele não fosse meu amigo mas eu nunca lhe fiz mal, não tenho por isso nada de que me acusar para com ele. Queria, para lhe escrever, saber se ele me responde, e só assim ficaria contente reunindo no meu coração, embora de longe, todos os meus queridos. Dá-me notícias da mãe Mariana, mas não lhe digas a ela nada de mim, por tudo te peço, que ela ultimamente, em cartas, dava conta de mim e do resto do meu juízo.

Saudades à Henriqueta e muitos abraços para ti e para ela da

Bela

(...). Assim é que tudo se passou, mas eu calculo as infâmias que teriam corrido a meu respeito e, por eu pensar que os meus as poderiam acreditar, foi por isso que não escrevi até hoje. Vivo numa tranquilidade santa de que eu bem precisava para os meus nervos. O pior é continuar a sofrer bastante dos meus intestinos; fui radiografar-me a semana passada, graças a Deus não era o que o meu cunhado e meu marido chegaram a supor: um tumor na barriga. É apenas uma colite que não tem perigo nenhum e de que comecei a tratar-me com todo o rigor, mas estou magrinha e com muito má cor.

P.S. — Mando um retrato meu. Não presta para nada, foi tirado para a cédula pessoal, mas foi o último que tirei e estou muito bem.

(8)
Esmoriz, 27-12-1925

Querido Pai

Então lá se foi a pobre mãe Mariana; apesar de esperada, aquela morte impressionou-me muito; vejo-me pequenita ao pé dela, que, apesar do génio disparatado e certas inconsciências, era bem minha amiga; nos últimos anos da sua vida não fui para ela o que deveria ter sido, não quis a vida nem a triste sorte dela. Ainda bem que aquela gente com quem viveu os últimos tempos era séria e boa, ao menos não me fica o remorso de lhe ter feito falta. Ela, coitadinha, pouco tinha que lhe roubassem, o que era razoável deu-mo na vida dela; não tenho nada que me desse, e passou a vida a dar-me o que tinha de bom em casa. A roupa que ela teve muito boa há muito que já não prestava pois, sempre a servir-se dela e nunca a substituindo, não podia ter grande coisa; as coisas não duram sempre. Pobre mãe Mariana, que pena que eu tenho dela; já quando a vi a última vez ela estava bem doente, tinha diabetes e um tremor, e sofria já muito da fala e da vista; sem ser velha, parecia muito velhota já, coitadinha. Nunca julguei que a não tornasse a ver.

A respeito do Apeles, ele mandou-me um telegrama no dia dos meus anos, mas não respondeu ainda à carta que lhe escrevi; continua o mesmo preguiçoso a não escrever à gente. Na aviação nem todos morrem, graças a Deus; vamos contando que ele seja dos felizes, para felicidade dele e nossa. Antes eu que sou mais velha; é de maior justiça ir primeiro.

A respeito de política estamos, como sempre, em desacordo. Eu continuo a não ter fé em ninguém e a achar todos os mesmos; tu continuas entusiasmado, mas agora já não é pelo fúfio do Afonso Costa; ao menos, valha-nos isso. O Zé Domingues é daqui, fez aqui os seus estudos e todos aqui o conhecem muito bem e, como sempre, uns dizem bem — são os camaradas, outros dizem mal — são os adversários. É sempre a mesma dança. A respeito de pobreza, dizem o mesmo de todos no princípio, e a cantiga de pobreza tem sido cantada muitas vezes em honra do A. M. da Silva; agora cantam-na pelo Zé Domingues, outros pelo Nuno Simões e outros por outros. É tudo uma grande pouca vergonha, é que isto tudo é. Ninguém é competente, ninguém vale um pataco, e dum dia para o outro de descalços aparecem calçados, de rotos aparecem vestidos sem ninguém saber como. O Capinha é assim tão célebre? Mas ele não era quando eu o conheci; era assim uma pessoa banal, como dezenas de outras que a gente conhece. O que a política transforma! Nem era médico distinto, nem nada; foi a fazer política que se tornou um grande médico? E para ele ter a melhor casa de saúde que existe em Portugal, não acredites sem ver. E a casa de saúde do Seixoso para neurasténicos, e a casa de saúde de Benfica, e a casa de saúde Sousa Martins, e a da Parede e aqui a de Valadares? Não acredites que em Évora haja a melhor casa de saúde de Portugal, não pode ser.

O meu cunhado quis fazer uma razoável, e precisava de mil contos para a instalar; foi por isso que ele desistiu e foi para a América; em boa hora o fez, porque conta por todo o próximo ano fazer 30 contos por mês. As casas de saúde não se instalam como um hotel: é preciso muito dinheiro e muita competência. Mas enfim, deixemos a política e o Dr. Capinha, que me não interessam muito e falemos de nós, que é o que vale a pena.

Porque não podes vir cá sem resolver essa história idiota do tapete? Vais a Lisboa, eram mais dois passos; pouco mais era, agora com os comboios rápidos e cómodos que há de Lisboa ao Porto; e se essa história nunca mais se resolver? Não merece a pena encravar a vida por uma maçada dessas. Pensa nisso e não sejas patego, entrouxa a mala e aparece-nos. Vou escrever agora à Henriqueta, porque quero que ela me escreva; gosto das cartas dela, pois que me conta sempre muita coisa, e interessa-me mais o que ela me diz do que a tua negregada política que te tem posto o sal na moleira, que até já foste parar à cadeia por causa dela. É caso de dizer: raios parta a política!

Beijos e abraços da

Bela

(9)
Esmoriz, 5 de Janeiro de 1926

Irmão querido

A tua carta, que me prometia tanto contentamento, veio afinal dar-me tanta, tanta tristeza, como há muito tempo não sentia. Abri-a cheia de ansiedade para falar contigo à distância, cheia de alegria por ver que te lembravas ainda de mim. Que desilusão! Irmão querido, como tu deves sofrer para que aquele grito chegasse até mim com aquela ânsia, tu que nunca te queixavas, tu a quem eu me habituara a ver sempre sereno através das mil contingências da vida, tu a quem julgara sempre feliz. Como tu deves sofrer, e quanto daria eu para que tu assim não sofresses!

Mas vê tu, meu amigo, o quanto nós somos pouca coisa, o quanto nós podemos pouco pelos que amamos, que, em certas ocasiões — déssemos nós a própria vida — a nossa ternura é vã e inútil. Por ti nada posso, não posso nada, nada, e é isto que mais me aflige, que me desola, que me indigna como uma cobardia, como se tu gritasses por socorro e eu nem sequer te estendesse os braços. Meu irmão da minha alma, a pessoa a quem há mais tempo eu quero, aquele que eu principiei a amar pelo orgulho, pela admiração, por tudo que há em mim de mais constante e mais profundo, peço-te, peço-te por tudo, que tenhas coragem, que olhes a vida sem desespero, embora a não possas olhar com amor, nunca mais. Tu és preciso ainda, tu és preciso à minha felicidade; como queres tu que eu tenha alegria, que eu tenha sossego, com as horríveis palavras da tua carta no meu cérebro?

Mas tu não vês, meu querido filho, que é um crime pensar em aniquilar tudo que em ti é admirável, a tua inteligência, o teu carácter, tudo o que faz de ti um ser à parte, um ser único no mundo, porque tu tens desde a beleza física até a moral, tu és uma criatura de excepção; e olha em roda de ti; nunca ninguém deixou de gostar de ti, nunca. Como queres tu que uma rapariga cheia de preciosas qualidades não reparasse no que em todas reparavam, mesmo as mais banais?

O teu amor por ela era fatal e lógico; a todos chega a sua hora, todos têm o seu romance; o teu chegou tarde e foi demasiado belo para que te consoles de o ter perdido. Eu não te tive dois anos, não sei nada. Conta-me tudo, diz-me tudo, abre a tua chaga como se eu fosse o teu próprio coração e ao menos comigo não te cales, que o silêncio é às vezes o que faz mais mal quando a gente sofre. E depois, meu amigo, eu tudo compreendo, tudo sei; tenho passado a vida a arrancar-me espinhos, que não há nada que não tenha passado em mim; e a ronda trágica desta vida tem dançado comigo todas as suas danças. E para tudo tenho encontrado remédio, e tenho-me arrastado sempre; embora cansada e esfarrapada, tenho-me deixado viver. Eu bem sei, meu querido irmão, que para as traições, para as mentiras, para o que é vil e falso, tem a gente remédio: tem o orgulho; mas para a dor que te faz mal, para essa nenhum remédio há. A morte levou-ta aureolada de toda a beleza, não há uma desilusão, não há nada feio em volta dela, e o que ficou é que ficou enegrecido, sem relevo, sem cor, sem graça. Eu daria a minha vida, pobre vida já tão vivida, para ta ressuscitar a ela, que era nova e que tinha todo o seu destino por cumprir. A vida é apenas isto: um encadeamento de acasos bons e maus, encadeamento sem lógica, nem razão; é preciso a gente olhá-la de frente com coragem e pensar, mas sem desfalecimentos, que a nossa hora há-de vir, que a gente há-de ter um dia em que há-de poder dormir, e não ouvir, não ver, não compreender nada. Eu não te digo que esqueças, é cedo ainda para to dizer; peço-te apenas que te deixes viver, que tentes interessar-te por qualquer coisa, que te salves desse desespero, dessa revolta, meu querido irmão, e deixa passar o tempo: os meses e os anos. Não há dores eternas, e é da nossa miserável condição não poder deter nada que o tempo leva, que o tempo destrói: nem as dores mais nobres, nem as maiores!

Olha, meu querido amigo, porque não vens tu cá ver-me e passar uns dias comigo? A casa é uma modesta casa de aldeia, mas é possível que te fizesse bem passar aqui uns dias; estaríamos sós todo o dia e tu poderias contar-me tudo, dizer-me tudo, que eu só tenho o meu silêncio a compreender-te, mas com toda a minha alma e com todo o desejo de te fazer algum bem. A aldeia está ao pé do mar e rodeada de pinhais. Lisboa deve ser-te insuportável; pode ser que esta calma te distenda um pouco esses nervos, que eu sinto já não poderem mais. Vê se podes vir, meu adorado pequeno, que eu me habituei a ver sempre como um semiDeus, sem as agitações, as dores e as coisas más de que todos padeciam, e que vejo agora como um pobre pequeno, desamparado, a estender-me os braços. Pelo que esta ideia de que tu sofres me é insuportável, dá-me a impressão de que tu não és meu irmão mas meu filho.

E quanto a mim, podes finalmente estar sossegado; por um dos tais acasos, mas este raramente feliz, encontrei na vida aquele que o acaso me deveria ter feito encontrar mais cedo. Assim, encontrei-o já envelhecida, com pouca saúde e pouco gosto de viver. Tudo que tem sido possível fazer-se, tem-o ele feito por mim: apanhou o farrapinho, aqueceu-o e anda agora com ele junto ao coração, como se fosse um tesoiro. Eu não sabia o que era tratarem-me bem, andava a pensar como seria, e agora é que o sei. Tanto o meu marido como a família dele são muito meus amigos, e cá estou muito bem. Podes pois estar sossegado, meu irmão querido, o teu pesadelo está enfim sem fazer tolices, disposta a envelhecer tranquila e a morrer em paz. Agora o que eu quero é que tu me ajudes, que não te vás embora primeiro, eu sou mais velha, tenho o direito de ir à frente. Lembra-te que és um pouco meu, que és o meu único irmão, e que tenho no mundo muito pouca gente, muito pouca a quem amar assim como te quero a ti. Vê se podes vir cá contar-

-me tudo, como foi que essa coisa injusta e má foi ferir-te assim. A pobrezinha teve a sorte que têm no mundo as coisas que muito valem; vem falar-me dela, talvez te faça bem; só a mim tu podes dizer tudo, a mim, à tua querida irmã. A piedade dos outros, dos indiferentes, deve irritar-te e magoar-te mais; tu vales mais do que isso. As cartas não dizem nada, não podem dizer nada. Eu só o que posso dizer-te é que nunca como agora te senti dentro do meu coração, e que te peço que te lembres de que sem ti não posso ser feliz nunca mais. Não me deixes sem notícias, diz-me tudo e, se puderes, logo que possas, vem, sim?

Abraça-te e beija-te muito a tua irmã amiga

Bela

(10)
Esmoriz, 15-1-1926

Minha boa Henriqueta

Por cá tudo bem. Como vai o Peles?

Eu recebi uma carta há uns 15 dias, e tão desanimada e cheia de sofrimento, que fiquei aflita; respondi-lhe logo e enderecei a carta para o Centro de Aviação, mas como o Mário se tivesse esquecido de a deitar no correio, e como aquele dia recebi a tua carta dizendo que ele ia para aí, o Mário meteu-a noutro envelope e para lá foi com outra direcção.

Devia-a ter recebido há mais de oito dias e como até agora me não respondeu, peço-te que me mandes notícias dele, se está melhor, e qual é agora o seu estado de espírito. Realmente já é ter pouca sorte: andar tantos anos a namorar a torto e a direito sem verdadeiramente gostar de nenhuma, achar no fim de tanto namoro uma a quem se prende com sincera afeição, a quem deseja fazer companheira o resto da vida, e afinal ser tudo um sonho acabado em pesadelo, já é pouca sorte na verdade. Eu mandei-lhe dizer que viesse até cá passar uns dias, podia ser que se distraísse aqui na aldeia ou no Porto, pois estamos a uma hora de comboio. A minha casa é uma casa d'aldeia, sem grande conforto, mas como eu seria feliz de cá o ver ao menos uns dias.

Ele não me disse o nome dela nem quem ela era, gostava de saber, podia ser que eu conhecesse; já aqui um rapaz guarda-marinha, sobrinho duma rapariga com quem me dou, me tinha dito que o meu irmão estava para casar com uma rapariga muito rica, muito nova e bonita, mas também me não soube dizer quem era. Pobrezinha, parece que a morte só leva aqueles que são bons demais para esta vida.

A respeito da vinda aqui, quem vai a Lisboa pouco mais é, e não é nada maçador, no *Sud-Express*, são 5 horas de viagem e é imensamente cómodo. O que é verdade é o que o pai diz: tendo apenas 5 dias para replicar, pode por pouca sorte não chegar a tempo, e isso é que era uma embrulhada dos diabos; ficará então para o próximo ano, disso é que eu os não dispenso, porque o Verão aí é terrível de calor e aqui o Verão é lindíssimo, tudo parece um jardim e estamos a dez minutos do comboio de Espinho, que é uma das praias mais frequentadas do Norte.

Como eu ando agora sempre contente e de bom humor, já me sinto feliz só com a ideia de cá os ter pelo menos um mês. Não podes imaginar como eu tinha vontade de lá ir, mas não há possibilidade disso, estou a ver, o Mário não pode largar isto, tem doentes aqui e Matosinhos, onde vai todos os dias. Calcula a maçada que ele tem. Em Matosinhos ainda ele podia deixar os doentes a qualquer colega, mas aqui é ele só e não pode abandoná-los, e depois gastava-se muito dinheiro que nos faria falta, pois estamos no princípio da nossa vida e os nossos rendimentos são apenas o trabalho dele.

Com respeito aos macacos, não admira que o Apeles para lá os tivesse mandado; os filhos carregam sempre os pais com as coisas que os aborrecem, e tu tens sido a mãe dele, sempre pronta a fazer-lhe todas as vontades.

Gostava de ver o macaquito, cada vez gosto mais de bichos e menos de pessoas; os bichos, se nos dão menos gostos, dão-nos também menos desilusões. O Inverno acaba quase com toda a macacaria, morrem tuberculosos muitos por causa do frio. Obrigada pelo azeite que me fará bom arranjo, seja que porção for, tenho saudades das belas coisas alentejanas, até das açordas com azeitonas.

São interessantes as novidades que me dás da O...; não há dúvida que quase todas as raparigas do meu tempo têm feito uma linda figura! A J... e a O... venderam-se bem, não haja dúvida, e os velhos ricos sempre valem mais que os moços pobres... A P... não fez mais que o que devia; ela agora há-de zangar-se menos, visto que realizou os seus sonhos. Da Z... já sabia, li no jornal. Da morte da Mariana, também tenho ideia que ela já tinha morrido quando eu saí de Lisboa.

Dá muitas saudades minhas à Moca, e diz-lhe que cá tem, nos confins do mundo, uma casa às ordens dela, uma amiga para a abraçar e um médico para a tratar quando lhe doer alguma coisa...

Quem escreveu a carta que me mandaste?

Fiquei com curiosidade de saber. Diz ao paizinho que recebi a carta dele e a resposta vai, aqui, a tudo o que ele me diz.

Viva a Mercedes, Henriqueta e Demóstenes.

Abraços para os dois velhos (querias ser nova?) e muitas saudades da

Bela

(11)
Meus amigos Manuel e Lina

Só hoje consigo dizer-vos o quanto me sensibilizou a vossa lembrança. Obrigada, obrigada do mais profundo da minha alma.

Aquele que era o meu orgulho e ao mesmo tempo a parte mais santa e fervente da minha ternura, teve o túmulo que sonhou, o seu túmulo de aviador marinheiro. Foi como se a morte me tivesse afundado tudo, ali naquele bocadinho azul do Tejo que tenho e terei sempre diante dos meus olhos enquanto por cá andar neste malfadado mundo.

As homenagens que de toda a parte lhe vieram, a justiça que fizeram ao seu grande coração, à sua profunda energia e poderosa inteligência, tornam mais pungentes ainda as saudades e a revolta de o ver desaparecer quando começava para ele o mais brilhante dos futuros.

Nada me consola, nada, nada.

Era o meu grande orgulho, a parte de mim mesma que vivia, que se realizava, e ao vê-lo enérgico, audacioso, cheio de nobres ambições, tinha um sorriso de mãe que vê o filho um homem.

Meus bons amigos, que a vida os poupe a dores assim que nos deixam desamparados para todo o resto da jornada. E mais uma vez obrigada, obrigada a ambos pela parte que tomaram no imenso desgosto que me feriu até o mais profundo da alma.

Vossa amiga de sempre

Florbela Espanca Pereira Lage
16-6-1927

(12)
Matosinhos, 13 de Agosto de 1927

Meu querido pai

Mando esta carta para o Castelão, pois na tua não dizes onde estás. Só ontem pude ler a tua carta, pois até ontem não sabia se andava morta se viva. É verdade, meu pai, o nosso rapaz, o nosso querido pequenino, morreu. Parece um pesadelo mas não é. Morreu. Parece que morreu tudo, que ele não deixou cá ficar nada, parece que levou tudo. A gente é muito forte, já que não endoidece nem morre depois dum pavor assim. Eu cá estou ainda, vivo, ando, falo, depois das horas de martírio como não pode haver outras neste mundo. O nosso grande rapaz morreu e morreu como um homem, como um homem que era.

A Henriqueta, coitadinha, chora o filho quase como tu; se não era das suas entranhas, era-o da sua alma, que tanto lhe quis. Eu choro o meu maior amor, o meu orgulho, metade da minha alma. Perdemos muito, pai, perdemos muitíssimo. É uma sombra de luto que nunca poderá deixar-nos.

E talvez só eu saiba no mundo como ele era bom, inteligente e que grande, que extraordinária alma ele tinha. Nas vésperas de nos deixar, que eu passei em Lisboa com ele dia 1, 2, 3 e

4, ainda ele me disse: nós entendemo-nos tão bem! Os seus sonhos, os seus desejos, as suas coisas todas, contava-mas a mim, dizia-me tudo; por isso, pai, queria dizer-te que o nosso querido rapaz desejava, tenho a certeza, que fizesses o seguinte dalgumas das suas coisas: as cartas e os retratos da noiva, que os entregasses à mãe, que os quer; não poderão estar em melhores mãos, seria uma profanação deixá-los fosse a quem fosse, só a mãe é digna de as guardar. O Castelão está em relações com ela, poderá entregar-lhas. O Castelão era como um irmão do nosso adorado morto, podes confiar nele tudo, e encarregá-lo de tudo. Dá ao Castelão qualquer desenho dele, é uma recordação que lhe devemos. Podes dar-lhe também qualquer coisa mais que lhe pertencesse: a sua melhor raquete de ténis, que o Castelão também joga. E o Castelão que entregue ao Paulo Viana, de quem o nosso querido amor era compadre, um outro desenho, qualquer recordação para o filhinho do Paulo Viana, aviador também, de quem o nosso querido era padrinho. Enfim, meu querido pai, creio que o nosso morto adorado quer assim; o resto tu lá vês, faz tudo como entenderes.

Desejo-te muita coragem, que muita precisas para tocares em todas essas coisas que foram dele, que ele tanto amava e de que era tão cioso.

Agora, para mim, queria o desenho que ele lá tem à cabeceira da cama; não sei qual é, mas queria esse, e se lá estiver algum dos meus livros de versos que eu lhe ofereci, queria-os também e mais nada, só estas coisas.

E o que mais desejaria agora era que a vida fosse bem curta já, para todos nós que perdemos o melhor que tínhamos no mundo.

Quando te verei e à Henriqueta?, coitadinhos dos meus velhos, dos meus pobres velhos sem filho. A minha casa cá está e será um grande consolo vê-los, se quiserem vir.

Escreve-me. O Mário abraça-os aos dois. Tem sido ele quem me tem valido, senão tinha morrido nestes horríveis dias que tenho passado.

Escreve. Muitos beijos à Henriqueta, e para ti um grande abraço da tua pobre filha

Bela

(13)
Matosinhos, 29-9-1928

Paizinho

Vim 5ª feira do Seixoso, onde passei uns dias, e tem sido por isso que não tenho escrito. Não me sinto nada bem ainda, e estou magríssima; tinha 56 kg de peso, estou com 48 kg 1/2 e bastante mal disposta de nervos. Estou uma velha cheia de cabelos brancos e sem vontade de nada. Vamos ver se melhoro agora, pois se isto continua assim estamos mal. Muito me contas a respeito da casa. Eu, nos teus casos, se a Relação confirmasse a sentença, saía de Évora onde nada te prende, não é assim? A ter outra casa, preferiria tê-la em Lisboa onde tens sempre coisas a fazer mais ou menos, e onde podias fazer bom negócio com as antiguidades.

Ainda bem que está arrumado o caso tão difícil de resolver do espólio do nosso Peles; realmente já não é sem tempo. O Botto creio que está ainda em França; prometeu escrever-me mas até à data nada recebi dele.

Eu conto ir a Lisboa passar uns dias a casa duma amiga, nos fins de Novembro, para tratar da publicação do meu livro lá; depois aproveitarei para dar uma saltada até Évora, passar uns dias convosco, uns 15 dias em Dezembro; talvez lá passe os meus anos. Vou eu só, pois o Mário tem aqui a sua vida e não pode afastar-se mais este ano, pois já gozou o seu mês de licença.

Aqui em casa isto está um inferno: o meu sogro está com princípios de demência senil e põe a casa num alvoroço; a minha sogra, que é uma joia, passa uma vida atribulada com ele. O Mário, coitado, tem uma paciência de santo; quem não tem nenhuma sou eu, não posso nem quero aturá-lo; fujo dele como o diabo da cruz, e passo os dias ou fora de casa ou fechada no quarto. Tomara já que os diabos o levassem para descanso de todos nós.

Escreve, paizinho. Beijos aos dois e abraços do Mário.

Bela

(14)
Mat., 6-11-1929

Paizinho

Recebi os teus postais; fico assim completamente descansada; acho melhor guardares tudo, pois eu vou lá em Fevereiro e nessa altura lhe darei destino, escuso de andar com essa trapalhada para trás e para diante. É o melhor.

O veludo que prometi à Henriqueta vai sem falta na próxima semana; já me tinha lembrado disso, mas tenho andado estes últimos dias bastante mal e não me tem apetecido pensar em nada que não seja a minha má disposição e o meu mau humor.

Já leste na "Civilização" deste mês a minha análise grafológica? Vem também um retrato meu. Não está malfeito, eu sou realmente um pouco de tudo aquilo.

Perguntas-me pelo meu livro; tenho dois prontos, um de verso outro de prosa, mas continuam na gaveta, pois não há editores; só o podia fazer à minha custa e eu não tenho dinheiro para isso. Se algum dia tiveres de sobra três contos que queiras pôr no negócio... é imediatamente que eles vêm para a rua. Tomara eu! Tenho muito orgulho no meu nome: fizemo-lo nós! Tu és um artista, o irmão era o que era, foi alguém, e eu tenho igualmente a consciência de que alguma coisa valho. O Nome *Espanca* fica e é qualquer coisa de jeito! Estes livros são os melhores, e eu queria bem que eles saíssem, mas não há dinheiro... paciência. Cá estão, enquanto outros aparecem que os não valem nem de perto nem de longe. A vida é assim...

Saudades e abraços para ambos da filha

Bela

CORRESPONDÊNCIA INTELECTUAL

Debaixo deste título vou buscar transcrever as mais importantes peças, daquelas conhecidas e publicadas, referentes ao ambiente intelectual de Florbela que, aliás, foi um tanto minguado. Como insiste Andrée Rocha, a cultura que a escritora detinha era assaz lacunar e pouco criteriosa;[1] assim, não é de se estranhar que, na epistolografia que desenvolveu com a gente de letras da altura, também se observe semelhante relevo. É de se supor, entretanto, que tais traços seriam muito diversos se, da correspondência entretecida com Raul Proença, certamente de todas a mais privilegiada e, muito provavelmente, a mais alentada, se conhecessem mais do que meramente as únicas duas peças que se conservaram.

Desfilam, pois, desigualmente, nesta atual instância, cartas a um poeta do gabarito de um Américo Durão, a um escritor e jornalista competente como José Emídio Amaro, e, ao mesmo tempo, a um cabotino como Augusto d'Esaguy, a uma diretora de suplemento feminino como Madame Carvalho — capaz de interferir nos seus versos a fim de autorizar a publicação deles — e a Júlia Alves, também partícipe do mundo feminino dos suplementos de então. Da correspondência com Guido Battelli me ocuparei na última parte deste trabalho, visto que ela se articula durante o derradeiro ano de vida da poetisa.

A primeira carta aqui transcrita, dirigida por Florbela, de Redondo, a Madame Carvalho, em 23 de abril de 1916, foi publicada por Carlos Sombrio (1). Madame Carvalho era, então, diretora do Suplemento Modas & Bordados *de* O Século*, e, a crer nos documentos existentes, se impunha, dentro dos apertados horizontes provincianos da escritora, como a única interlocutora com quem contava Florbela para "discutir" os versos que começava a coligir e a organizar num manuscrito que ganharia o título de "Trocando olhares", na esperança*

---

[1] Cf. "À procura de Florbela...", *Jornal de Letras*, n. 23, ano 1. Lisboa, de 5 a 18 jan. 1982, pp. 2-3.

de obter, através dessa senhora, uma porta de entrada para a publicação de um volume de poemas.

Todavia, trata-se de uma interlocução muito pobre, visto que Madame, nos seus palpites e nas suas correções, desenvolve um estilo, que transparece nas cartas endereçadas diretamente à Florbela ou em outras constantes das colunas do próprio jornal, que é um prodígio de escrita elegante e impessoal, daquelas que elogiam sem elogiar, que estimulam sem estimular, e que, sobretudo, não se comprometem, servindo como respostas para gregos e troianos.[2] *Madame parece deter uma fórmula de discurso que se aplica, mais ou menos bem, a quaisquer circunstâncias: daí que a principiante Florbela não deva, de fato, ter retirado dessa correspondência nada de muito louvável para a sua experiência poética, salvo a convicção de que existia uma espécie de censura olímpica, um tanto inexplicável, que, sem ser convincente, corrigia os seus versos de maneira arbitrária, ao sabor, digamos assim, de um gosto momentâneo, mutável, mas indiscutível. E que esse era, feliz ou infelizmente, o necessário passaporte para o seu ingresso nas letras de forma da imprensa...*

A fim de ilustrar o charmoso e escorregadio estilo de Madame Carvalho, transcrevo aqui uma sua carta publicada por Carlos Sombrio, que é um prodígio de estandardizações a respeito de "poetisas", de "livros de versos", e, sobretudo, a propósito do emprego do que é "absoluto" e do que é... "relativo":

> Exma. Sra. D. Florbela Moutinho
> A sua carta é um grito de desilusão, cuja repetição vamos desde já evitar.
> V. Exa. não tem que desanimar acerca do seu livro a dar à publicidade. Há de ter **insignificantes senões, sem dúvida**. Mas **não há nenhum livro bom** que se exima à condição de deficiências **inerentes a tudo quanto é humano**, ou que com a criatura humana inteiramente se relacione. Não pense V. Exa. em realizar perfeições absolutas, porque **o absoluto é sempre irrealizável**. **Relativamente**, o seu livro há-de alcançar o sucesso a que tem jus, firmando o seu nome como o das jovens poetisas mais talentosas que conhecemos. Publique-o, pois, o mais breve possível, que terá, certamente, um

---

[2] Trata-se da seção intitulada "A correspondência das nossas leitoras", em que Florbela era identificada pelo sobrenome Moutinho.

acolhimento entusiástico, **digno de todas as reveladas organizações artísticas verdadeiras**.

Mme. Carvalho

Por seu turno, a carta de Florbela, aqui transcrita, parece pertencer a um momento de dificuldade no interior dessa correspondência, já que responde a uma possível insinuação de plágio que, em verdade, não condiz com a provável peça responsável pela origem de tal resposta assim tão empenhada. Antes de 23 de abril de 1916, data da resposta da poetisa, lê-se nas colunas destinadas às leitoras do Suplemento Modas & Bordados, *uma mensagem dirigida à Florbela Moutinho, em 19 de abril de 1916, e que assim se encerra:*

> Enquanto ao conselho que lhe deram **os tais... jornalófobos**, achamos que os não devia seguir. Se quer vir a prezar o seu nome literário e se tem consciência da originalidade das suas produções poéticas **não deve tomar agora um pseudônimo**.

De qualquer modo, a veemência da resposta de Florbela está em desproporção com esta simples advertência de Madame Carvalho. Mas a humildade presente na pergunta à Madame, sobre se essa senhora julga ou não ser "digno de ser publicado" o poema que envia, é congruente com a imensa necessidade que sentia Florbela, na época, de ver sair editado o seu livro de versos... O grande mérito, entretanto, que Florbela retira da correspondência com Madame Carvalho é, a meu ver, o de ter, sem perfeita lucidez e apenas esbatidamente, entrado em contato, por essas ínvias e nebulosas sendas, com as leis do mercado editorial que, certamente, ensaiava os seus primeiros passos no Portugal que ingressava na Primeira Grande Guerra. Dessa relação epistolar, Florbela parece, portanto, ter retido algum conhecimento acerca da difusa sujeição em que as obras se encontravam debaixo de leis cujo cunho não era apenas literário. Também o conceito de autenticidade, tão requerido pela crítica, se dá a conhecer para ela móvel e arbitrário. De um lado, Florbela sobre a desconfiança de que seus versos não são originais; de outro, para que sejam aceitos, devem ser submetidos à apreciação mais competente — a de Madame Carvalho! — que se autoriza, portanto, a emendá-los...

No que concerne à correspondência de Florbela com Júlia Alves, desdobrada ao longo de 26 peças conhecidas (publicadas por Carlos Sombrio), lembro que, através dela, desenvolver-se-ão diversos projetos poéticos da escritora. É o caso de Alma de Portugal, *da antologia* Primeiros passos, *de* O Livro d'Ele, *por exemplo, dos quais as cartas à Julinha dão notícia.*

Flexionada a partir desta primeira peça datada de 16 de junho de 1916 (2) até aquela de 5 de abril de 1917, a porção conhecida da correspondência de Florbela com Júlia Alves (que é incompleta e truncada) expõe, da parte dessa emissora, diferentes revelações de uma mulher que, pouco a pouco, vai se apresentando. De início, é a escritora sensível, na versão de uma mulher problemática, ostentando um perfil de poetisa bizarramente maudite, *que transparece, interessada que está Florbela em participar do jornal feminino para o qual chamara-a a destinatária.*

Tais autorretratos fornecidos por Florbela, e que o leitor terá oportunidade de seguir através dessa correspondência, dão sempre a impressão de que ela nutre permanentemente a esperança de que tais interlocutoras (tanto Madame Carvalho quanto Júlia Alves) possam, de uma ou de outra maneira, endereçá-la à concreta publicação de um livro; daí o seu empenho em se corresponder com elas, buscando sempre apresentar as suas produções, bem como a sua maneira de ser, as suas idiossincrasias, e a sua ímpar personalidade, como se aguardasse, ardentemente, através de tais matizes, ser, enfim, descoberta como um grande valor. Mas, ao longo do período de troca das missivas, além desse interesse, outros vão se cruzar, de maneira a aproximar as correspondentes já como amigas e confidentes. Mas, ao contrário do que se possa imaginar, Florbela e Júlia Alves jamais se conhecerão pessoalmente!

Assim, a partir de um certo momento, além da discussão da literatura propriamente dita, outra referência em comum fica colocada em pauta: a identificação das semelhantes vicissitudes que assoberbam mulheres intelectuais como elas, abrindo, dessa maneira, a porta da intimidade feminina no interior dessa epistolografia. Além disso, é preciso não esquecer que é da correspondência de Florbela com Julinha que se pôde colher o montante de poemas que, postumamente, a destinatária vai depositar nas futuras mãos de Guido Battelli e que perfarão o volume Juvenília *(1931).*

Acerca da identidade dessa correspondente, entretanto, pouco se sabe, a não ser que deva ter sido subdiretora do mesmo suplemento Modas & Bordados *de* O Século.[3] *Dentre as 26 peças que compõem tal epistolografia, achei por bem transcrever aqui as que suponho trazerem focos de interesse ao leitor deste volume. Assim, registro aqui aquela primeira carta enviada à Júlia Alves em 16 de junho de 1916, em que Florbela traça a sua autobiografia de poetisa* maudite; *também a segunda delas, enviada de Évora, em 30 de junho de 1916 (3), em que, além de adicionar dados sobre a sua personalidade, Florbela ainda discorre acerca do casamento, cuja concepção só conclui na terceira delas, que parte a 1 de julho de 1916 (4). Desta, salto para a décima primeira carta enviada a Julinha, postada de Vila Viçosa, e que deve ter sido redigida entre 19 e 28 de julho, creio que mais propriamente em 26 de julho (5), e na qual Florbela trata, agora, das suas leituras e onde traça a apologia do suicídio; em seguida, transcrevo a décima segunda carta recebida pela destinatária, que vem de Pavia (onde a poetisa se encontrava em casa do cunhado Manuel Moutinho), em 28 de julho (6), e na qual ela nos dá conta da perda do seu livro de poemas e do seu novo projeto,* O Livro d'Ele; *em seguida, apresento a décima quarta carta dirigida a Julinha, egressa de Pavia, a 12 de agosto (7), em que Florbela comunica a perspectiva de publicação do seu livro, a ser prefaciado por um irmão dum amigo íntimo de seu pai, o qual, saberemos mais tarde, vai ser identificado como Raul Proença. A décima quinta carta, escrita em Pavia, em 13 de agosto do mesmo ano (8), é aquela em que Florbela fornece, então, mais uma versão acerca da sua tristeza e do seu nascimento; já a carta seguinte, que data de Pavia, de 22 de agosto de 1916 (9), é interessante pelo que revela acerca da*

---

[3] No meu estudo sobre os projetos literários relativos ao primeiro manuscrito de Florbela, o *Trocando olhares*, teço algumas considerações a respeito da identidade de Júlia Alves que, a meu ver, se confunde com a de Madame Carvalho. Remeto, portanto, o leitor ao ensaio "A pré-história da poética de Florbela Espanca (1915-1917)", inserto na minha edição de *Trocando olhares*, pela Imprensa Nacional/Casa da Moeda, de Lisboa, em 1994, pp. 9-143.

literatura feminina e da notícia a respeito de Raul Proença; a vigésima primeira carta é a que transcrevo a seguir. Postada em Évora, em 21 de outubro do mesmo ano (10), ela se ocupa, de uma maneira geral, da condição feminina; a carta seguinte, de Évora, em 20 de dezembro (11), a vigésima terceira enviada à Julinha, dá conta da rotina diária da poetisa e do trabalho ao qual se entrega, neste momento, sofregamente. A última carta endereçada à amiga, datada de 5 de abril de 1917, postada em Évora (12), expõe, de um lado, uma Florbela supersticiosa, que justifica a sua atual doença por meio de um "mau-olhado", e, de outro, a Florbela imaginativa, capaz de, da cama onde repousa, devanear poeticamente pela janela do quintal, procurando entender a vida das árvores e de seus habitantes, ao mesmo tempo em que é capaz de ironizar sobre a sua triste condição de "poetisa".

A 13ª e a 17ª cartas aqui transcritas — ambas pertenças da Biblioteca Pública de Évora — foram destinadas a Raul Proença: de todos os intelectuais com os quais Florbela privou, foi ele o crítico cujo conhecimento, lucidez e critérios estéticos tiveram maior ascendência sobre a obra poética da escritora. A carta que ela lhe dirige de Quelfes, em 7 de maio de 1918 (13) atesta que é praticamente da interlocução com ele e da sua crítica que está nascendo o Livro de mágoas, *a primeira publicação encetada por Florbela em 1919, de que ele, aliás, foi o editor. Ela refere aí os trinta e cinco sonetos que havia lhe enviado para apreciação, adicionando presentemente mais dois, sobre os quais quer também o seu parecer. A opinião de Proença sobre a sua obra lhe é extremamente valiosa, haja vista a declaração que Florbela formula agora, a de que está "bastante desanimada com o que me diz dos meus versos". Por isso mesmo, vou tentar traçar a importância deste crítico sobre a sua obra.*

Naquela carta de Pavia à Júlia Alves, a de 12 de agosto de 1916 (7), em que ela confessa ter enviado "alguns dos meus versos a um dos nossos distintos poetas, que é irmão dum amigo íntimo de meu pai" — é de Raul Proença que se trata, como já adiantei. Ela lhe enviara uma antologia de poemas, que intitulou de Primeiros passos, *cujo manuscrito se encontra hoje depositado na Biblioteca Pública de Évora, para que ele, a quem conhecia apenas como poeta, lhe desse o seu parecer: fato que realmente ocorre no próprio interior do manuscrito, visto que, com todo o respeito pela produção da jovem poetisa, Proença faz anotações a lápis à margem das páginas de cada poema, rubricando-as a fim de que não sejam confundidas com outras apreciações ali constantes, e que elabora, da mesma forma, uma "Impressão geral", extremamente competente e lúcida, que ocupa uma página em branco do referido manuscrito.*

Florbela, que conhecia o tal irmão do amigo íntimo do seu pai como poeta, ignorava, nesta altura, que Proença se tornara conhecido por sua atuação como crítico político, doutrinário e historiador, tendo, nessa altura, abandonado a poesia. Na verdade, João Maria Espanca mantinha com Luís Sangreman Proença, irmão de Raul, relações de simpatia política e de negócios, visto que Luís desempenhava, primeiro em Lisboa, e depois em Évora, a mesma profissão que o pai de Florbela, a de antiquário. Por meio dele é que o manuscrito Primeiros passos chegara às mãos de Raul, que exercia, desde 1911, o cargo de Conservador da Biblioteca Pública de Évora e, desde a República, colaborava em efetivo com A Águia *e a* Renascença Portuguesa. *De 1919 a 1927, ano em que Proença será, por motivos políticos, demitido da biblioteca e exilado em Paris, ele conviverá com Jaime Cortesão: este, como diretor da biblioteca e aquele como chefe dos serviços técnicos e Ministro da Instrução (ainda em 1919), ambos formando as vigas mestras do chamado "Grupo da Biblioteca". Ao lado, portanto, de Raul Brandão, Aquilino Ribeiro, Câmara Reys e Augusto Casimiro, serão ambos responsáveis pela fundação da revista* Seara Nova, *em 1921, aquela que se tornou símbolo da resistência ao salazarismo, e que, aliás, publicará, no número 16, de 1 de agosto de 1922, o soneto "Prince Charmant" que Florbela dedica a Raul Proença — soneto que pertence já ao segundo volume de sonetos de Florbela, o* Livro de Sóror Saudade, *publicado em 1923.*

A meu ver, portanto, a atuação dos pareceres de Proença se expandem para além dessa obra inicial de Florbela, fazendo mesmo parte da sua formação poética, de maneira que essa primeira carta a ele endereçada comprova, a saber, a alta estima em que a poetisa o tinha. Já a segunda carta que Florbela lhe envia, escrita em Matosinhos, em 2 de dezembro de 1927 (17), vem tarjada de luto e guarda um teor muito diverso daquele que ostenta a carta anterior. Há seis meses morrera Apeles e a poetisa se encontra sob o impacto dessa perda atroz e repentina, quando recebe a notícia da morte de Berta, filha de Raul Proença. O intelectual progressista se encontrava, pois, desde o princípio de 1927, exilado em Paris, em virtude de ter publicado, em novembro de 1926, o seu Primeiro Panfleto contra a Ditadura Militar, *tendo entrado, a partir de então, na clandestinidade; é, pois, impedido de regressar a Portugal para assistir ao funeral da filha, de maneira que só retornará à terra natal em 1932, dois anos após a morte de Florbela. Proença vai falecer em 1941.*

Na carta em pauta, a poetisa escreve para solidarizar-se com o crítico e com a sua esposa, considerando lastimosamente que nada do que a ele tem sido infligido de pesado, cruel e injusto, se equipara a tal perda. Se, é provável, depois do exílio de Proença, Florbela raramente pôde contar com os seus aplicados e competentes pareceres, é muito verossímil, por outro lado, que a relação intelectual entre ambos tenha se estendido, pelo menos com assiduidade, até a data da publicação do soneto que lhe dedicou. Tal diálogo tem, de certeza, uma função primordial na formação da poética da jovem que contava, nesta altura, com 21 anos.

Já a carta a Américo Durão (14), redigida em Vila Viçosa, em 5 de janeiro de 1920 (e publicada por Maria Alexandrina), é fundamental para a elucidação da presença poética de Durão na compleição da poesia de Florbela Espanca. Ao contrário do que se supunha, então, a leitura que Florbela elaborou da obra de Durão, o intertexto que produziu a partir da tomada de contato com essa obra, foi essencial para a concepção do Livro de mágoas *— e não apenas do* Livro de Sóror Saudade.[4]

---

[4] Remeto novamente o leitor à minha introdução à edição de *Trocando olhares*. É impossível reproduzir aqui todo o meu estudo sobre a relação de intertexto entre a obra de Florbela e a de Durão. Veja-se também o meu estudo "A interlocução de Florbela com a poética de Américo Durão", publicado na *Colóquio/Letras*, n. 132-133 (Lisboa: Fundação Calouste Gulbenkian, abr.-set. 1994, pp. 99-110).

Como Florbela aí o admite, *"do seu livro veio o meu"*: mas trata-se, neste caso, não do **Tântalo**, como o próprio Américo Durão chegou a afirmar em entrevista à revista A Esfera, em fevereiro de 1963. A carta de Florbela é de 1920 e o **Tântalo** só viria a lume em 1921. Trata-se, ao contrário, do livro **Vitral da minha dor**, publicado por Durão em 1917, e da influência decisiva que tais versos exercem sobre a inaugural poética da jovem Florbela, sendo capazes de preparar o ambiente e a atmosfera lírica que perfarão o Livro de mágoas. Aliás, um ciclo de sonetos contido no manuscrito de "Trocando olhares", dedicado "Ao grande e estranho poeta A. Durão", e presumivelmente de abril de 1917, o comprova a contento.

Auxilia a compreensão dessa fase extremamente fecunda da poética florbeliana o fato de se saber que a poetisa era conhecida na Faculdade de Direito pelo epíteto que designa justamente a leitora do **Vitral da minha dor**, e que é anterior ao de "Sóror Saudade". É isso o que atesta a carta dirigida em 15 de janeiro de 1920 a Augusto d'Esaguy (15), em que Florbela se identifica como a "Sóror Vitral". A missiva em questão expõe uma mudança de opinião sobre o seu contemporâneo, não do curso de Direito, mas de universidade, visto que d'Esaguy cursava Medicina, bem como arrota um certo esnobismo da parte de Florbela, que parece ser, aliás, a única maneira desenvolta e segura de se lidar com esse senhor.

Segundo ele, esta peça seria uma das "inúmeras" que possuía de Florbela, sua correspondente "assídua". Assim, declarara a Lopes Rodrigues, em carta de 9 de julho de 1955, numa empáfia que não se disfarça, que possuía "mais de cem cartas de Florbela", que "existia" em alguns dos seus sonetos, e que o Livro de mágoas teria sido escrito a seu lado! E que, infelizmente, não podia publicar tais cartas visto que eram "muito íntimas" e que necessitavam de ser "coadas pelo tempo".[5] Além disso, insinuava também que Florbela "é uma grande saudade (ou a saudade!) da minha vida" quando, notoriamente se sabe, através de seus contemporâneos, da sua megalomania e da extrema petulância, que sempre demonstrou, em se fazer íntimo de pessoas tornadas famosas que, muito

---

[5] As cartas de d'Esaguy, três de 1955 (de 9 jul., de 25 jul. e de 1 ago.), dirigidas a Lopes Rodrigues, se encontram reproduzidas na sua citada obra às pp. 19-20.

embora lhe tivessem passado ao largo, eram rapidamente alçadas à sua rica intimidade.[6]

A peça seguinte constitui-se numa carta de Florbela a José Emídio Amaro, datando de 15 de maio de 1927, expedida de Matosinhos (16), onde a escritora anuncia a existência do Charneca em flor, *livro ao qual não se acena nenhuma esperança de publicação, mas cujo soneto de abertura envia para publicação na* Revista Portuguesa, *a qual Emídio Amaro está fundando em Vila Viçosa e, para a qual pede a colaboração de Florbela, que se coloca à disposição do patrício, mandando também peças para o seu jornal* D. Nuno. *Nesta altura da vida, Florbela procura se manter à custa de traduções de romances franceses que, aliás, lhe são destinados sem que ela os possa escolher, ao mesmo tempo em que se dedica, como esclarece ao destinatário, à escrita de um livro de contos — certamente* O dominó preto, *como já afiancei, visto que é o livro de contos que prepara antes da morte de Apeles. Repare-se que Florbela não perde nunca a oportunidade de exaltar o amor intenso pela sua terra.*

E a última carta desta seleção, também dirigida a José Emídio Amaro (que, juntamente com Azinhal Abelho, viria a publicar tais peças em 1949), data de 19 de fevereiro de 1928 (18), e é muito significativa, pois que nela, mais que em outras, também a ele dirigidas ou mesmo ao velho Espanca, Florbela demonstra, nesta altura da sua vida, ter completa consciência do que é necessário para se tornar lida. Enfim, dá mostras de ter entrado definitivamente em contato com as leis do mercado cultural e de ter entendido que, para ter seus livros publicados e, consequentemente, lidos, seria necessário fazer um rol de concessões, dentre elas a mais penosa, a de devassar a sua intimidade, o bem que ela mais prezava.

O livro a que ela se refere, então, é um livro de contos (segundo se sabe pela carta anterior ao mesmo destinatário) mas é já, neste momento, As máscaras do destino, *pois que, depois da morte de Apeles, desistira do projeto de* O dominó

---

[6] Informaram-me a respeito desse sestro de Augusto d'Esaguy tanto o Dr. Norberto Lopes quanto o Dr. Luís de Oliveira Guimarães, ambos contemporâneos de Florbela na Faculdade de Direito; embora frequentando a Faculdade de Medicina, consta que d'Ésaguy costumava estar sempre presente no ambiente literário de então.

preto *e se entregara ao livro dedicado ao irmão; aqui ela se refere, como é de se supor, ao Francisco Lajes (cujo nome já aparecera em carta ao velho Espanca), que ela apresenta, então, como "um dos mais interessantes e cultos espíritos portugueses e que, ao mesmo tempo, é um dos meus melhores e antigos amigos".*

O D. Nuno *de José Emídio Amaro publicará um número em homenagem a Apeles, além de várias composições de Florbela, muito embora ela chame a atenção do patrício por causa dos deslizes de composição: "A poesia não comporta gralhas como a prosa, que às vezes até fica melhor... É coisa tão delicada que só vive de ritmo e de harmonia. Quase dispensa as ideias. Quem lhe tocar, assassina-a sem piedade" (carta de 26 de janeiro de 1928). Também nesse jornal foi publicado um poema cuja história é muito curiosa. Em 6 de abril de 1928, Florbela endereça ao conterrâneo um soneto, para que ele publique,*

> quando e como quiser, se o Dr. Celestino David o consentir, pois esse soneto tem uma história que é a seguinte: há uns dias disseram-me que lhe tinha morrido uma filha pequenina e eu, que há imenso tempo não faço versos, fiz esse soneto dum jato, com uma facilidade extraordinária, sem sequer precisar mudar uma sílaba. **Há quatro anos que tal me não acontecia, tendo virado toda a minha atenção para obras de prosa que me interessam muito mais.**
>
> Não conheço pessoalmente o Dr. Celestino David, apesar de ter por ele muitíssima simpatia, principalmente pela obra admirável que está levando a cabo em Évora, a minha linda cidade dos meus melhores anos; por isso não lhe posso pedir a autorização para publicar esse soneto; o meu caro patrício, que o conhece, pode fazê--lo. Não é assim? Envio-lho; pela minha parte faça dele o que quiser.

Este é, portanto, o soneto em pauta, intitulado "Primavera?!", dedicado ao dr. Celestino David, que o D. Nuno *de Vila Viçosa, de 6 de junho de 1928, estampa, e que hoje faz parte dos esparsos de Florbela Espanca:*

> Morreu a pequenina... Foi sol-pôr
> Aquele sol nascente. Quem diria!...
> Mas não! Não pode ser! Não morreria!
> Não pode ser tortura o que é amor!
>
> Anda a brincar e a rir seja onde for...
> Anda por ali em doida correria...

Abram bem as estrelas do meio-dia,
Vejam se está no seio dalguma flor!...

'Lá vem a Primavera!' oiço dizer;
'A sempre alegre e moça, a sempre bela,
a que das fragas rosas faz nascer!'

Gorjeios... risos... Sim, oiço-os também...
Será a Primavera?... ou será Ela?!
Será a pequenina que além vem?!...

Será o dr. Celestino David o responsável, depois da morte de Florbela, pela proposta de erguimento do seu busto no Jardim Público de Évora — campanha que deslanchará a primeira célebre polêmica em torno da vida da poetisa.[7]

---

[7] Remeto o leitor ao meu *Florbela Espanca*, editado pela Agir do Rio de Janeiro (Coleção Nossos Clássicos), em 1995.

(1)
Redondo, em 23 de Abril de 1916

Madame

Agradecida pelo conselho que resolvo seguir, deixando falar os jornalófobos como V. Exª tão espiritualmente lhes chama. Tenho a consciência absoluta dos versos serem meus, sim, Madame, pois que a meu ver é uma indignidade revoltante firmar, com o próprio nome, versos alheios; e eu, ao menos por decoro, não me resolveria nunca a cometer indignidades dessas. Que uma frase, um sentido, a reunião de duas palavras, uma maneira de dizer que eu já tivesse lido ou ouvido, é natural, e disso nem os maiores poetas se livram, quanto mais eu que ao pé deles faço a figura duma formiga olhando um astro; mas, mais, não, porque isso seria reconhecer-me louca e eu não o sou.

Agora envio para publicar, podendo ser, uma poesia que eu já mandei a V. Exª e da qual V. Exª gostou e achou digna de publicação, e que é a seguinte:

        O teu olhar

    Quando fito o teu olhar,
    Duma tristeza ideal,
    Dum tão íntimo sonhar,
    Penso logo no luar
    Bendito de Portugal!

    O mesmo tom de tristeza,
    O mesmo vago sonhar,
    Que me traz a alma presa
    Às festas da Natureza
    E à doce luz desse olhar!

    Se, algum dia, por meu mal,
    A doce luz me faltar
    Desse teu olhar ideal,

Não se esqueça Portugal
De dizer ao seu luar

Que à noite me vá depor
Na campa em que eu dormitar,
Essa tristeza, essa dor,
Essa amargura, esse amor,
Que eu lia no teu olhar!

E mais estes catorze versos, a que eu chamo soneto.
V. Ex.ª dirá se é ou não, e como tal, digno de ser publicado:

Rosas

Rosa! És a flor mais bela e mais gentil
Entre as flores que a Natureza encerra!
Bendito sejas tu, ó mês d'Abril,
Que de rosas inundas toda a terra!

Brancas, vermelhas ou da cor sombria
Do desespero e do pesar mais fundo,
Sois símbolos d'amor e d'alegria,
Vós sois a obra-prima deste mundo!

Ao ver-vos tão bonitas, tão mimosas
Esqueço a minha dor, minha saudade,
Pra vos contemplar, ó orgulhosas!

Eu abençoo então a Natureza
E curvo-me ante vós com humildade,
Ó rainhas da graça e da beleza!

(2)
Redondo, em 16 de Junho de 1916

Ex.ma Senhora

A carta de V. Ex.ª sensibilizou-me profundamente. Tão gentil, tão simpática, a pequenina carta de V. Ex.ª trouxe ao meu espírito a carícia amiga dum raio de sol luminoso e quente. Bem haja pela sua ideia; mas pelo amor de Deus, minha senhora, que de elogios que eu não mereço! Envergonho-me na minha humildade de lhe ter merecido tão lindas e consoladoras palavras, e o meu pouco valor faz-me sofrer ao lembrar-me que não tenho nem uma só das qualidades com que a sua bondade tão prodigamente me enfeitou. Eu não sou nada o que V. Ex.ª pensa e se, como dizem, o rosto é o espelho da alma, posso em breve convencê-la do que digo. Mandar-lhe--ei o meu retrato. Quer? Mas até lá, e para prevenir a hipótese do meu rosto a enganar, vou descrever-lhe desde já o meu péssimo carácter: sou triste, imensamente triste, duma tristeza amarga e doentia que a mim própria me faz rir às vezes. É só disto que eu rio, e aqui tem já V. Ex.ª no meu carácter uma sombra negra, enorme, medonha: a hipocrisia!... Porque eu pareço alegre e toda a gente gaba a minha... alegria! Estou já a vê-la, num gestozinho de enfado, amarrotar, irritada, a minha carta, com um vago sentimento de arrependimento por querer conhecer uma criatura assim tão maldotada. Mas ainda este é o primeiro defeito; o segundo, e para o mundo virtuoso e prático é simplesmente horrível, é o sonhar, sonhar muito, olhar muito além, para longe de todos os que cantam, os que falam, os que riem!... Tenho dias em que todas as pessoas me dão a impressão de pequeninas figuras de papel sem expressão, sem vida. Estou falando a V. Ex.ª com o coração nas mãos, com a franqueza com que não falo a ninguém. Até estou admirada de mim própria; mas não admira talvez este feitio pouco comunicativo, em vista de não ter conhecido ninguém culto e sincero e amigo a quem eu pudesse ter falado assim um dia. Mãe já a não tenho há muito; tenho 22 anos e não me recordo nem da cor dos seus cabelos; irmãs nunca tive, e amigas tenho as que toda a gente tem. Amigas... conhecidas, por outra, tenho muitas, principalmente nesse meio de luxo e opulência em que a principal felicidade consiste num chapéu ou num vestido da moda. Eu não as entendo, nem elas a mim me entendem, e eu não sei se serão elas ou eu a razão, neste mundo em que cada um vive para si. Eu sou refractária a todas as altas questões de elegância, e se um vestido ou um chapéu me encanta é apenas pela porção de arte que eles podem conter, e nada mais. Já vê V. Ex.ª que, se esta maneira de sentir não é bem um defeito, é ao menos uma feição desagradável do meu carácter. Por tudo isto V. Ex.ª conhece-me agora muito. Sou indigna, como vê, do seu interesse, das suas boas palavras e da sua alta e enternecida bondade. Que mais lhe direi? Dir-lhe-ei, se de todas as formas, e não obstante a minha ruim condição lhe não desagradar por completo, que estou em tudo e por tudo disposta a colaborar, com toda a minha boa vontade, no original projecto de V. Ex.ª. Termino por dizer-lhe que nunca esquecerei a sua gentileza, sua bondade, e tudo quanto de vibrante e terno me trouxe a sua carta, minha senhora. Prometo-lhe para si despir a minha capa vermelha, farfalhante de guizos, com que me mostrou ao mundo; prometo-lhe conversar muito, tagarelar muito consigo de todas as coisas onde nós, mulheres, possamos bordar a flor azul do sonho. Prometo-lhe finalmente, não como epílogo mas sim como prólogo das nossas relações, um pouco de ternura e de afecto de que tão cheia está a minha alma.

"Preleccionaremos sobre poesia no próximo número." Dir-lhe-ei o meu modo de ver, as minhas tendências, os meus gostos sobre o assunto. Falar-me-á muito de si, sim? Eu dir-lhe--ei o que tenho lido e do que mais tenho gostado, e o que mais profundamente tenho sentido sobre poesia, de forma a aborrecê--la tanto que lhe leve ao espírito o imenso arrependimento de ter vindo provocar o leão no seu covil.

No dia em que sobre a minha mesa de trabalho pairar o perfume suave e terno da sua carta, considerar-se-á bem feliz a que é

De V. Ex.ª Att.ª e Obg.ª

Florbela Moutinho

(3)
Évora, a 30 de Junho de 1916

Minha *charmeuse*

Recebi a sua carta no próprio dia da minha partida para a pátria de Sertório, donde lhe escrevo principalmente para lhe ralhar um pouco e chamar-lhe... dissimulada! (Que arrojo!...) Mas vou imediatamente provar a minha razão, e defender palmo a palmo a minha insolência: escreve-me três folhas de papel! Que imensa carta!!... Afinal... cada folha contém três palavras, nove sorrisos, nove pétalas de rosa... nem mais nada!
 Hein? Que lhe parece? Defendi bem a minha acusação? Submeto à apreciação dos senhores jurados, dando a sentença o senhor Juiz, sendo a minha Julita o tribunal em peso, incluindo o réu...
 Mas agora dirá, com um pequenino franzir de sobrolhos: "Mas aquela criatura nunca está satisfeita!" Pois é exactamente isso: eu sou insaciável; mal um desejo surge, outro desponta, e em mim há sempre latente a febre do sonho e do desejo, e quando possuo alguma coisa de infinitamente consolador, como é a sua amizade, desejo mais, mais ainda, mais sempre!
 Conhece-se em mim o afecto, o amor, a ternura por um egoísmo implacável que quer tornar muito meus, e só meus, os corações que se me dedicam um pouco. Dá isto muitas vezes o resultado de me suceder o mesmo que sucedeu ao cão que largou a presa pela sombra, pois querendo muito, muito perdeu. Pareço-me um pouco com esse cão pateta, não acha? Agora a minha amiguinha é também injusta dizendo-me que as suas cartas me enfadam e aborrecem! Mas quer então um mais completo desmentido às suas suspeitas?! Pois eu ouso chamar--lhe dissimulada e má! Tenho um pouco esse direito, como há pouco lhe provei, e principalmente porque eu defendo, como a leoa defende os filhos pequeninos, esse cantinho delicioso, esse retiro discreto e delicado que me deu um pedacito do seu coração amorável: e eu preciso tanto de ser embalada devagarinho... suavemente... como uma criança pequenina, sonhando de olhos fechados num regaço carinhoso e quente!... Cante-me aos ouvidos a canção do seu afecto, que eu escuto-a

sonhando, enquanto na minha alma se esbatem confusos rumos de sonhos mortos e tristes, como ruínas dum castelo sombrio, batido pelo luar, ao longe...

Olhe, sabe?, estou hoje num dos meus dias cinzentos, como diz um nosso escritor; dia em que tudo é baço e pesado como a cinza, dia em que tudo tem a cor uniforme e nevoenta dela, dessa cinza em que eu às vezes sinto afundar o meu destino. Estou triste e vagamente parva, hoje, e no entanto, estou na capital do Alentejo; aos meus ouvidos chega o ruído dos automóveis, o barulho cadenciado das patas dos cavalos de luxo, o pregão forte e sensual que é toda a alma da mulher do povo, e por cima disto tudo, a espalhar vida, luz e harmonia, sinto o sol, um sol de fogo, o sol do meu Alentejo sensual e forte como um árabe de vinte anos! Pois tudo me irrita! Que direito tem o sol para se rir hoje tanto? Donde vem o brilho que Deus pôs, como um dom do céu, nos olhos das costureirinhas que passam? Donde vem a névoa de mágoa que eu trago sempre nos meus?! Vê?... É o dia pesado, o dia em que eu sou infinitamente impertinente e má como uma velhota de oitenta anos. Mas a minha querida não pense que há sempre chuva, vento e neve. Também em mim floresce a Primavera muitas vezes, e cantam as andorinhas muitos dias; o sol há-de brilhar talvez amanhã para mim, e eu lhe enviarei de cá um "bom dia" cheio dele para ser ouvido lá, pelos seus ouvidos, como pequeninas pérolas nas suas conchas cor-de-rosa.

....

Note que eu sou sempre sincera, pelo menos para si, e não creia que eu seja uma criatura extremamente modesta, pois que me conformo absolutamente com a opinião de Goethe: "Só os tolos são modestos". Ora eu poderei ser tudo, mas tola, parece-me que não... E quem sabe? Talvez que o seja, precisamente por julgar que o não sou...

Mas a propósito de versos: visto que o seu jornal só com cem páginas por semana poderia conter a porção de coisas boas e más que metade das mulheres de Portugal para lá envia numa febre de escritoras, literatas, poetisas e cozinheiras, eu mandei publicar num jornal daqui uns sonetos que peço licença para dedicar à minha amiga, desejando que o seu nome perdoe a barbaridade de o juntar a meia dúzia de coisas nostálgicas escritas em dias rabugentos como este em que a sua adorável bondade atura todo este fel que eu por aqui tenho espalhado nas páginas da minha carta.

Pertence ao seu carácter fino e espirituoso, como uma delicada taça de champanhe, a gentileza e o encanto; ao meu carácter bisonho e pesado, pertence apenas isto: o fel que eu para aqui atiro, desejando do íntimo da alma que a minha querida me perdoe todo este mau humor que eu insensivelmente envio aos seus lindos olhos de ternura e graça. E estou contente porque a minha querida não tem ainda o afecto exclusivo e único que há-de sentir um dia por um homem, apesar de todas as suas teorias que há-de ver voar, voar para tão longe ainda!... E no entanto, elas são tão verdadeiras! Ainda assim, minha querida Júlia, uma das coisas melhores da nossa vida de tão prosaico século, é o amor, o grande e discutido amor, o nosso encanto e o nosso mistério; as nossas pétalas de rosa e a nossa coroa de espinhos. O amor único, doce e sentimental da nossa alma de portugueses, o amor de que fala Júlio Dantas, "uma ternura casta, uma ternura sã" de que "o peito que o sente é um sacrário estrelado", como diz Junqueiro; o amor que é a razão única da vida que se vive e da alma que se tem; a paixão delicada que dá beijos ao luar e alma a tudo, desde o olhar ao sorriso, — é ainda uma coisa nobre, bela e digna! Digna de si, do seu sentir, do seu grande coração, ao mesmo tempo violento e calmo. Esse amor que "em sendo triste, canta, e em sendo alegre, chora", esse amor há-de senti-lo um dia, e embora morto, perfumar-lhe-á a alma até à morte, num perfume de saudade que jamais o tempo levará!

No entanto, o casamento é brutal, como a posse é sempre brutal, sempre! O melhor beijo, o beijo mais doce, aquele que se não esquece nunca, é aquele que nunca se deu, disse-o um dia um poeta, e eu creio. Só para as mulheres, as tais mulheres mais animais que espirituais, é que o casamento não é a desilusão de sempre, — mas então nós? Se ganhamos um grande amigo, o que nós sofremos muitas vezes! A revolta de tudo quanto há de delicado em nós, e que se ofende e se indigna com as afrontas que são afinal uma grande lei da Natureza! E não há homem, por superior que seja, que compreenda esta revolta e que a desculpe! Em tudo eu penso exactamente o mesmo que a minha querida Júlia; não há nada, tanto para os homens como para a mulher, que valha a liberdade tanto de [*uma palavra ininteligível*] como de pensamento. É o casamento um grilhão de flores e risos? De acordo, mas é sempre um grilhão. Ria, pois, e cante com a sua bela alegria, ame doidamente alguém, mas nunca abdique nem uma só das suas graças, nem uma só das suas ideias que lhe fazem vincar a fronte às vezes com uma pequenina ruga de capricho e insolência, que fica tão bem às mulheres bonitas; não ajoelhe nunca, porque está nisso o nosso grande mal, nosso profundíssimo erro; nós invertemos muitas vezes os papéis, e em proveito deles, e depois as consequências são muitas vezes as paixões que devastam uma vida inteira por criaturas que se dignam dar, por último, como humilde mortalha, um olhar de compaixão! O melhor de todos os homens não vale um fanatismo, creia-me, e embora a nossa alma, com essa ânsia de amor, de ternura que canta sempre em nós, se lhes dedique completamente, que eles o não saibam nunca, que não suspeitem sequer!... Abdicando um grau da nossa realeza, teremos de descer sempre, sempre, até o fim. Não é verdade isto?

Não é esta a sua opinião?

O meu retrato, enviar-lho-ei em breve. Depende do fotógrafo e da modista. Não quero dar-lhe a impressão duma camponesa muito camponesa, porque o seu sorrisozinho impertinente de lisboeta elegante, quase parisiense (porque aí, minha querida, bem querem as lisboetas, mas *n'est pas possible* encontrar o *charme*, aquela qualquer coisa que as fadas deram apenas às parisienses): pois bem, esse sorrisozinho que lhe vinca os lábios rosados far-me-á mal! Mas... só agora reparo: fui irreverente e extremamente indelicada para a minha querida, ousando falar no encanto das parisienses! Minha culpa, minha grande culpa! De que a penitência será o tal sorrisozinho de desdém em frente do retrato da camponesa bisonha do Alentejo, disfarçada em "elegante". E um sorriso seu não será sempre para mim uma alvorada?... Eu sempre fico melhor, afinal... como grande egoísta que sou!

Ainda uma coisa importante: diz-me a cor dos seus cabelos e dos seus olhos? Não sei porquê, mas idealizo a sua figura duma maneira tão positiva que me dá a impressão de que a conheço há muito. Eu digo-lhe já como são os meus cabelos e os meus olhos: os cabelos são negros, mas ainda assim nem tanto como a minha alma, pelo menos com o vestido que traz hoje; e os olhos são pardos, sombrios, profundos e maus. Sou pálida, alta e delgada. Que retrato horrível! Devo fazer-lhe medo. Mas apesar de tudo isto, sou imensamente, muito, muito, muito sua amiga. Termino desejando-lhe paciência para ler o testamento de *spleen* que lhe envio com a minha enorme carta, impertinente e rabujenta como um dia de chuva. Um grande abraço e um terno beijo da sempre afectuosa e leal

Florbela

P.S. — Porque me não envia já a sua fotografia? Se a tem, porque me faz esperar por ela tanto tempo? Mande-ma depressa, sim? Quero beijá-la ao menos no pedacito de cartão onde sorrir a sua frescura e mocidade. Está prometido?
    Toda sua

Florbela

Largo Luís de Camões — 39
É de bom agoiro o nome do Largo, para mim, não é verdade?

(4)
1-7-916

Minha Julita

Cumprindo a minha promessa de ontem, vou escrever-lhe uma carta grande, desejando do coração que a minha querida esteja melhorzinha e que os diabos negros tenham voado para bem longe dessa cabeça querida e amada. Eu também tenho dias assim, dias cinzentos bem piores que os negros. Tudo cinza, tudo baço, tudo pesado, tudo da mesma cor; é horrível, não é verdade? Mas tudo isso passa e, quando menos o julgamos, o sol descerra as cortinas e espreita-nos a rir: "bons dias!" E que remédio tem a rosa da sua boca senão desabrochar num sorriso e responder-lhe: "bons dias" também?! Tenho pena que a minha carta se perdesse, pois ela lhe daria um bom exemplo do que são os nossos pobres versos. Eu naquele dia estava como um inglês atacado de *spleen*, e por toda a parte via os nevoeiros do Tâmisa. Três dias passados, aqueceu-me uma réstia de sol do nosso belo Portugal, e cantei como uma cotovia ao despontar da manhã! As tristezas sem causa são as piores, e eu tenho tido horas de angústia como não creio que as tenha ninguém! Horas em que o único e constante desejo seria despedaçar a cabeça de encontro a uma parede! Se eu não tenho sentido essas horas infernais! E por quê? Às vezes nem eu sei! Na carta que lhe escrevi dava-lhe, como me tinha pedido, a minha opinião sobre o casamento. É a seguinte: acho o casamento uma coisa revoltante! E isto por uma única razão mas que para mim é tudo, para mim e para aquelas mulheres que não são apenas fêmeas, para todas as delicadas, para todas as que têm pudor, espírito e consciência. Essa razão é a posse, essa suprema e grande lei da Natureza que, no entanto, revolta tudo quanto eu tenho de delicado e bom no íntimo da minha alma. Ganha-se um amigo muitas vezes, é certo; um amigo que às vezes é o nosso supremo amparo, mas em compensação quantas revoltas, quantas mágoas, quantas desilusões! Quantas!... A minha querida faz bem, faz muito bem em não se querer sujeitar ao mercado, à venda. Eu casei e casei por amor. É a única coisa que desculpa, no meu entender, o casamento, porque do contrário, quando nele apenas entram o interesse e a ambição, revolta-me e indigna-me. Agora a propósito de retratos, dizia-lhe também que o cumprimento da minha promessa dependia apenas do fotógrafo e da modista porque não lhe queria dar assim a impressão duma camponesa perdida nas charnecas do meu Alentejo.

....

Sua do coração

Florbela

P.S. — Perdoe-me, minha infinita santa, a forma como lhe escrevo. Papel sujo e milhares de asneiras!!! Mas é domingo; as lojas fecharam e papel era o único que tinha.

(5)
Minha adorável Julinha

Devias ter estranhado bastante o receberes apenas alguns postais meus em resposta à tua carta, mas a única razão foi a que apresentei nesses postais escritos ainda assim com sacrifício: uma intolerável e ridícula doença nos dentes que me tem maçado até ao cúmulo! Hoje estou melhor; escrevo-te, pois, uma carta grande como prometi, pois que eu costumo sempre cumprir o que prometo, e com maior razão ainda estas promessas que tão agradáveis são sempre de cumprir. Como vais tu? Melhorzinha dessa tortura moral que te tem afligido e que te oprime como um pesadelo? Eu estou precisamente na mesma; que aborrecimento mortal, minha querida! Li hoje um livro que me consolou. A única coisa que consola os tristes é a tristeza; não te parece? A alegria irrita e eu hoje, tendo no regaço a bíblia dum grande e ilustre desgraçado, tive mais uma vez a prova disto porque o livro consolou-me. Chama-se o desgraçado Silva Pinto; chama-se o livro *Neste Vale de Lágrimas,* conheces o desgraçado? Conheces o livro? É belo e consolador; lê-lo é evocar saudosamente todas as relíquias de esperança dum passado morto! Como eu o compreendi e como tão da alma o sinto! Transcrevo alguns trechos, algumas frases soltas que são pérolas, e bem valiosas pérolas, pelo brilho e principalmente pelo muito que se parecem com as lágrimas. A propósito do suicídio lembra uma parábola indiana que é simplesmente um mimo. Escuta. Encosta a tua mão fina e nervosa ao castanho revolto dos teus cabelos, poisa os teus olhos esculturais nestas linhas, e lê. É uma resposta aos que chamam ao suicídio um fim de cobardes e de fracos, quando são unicamente os fortes que se matam! Sabem lá esses pseudofortes o que é preciso de coragem para friamente, simplesmente, dizer um adeus à vida, a vida que é um instinto de todos nós, à vida tão amada e desejada a despeito de tudo, embora essa vida seja apenas um pântano infecto e imundo! Mas escuta Silva Pinto: — "Vai por um caminho extensíssimo, debaixo de um sol ardente, um desgraçado avergado ao peso de um fardo enorme que lhe tritura os membros e lhe corta a respiração. Exausto de forças, quase a sucumbir, depara-se-lhe subitamente uma clareira coberta de verdura, espécie de oásis, onde, à sombra de uma palmeira, um sacerdote cofia as barbas-brancas, papa-moscas e adora a Deus. O miserável estaca e interpela o sábio do seu povo:

— Ó tu, que és grande e forte e justiceiro! Diz-me o que devo fazer nesta aflição!

— Vai teu caminho, cão, filho de cão!, volve o personagem.

— Quero dizer-te da minha desgraça e da minha justiça!

— Pois diz lá!

— Uns homens, que eu nunca vira, encontraram-me lá em baixo, ao fundo do caminho; agarraram-me e puseram-me às costas este fardo. Disseram-me que caminhasse. Tenho vindo debaixo do sol, arquejando, e não posso mais. Diz-me: que devo eu fazer?

— Não ajustaram contigo o transporte do fardo?

— Não.

— Não te consultaram, antes de te obrigarem a carregares com ele?

— Não.

— Não te disseram qual era o ponto do teu destino?

— Não. Apenas me disseram: — "Caminha".

— Larga o fardo, e vai-te em paz.

O outro largou o fardo e evadiu-se, correndo." — Quem dera poder como o desgraçado índio deitar o fardo fora! Agora não é esta a frase que nós todos dizemos nalguma hora angustiosa da nossa vida? "Foi nesse dia que eu fiz cem anos, e à volta de mim tudo envelheceu."

E agora, minha querida, esta suprema consolação, este beijo ideal de suavidade e ternura na face de todos os torturados, esta frase dele que dizia: "conhecemo-nos de perto, eu e a Dor!". É para ti e para mim e para muitos este supremo consolo: "Separo das minhas recordações o grupo de felizes, e vejo com mágoa e espanto, todos os bons entre os desgraçados; e vejo mortos os raros bons que se destinavam a ser felizes". E como ele canta a felicidade de ser triste e desgraçado: "Oh! a felicidade dos Sombrios! Negar a luz, o calor salutar, o aroma que delicia e perturba, a dedicação que redime e consola, a inteligência amiga que solicita um quinhão de mágoas! *Isolar-se!* Criar à volta do próprio ser a espantosa mortalha da Amargura, furtar o peito aos abraços e abrir à suspeita o coração; espreitar o sol de uma câmara escura; recalcar a bondade debaixo da rudeza; cruzar com o enternecimento a ironia; empeçonhar as lágrimas e bebê-las; saborear com delícias o travor do fel; abraçar-se com a Dor..." É belo isto, não é? Resisto à tentação de escrever o livro todo e dar-to a beber em pequeninos golos, este santo remédio para te curar. Ouve agora isto, que nós todos sentimos tanta vez quando o coração sofre pela décima vez do mesmo modo que sofreu na 1ª e 2ª e todas, quando nós julgávamos que ele não tivesse forças para mais: "Nós recebemos força nova em cada nova dor, para sofrermos de novo do mesmo modo que o alcatruz duma nora se despeja para encher-se, para despejar-se sem saber por quê..." E ainda a propósito de mortos, que lindas coisas diz: — "O riso das caveiras é o símbolo do contentamento inalterável e eterno, na região da Morte". E por último, este bocadinho de prosa que parece talhado em diamantes. Poisa os teus olhos nestes e lê: "Quando ele morreu, tinha os grandes olhos luminosos fitos nas cabeças queridas em que o dedo da morte já pousava. À mulher do seu amor não vingou a amizade dos vivos levar resignação. Tinha um sorriso dilacerante, os olhos postos no espaço e as mãos postas — adorando a sombra do seu poeta. De madrugada erguia-se do leito e vinha sentar-se na escada de um velho amigo de ambos, esperando o despertar desse homem, para lhe perguntar se o seu amigo ali passara a noite. Recolhida e confortada com palavras de mágoa, reconduzida ao seu lar, voltava na manhã seguinte...

Uma manhã não voltou. Quis erguer-se, caiu de joelhos, e logo de bruços com a face esbranquiçada sobre o sangue que lhe saía dos pulmões desfeitos. Tinha o rosto sereno quando a levantaram do chão; e no dia seguinte, no cemitério, contou ela ao Poeta como o procurara inutilmente, e ele contou-lhe como a estivera esperando..."

Não te achas um pouco consolada? E dizes tu que os livros te não consolam?! Que te irritam?! Que blasfémia, minha Júlia! Pois há lá melhores amigos?! Os livros, mas livros destes em que a alma dos bons anda sangrando por todas as suas páginas; livros que eu beijo de joelhos, como se enternecidamente beijasse as mãos benditas dos que os escreveram! Lê os versos de António Nobre, o meu santo poeta da Saudade. Lê o *Fel* de José Duro, o malogrado poeta esquecido e desprezado. Lê *Doida de Amor* de Antero de Figueiredo, e depois dize-me se eles te irritam!...

Compara a tua dor com a dor destes dois poetas e com a ideal heroína do Antero. Esta dor que, como diz Cesário Verde:

A dor humana busca os vastos horizontes
E tem marés de fel como um sinistro mar...

Esta dor, assim descrita, compara-a com a tua, se te queres rir do teu sofrer.

Tu e eu, que nem chegámos a beber o primeiro trago de fel de que eles beberam até as fezes!

Ainda um trecho de Silva Pinto acerca de Cesário Verde; fala do seu enterro, "Caso duma eloquência terrível: entre algumas dezenas de homens não houve uma frase indiferente — e em dado momento explodiram soluços num enternecimento que ajeitava a loira cabeça do cadáver lá dentro do caixão — como as mãos da mãe lha ajeitaram, infantil, no travesseiro, há vinte e quatro anos, e moribunda, há vinte e quatro horas!" Não te dá vontade de beijar as nobres mãos daquela mãe aconchegando no travesseiro a cabeça moribunda do filho? E esta dor, Júlia, de que trevas será feita esta dor de mãe?! Insondável este abismo, não te parece? Às vezes, a propósito da minha extraordinária maneira de sentir, lembra-me um doido que imaginava ser dotado da faculdade de sentir uma parte de todas as dores da terra. E assim como o doido, eu entrevejo uma parte da dor daquela mãe, como entrevejo todas as que neste vale de lágrimas se esbatem por toda a parte! Não as tenho sentido, e sinto-as! Compreendes-me tu?... A minha Júlia então aborrece-lhe a leitura?... Mas não é a leitura destes livros, não é verdade? É o remédio que eu sempre receito e quase sempre dá um resultado razoável. Ponho em jogo o egoísmo humano, e lembro-me de que sempre há-de consolar a nossa dor o espectáculo da dor dos outros...

Já vai longa a minha carta, não te parece? Vou terminá--la pedindo-te que a guardes, como a todas as minhas cartas, para serem publicadas depois da minha morte como *produções ilustres do maior talento dos tempos modernos.*

No meio de tanta coisa triste vai este bocadinho de prosa fazer o efeito duma limonada para desenjoar. Tenho agora a dar-te uma notícia *tristíssima*. O meu célebre livro de versos, que eu tinha pensado com algum orgulho e tanto amor, torna-se um impossível por enquanto; tinha já muitas coisas dessas a que entre nós combinamos chamar versos mas, afinal, com tanta volta de um lado para o outro, tudo se perdeu, e hoje desse livro não me resta mais que a doce recordação do *êxito que devia ter* e alguma saudade por tudo aquilo que eu senti e que hoje, apesar de o sentir ainda, não sei já dizê-lo como o disse.

É também uma originalidade; escrevo os versos, nunca mais os leio, e eu, que digo de cor dezenas e centenas de versos dos poetas que adoro, não sou capaz de me lembrar dum único verso escrito por mim. Ao menos eu tenho a sinceridade de aborrecer todas as tolices que penso e escrevo. E isto acontece a pouca gente; vá lá mais um bocadinho de *modéstia*... Mas ainda a propósito de versos: perderam-se aqueles, mas depressa se fazem outros. Tenho sempre na cabeça armazenadas algumas dezenas de coisas para impingir aos outros com o rótulo de versos. É isto uma desgraça para o próximo que me atura mas, enfim, lá diz o povo na sua alta e verdadeira filosofia: "Um triste fugir não pode à sina que Deus lhe deu..."

Agora a sério, quero contar-te uma coisa que me enterneceu deveras uma noite destas. Começo como nos romances: O luar caía límpido e claro como água jorrando duma fonte perdida no infinito... Eram 24 da noite... eu sonhava!... Nisto uma voz ergueu-se, uma voz acariciadora, pungente na toada pungentíssima do fado tão querido à alma portuguesa, e cantou, sabes o quê, minha Júlia? Essas minhas despretensiosas quadras que o "Suplemento" publicou, tão pobres, tão ingénuas, tão sentidas, que o povo humilde as acolheu e as canta! — como diz o nosso suave Augusto Gil. Até hoje nem um único elogio me comoveu assim. Tenho-os ouvido vibrantes e enternecidos, lisonjeiros sempre, mas quase sempre amigos e nunca, nunca como este, tiveram o dom de me arrasar os olhos de água. Ficaram, desde essa noite profunda de luar, as minhas pobres quadras sagradas para mim. Cantou-as a boca do povo, beijou--as a boca do povo, e é como se toda a alma rústica e humilde do meu Portugal beijasse com infinito amor a minha, nesses humildes versos, tão pobres... tão ingénuos... tão sentidos...

Beija-te a

Florbela

(6)
Pavia, em 28 de Julho de 1916

Julinha

Eis-me no coração de Portugal. Numa modesta e pequenina aldeia, adormecida e quieta, onde o vento tem vozes humanas ao bater às nossas janelas que olham para o poente, sobre um monte cheio de pios de aves e murmúrios de folhagem amarelecida e triste.

A ribeira corre lá abaixo beijando os pés às casinhas brancas, humildes e pobres, espreguiçando-se ao sol... e àquele sussurro da água, têm maior amplidão os nossos sonhos e mais altas aspirações as nossas almas. As lavadeiras batem as roupas, as flores de eloendro caem com murmúrios abafados na água muito azul, e não sei se serão mais cor-de-rosa as suas pétalas se certas mãos delicadas que, dentro da água, torcendo o linho branco, fazem também lembrar pétalas suavíssimas de alguma grande flor desfolhada. Ao longe, as ruínas dum ninho; mais longe ainda, como um fio de prata, a ribeira correndo... As mulheres daqui são quase todas belas, com corpos perfeitíssimos. A fonte fica em baixo, de forma que é todos os dias uma romaria de risos, de canções, de nomes chamados em voz alta para o conversado ouvir, à tarde, à hora nostálgica em que o mundo se encosta para sonhar, e em que os risos da ribeira se transformam em soluços. Cântaros cheios e elas que sobem aos grupos a ladeira da fonte, são belas assim! Um poeta não as sonharia mais esculturais quando sobem, erectas e agéis, a íngreme estrada bordada a madressilvas... Moças de Jerusalém! Parece-me até reconhecer a Samaritana, naquele grupo de morenas a sorrir, como outrora sorriu a Jesus ao oferecer-lhe a água límpida!... Como eu gostaria de sentir contigo esta paisagem tão suavemente bela como um idílio de Bernardim Ribeiro.

Porque é impossível o teu conselho acerca dos meus "Anseios"? Porque é impossível!... Pois então não vês que é um sonho, uma mentira atroz a liberdade do coração? Não o sentes tu bater, enraivecido e louco, pelo cativeiro? E podes tu, por acaso, soltá-lo? Que irrisão! E se o soltasses, se lhe abrisses de par em par as portas do teu peito, que faria ele em liberdade, pobre leãozito cego?!... Como ele lastimaria o fofo e quente ninho do seu tristíssimo cativeiro! Um coração perdido pela lama do mundo, pelo pó dos atalhos... Que desgraçado coração seria esse! É bem melhor tê-lo como eu digo: "Na paz da tua cela a soluçar..." O que eu tenho que te dizer, coisas que a toda a hora penso, coisas que de instante a instante se sucedem na minha alma, é para te dizer só a ti, para quando num sorriso eu puder contar, hora por hora, os momentos tristes e alegres do meu viver de há vinte e um anos. Contar-te-ei tudo, tudo: dizer-te como tu és injusta quando falas de aborrecimento, de desdém, de indiferença e de tudo quanto a tua cabecita se entretém a devanear. Se me conhecesses bem, não o dirias, não...

Mas que patetice a tua, minha santa! Alma delicada e nervosa, minha pobre sensitiva a quem um beijo da brisa faz mal, tenho medo de te tocar, de leve que seja, para te não magoar as pétalas...

Bem se vê que não amas; bem se vê que não tens amor a ninguém ou, se o tens, que amor infeliz deve ser esse teu que precisa ser gritado nas folhas dum papel a um coração de amiga! Porque tudo, ou quase tudo que a mim me dizes, é um reflexo do amor que arde, que é sonho, ilusão...

....

Fala, fala comigo sempre franca e lealmente. Seja o que for a tua alma, a tua vida, o teu ser, eu serei sempre a mesma que te estima quanto posso e quanto sei estimar-te, que é muito, que é muitíssimo! A respeito dos meus versos agora já não há remédio e, por conseguinte, *De Profundis*. E a respeito do livro, *Requiescat in pace!* Está o epitáfio pronto, e não falemos mais disso. Tenho já versos que chegam para publicar outro que há--de chamar-se *O livro d'Ele*. É um título parvo mas eu gosto;

e tu? Para evitar, porém, perder-se como o outro mandar-te-ei, todos os dias que te escreva, alguma coisa para tu guardares, de forma que terás o meu livro antes de toda a gente. Dir-me-ás de que versos gostas mais, sim? Todo esse livro será um grito de amor onde a minha alma inteira palpita, e será esse o seu único merecimento. Não os mostres a ninguém, porque, como já te disse, são para o livro que hei-de mandar imprimir o mais breve possível. Ninguém ainda os viu. Vai-me dizendo do que gostas mais, sim?

....

Adeus, querida. Todos os beijos da tua

Florbela

P.S. — Já recebeste o meu retrato? Mandei-o dia 26. Recebi agora mesmo um postal teu, com uma bem triste notícia. Diz o mais depressa possível se estás melhorzinha, sim? Estimo-te do coração, e envio-te um grande abraço de imensa saudade.

Escuta...

Escuta, amor, escuta a voz que ao teu ouvido
Te canta uma canção na rua em que morei,
Essa soturna voz há-de contar-te, amigo,
Por essa rua minha os sonhos que sonhei!

Fala d'amor a voz em tom enternecido,
Escuta-a com bondade. O muito que te amei
Anda pairando aí em sonho comovido,
A envolver-te em oiro... Assim s'envolve um rei!

Num nimbo de saudade e doce como a asa,
Recorta-se no céu a minha humilde casa
Onde ficou minh'alma assim como penada...

A arrastar grilhões como um fantasma triste
É dela a voz que fala, é dela a voz que existe
Na rua em que morei! Anda crucificada!

Súplica

A prece que eu murmuro a soluçar
Ao Deus todo bondade e todo amor,
É rezada de rastos no altar
Onde a tristeza reza com a dor!

A minha boca reza-a comovida,
Chora-a meus olhos, beija-a o meu peito,
Sonha-a minh'alma sempre enternecida
Ao ver-te rir, ó meu Amor Perfeito!

Que o Deus do céu atenda a minha prece...
Embora eu saiba nesta desventura
Que Deus só ouve aquele que o merece!

Mas vou pedindo ao Deus de piedade,
Que te conceda anos de ventura
Como dias a mim de inf'licidade!

          Florbela

(7)
Pavia, a 12 de Agosto de 1916

Julita amiga

 Deveras estranhei o teu silêncio de tantos dias, mas achei-o de todo o ponto desculpável, pois agora deves ter bem pouca paciência para aturares seja quem for.
 Eu também tenho andado doente; não me dou nada bem aqui em Pavia, não sei se pelo clima que é dum calor insuportável, talvez o pior do Alentejo, se pela minha extraordinária indolência, pois passo os dias num *dolce farniente* sem me mexer e quase sem dar palavra. Aborreço-me o mais que é possível; até o infinito!...
 Não tenho nada que ler, pois tu compreendes que numa aldeia... isso seria bem descabido, visto que os senhores

lavradores não se ocupam com *bagatelas* e, faltando-me assim uma das razões por que vivo, calcula como me devo aborrecer. Se tu aqui estivesses, como eu gostava! Faríamos excursões nestes campos, que devo confessar, apesar de pouco propensa a admirar paisagens, que são belas, duma beleza um pouco selvagem e por isso mesmo menos cativante mas bem mais sincera. Seríamos enfim dois Tartarin... e isso agradar-me-ia. Vestidos *tailleur*, um livro de belos versos debaixo do braço, um livro que nos fizesse sonhar, um livro que nos fizesse sorrir...

Isto ao sol posto é simplesmente um encanto! Voltaríamos depois, afagadas pelo luar, pelos atalhos cheios de eloendros floridos e tu chorarias talvez, ouvindo alguma canção perdida pelas urzes da montanha inclinada no horizonte como um gigante a sonhar... Olha, sabes, mandei alguns dos meus versos a um dos nossos mais distintos poetas, que é irmão dum amigo íntimo de meu pai. Provavelmente é ele que faz o prefácio do meu livro, apresentando-me ao *respeitável público*, como se diz nos teatros. Ele disse-me muitas coisas e, entre elas, este final da carta que dirigiu ao irmão: "Quanto à filha do Sr. Espanca não se pode dizer que espanque a poesia. Pelo contrário: tem bastante talento e promete. As composições que me enviou não são só verso, são também poesia na sua maior parte. Creio que dará alguma coisa se continuar e se se for purificando dos vícios inerentes aos principiantes". Ora isto é animador, não achas? É mais do que mereço, porque eu conheço-me e sei bem que nunca farei nada melhor. Por não poder? É crível que não, mas porque há em mim uma grande fadiga para tudo, e em frente de tudo, eu digo sempre: para quê?...

Adeus, querida; um beijo da tua

Florbela Espanca da Silva Moutinho

Vai o nome todo, porque é mais pomposo...
Que aborrecimento, Deus do céu! Diz daí coisas bonitas, sim? Beijos e saudades.

(8)
Minha Júlia

Recebi a tua carta, precisamente à hora em que mandava a que te envio junto, para o correio. Como queres tu que eu te console, se eu não sei consolar-me a mim própria? Eu tenho o pudor do sofrimento e não sou capaz de gritar o meu mal a ninguém por maior que seja esse mal; torno-me por isso desconfiada, má e irritante, não sei consolar-me nem consolar ninguém. Como queres tu que eu te console?! Não sei... Só o que te digo é que queria... Olha, não queria nada. Estou hoje num dos tais dias em que nem um santo me pode aturar, que eu afinal não acredito em santos; nunca vi nenhum. Conheço maus, egoístas, estúpidos, velhacos, desgraçados, indiferentes, mas santos não os conheço, e creio bem que não é espécie oriunda desta terra. Se conheceres algum, manda-mo para cá, minha Júlia, que eu dou-lhe cama e mesa e 5.000 rs. por mês. Já é um bom ordenado mesmo para um santo, não achas?

É diferente a impressão que nos produzem os livros tristes; a ti entristecem-te e a mim alegram-me. Para os verdadeiros desgraçados, é sempre motivo de felicidade a desgraça dos outros; só os livros alegres e cheios de vida e de sol é que me entristecem, como tudo que é feliz. Eu odeio os felizes, sabes? Odeio-os do fundo da minha alma, tenho por eles o desprezo e o horror que se tem por um réptil que dorme sossegadamente. Eu não sou feliz mas nem ao menos te sei dizer por quê. Nasci num berço de rendas rodeada de afectos, cresci despreocupada e feliz, rindo de tudo, contente da vida que não conhecia, e de repente, amiga, no alvorecer dos meus 16 anos, compreendi muita coisa que até ali não tinha compreendido e parece-me que desde esse instante cá dentro se fez noite. Fizeram-se ruínas todas as minhas ilusões, e, como todos os corações verdadeiramente sinceros e meigos, despedaçou-se o meu para sempre. Podiam hoje sentar-me num trono, canonizar-me, dar-me tudo quanto na vida representa para todos a felicidade, que eu não me sentiria mais feliz do que sou hoje. Falta-me o meu castelo cheio de sol entrelaçado de madressilvas em flor; falta-me tudo que eu tinha dantes e que eu nem sei dizer-te o que era... É esta a história da minha tristeza. História banal como quase toda a história dos tristes. Mesmo que a quisessem pôr em romance, não dava para duas páginas; para folhetim também não serve porque lhe falta o enredo, serve só para te maçar, minha querida, não é verdade? Tu ainda tens medo dos livros que te fazem chorar... Pois, olha, dizem que a felicidade dos tristes são as lágrimas; eu creio-o bem... Peço-te uma coisa: não duvides nunca de mim porque me ofendes; se me conhecesses, saberias que sou tão capaz de dizer "estimo-te" como "aborreço-te" ou "és-me completamente indiferente". No dia em que eu te disser que me és indiferente, podes acreditar que és; agora que te digo que te estimo, podes crer, porque é verdade. Não é digno de ti nem de mim o duvidar, e eu serei tudo menos hipócrita. Agora outro assunto: quando tiveres comprado o teu álbum, terei imenso prazer em escrever nele todas as tolices que eu tenho postas em verso; mas consente que eu lastime profundamente as páginas do teu lindo álbum.

Se tu soubesses como são raras as pessoas que eu estimo!... Chamares-me anjo de bondade é troçares de mim, ou vontade de fazer literatura. Eu não sou boa nem quero sê-lo, contento--me em desprezar quase todos, odiar alguns, estimar raros e amar um.

Aqui tens tu toda a bondade do teu *anjo*.

Agradeço-te os grupos que me enviaste; só num é que te encontro bem; nos outros não gosto de te ver; agora com respeito ao meu, é para aí qualquer coisa parecida comigo: desastrado e imperfeito! Adeus. Crê sempre na que é muito tua do coração

Florbela

(9)
Pavia, a 22 de Agosto de 1916

Minha Júlia

Escrevo-te para responder à tua cartinha, e ao mesmo tempo para te dar a minha nova direcção. Ando como o vagabundo "de terra em terra a cantar" e tantas vezes a chorar!... Bom; mas a minha nova direcção a partir do dia 26 deste mês é: Rua da Corredoura — Vila Viçosa. Chego lá dia 27, no comboio da noite; seria possível dia 28 ter lá já uma cartinha tua? Escrever-te, ler alguma coisa, passear pouco, são os meus únicos divertimentos aqui, e em Vila Viçosa exactamente o mesmo... Eu não sou em muitas coisas, nada mulher; pouco de feminino tenho em quase todas as distracções da minha vida. Todas as ninharias pueris em que as mulheres se comprazem, toda a fina gentileza duns trabalhos em seda e oiro, as rendas, os bordados, a pintura, tudo isso que eu admiro e adoro em todas as mãos de mulher, não se dão bem nas minhas, apenas talhadas para folhear livros que são verdadeiramente os meus mais queridos amigos e os meus inseparáveis companheiros. Zango-me comigo própria, tento fazer qualquer coisa, mas a leveza aérea das sedas, a fluidez ideal das rendas, fazem tremer-me as mãos que não tremem nunca ao folhear os livros que mais fatigam toda a gente, irritam-me e maçam-me a um ponto que tenho de atirar com aquilo tudo para outro regaço mais de mulher, mais cariciante, mais doce e com todas as carícias e doçuras que o meu não teve, não tem e não terá nunca. Que desconsolo ser assim, minha Júlia! Ter apenas paciência para penetrar os arcanos duma alma que se fecha nas páginas dum livro; ter apenas gosto em chorar com António Nobre, pensar com Víctor Hugo, troçar com Fialho de Almeida e rir suavemente, deliciosamente, com uma pontinha de ironia onde às vezes há lágrimas, com Júlio Dantas! Eu não devia ser assim, não é verdade? Mas sou... Tive os melhores professores de tudo na capital do Alentejo (que se são melhores não são bons), de bordados, de pintura, de música, de canto, e afinal sou uma eterna curiosa de livros e alfarrábios, e mais nada. E pensando bem, minha querida, não há tudo isso nos meus livros? Música e canto, bordados e rendas... que delícia e que finura em certos versos... que encanto e que magia em certas frases!... Palpo esses bordados, essa maciez de cetins, beijo esses pontos delicados, essa espuma de rendas, essas brancuras ténues, esses negros chorosos e trágicos, e acho-os melhores, convenço-me que valem mais que os mais valiosos trabalhos em que mãos de princesas descansassem. E muitas vezes surpreendo-me a sorrir com um pouco de ironia e de piedade por todas essas belas coisas, coisas de mulheres tão finas e tão leves como a leviandade... Oh! perdoa-me, minha Júlia, ia naturalmente ser insolente para contigo, que deves de certo ser uma fada dessas que bordam lírios em telas finas, como eu bordo saudades na tela roxa de lágrimas do meu destino! Mas a propósito de livros, agradeço-te muito a tua gentilíssima oferta, que aceito no que diz respeito a esse livro de Virgínia Águas. Não conheço o livro nem sequer a poetisa. Os outros livros li-os e estimo-os pelo que valem. Quem não conhece em Portugal todos os livros de Correia de Oliveira? Manda-me então, logo que te seja possível, para V. Viçosa, esse livro, sim? Eu agora tenho lido *Os Gatos*, do Fialho. Conheces? Eu nem mesmo sei descrever-te o que sinto a respeito dessa prosa tão lapidada como o mais raro diamante que esmalte a coroa de um Deus! Se não leste, lê... e extasia-te, e ri com ele, e enraivece-te com ele, e aprende a amar o simples e o complicado, o bom e o mau que há naquele peito heroico de lutador antigo.

Versos meus?... Há imenso tempo que não faço nada e que nem sequer me lembro que também faço versos... Estou na muda, minha querida, o pássaro agora não canta. Olha, mando-te uns para o meu livro e que o meu poeta Raul Proença — conheces? — acha belos:

Rústica

Eu q'ria ser camponesa...
Ir esperar-te à tardinha,
Quando é doce a Natureza
No silêncio da devesa
E só voltar à noitinha...

Levar o cântaro à fonte,
Deixá-lo devagarinho...
E correndo pela ponte,
Que fica detrás do monte,
Ir encontrar-te sozinho...

E depois quando o luar
Andasse pelas estradas,
D'olhos cheios do teu olhar
Eu voltaria a sonhar
Plos caminhos, de mãos dadas!

E depois, se toda a gente
Perguntasse: "Que encarnada
Rapariga! Estás doente?"
Eu diria: "É do poente
Que assim me fez encarnada!"

E fitando ao longe a ponte,
Com o meu olhar cheio do teu,
Diria a sorrir prò monte:
"O cant'ro ficou na fonte
Mas os beijos trouxe-os eu..."

Gostas? Um abraço da tua

            Bela

(10)
Évora, em 21 de Outubro de 1916

 Minha linda Julinha

 Cá tenho hoje um desses bocadinhos que, como de costume, te vou consagrar, porque nada me parece mais digno da minha atenção do que tu, nada me merece maior consideração do que o teu carácter, e nada me é mais agradável do que falar contigo estes bocaditos numa doce intimidade de irmãs a que tu me habituaste. Prouvera a Deus que eu não tivesse que te falar assim, prouvera a Deus que eu pudesse falar-te com as minhas mãos nas tuas e com os meus olhos nos teus. Dir-te-ia então tudo, confessar-te-ia então todos os meus pensamentos, todos os meus defeitos, todas as minhas loucuras; e verias então, querida, que eu não sou positivamente a criatura de eleição que tu julgas, essa criatura superior a todos que tens encontrado na vida. Tenho talvez mais do que ninguém defeitos, sou talvez mais do que ninguém indigna de ser considerada a única mulher que te mereça as confidências e as revelações desses tesouros que acumulas na tua alma.

A respeito de cultura intelectual, minha Júlia, que modéstia a tua a teu respeito! E que exagero a meu respeito! Sou uma criatura vulgarmente educada, vulgarmente inteligente e vulgarmente cultivada; tudo vulgar, querida, tudo! Se eu estivesse junto de ti, num ano faria passar para ti todos os meus modestos, modestíssimos conhecimentos; e com que prazer! Comungar contigo em todos os altares, no da ciência, no da confiança, no da amizade! Como eu gostava! Falávamos inglês, francês, estudávamos juntas o italiano de que eu gosto tanto! Havíamos de ler as duas juntas os nossos poetas queridos. Eu havia de ensinar-te a amar o mais suave de todos: o meu poeta da Saudade, o meu triste António Nobre! Ele tem versos que nos entram na alma, ritmos e harmonias que ficam fazendo parte do nosso ser íntimo.

Olha, sabes, eu hoje estou triste! Estou a escrever-te e ao meu lado está um rapaz, um estudante de alma luminosa e boa como todos os novos, como todos os estudantes, tocando guitarra. E o fado que ele toca faz desfilar perante mim saudades não sei de quando, desejos não sei de quê. Que magia terá um fado?! Que poder! O que ele nos diz, o que ele nos tenta! Muito fracas e desgraçadas são as nossas almas de mulher, não são, Júlia? Que força temos nós? Que poder? Verdadeiras folhas de Outono que o vento arrasta! Amarelecidas folhas que todos pisam aos pés! Minha pobre Júlia, como eu neste instante tenho dó de todas! Que dores ignoradas, que soluços afogados na garganta, que estertores, que raivas heroicas, que desesperos cheios de fel!

Perseguidoras de sonhos que como as borboletas nos fogem, eternas cegas que tudo veem, pobres doidas que riem na desgraça, rugimos de dor às vezes como os leões no mais profundo do covil... E o covil é tão fundo, tão fundo que todos passam... e não ouvem... Que heroínas nós somos às vezes! E que covardes! Serão estas eternas e fundas contradições o que faz da nossa alma o farrapo que se torce, que se suja e que se rasga?...

Esmagam-nos e nós rimos; fazem-nos desgraçadas, e nós cantamos! Mas que risos... mas que canções! Risos que são lágrimas, canções que são soluços... e os olhos húmidos são para o mundo olhos que falam de amor, e as bocas contraídas são para todos, bocas que riem às gargalhadas! E assim se escreve a história... e assim decorre a vida... Deve ser tão bom ser alegre, ser feliz, não é verdade? Ter a alma quente como o estofo de um ninho, ser pequenino em tudo até nos desejos, que bom deve ser, não deve? Os corações pequeninos, os modestos, são sempre tão bondosos, tão quentes! O meu anda à solta, tão grande, tão ambicioso, tem sempre frio, está sempre só... Ninguém sabe andar com ele! E nota, minha Júlia, que eu não sou como muitas mulheres que querem ser tristes, que só se encontram bem na solidão, que procuram a paz, o silêncio e a indiferença de todos; que cultivam no peito com extremos de amor todas as saudades, que acariciam e albergam todas as dores! Eu não, eu expulso, desesperada, todas as lágrimas, eu procuro aquecer-me a todos os risos, comprimo sempre o coração para o fazer pequenino, estendo os ouvidos a todas as canções, olho ao longe, de olhos muito abertos, todos os céus.

E é sempre em vão! E os risos calam-se quando eu quero ouvir, e os meus pobres olhos tristes cegam-se a todas as claridades. Mas agito sempre os guizos, faço sempre barulho, um barulho infernal cheio de vida, de alegria, imito todos os risos e cá dentro é noite... e cumprimentam-me todos pelo meu génio alegre e "divertido"... Tem graça, pois não tem, minha Júlia? Se soubessem como sou hipócrita! Que horror todos teriam de mim! Assim sou... muito sincera, de uma franqueza que chega muitas vezes à brutalidade (dizem os que me conhecem muito bem) e sou... extremamente alegre, não há tristezas que me cheguem nem venturas que me fujam!

Adeus. Tua

Bela

(11)
Évora, a 20-12-1916

Minha boa Júlia

Recebi ontem um lindo postal teu e acuso ao mesmo tempo a recepção duma cartinha, desanimada e louca, que me fez muita pena e ao mesmo tempo muita vontade de te ralhar por seres assim tão pouco corajosa. Julgaste a vida boa demais, ela que é tudo quanto há de pior, minha querida, e eis porque não a sabes sofrer. E se exageraste a felicidade como exageras agora a infelicidade, nem dantes nem agora tens razão porque, como diz o ditado: o diabo não é tão feio como o pintam.

O trabalho para mim é um supremo e doce remédio. Tenho todas as horas ocupadas, não tendo um instante de meu para pensar que a vida é má e estúpida. E tu? O que fazes? Trabalhas, também, não é verdade? A minha vida está cheia de afazeres: hoje, por exemplo, vou contar-te o que tenho feito. Levantei-me às 8 h. da manhã (isto para uma lisboeta é um milagre do bom Deus, não é verdade? Mas para nós, provincianazinhas burguesas, isto é vulgar e chama-se mesmo até um bocadinho de preguiça!). Em seguida almocei! (outro milagre). Às 10 horas da manhã, fui ao liceu ouvir uma aula de História pois, como sabes, estou tirando o 7º ano de letras. Às 11 h., dei, no meu colégio onde estou, uma aula de Inglês à 3ª classe. Às 12 h., fui de novo ao liceu ouvir uma aula de Inglês. À 1 h., dei no colégio uma aula de Francês e, às 2 h., dei uma aula de História que durou até às 3 h. da tarde. Às 4 h., jantei; agora, como uma sobremesa muito espiritual, delicada e boa, estou escrevendo à minha Julinha. Às 5 h., tenho uma explicação de Inglês que dura até a noite e, em seguida, venho para casa estudar as minhas lições até a hora de tomar chá.

Já vês que insano trabalho o meu, e que maçadas apanho todos os dias nesta faina que nunca mais acaba. E é o que me vale! Além disso ando doente, o que é também às vezes um entretenimento menos mau. O médico faz-me passar torturas com um tratamento maçador em extremo. Até sou vegetariana!! Calcula que coisa tão estúpida e tão ridícula! A vida é parva, parva e mais que parva. Não te parece?

    Agora outro assunto, e este mais alegre: o que se usa agora aí para nos fazer bonitas? Eu não sei nada, pois apesar de Évora ser a quarta cidade de Portugal, nessa matéria é como se fosse a Tasmânia. Em blusas e calçado, principalmente, é que eu gostava de saber o que se usa, pois tenho de comprar.

    Há muitas violetas? Por cá nem isso! Tenho tantas saudades de violetas!... Principalmente daquelas muito grandes que cheiram muito bem... Pequeninos sonhos, roxas de lágrimas, pequeninas quimeras que se desfazem num doce perfume todo alma! Quando as vires e as cheirares, pensa um pouco na tua do coração, cada vez mais amiguinha

                                                Bela

(12)
Évora, em 5 de Abril de 1917

    Minha boa Julinha

    Da cama onde me encontro doente te escrevo a carta prometida há uma eternidade, carta que para ti já é uma espécie de D. Sebastião chegando numa manhã de nevoeiro. Mas enfim... mais feliz ou infeliz que os sebastianistas, tu verás chegar, e talvez numa manhã de sol, o "Desejado" que aqui é a "Desejada". Mas basta de preâmbulos e vamos ao caso: de há um certo tempo para cá tenho sentido sobre mim o peso dum mau-olhado que me tem feito padecer tudo quanto humanamente se pode sofrer sem descrer do céu e da terra.

    Sofrimentos físicos desprezados pelos poetas e pelos santos, divinos espiritualistas para quem a carne é nada, mas a quem os materialistas grosseiros e práticos como esta tua criada ligam uma importância primária e capital, têm-me prendido à cama quase todo o inconstante mês de Março, que só para mim teve a gentilíssima constância de me deixar ver os seus esplendores primaveris apenas através dos vidros da minha janela. Dá para um quintal essa janela, e da cama eu vejo surgir todas as manhãs, e desaparecer todas as noites, três cúpulas de árvores que têm sido todo o meu mundo nestes tristíssimos dias. São duas laranjeiras e um pessegueiro coberto de flores. Tu não imaginas o enternecimento com que eu vejo aquelas floritas cor-de-rosa tão suaves, tão pequeninas, tão humildes, abrir os cálices num bendito gesto de resignação à cobiça ardente e azougada das abelhas que todo o dia lhe zumbem madrigais em volta. As laranjeiras também no fim do dia oferecem um espectáculo tão gracioso e comovente, que eu não seria capaz de trocar aqui o meu incómodo lugar de espectadora, por um cómodo *fauteuil* no República numa noite de *première*. Olha, não imaginas: as laranjeiras transformam-se em sumptuosos palácios com grandes salas, varandas rendilhadas, estufas delicadas e tudo quanto o mundo tem de belo. E os habitantes, que te direi eu dos habitantes?! Quando eles voltam à noite da faina dum dia cheio de visitas, de prazeres, de risos, vêm um pouco cansados mas riem ainda às gargalhadas. O sol poente ilumina-lhes as salas num deslumbramento feérico, e então começam as conversas, os sorrisos, *os flirtes*; as cabecitas delas volvem-se para a direita, para a esquerda, sorrindo a este, olhando aquele...

Às vezes há barulho, explicações, zangas, mas não há dúvida, é um instante... não há ali ninguém de reservas.... Depois são horas de dormir, as luzes apagam-se, ciciam-se as boas-noites num murmúrio apagado, e dali a pouco o luar ilumina mansamente os palácios numa apoteose de sonho. Mas aqui para nós, e muito em segredo: nas varandas românticas e rendilhadas, as Julietas murmuram beijos... Oh! Mas juro--te que é tudo muito inocente! As Julietas não têm crimes a confessar às mamãs, nem os Romeus são chamados à polícia correccional.

Perdoa-me, minha querida Júlia, ter-me intrometido tanto nas vidas dos meus adoráveis vizinhos que me não ligam absolutamente nenhuma importância, mas sirva-me de desculpa o eu não ter nada que fazer e, como sabes, a ociosidade é a mãe da maledicência, da calúnia e da intriga, coisas a que eu já não sei se hei-de chamar vícios se virtudes, tão habituada estou a vê-los morar em lábios tidos como santos por este mundo que é com certeza o melhor dos mundos possíveis e imagináveis.

E agora que vou terminar o meu memorial, peço-te para não duvidares de mim embora eu tudo faça para isso, sim?

Há sempre coisas e mais coisas que impedem coisas, não é assim? Não se esquecem pessoas que como tu nos deram um dia o inolvidável prazer, um pouco vaidoso, confesso, de me sentir compreendida e estimada ao menos intelectualmente. Depois de ti, muita coisa assim lisonjeira me têm dito. Até já um jornal me chamou *ilustre poetisa*, calcula tu. Já não seria mau merecer o *poetisa* quanto mais o *ilustre*. E nem sequer adivinham que eu lhes chamo parvos...

Adeus, minha Júlia, um beijo cheio de saudades da tua

Bela

(13)
Exmo Sr. Proença

Quelfes, em 7 de Maio de 1918

Recebi há dias uma sua carta, não tendo até hoje recebido a que diz ter-me escrito primeiro. Tinha um grande interesse em descobrir-lhe o paradeiro, principalmente para lhe evitar o incómodo de me tornar a escrever outra com o mesmo assunto. Estou bastante desanimada com o que me diz dos meus versos. Estou a ver que decididamente nada farei com jeito, se bem que eu nunca tivesse a vaidosa pretensão de escrever obras--primas... Afinal, absolutamente nenhum soneto lhe pareceu bom? Quais e quantos são os absolutamente razoáveis? Não posso falar com V. Ex.ª, como tanto desejava, porque estou no Algarve tratando-me duma doença dalguma gravidade, e não voltarei a Évora ou a Lisboa tão cedo. Peço me responda logo que lhe seja possível, dizendo quais são, se alguns há, os bons sonetos dos trinta e cinco que enviei. Peço me perdoe a minha milésima impertinência.

>Creia-me sempre
>Att.ª e obrg.ª
>Florbela Moutinho

Mais triste

É triste, diz a gente, a vastidão
Do Mar imenso! E aquela voz fatal
Com que ele fala, agita o nosso mal!...
E a Noite é triste como a Extrema-Unção.

É triste e dilacera o coração
Um poente do nosso Portugal!
E não veem que eu sou... eu... afinal,
A coisa mais magoada das que o são!

Poentes d'agonia tenho-os eu
Dentro de mim, e tudo quanto é meu
É um triste poente d'amargura!

E a vastidão do Mar, toda essa água
Trago-a dentro de mim num mar de Mágoa!
E a Noite sou eu própria, a Noite escura!

>Florbela

Gosta deste?

Castelã

Altiva e couraçada de desdém
Vivo sozinha em meu castelo, a Dor...
Debruço-me às ameias ao sol-pôr
E ponho-me a cismar não sei em quem!

Castelã da Tristeza, vês alguém?!...
— E o meu olhar é interrogador...

E rio e choro! É sempre o mesmo horror
E nunca, nunca vi passar ninguém!

— Castelã da Tristeza, porque choras,
Lendo toda de branco um livro d'horas
À sombra rendilhada dos vitrais?...

Castelã da Tristeza, é bem verdade,
Que a tragédia infinita é a Saudade!
Que a tragédia infinita é *Nunca Mais!!*

       Florbela Moutinho

São os meus últimos sonetos. Gosta?

       Sempre afectuosa e obg^a
       Florbela Moutinho
       Quelfes (Olhão)

(14)
Vila Viçosa, 5-1-1920

 Amigo meu

Recebi a carta e o jornal. Obrigado. O vagabundo postal continua a correr as estradas...
Não respondi há mais dias à sua carta porque tenho estado de cama, doente. As tardes têm-me trazido uma ligeira febre e tenho tido grandes dores de cabeça, irritantes e, por vezes, intoleráveis.
Segundo rezam as crónicas, eu já sou um pouco doida, imagine como ficarei depois disto!... Só hoje me levantei um pouco. Logo pela manhã muito vaidosamente pedi um espelho para me ver. Fiquei contente: muito pálida, com a boca muito pálida, com umas grandes olheiras roxas, a cabeça envolvida com ligaduras brancas, eu era mesmo... mesmo... adivinhe quem? Pois era mesmo... mesmo... Sóror Saudade!

E, como uma escandalosa trança preta aparecia a perturbar um pouco a grave religiosidade da minha pessoa, pedi que a escondessem bem. As monjas têm o cabelo cortado, pois não têm? Riram-se da minha infantilidade e talvez me chamassem doida, mas eu fiquei contente porque então é que eu era mesmo, mesmo igual a Sóror Saudade. E olhe que eu estava muito interessante! Faça favor de não rir assim com esse riso impertinente! Eu bem sei que V. não acha interessantes as pessoas pálidas, como eu, mas bem sabe que pelas nossas charnecas, felizmente, ainda não se vende carmim...

Que pena eu tive por ver o seu lindo soneto estragado! Antes tivesse sido o meu. Ninguém seria capaz de o tornar pior, por muito mal que lhe fizessem. Eu quero mais, muito mais aos seus versos do que aos meus. E há tanto tempo já que eu lhes quero. Lembro-me, como se fosse hoje, do dia, da hora em que li pela primeira vez os seus versos.

Eu queria que V. visse, que estivesse a ver, realmente, com os seus olhos, tudo o que me cercava, quando eu os li; queria que visse a casinha de jantar modesta e alegre: muitas flores por toda a parte, aqui e além panos bordados: três ou quatro coisinhas de prata quase sem valor, um cinzeiro de loiça da China, lindo e precioso como uma joia cara e a um canto, junto a uma janela onde, fechado, descansava o seu livro entre as poesias de Verlaine e o último romance de Coulevain. Eu chegara de um baile, cansada, sonolenta. Eram 4 horas da manhã. Toda a gente tinha ido dormir e eu fiquei ainda, sonolenta, cansada, a olhar a noite, a pensar não sei em quê...

Dei com o seu livro, que tinham trazido na minha ausência; folheei-o interessada, rapidamente; depois sentei-me junto da janela e li-o, li-o, li-o todo, duas ou três vezes, já sem sono, já sem cansaço.

A perturbar-me, florescia no meu peito, num grande riso aberto, um ramo de cravos brancos. Fechavam-se no céu escuro os olhos das estrelas. Eram 5 horas da manhã. O meu cão, um lindo *Irish-Setter*, olhava-me, admirado.

V. não tem notado uma coisa interessante? Eu estou sempre vestida de verde ou de roxo nos dias em que o encontro.

Pois nessa noite, ainda lembro-me muito bem — eu tinha um vestido verde todo coberto de rendas prateadas. O meu vestido não era, certamente, um *Redfern* ou o último modelo de *Worth*...

Eu era apenas, naquela noite, um regatozito ao luar... Tinham murchado no meu peito os cravos brancos. Veio-me uma profunda ansiedade, uma grande vontade de ser feliz, de fazer feliz toda a gente e, numa grande ternura, lembro-me de ter abraçado docemente a linda cabeça fulva do meu cão.

O seu livro dormia outra vez fechado entre as poesias de Verlaine e o último romance de Coulevain e eu, que há tanto me buscava, tinha-me encontrado, enfim!

Do seu livro veio o meu livro.

Obrigado, Amigo meu!

Agora, e antes de mais nada, deixe que eu lhe peça humildemente perdão da gafe tremenda daquela tarde do Viana da Mota. Lembra-se? Falava-se de F. C. Com um grande entusiasmo, descreveu-ma muito interessante e falou-me quase com enternecimento da graça da sua linda mocidade, dos seus lindos 19 anos. E eu que nada compreendi! Se eu lhe disse, porém, que ela não era bonita nem elegante, foi pelo que toda a gente me tinha dito. Como se uma mulher para agradar precisasse de ser uma escultura! Meu Deus, como eu às vezes sou estúpida! E creia, meu Amigo, que eu de forma alguma antipatizo com ela. Foi tão gentil para mim que, sem a conhecer, merece-me toda a simpatia.

O que é certo é que eu não podia adivinhar que naquela fria tarde chuvosa o seu coração andava aconchegado por um lindo idílio cheio de sol...

Há poucos dias é que alguém, por acaso, me falou do seu grande amor por ela. V., afinal, podia ter sido para mim um pouco mais franco... Lembra-se de me ter dito uma tarde, falando-me da mulher que havia de amar e que ainda não encontrara na vida: "Sinto-a perto de mim". Tão perto de si a tinha, que já lhe queria bastante para nada a sua boca dizer, mesmo à sua irmã, mesmo a Sóror Saudade!...

Fez mal. Enfim, que ela realize todos os seus sonhos, que ela saiba ser também a irmã e às vezes quase mãe. Não deixe fugir a ventura e, já que a encontrou, guarde-a bem. Olhe que a única maneira de na vida ser feliz, principalmente os seres como V. de uma grande sensibilidade, de uma extraordinária imaginação, a única maneira é construir-se um lar bem doce, bem cheio de luz onde, longe do mundo, se possa amar, se possa trabalhar, se possa viver.

Lá dentro, a vida é boa! Lá fora, o vento, irmão gémeo de Chopin, pode fazer soluçar a todos os seus violinos as notas estranhas dos nocturnos que em noites de insónia compõe.

Que importa? É decerto da minha opinião, visto que se diz igual a mim. Eu não conheço a F. C.. Não sei se ela é mulher para si. Deve ser difícil agradar-lhe, compreendê-lo. É preciso, talvez, muita inteligência, um tacto perfeito, uma grande educação e uma grande doçura de todos os dias. Ela deve ter tudo isto, visto V. a ter escolhido. Perdoe-me falar tanto de coisas de que V. nunca me quis falar, não sei por quê... E também lhe digo que nós não somos nada, mesmo nada parecidos. Em si há dois seres bem diferentes; um que eu admiro, que eu estimo, que compreendo, que conheço; outro que me assusta, de quem eu quase tenho medo, que eu não conheço, que eu não sou capaz de compreender. Já que no seu caminho encontrou a Ventura, Américo, seja bom, não minta nunca, não faça sofrer ninguém, não?

V. agora não tem razão nenhuma para querer mal à vida que lhe deu o que há de melhor, não tem razão para ser mentiroso, para ser dissimulado e mau, e todas as coisas feias que um dia me disse ser.

Já não é, pois não? Enquanto a mim e às minhas recordações, deixe-me dizer-lhe e pela última vez, sim?, que eu não tenho recordações. Ninguém guarda lembranças do que profundamente despreza. Nunca mais falaremos disto, quer? Que estas palavras bastem: sofri porque não sou leviana nem fútil. Para me salvar, meu amigo, imitei a célebre frase de Danton: para salvar a França ele gritou bem alto "Audácia, audácia..." e mais audácia?! Não me lembro de mais nada. Nunca mais falaremos disto, quer? Eu não tenho nada, nada, nada a prender-me, no passado como no presente. É verdade que nós vamos ser amigos, muito amigos os dois? É verdade que nós o somos já? Não acredito. V. não vê que eu não posso acreditar? É como se estendesse para mim, neste áspero Janeiro, misericordiosamente, um braçado enorme de esplêndidos lilases brancos, iguais aos que Abril nos traz. Sóror Saudade olha-os de longe, sorri tristemente, comovidamente, perturba-se de leve e diz que não aceita, que não quer os seus esplêndidos lilases brancos. Sóror Saudade só acredita em flores roxas e diz que tem medo que os lindos lilases brancos se desfolhem em neve ao sentir a neve das suas mãos. Depois, elas ficariam ainda mais frias e mais pálidas. E na verdade, V. deve juntá-las às rosas vermelhas que são da F. C.. Diz bem na loucura de um grande amor a pureza de uma ternura amiga e um homem deve sempre, e primeiro que tudo, fazer da mulher amada a sua maior e melhor amiga.

V., então, não se sente bem nessa linda Lisboa. Inveja-me a serenidade que eu gozo aqui. Mas quem lhe disse que eu gozava aqui a mais leve calma? Este contraste mortal do imenso, da fria serenidade destas planícies infinitas, destes dias tristes, com a minha alma tão pequenina, tão cheia de ternura, tão cheia de aconchegada e tépida ternura dos sonhos bons, irrita-me, enerva-me mais ainda que o bulício dessa Lisboa "sempre a mesma, sempre secante, sempre Lisboa..."

Urso! não se esqueça de prevenir a mulher com quem casar dos seus lindos gostos rústicos. Ela, se não for pele-vermelha ou súbdita de Gungunhana, afoga-se mas não casa, não casa porque tem medo de vir parar ao Alentejo, à calma doçura do monte... Apre!... Isto é tudo muito lindo! Num dia como hoje, por exemplo: a chuva cai, diz coisas sonolentas, coisas tristes, num ar vagamente sonâmbulo de quem já não sofre, num ar morno de suprema lassidão, de suprema renúncia, como quem se resigna a todas as misérias, como quem se resigna a todas as cobardias.

Parece que a chuva diz rezas, rezas frias, murmuradas por lábios frios num frio claustro de convento.

Parece que a chuva fria fala num delírio incessante, febrilmente vago, num salmear inconsciente, como quem vai morrer. Eu não sei se V. tem sentido a nostalgia destes dias assim, mas eles evocam em mim a tragédia das almas que se calam, das que já se não queixam, das almas galvanizadas na angustiosa tormenta de impossíveis sonhados um dia e nunca realizados.

Quando nesses dias eu olho as planícies vastas, tenho medo de ver, insensivelmente, transformar-se o meu olhar no olhar

espectralmente parado das estátuas. Então agito-me, sacudo-
-me, falo alto, canto como as crianças que têm medo das
sombras imóveis das árvores numa estrada deserta. Tudo é
grande, tudo parece fugir, fugir sempre ao longe, como aqueles
fantásticos castelos de brumas, onde ninguém chegava nunca
— a chuva continua a dizer sempre a mesma coisa, a embalar
o tempo que adormeceu agora...

No meu jardim, o vento sacode as rosas e o frágil veludo
das pétalas todo se dobra em crispações de cor.

As baunilhas, muito roxas, inclinam-se a chorar pequeninas
lágrimas ténues que eu adivinho entre a seda verde das folhas.

Não sei se o vento fustiga as rosas ou se as abraça. As mãos
brutais são muitas vezes as que melhor acariciam. No jardim
vizinho, um cedro enorme baloiça ao vento a cabeleira escura.
Árvore de cemitérios, parece lamentar neste dia triste não sentir
as raízes viver de encontro ao coração dos mortos!...

Isto é tudo muito lindo! Na minha janela, as mãos
estranhamente puras da chuva, mãos que só elas são toda a
beleza e toda a arte, traçam imperceptivelmente complicados
símbolos.

Pareceu-me ver agora as mãos da chuva traçarem um
gesto cheio de ritmo e harmonia, esculturalmente perfeitos
os seus versos onde soluça o meu nome: Sóror Saudade...
Sóror Saudade!... Mas, afinal, eu passei o dia a escrever-lhe!
Escandalosa coisa!... Quero em troca uma carta tão grande
como esta, mesmo do tamanho desta, tal qual, tal qual, ouviu?

Quero uma carta grande como um romance em 20
volumes, como o *Rocambole*, por exemplo. Meu irmão há
dias que aí está. Andou por cá numa corrida de velocidade
com as perdizes e as lebres através de montes e vales. Muito
azar tem o pobre rapaz com semelhantes bichos! Eu posso
estar descansada, as perdizes atrás das sebes, em risinhos
impertinentes podem à vontade fazer traça da elegância *smart*
do seu fato de caçador, e as sacerdotisas da planície podem
gravemente oficiar nos seus vastos templos. As balas passam
longe! Eu julgo que ele tem mais sorte com as raparigas, não
lhe parece? Quanto à sua visita, que hei-de eu fazer? Inclino-
-me também perante o feroz dragão que guarda o palácio. E
a princesa? Já lá não está?

Envio-lhe o meu último soneto. Juro-lhe que V. tem razão em preferir os da... por todas as razões além daquela que eu sei apenas há dias... Por que não mo disse V.? Não falemos mais nisso. Escreva muito. Olhe que eu já lhe disse como queria a carta: — pouco mais ou menos como os *Mistérios de Paris*, mas sem mistérios.

E visto que me tem dentro do envelope lilás, guarde-me bem, como se eu fosse uma pequenina violeta a murchar dentro de um livro de versos de um poeta já morto. Não diga a ninguém que me tem lá, não?

O ano de 1920 há-de ser para mim um rosal florido, acredito, mas florido de espinhos, de muitos espinhos. As rosas são talvez iguais àquelas de que falava o poeta:

> "Elle était de ce monde ou les plus belles choses
> Ont le pire destin
> Et, Rose, elle a vécu ce que vivent les roses
> L'espace du matin."

Alors, adieu, mon Ami très cher.
De tout mon coeur, votre petite amie

Florbela

(15)
Vila Viçosa, 15-1-920

Augusto d'Esaguy

Sóror Vitral recebeu a sua carta numa nevoenta madrugada toda envolta em brumas, melancólica e ascéptica, num triste alvorecer de um dia sombrio como um anoitecer de Outubro. Sóror Virtral tinha chegado de um baile! No seu vestido de noite, simples como um hábito, havia tons cinzentos de madrugadas pálidas, e a sua carta era também a madrugada tristíssima de um tristíssimo sonho que nunca teve anoitecer. Bem haja pela confidência dolorosa que pôs nas minhas mãos e que tão suavemente as tocou, como se nelas tivesse desfolhado saudades. É linda a história que me contou; e tão linda que Sóror Vitral a poisou docemente, como quem amortalhasse rosas, na mais branca e triste cela do seu convento, na cela onde ela guarda outras coisas lindas, magnificamente lindas, intangíveis como sonhos, perfeitas como impossíveis quimeras, outras coisas que nenhuns olhos veem e que só as suas mãos tocam, religiosamente, nos crepúsculos tristes, quando os crisântemos se desfolham e as primeiras violetas abrem os olhos macerados. Obrigada pela linda joia que fica sendo a mais linda de todas as minhas joias.

A minha carta é injusta?... A minha carta é injusta, por quê? Porque a sua me magoou, porque lho disse com esta simples franqueza, que é um dos meus grandes defeitos? — Como a adivinharia eu? Como achar a sua profundíssima alma de artista, a pobre alma louca igual à minha, sob essoutra alma que eu estava habituada a olhar nos seus olhos escuros sem uma sombra, na sua boca irónica de sorriso impertinente, no seu perfil tão português, de rapaz da moda que passeia na Rua do Ouro e que faz o *flirt*... nos carros eléctricos... Aqui, Você tem um dos tais irritantes sorrisos que tanto me enervavam, dantes, quando eu o não conhecia como o conheço agora. Perdoe-me o péssimo conceito que de si fazia uma mulher que o não tinha visto ainda. Não podemos nem devemos conceber a personalidade moral duma criatura pelos livros que essa criatura lança à sonolenta curiosidade de um público como o nosso. Há tanta literatura nas dores mais soluçadas! Tanto estilo, tanta forma nas mágoas que mais nos comovem! E se bem que a tristeza das almas incompreendidas, nestes últimos anos fosse ridicularizada por todos os modos, se bem que essa arte toda nostalgia e sonhos vagos fosse substituída por um americanismo *snob* que tudo parece envolver agora, se bem que toda a gente fale de alegria, de cor, de luz, terra, Pátria e outras palavras assim sonoras e lindas, mas que ninguém entende, ainda há quem, com a alma cheia de ilusões, e a boca cheia de risos, ache bonito soluçar versos tristes que não sente, que nunca sentiu, que não pode mesmo sentir. Como adivinhar no meio de tanta joia falsa, a fantástica joia feita de pérolas de lágrimas!

Como adivinhar no rapaz que tão insolentemente, às vezes, me fitava — perdoe-me se digo a verdade —, o autor de uma futura carta, como esta que tenho aqui, e que me trouxe uma alma como as raras que ainda encontrei no Mundo e de quem sou a grande e fiel amiga! E agora, Você diga-me: porque se importa com o sofrimento dos outros? Que haja desgraçados que lutem todos os dias, que haja hospital e cadeia, miséria e fome, o que é que tudo isso faz? Estéril a minha piedade, vã a minha compaixão, eu limito-me a ser boa, a ser misericordiosa, para aqueles a quem a minha bondade, a quem a misericórdia do meu amparo pode auxiliar um pouco.

Sou egoísta? Serei, mas como eu sou sincera! No Mundo, passo por todos, vendo alguns; na vida, esqueço-me de quase todos, esquecendo-me de mim. Quase tudo me é indiferente. Aqueles com quem lido dão-me às vezes a ideia de sombras, de fantasmas, de manequins, não me parecem iguais a mim, e tenho às vezes a impressão de que toda essa gente que passa por mim nas ruas, vai desaparecer como figurantes de mágicas. Sou talvez uma banal menina nervosa, ou uma simples *détraquée* que tem contas com a medicina... Talvez... Não temos então o direito de gritar a nossa dor, o nosso desespero, o nosso tédio, por quê? Eu não disse nada disto fosse a quem fosse; tudo isto eu gritei mas para mim só. Publiquei o meu livro para fazer a vontade a meu pai e a outras pessoas que me pediram a publicação de versos que eu nunca pensei em divulgar, tão humildes eles me pareciam, como na realidade são. Fala-me ainda, Você, de José Duro, de Anto, de Wilde. Eu não os leio, já nem creio neles! Agora leio-me... e passo os dias na decifração dessa charada que é simples como tudo o que é extravagantemente complicado. Perdoe-me o paradoxo e a longa carta. A sua não me fatigou, como diz, antes me deu prazer e me fez bem. Sóror Vitral, de longe, estende para si as mãos, como uma irmã, e não lhe deseja venturas porque nunca Deus ouviu os seus desejos para os tornar realidades belas... Sóror Vitral sempre se enganou... Adeus. Creia-me muito sincera e afectuosamente amiga

Florbela

(16)
Ex.mº Sr. José Emídio Amaro

De muito boa vontade acedo ao pedido que me faz. Devo dizer-lhe, porém, que há muito que não faço versos; o soneto que lhe envio é o que de mais de perto pode aludir à nossa terra alentejana a que entranhadamente quero. Pertence a um livro *Charneca em Flor* e é o soneto de abertura, livro que naturalmente não chegarei a publicar. Os portugueses parecem-me saturados de versos e eu, francamente, um pouco saturada de os fazer...

O livro manuscrito contém ainda uma meia dúzia de sonetos que não foram publicados; os outros já andam por esse mundo fora em revistas e jornais e álbuns; os que se conservam inéditos ficam ao seu dispor para quando deles tiver necessidade; depois, acabaram-se os versos...

Tenho ultimamente virado toda a minha atenção para traduções e para um livro de prosa em que trabalho e que queria pronto para o ano em Outubro; não há tempo, pois, para as musas.

Oxalá que a "Revista Portuguesa" entre com o pé direito; as minhas felicitações pela ideia que representa um grande esforço, iniciativa e inteligência; folgo em ver os meus patrícios pensar a sério em dignificar e erguer o nosso querido Alentejo, que aqui nos jardins do Norte recordo com uma profunda saudade. Mil perdões por estas divagações e pelo tempo que lhe tomo.

Creia-me sempre ao seu dispor, com consideração

Florbela Espanca Lage

Matosinhos, 15-5-1927

(17)
Matosinhos, 2-12-1927

Sr. Raul Proença

Só há dois dias soube do horrível desgosto por que está passando. Não calcula como o lamento e como compreendo o seu tremendo sofrimento conhecendo, como conheço, a arreigada afeição que tem pelos seus, e tendo eu própria sofrido, com a morte repentina do meu querido irmão, o que nunca pensei que se pudesse sofrer.

Todos os desgostos por que tem passado, as cobardias e injustiças que o têm tentado esmagar, o seu exílio, nada disso conta hoje ao lado desse profundo golpe ao seu coração de pai tão amigo.

Nada lhe digo nem lhe falo de resignação e paciência, sabendo quanto tudo isso é inútil quando a gente se sente esmagado por um fardo mais pesado do que poderia merecer. Que os seus outros filhinhos o possam ver desaparecer a si, é tudo quanto de consolador lhe posso desejar para o futuro.

Para a pobre mãe, tão cheia de desgostos, vai um grande quinhão da minha simpatia e da minha profunda piedade.

Creia-me sempre a mesma amiga e admiradora, que continua a sua muito obrigada

Florbela Espanca Lage

(18)
19-2-1928

Exmo Sr. José Emídio Amaro

Nada tenho que desculpar sobre a sua demora em responder às minhas cartas; compreendo bem como o tempo lhe deve parecer pouco para atender às mil preocupações duma vida tão cheia como a sua.

Não me esteja assim tão reconhecido pois tenho a consciência que o não mereço. Que fiz eu? Nada ou quase nada. Tenho pena, hoje que vou envelhecendo, de ter fugido a sete pés de todas as cabotinagens e de ter vivido mais para mim, segundo o meu gosto, do que para os outros. Podia ser alguém hoje na sociedade portuguesa. Tudo desdenhei: as homenagens baratas e os clamores do rebanho. Enchi o meu gabinete de trabalho de livros bons, a minha vida moral com a minha arte, a meu gosto, sem me preocupar com o sucesso, com o mercado, com a publicidade, coisas imprescindíveis a quem quer vencer, e rodeei-me duma dúzia de amigos fanáticos cuja admiração me orgulha e me faz bem.

Digo-lhe isto apenas para lhe explicar o pequeno valor do meu esforço. Tenho horror a tudo quanto de perto ou de longe se assemelha à popularidade. Abomino mesmo o meu pobre nome por não ser um nome como o de toda a gente; desta maneira, dentro do movimento literário português, sou no meu tempo, e guardadas as devidas distâncias, um Gustave Flaubert rabugento, desdenhoso das turbas e fechada em mim como num sacrário.

Tenho pena e lamento-o um pouco pelo "Dom Nuno" e pela "Revista Portuguesa", a quem a minha colaboração daria honra nesse caso, mas só nesse caso. Assim é que está certo e, como vê, tenho razão em não aceitar os seus agradecimentos e em não me julgar credora da sua gratidão.

Os meus amigos dizem-me que sou uma insuportável orgulhosa, e é à viva força que me arrancam da gaveta, para os lançar às feras, como eu costumo dizer, os meus versos que são um pouco de mim mesma, e agora a minha prosa que, a dar-lhes ouvidos, seria a oitava maravilha do mundo!

Resignei-me de vez e, presentemente, estou decidida a enveredar pelo caminho da escrevinhação, já que para outra coisa não me sinto apta neste mundo.

Conte com as minhas garatujas de vez em quando para a sua obra. Admiro francamente a sua coragem e a sua juvenil actividade, e prometo-lhe abrandar um pouco a minha selvajaria desde que se trate de ser um bocadinho útil a qualquer obra que cheire a Alentejo.

O meu livro, por um motivo alheio à minha vontade, não poderia sair antes de Maio ou Junho. Espero um prefácio prometido por um dos mais interessantes e cultos espíritos portugueses e que, ao mesmo tempo, é um dos meus melhores e antigos amigos. Tem porém imensos afazeres e uma indolência de verdadeiro artista, de forma que está há dois meses esperando inspiração e eu, com imensa paciência, esperando o dito prefácio... Ora, como Maio ou Junho é tarde para o aparecimento dum livro, aguardarei Outubro ou Novembro; desta maneira posso enviar-lhe. Num destes dias em que me sinta um pouco mais forte, pois a morte de meu irmão deixou-me ainda mais débil de saúde do que era, e com bastante coragem para copiar 14 ou 15 linguados, prometo lembrar-me de si e enviar-lhe as primícias da minha prosa com um grande prazer em lhe ser agradável, acredite. Prometo igualmente arrancar da gaveta alguns sonetos inéditos para o seu filho primogénito, esse "Dom Nuno" a quem você tanto quer e para quem pede com tanto interesse, que se nos torna difícil resistir.

Até qualquer dia, então, meu caro patrício. Com os mais afectuosos cumprimentos, a expressão da minha simpatia e consideração.

Florbela Espanca

CORRESPONDÊNCIA AMOROSA

Somente a partir de dezembro de 2008, quando da publicação de Perdidamente. Correspondência Amorosa (1920-1925) *de Florbela Espanca, obra da minha lavra (cf. a Bibliografia de Florbela Espanca), tornaram-se conhecidas as únicas cartas de amor do punho da poetisa. Deveras, como explicito num ensaio intitulado "A sempre inefável Florbela" e que abre a edição brasileira dessa correspondência (São Paulo: Iluminuras, 2012), a Florbela que conhecemos ali é muitas, todas aliadas àquela cujo desejo pelo amado fica explicitado no transcorrer dessa epistolografia.*

Tais peças expõem, pois, uma introvertida Florbela fiandeira, intermitentemente entretida em bordar uma toalha de mesa à espera do amado; uma Florbela idiossincrática, verdadeiramente capaz de adoecer de cama por qualquer contrariedade que a abale; uma Florbela diplomata, desempenhando-se muito bem dentro da sua complicada família; uma Florbela grávida, indisposta e carente; uma Florbela extremamente bem-humorada e de bem com a vida, fazendo piada das mais pequenas coisas; uma Florbela destemida, que se arrisca na Baixa lisboeta para testemunhar tarde da noite a queda de um Ministério da República; uma Florbela criadora de galinhas e de coelhos, preocupadíssima com o bem-estar dos seus bichinhos. E uma Florbela que hospeda em sua casa o filho do Chefe do Estado Maior da Guarda Nacional Republicana (força política e militar que na altura sobrepujava a do Exército português), e que vai se tornar, em seguida, em 29 de novembro de 1920, o Presidente do Conselho dos Ministros do 24º Governo da República Portuguesa!

Este período da vida de Florbela consistia, até então, num obscuro episódio da sua biografia e, quando não, num vazio repleto de especulações que se mostraram, à luz desta epistolografia, desencontradas e equivocadas. Por esse tempo a poetisa frequentava a Faculdade de Direito da Universidade de Lisboa, separada do primeiro marido Alberto Moutinho, com o qual, entretanto, continuava legalmente casada; ela residia em Lisboa, em casa de amigos republicanos do pai João Maria Espanca, logo depois de ter lançado, em junho de 1919, o seu livro de poemas inaugural, o Livro de Mágoas. *Foi quando, então, conhece o alferes da Guarda Nacional Republicana, António Marques Guimarães, por quem se apaixona, e cujo relacionamento esta epistolografia registra. Ambos têm a mesma idade: 25 anos.*

Através das cartas de Florbela (dele a ela nenhuma peça se conhece), percebe-se que a poetisa se aplica, nesse tempo, na fatura de um novo volume de poemas, que decorrerá do apuramento de dois projetos em que trabalha: os manuscritos do Livro do Nosso Amor *e do* Claustro das Quimeras. *De fato, sai em janeiro de 1923 o* Livro de Sóror Saudade, *seu derradeiro volume de versos editado em vida, cujos ecos quanto aos preparativos (a encomendada aquarela do irmão Apeles para a capa dos sonetos) e quanto à recepção deles — perpassam a correspondência. Muitos dos originais dos poemas pontilham as cartas para Guimarães, ora dedicados a ele, ora comentados para ele, ora em manuscritos assinados com notação de lugar. Haverá mesmo o esboço de um deles que, muito embora concernindo ao desabar da vida de Florbela com aquele que então já se tornara o seu segundo marido, só comparecerá editado no póstumo* Charneca em Flor, *em janeiro de 1931.*

O contexto social do Portugal dessa época transparece com muita ênfase nas cartas, que mostram uma Florbela nem um pouco alienada (ao contrário do que sempre se supôs), muito atenta à vida pública, consciente das ameaças à recente República dos sonhos do seu pai, e gradativamente desencantada com o andamento político de Portugal. Seu interesse é deveras empenhado, visto que António Guimarães, como integrante da Guarda Nacional Republicana, está em direto concernido à situação dramática que a política portuguesa atravessa. Aliás, esse conturbado caso amoroso, exposto a tais intempéries e à República que lhe rouba o amante nos momentos de paixão, parece mesmo refletir o diário da periclitância dos fulminantes gabinetes da época. Enquanto Lisboa vive uma espécie de ocupação militar, graças à corporação que Guimarães representa, a vida íntima e amorosa de Florbela, também sitiada, cumpre uma espécie de eco — próprio, emocional, privado — da situação republicana. Basta dizer que os sobressaltos da poetisa combinam com perfeição com a queda dos catorze governos que, entre 1920 e 1921 ocorreram, numa média de dois por mês.[1]

Florbela utiliza cada pequeno canto do papel de cartas que endereça a Guimarães. O leitor verá que não há parágrafos ou espaços em suas cartas. Ela tem extrema necessidade de conversar com ele, sobretudo no início do namoro, quando os encontros são fortuitos e o tempo é exíguo; mas mesmo depois, em Évora, em casa do pai, quando já vivem juntos no Castelo da Foz, a folha que lhe endereça fica por inteira coberta por sua letra que se derrama por cada ínfimo espaço restante. E isso não é apenas porque anda sem fundos e provavelmente não pode se dar ao luxo de comprar uma reserva de papéis de carta, mas porque tem ganas de se comunicar assiduamente com o amante.

De fato, ela se confessa sempre "pelintra", sem dinheiro para o mais banal, sobretudo na véspera da partida de Lisboa para o Porto, quando Guimarães segue na frente (já que tinha sido transferido do seu posto no Quartel de Campolide) e ela está grávida e passando mal. Florbela reclama que não tem mais carvão, que empenhou os brincos, que deve pagar o médico — e a constante falta de recursos parece ser de fato permanente na sua vida de então. Mas não só: penso que Florbela nunca pôde se manter, e essa é uma dificuldade que interfere no seu bem-estar e na sua autonomia de espírito — muito embora nada disso tenha impedido, muitas vezes, o instintivo do seu comportamento e a sua pronta reação nos momentos de pico da sua vida, demonstrando a força inquebrantável do seu temperamento e certo estoicismo — o que a mim também explica, como um ato heroico, o seu suicídio.

---

[1] A propósito das aproximações entre a vida amorosa de Florbela e a vida política portuguesa da altura, convido o leitor a conhecer o meu texto "Florbela: a república das letras e do amor", publicado em *Literatura portuguesa e a construção do passado e do futuro* (coord. Helena Buescu e Teresa Cristina Cerdeira). Lisboa: Caleidoscópio, 2011, pp. 183-99.

Segundo se sabe, quando da separação de Guimarães, a poetisa abandona a casa inopinadamente após uma discussão com ele, saindo de sua residência num ímpeto, apenas com a roupa do corpo, e deixando tudo quanto tinha para trás: todos os seus pertences, inclusive os guardados, as lembranças, os manuscritos de seus poemas — e isso desde que começara a versejar, ou seja, desde o seu primeiro autógrafo ainda "com oito anos de idade" (como ela mesma registra em 11 de novembro de 1903). E jamais se interessou por mandar buscar nada do que largara lá, visto que tudo isso — os recortes, as críticas, os manuscritos, enfim, tudo o que lhe pertencia então e que consistia na sua própria vida e história pessoal — permaneceu nas mãos de António Guimarães. Tal espólio foi, depois da morte do ex-marido, adquirido pelo empresário português Rui Guedes em 1983, e em seguida vendido ao Estado português, mais tarde transferido da Biblioteca Nacional de Lisboa e, ainda depois, para a Biblioteca Pública de Évora, onde agora se encontra. Apenas por meio dele virão a lume, então, seus primeiros contos e seus projetos literários anteriores à primeira publicação de poemas (o projeto Trocando Olhares, *o* Alma de Portugal, O Livro d'Ele, Minha Terra, Meu Amor, *a antologia* Primeiros Versos), *seus manuscritos* Trocando Olhares *e* Primeiros Passos,[2] *bem como os já referidos dois manuscritos (*Livro do Nosso Amor *e* Claustro das Quimeras*) que perfarão o futuro* Livro de Sóror Saudade.

Mas ainda no princípio do seu relacionamento com António Guimarães, ela se encontra mais assoberbada com as dificuldades monetárias. Como se constata graças às cartas do seu ex-marido Alberto Moutinho, aquilo que lhe era devido na separação fora usado por este (sem conhecimento dela e sem nenhum aval da sua parte) para empreender um negócio que, literalmente, naufragou. Florbela perdera, então, tudo o que possuía até o final desse primeiro casamento.

Com Antonio Guimarães, no Porto, ela providencia um criatório de galinhas e de coelhos, e se apega muito aos seus bichinhos que, afinal, lhe permitem uma pequena renda — basta ver como as contas de ovos e de venda de galinhas

---

[2] Cf. o meu ensaio "A pré-história da poética de Florbela Espanca (1915-1917)", estudo introdutório do já citado *Florbela Espanca. Trocando olhares.*

invadem os seus versos. Também a nota de uma toilette *que ela manda confeccionar comparece nos seus guardados, e sabemos pela correspondência que, para aquele momento, é o irmão Apeles quem é chamado a arcar com o pagamento, tomando ela dinheiro emprestado do cunhado Manuel, que ela muito estima, enquanto isso não se dá. Um colar de pérolas ocupa também há tempos o seu horizonte (talvez aquele longo, cujas contas ela acaricia com os dedos na sua célebre pose para a posteridade) e os rendimentos com o criatório são economizados nesse sentido; até que ela aproveite a ocasião das bodas para pedi-lo de presente a Guimarães.*

Muito embora a galeria de fotos de Florbela seja vultuosa, mesmo porque seu pai era retratista e ela o seu modelo favorito, durante a fase com Guimarães, não se conhece nenhuma foto sua. As cartas prometem sempre, as do início, uma fotografia que ela está sempre em vias de tirar num estúdio em Lisboa, mas de que, depois, nunca mais se fala.

Creio que o caráter independente de Florbela e a nenhuma disposição ou paciência para justificar suas atitudes e decisões, como se pode bem notar através destas cartas, devem tê-la tornado uma espécie de permanente foco passivo do juízo alheio, de maneira a permitir que todos se sentissem à vontade para legislar sobre o seu comportamento e abusarem sempre da sua boa-fé e autenticidade — aliás, como ela mesma se queixa nesta epistolografia. E é engraçado como tal atitude diante da sua estranha singularidade é consideravelmente palpável após sua morte, auxiliando a elucidar um tanto as detratações por que passou e sobretudo as apropriações de que foram objeto postumamente sua obra e biografia.

Não a título de curiosidade, mas de indignação própria a compartilhar com o leitor, narro, num parêntesis aqui, um episódio que ilustra, de maneira privilegiada, esse à vontade com que sempre se dispôs da vida e da obra da poetisa, e que sequer parte dos seus inimigos — mas pateticamente dos seus próprios afeiçoados. Depois da sua morte em 1930, durante a polêmica em torno daquela que foi difamada pelo salazarismo como uma "mulher inconstitucional", Florbela, como se sabe, foi acusada de muitas faltas desavindas. E isso, de maneira quase assídua até pelo menos 1964, quando, então, seus restos mortais obtêm por fim a protelada licença da Igreja e do Estado para serem transladados do Porto ao Alentejo.

Uma carreata é então organizada a 17 de maio de 1964 para acompanhar o tão postergado préstito fúnebre de Florbela, que parte de Matosinhos, cidade onde morreu, em direção à Vila Viçosa, terra onde nasceu e aonde, só agora, 34 anos depois da sua morte, ela começa a colher seus primeiros louros. A homenagem ocorre a cada parada da comitiva e, fato notável, em Coimbra. Ali, os universitários de capa-preta se rendem publicamente aos pés de Florbela, com poemas e discursos de desagravo, e a saga da Florbela perseguida e injuriada parecia, pois, ter-se encerrado.

Ledo engano! No dia anterior, conforme atesta o "Auto de Notícia de Exumação dos Restos Mortais de Florbela Espanca", fatos haviam se passado no cemitério de Matosinhos, que, convenhamos, podem ser considerados no mínimo estranhos — parecendo mesmo Florbela ter ingressado, então, na paródia atroz de um dos contos mais negros de Edgar Allan Poe.

Confira o leitor o que proclama o auto: — que depois de piedosamente "lavada a ossada, o cabelo, um pedaço do vestido, dos sapatos" da poetisa, algumas pessoas obtiveram, do seu derradeiro marido, o médico Mário Lage, uma licença deveras especial e bizarra: a de retirarem, "dentre os despojos umas pequeninas relíquias que todos declararam conservariam como se sagradas fossem".

O que causa espécie transborda ainda de humor noir *e* nonsense. *Pois não são algumas dessas tais "relíquias sagradas" que, de "pequeninas" não têm nada e de gesto misericordioso menos ainda, as que sem pejo ficarão estampadas, 31 anos depois (em 1985), na luxuosa* Fotobiografia de Florbela Espanca, *publicada pelo empresário Rui Guedes?! As peças do corpo de Florbela se encontram, pois, ali expostas, já numa verdadeira "lição de anatomia". Porque é possível ver, à p. 254, a fotografia da "metade esquerda do maxilar inferior" de Florbela e "pedaços" dos seus cabelos.*[3]

---

[3] Consulte-se a p. 254 da *Fotobiografia de Florbela Espanca*, por Rui Guedes, editada em Lisboa pelas Dom Quixote e no Rio de Janeiro pela Paisagem, em 1985.

Numa febre de apropriações indevidas e muitas vezes vis por que passou tanto a obra quanto a própria pessoa da poetisa, sequer seus restos mortais descansam hoje em paz. Sequestrados de sua inteireza, distribuídos como "lembrancinhas" ao deus-dará, seus despojos alimentam, nesse último exemplo, a especulação e o marketing para a vendagem de novos produtos — os oito volumes das Obras Completas *da poetisa, publicados pelo mesmo empresário português.*

Mas retorno a esta correspondência amorosa. É durante essa época que ocorre um feito muito importante que há de avivar sobremaneira a alegria republicana, então emurchecida, da decepcionada Florbela, acerca dos destinos políticos da sua pátria. Apeles, seu único irmão (filho dos mesmos pai e mãe), dois anos e meio mais novo que ela, tornara-se piloto (depois Primeiro Tenente) da Força Aérea da Marinha portuguesa, e participa então, durante o ano de 1922, de uma relevante façanha nacional — a da Travessia do Atlântico Sul, empreendida por Gago Coutinho e Sacadura Cabral. Apeles parece encarnar o que ela almejara sempre para a nova geração republicana — e afirmo isso com os olhos fitos no seu projeto literário Alma de Portugal, *produzido em 1916, quando, então, representando a ala mais progressiva da nascente República portuguesa, Florbela pretendera criar um livro em "homenagem humilíssima à pátria que estremeço".*

Sobretudo no volume póstumo As máscaras do destino *(1931), nos contos "O inventor" e "O aviador" (e friso novamente que o livro é todo dedicado ao amado irmão que se suicidara em 6 de junho de 1927) — Apeles representa o herói pujante e ousado, movido pela necessidade de ultrapassagem, de questionamento dos limites, de experimentação do limiar pessoal. E de fato a biografia do irmão condiz muito bem com o delineamento de tal personagem, verdade que vale mesmo para a sua morte: pilotando sozinho o hidroavião, Apeles atira-se no Tejo.*

Sua atuação no cruzador "Carvalho Araújo", levou-o, de início, ao Congo Belga, e, em seguida, a Luanda e a Argel, participando do transporte do avião "Fairey Santa Cruz", utilizado para a referida travessia, de 30 de março a 17 de junho de 1922. No Brasil, esteve na ilha de Fernando de Noronha, em Vitória e no Rio de Janeiro, e o leitor pode conhecer o entusiasmo de Florbela por tais feitos na construção dessa (então esporádica) glória nacional, por meio dos recortes de jornais conservados nos seus guardados, bem como através das suas eufóricas declarações epistolares durante o período.

Florbela conhecera então a Guimarães, num baile de Carnaval em Lisboa, em casa de família. Data mais ou menos desta época o oferecimento ao amado de um exemplar de Livro de Mágoas. Pela dedicatória, ela revela que, a seu lado, ultrapassa as antigas tristezas e mergulha nas promessas de ventura do futuro. Também afiança não ser mais aquela que produzira o volume de amarguras, já que essa se esfumara quando o encontrou.

Eis, portanto, a divisa e o tom da nascente paixão: metamorfose, mudanças absolutas.

Todavia, o que a correspondência também registra é uma peregrinação sem-fim. Ao longo dessas peças, Florbela desfila de déu em déu, como uma desterrada. Seu deambular começa por Lisboa — incluindo provavelmente uma passagem por Vigo; depois por Sintra, de novo por Lisboa; depois pelo Porto — por Matosinhos e, em seguida, pelo Castelo da Foz; depois por Évora; depois, de retorno ao Castelo da Foz; de novo por Évora, com passagem por Vila Viçosa; depois por Lisboa, pela Amadora, e novamente por Lisboa; e ainda depois, por Gonça e por Lisboa.

Tais deslocamentos exibem em carne viva uma instabilidade doméstica, uma precariedade de moradias, sempre alugadas e de passagem, uma sensação de desterritorialização. Florbela clama o tempo todo pela sua casa, pelo seu lar, que parece jamais se enraizar, como se situado, a cada vez, mais longe do lugar onde ela se acha.

Ora, o incessante trânsito, a permanente falta de chão — mas é graças a isso que a correspondência existe! — se explica, de um lado, pela própria profissão de Guimarães, que os torna — a ele e a ela — reféns dos quartéis e da agitação política republicana. Guimarães está obrigado a permanecer em prontidão, a fim de atuar à primeira ordem e, por isso *mesmo, é sempre transferido: do Quartel de Alcântara em Lisboa, para o Quartel do Carmo, deste, para o Quartel de Campolide, deste para o Porto, para o Quartel do Castelo da Foz, e deste, para Lisboa, para o Ministério do Exército. De maneira que como suas transferências ocorrem estratégica e inopinadamente, Florbela está sempre na rabeira, retardatária, esperando que ele, de onde estiver, lhe consiga, como diz, "um buraco, por modesto que seja. Palácio ou tenda na praia, ou então uma casinha seja onde for... ou na casa do diabo..."*

Não se trata aqui de discorrer sobre esta correspondência, mas apenas de delinear ao leitor alguns dos seus traços com o fito de antologizar apenas algumas cartas.

A primeira delas, datada de 11 de março de 1920, expõe a fase inicial do relacionamento, quando ambos, apaixonados, não vislumbram maneiras de se encontrar. É assim que marcam de se verem dentro de um elétrico (o nome que se dá aos bondes em Portugal), que ela toma na estação anterior à que ele o pegará, a fim de sentarem-se juntos (como se tivessem se encontrado por puro acaso) e de percorrerem, de acordo com as carências amorosas, toda a linha, e por repetidas vezes. De maneira que se tornam, durante essa ocasião, fregueses das linhas do elétrico, sempre das mais distantes: do Dafundo, do Lumiar ou do Benfica...

Essa carta expõe uma Florbela muito espirituosa e alegre, dando também conta da rotina dos amantes: Guimarães passa pela porta da casa de Florbela, e os amantes se olham de longe. Todavia, desta feita, como se verá, a advertência dela é para que ele não pare ali de maneira alguma...

A segunda carta reproduzida, datada de 12 de abril de 1920, ostenta o estado de espírito de Florbela ao tempo em que o casal, para conseguir se encontrar, foge numa espécie de viagem de núpcias para Sintra.

A terceira delas, datada de 14 de janeiro de 1921, pertence a uma outra fase dentro do relacionamento de ambos, quando já vivem juntos no Porto, no Castelo da Foz, e ela segue para a casa do pai, em Évora, para providenciar o divórcio de Alberto Moutinho, a fim de poder se casar legalmente com Guimarães.

A quarta delas, de 3 de dezembro de 1923 — véspera da sua saída de cena — diz respeito ao final do relacionamento entre ambos, quando Florbela se encontra em Gonça, sob o teto da cunhada. É no campo que ela, por ordem médica, foi, como diz, "pastar, e ler ao natural" *Júlio Dinis.*

Em todos os casos, deixo a cargo das notas de rodapé as indicações necessárias ao leitor para a compreensão do contexto em que as cartas ocorrem.

(1)
(11/03/1920)

11 - Março

António[1]

Estou a escrever-te, 10 horas da noite, já na cama e estou atrapalhadíssima com todo o arsenal de bugigangas que é necessário para escrever a carta mais simples. Com certeza que o tinteiro ainda vai pintar a colcha talassa,[2] apesar da excessiva cautela com que eu estou e os mimos com que o trato. O pior, é que eu não posso estar um bocadinho quieta... Enfim, será o que Deus quiser! Amanhã receberás, enfim, uma carta em termos, porque tenciono agora responder às tuas duas últimas cartas.[3] Desta vez as tuas previsões saem certas (caso raro e nunca visto...) As tuas previsões, meu amor, são como as previsões astronômicas: presume-se bom tempo, vem chuva, presume-se chuva, faz um sol ardentíssimo!... São assim uma espécie de Borda d'Água.[4] Então, Vossa Mercê digna-se mostrar satisfeito do passeio a Cochinchina? Eu estou fatigadíssima, e nem as extravagantes e complicadíssimas viagens de Júlio Verne, nem mesmo a da lua ou a das cinco semanas em balão, me poriam mais estafada e me dariam maior vontade de criar raízes num qualquer sítio. Parece-me que me curei da minha paixão pelo eterno movimento, e que estou uma menina pacata e bem educada, pelo menos por três dias; achas pouco?...[5] Mando-te uma crítica feita ao meu livro, para que vejas como

---

[1] Carta escrita na quinta-feira, depois de dois bilhetes anteriores. O envelope não está lacrado, foi entregue em mãos e traz os seguintes dizeres:
   António Guimarães
   Nesta
[2] Colcha monárquica? Da época da monarquia? Ou a colcha seria monárquica porque atrapalha a escrita da carta a um republicano? Ou ainda porque pertenceria ao enxoval da casa onde se hospeda, cujos donos seriam monárquicos? Mas sabe-se, através dessa correspondência, que eles são republicanos.
[3] A chegada do pai Espanca ocasionou o atraso de Florbela na resposta de duas cartas de Guimarães.
[4] Trata-se do Almanaque Anual de Pressões Atmosféricas que, pelos vistos, como os atuais serviços de meteorologia, jamais acerta nas suas previsões.
[5] Florbela se refere, como se nota, ao passeio de elétrico, encompridadíssimo, que, a Guimarães deu prazer — certamente a ela também...

eu sou uma pessoa ilustre, dum talento nunca visto, dum talento raro, quase tão grande como o do Romão Gonçalves![6] E não te esqueças do açúcar que te pedi, não? Olha que é com pressa! Bem sei que ser com pressa para ti é uma coisa perfeitamente à parte: a pressa entra num período que pode ir de dois a cinco anos... Grande lesma!... Não franzas a testa, nem refiles... Já a minha avó dizia: A verdade manda Deus que se diga. Não te esqueças da carta para o Correia d'Oliveira, não?[7] Agora vou responder às tuas cartas, com muito juízo, conscienciosamente. Falas-me no retrato. Já disse, pelo menos seis vezes, que ia amanhã. Ora este "amanhã" é que pode ser todos os dias... Pode ser sempre "amanhã"... Muito a sério, é decididamente amanhã, dia 12 de março de 1921... {sic}[8] Se houver carros... A respeito da péssima impressão que os meus passeios solitários te deixam, tenho a dizer-te que tenho muito tempo de estar emparedada e que eu saiba não fiz ainda mal a pessoa alguma em planeta algum... Além disso {...} quando saio não é para passear, e só vou à Rua do Ouro quando lá tenho que fazer... Percebeu Vossa Mercê? Desejo muito que tenha percebido... A pulseira arranhou-me agora. Não ficou satisfeita com a frase que escrevi. Talvez tenha razão... Não te esqueças de conservar preciosamente a preciosa aliança de noivado... Conserva-a bem junto aos meus retratos, sim?[9] Sou bem diferente, sou, das outras

---

[6] Difícil saber de que crítica se trata. No espólio pessoal de Florbela, depositado hoje na Biblioteca Pública de Évora, encontram-se alguns recortes com críticas ao *Livro de Mágoas*. Uma delas situa-se na secção de "Livros e Publicações" de um jornal que não é possível identificar, e que afirma que o livro é "um verdadeiro mimo" e que Florbela imprime "a seus versos toda a ternura, todo o sentimento de uma alma de mulher". A outra, também sobre o mesmo livro e que também data desta época, é mais séria e competente, assinada por Gastão de Bettencourt, em *O Azeitonense* de 8 de fevereiro de 1920. E nela se lê que o livro é um "missal de amargura que a nossa alma compreende, sente e partilha, subindo numa ascensão maravilhosa em que suavíssimos cânticos nos envolvem". Nesta obra, ainda se diz, "crepita a alma viva do sentimento, onde floresce uma imaginação que vive adentro do mundo espiritual lutando por atingir a beleza máxima". Florbela é, portanto, "uma poetisa porque sente, porque vive adentro dos seus versos"; e ela não verseja somente, ela "retrata a sua dor e a sua dor é aquela que nos acompanha desde o despontar da existência, talvez a Saudade da outra vida, daquela que condensa a suprema perfeição".

[7] Não se sabe de quem se trata e qual a importância dele para os noivos.

[8] Florbela comete um lapso de tempo? O amanhã é 12 de março de 1920 e não de 1921. Mas, o mais provável é que ela esteja brincando com Guimarães, imitando ter a mesma "paciência" que ele.

[9] Possuiriam os noivos uma aliança secreta que não pode ser ainda usada? Não, penso que nesse passeio encontraram algum objeto que ficou simbolicamente

mulheres todas. Eu quero antes os meus defeitos que as virtudes de todas as outras. E sou tão amiguinha tua! É espantoso como eu me prendi assim a ti, eu que imaginava ter morrido, incapaz de sentir por alguém o mais pequenino interesse bem vindo do coração. Tenho em toda a minha vida sido galanteada por muita gente, muitos homens me têm feito a corte e tenho tido um convívio enorme com rapazes; tenho conhecido homens inteligentíssimos, meus amigos sinceramente; homens de valor, homens de talento, homens duma lealdade a toda a prova, e nunca senti ao pé de nenhum a impressão de segurança, de bem-estar que sinto ao pé de ti. Parece que me proteges de tudo que me livras de todos os males, e tenho às vezes a ideia de poisar a minha cabeça no teu peito e, como se fosse pequenina, adormecer ali tranquilamente. Há tanto tempo que não sentia em volta de mim a ternura cheia de afeto duma pessoa amiga! Agora tenho no mundo alguém, alguém que vive por mim mais do que por toda a gente. É bom sentir isto, não é? Muito tagarelei eu hoje, não é verdade? Tu não entonteceste? Não te dói a cabeça? Não estás doente? Eu não consegui endoidecer-te? Com certeza que algum destes desastres aconteceu! Foi o último passeio, o último que daremos nestas condições. Não quero mais. Parecemos bandidos perseguidos por um qualquer Sherlock Holmes. Arranja alguma lesão de coração com essa brincadeira. Sempre o coração aos pulos como um leão dentro da jaula. Não... Como tu muito bem dizes há tempo para sair juntos sem recear maus encontros.[10] Depende tudo agora só de ti e de mais ninguém. Que tu és muito indolente, lá isso és! Muito português, muito "amanhã se Deus quiser" é raça! É árabe, é lusitaníssimo, tudo isso; mas é muito desanimador e muito lesma! O costume português é deixar-se tudo em palavras mas palavras que são bolas de sabão deitadas ao ar para distrair pequeninos de seis anos. Lembra-me logo a frase tão profunda e tão verdadeira de Shakespeare: *"Words... words... and only words..."* O meu passeio a Badajoz é que ficou em palavras mas por estes dias planea-se um outro a Vigo. Também em

---

registrado como "aliança de noivado", visto que Florbela parece estar brincando, pois que usa uma hipérbole para designá-la: "preciosamente a preciosa aliança".

[10] Florbela demonstra, de novo, o seu mal-estar com tais passeios na modalidade clandestina de "semelhante processo".

automóvel. A esse é que eu vou, pois não vou? Não te esqueças do açúcar, meu grande urso. Vou ainda ler, um bocado, um livro que me interessa imenso, um drama de Ibsen, do grande poeta norueguês. Poesia nebulosa, cheia de vago e sonho, onde há crepúsculos cinzentos torturados e nostálgicos, parecendo soluçar, poesia que eu sinto e que eu entendo, como se por vezes a alma de Ibsen andasse a soluçar dentro de mim.[11] Meu amor, adeus. Até amanhã. Leste já alguma coisa do livro que te emprestei? Preguiçoso! Passas o tempo a dormir e a sonhar... com a Rita.[12] Saudades, saudades, saudades

                                                    Bela

Quando por aqui passares não pares nunca. Depois te direi por quê. Passa a pé ou a cavalo, de trem, de automóvel ou de aeroplano mas vê-me de longe sempre.[13]

                                                    Bela

O tinteiro não se *entornou*!

---

[11] Apenas através desta correspondência fica comprovado que Florbela conheceu a obra de Ibsen e foi dele admiradora.
Henri Ibsen (1828-1906), dramaturgo norueguês, escreveu, em meio século, cerca de trinta peças. Difícil saber a qual delas se refere Florbela, talvez a *Brand* (1866), poema dramático não destinado à cena, ou a *Peer Gynt* (1867), drama filosófico e social, exaltando o individualismo; quem sabe, ainda, a *Casa de Bonecas* (1879), uma das suas obras mais divulgadas, ou ainda a *Os Espectros* (1881). Florbela lê em francês, e portanto, pode-se tratar de uma tradução que não seja a portuguesa. Quem sabe?

[12] Rita, como se verá, é a ex-noiva de Guimarães.

[13] O casal apenas se vê diariamente quando, advertida Florbela por um bilhete de Guimarães, ela o aguarda, na janela de sua casa, vê-lo passar. Todavia, como se depreende pelo P.S. da presente carta, há algo que o impedirá hoje de fazer o que sempre faz: parar um tanto diante da residência dela.

(2)
(12/04/1920)

Sintra
12-4

Meu querido amor[14]

No pesadelo de relógio que tenho em frente, marcando minutos nas horas em que te tenho ao pé de mim, marcando séculos nas horas vagarosas como lesmas, horas que se arrastam, horas que nunca mais acabam como estas de que tem sido feito este dia, neste pesadelo deste relógio são 7 horas da tarde.[15] Acabei agora o meu eterno bordado, acabei por hoje... Dá-me já a ideia da célebre teia de Penélope, feita de dia, desfeita de noite, enquanto o bem amado, ao longe,

---

[14] Hoje é segunda-feira, 12 de abril, e Guimarães partiu ontem, domingo, para Lisboa. A carta, que segue pelo correio, é dirigida a
    António J. Marques Guimarães
    Digmo. Alferes da G.N.R.
    Bataria no. 1 de Artilharia
    Campolide
    Lisboa
Sabe-se, assim, que Guimarães, depois de ter estado no Quartel de Alcântara e de ter sido transferido para o Quartel do Carmo, se encontra, agora, no Quartel de Campolide, ainda Lisboa.

[15] Este sentimento de fuga do tempo na companhia do amado e de retardo dos minutos na solidão sem a companhia dele é uma tópica da Literatura Portuguesa desde as remotas cantigas d'amigo do século XIII, como nesta de Juião Bolseiro, escolhida por Eugénio de Andrade na sua *Antologia pessoal da poesia portuguesa* (Porto: Campo das Letras, novembro de 1999, p. 15), que transcrevo:

Aquestas noites tam longas que Deus fez em grave dia
por mim, porque as nom dórmio, e por que as nom fazia
    no tempo que meu amigo
    soía falar comigo?

Porque as fez Deus tam grandes nom posso eu dormir, coitada,
e de como som sobejas, quisera-m'outra vegada
    no tempo que meu amigo
    soía falar comigo.

Porque as Deus fez tam grandes, sem mesura desiguaes,
e as eu dormir nom posso, por que as nom fez ataes
    no tempo que meu amigo
    soía falar comigo?

vagueava pelo mundo fora.[16] A célebre toalha estafa-me, e bem grande será o prazer de ver o meu desastrado homem[17] amarrotá-la e enchê-la de chá ou de cinza de cigarro, para que me esqueçam estas dores nos rins que ela me tem feito, desde o Bristol de bem amada mesmice... Tenho saudades do Bristol, sabes? Foi o nosso primeiro ninho, bem alegre e carinhoso, apesar dos reposteiros encarnados e da menina que engoliu o espeto...[18] Nunca, enquanto lá estive, passei um dia inteiro sem ti, e basta isso para ter saudades dessa casa a que tu tão desalmadamente, ontem, chamaste maldita. A casa onde vivi contigo os primeiros oito dias, sozinhos![19] Sempre às vezes és muito urso!... Não merecias talvez que eu estivesse aqui a falar contigo, cheia de saudades e de profundos desejos de te ver. Como esta Sintra hoje está feia e triste! Tem chovido sempre, uma chuva miudinha e impertinente que me impacienta e enerva. Sempre embirrei com tudo que é miudinho... Estes dias no radioso Abril são um contrassenso que me irrita o mais possível. Já não gosto de Sintra, pronto. Já não gosto de Sintra apesar da suavidade profunda e religiosamente doce destas estradas cheias de sombras e de perfumes, destas lindas estradas, as mais lindas de Portugal, onde a tua voz me disse que me querias, onde o teu olhar me disse que eras meu. Tenho saudades do nosso passeio d'ontem, do nosso remoto passeio que ainda está tão perto! Tenho na mesa em que te escrevo, as florzinhas selvagens que colheste para mim, e as pequeninas pétalas, a cair, parecem também dizer-me que têm saudades das tuas mãos. Continua a chover a chuva miudinha, o pesadelo

---

[16] A interminável espera por Guimarães, sempre preso ao quartel, sempre de sobreaviso (as execráveis "prevenções"), fornece a Florbela a sua aproximação com Penélope, e a Guimarães com o Ulisses ausente — como se sabe, ambos personagens da *Odisseia* de Homero.

[17] É a primeira vez que Florbela se refere a Guimarães como o seu "homem", o que indica o ingresso numa intimidade amorosa que não existira desde que a correspondência fora encetada. Aliás, também a maneira como se refere a ele, no cabeçalho da carta, faz espécie, visto que a segunda vez que o trata por "Amor".

[18] Bristol é o hotel que Florbela considera o "primeiro ninho" do casal, muito provavelmente anterior a este hotel onde agora aguarda Guimarães. A lembrança dos "reposteiros" e da "menina que engoliu o espeto" remete a um código de cumplicidade entre ambos, aos comentários que fizeram durante a estada lá.

[19] No Hotel Bristol, eles viveram juntos pela primeira vez, durante oito dias. Foi, portanto, a primeira vez em que permaneceram a sós. Já aqui em Sintra, devem ter chegado no dia 1º de abril, tendo permanecido juntos até o momento que Guimarães deve ter partido para Lisboa.

de relógio deu agora 7 horas e meia.[20] Aquele diabo não se calará nunca?... Que tens tu feito todo este longo dia, tão feio e tão triste, sem a tua mulherzinha,[21] sem a tua riqueza, como tu me dizes. Que tens tu feito, amor? É hoje, desde o dia 1 de Abril, o primeiro dia que não jantamos juntos.[22] Como hoje me vai parecer grande e fria aquela casa de jantar que ontem me parecia tão bonita! Estou aborrecidíssima, amigo meu. Este anoitecer vai ser divino, como deves calcular. Foi sempre a minha hora de tragédia, a hora dos meus nervos dolorosos, dos meus pensamentos doidos; foi sempre, a noitinha, o meu grande calvário onde sobem devagarinho, em passos lentos, todas as minhas dores de muitos anos, todas as mágoas que me têm dado, e é nesta hora que eu rezo o meu verso, não sei de que soneto:

"*Ergue-se a minha cruz dos desalentos.*"[23]

[20] Florbela poetisa, encantada, a ventura amorosa proporcionada por Guimarães. E, pela primeira vez nessa correspondência, ela parece verdadeiramente feliz. Contrapõe-se a isso a ausência de Guimarães, simbolizada pela hora imobilizada e pela chuva miúda e tristonha.

A temática do próximo que já é remoto remete a uma semelhante relativização do tempo, tal como transparece no princípio da carta. Interessante como a maneira de Florbela relatar o passeio do casal pelas estradas parece remontar a poemas já escritos por ela, como se realizasse, com Guimarães, seus antigos devaneios. É o caso do poema "Dantes...", pertença de "Trocando Olhares", escrito em 18 de janeiro de 1916.

[21] É, também, a primeira vez em que ela se nomeia a "mulherzinha" de Guimarães, atestando a diferença entre as cartas de Lisboa e as de Sintra.

[22] Este alongado período de permanência de ambos em Sintra indica que fizeram desse estágio na cidade serrana a sua lua de mel — a segunda?

[23] De fato, é impressionante, na poética de Florbela Espanca, a obsessão dolorosa pelo crepúsculo que, a partir de *Charneca em Flor*, será também, positivamente, a hora dos "mágicos cansaços", a do encontro amoroso.

O verso citado pertence ao poema "Cinzento", que comparece em ambos os manuscritos *Livro do Nosso Amor* e *Claustro das Quimeras*, como também no *Livro de Sóror Saudade*. No *Claustro das Quimeras*, o poema traz a indicação de local onde foi composto: "Casa de Saúde de Benfica". Aliás, também outros dois sonetos trazem a mesma notação, e são eles: "Maria das Quimeras" e "Ódio?!". A suposição é de que o estágio de Florbela na Casa de Saúde de Benfica deve ter ocorrido antes que ela conhecesse Guimarães, num período imediatamente anterior (ou posterior) à publicação de *Livro de Mágoas* (junho de 1919) e anterior a fevereiro de 1920. Transcrevo o referido soneto, tal como se acha em 25º lugar do *Livro do Nosso Amor*, manuscrito que deve datar possivelmente desta altura:

> *Poeiras de crepúsculos cinzentos,*
> *Lindas rendas velhinhas, em pedaços,*
> *Prendem-se aos meus cabelos, aos meus braços*
> *Como brancos fantasmas sonolentos...*

Hoje vêm todos os fantasmas, todos, porque te sentem longe, e é hoje o meu primeiro dia triste e desanimado porque só hoje tu ficaste longe de mim. Tenho hoje os olhos tristes que tu não gostas de me ver. Uma grande noite sem ti! Quantas horas terá ela, a noite que vem, a noite que desce sobre a terra e dentro de mim? Tenho saudades da carícia dos teus braços, dos teus braços fortes, dos teus braços carinhosos que me apertam e que me embalam nas horas alegres, nas horas tristes. Tenho saudades dos teus beijos, dos nossos grandes beijos que me entontecem e me dão vontade de chorar. Tenho saudades das tuas mãos, tão más às vezes, como ontem à noite... Tenho saudades da seda amarela tão leve, tão suave, como se o sol andasse sobre o teu cabelo, a polvilhá-lo de oiro. Minha linda seda loira, como tenho vontade de te desfiar entre os meus dedos![24] Tu tens-me feito feliz, como eu nunca tivera esperanças de o ser. Se um dia alguém se julgar com direitos a perguntar-te o que fizeste de mim e da minha vida, tu dizes--lhe, meu amor, que fizeste de mim uma mulher e da minha vida um sonho bom:[25] podes dizer seja a quem for, a meu pai como a meu irmão, que eu nunca tive ninguém que olhasse para mim como tu olhas, que desde criança me abandonaram moralmente que fui sempre a isolada que no meio de toda a gente é mais isolada ainda. Podes dizer-lhe que eu tenho o

> Monges soturnos deslizando lentos,
> Devagarinho, em mist'riosos passos...
> Some-se a luz em lânguidos cansaços...
> Ergue-se a minha cruz dos desalentos!
>
> Poeiras de crepúsculos tristonhos,
> Lembram-me o fumo leve dos meus sonhos,
> A névoa das saudades que deixaste!
>
> Hora em que o teu olhar me deslumbrou...
> Hora em que a tua boca me beijou...
> Hora em que fumo e névoa te tornaste...

[24] Florbela se revela de fato apaixonada por Guimarães, e expõe, neste trecho, toda a sensualidade das suas reminiscências.
[25] Florbela assina, aqui, o atestado comovente da sua felicidade com Guimarães, que a tornou "mulher", fato que ela não quer esconder de ninguém.
A acusação que ela entretece, em seguida, visando certamente ao pai, é grave, e indica o "abandono moral" que julga terem-lhe votado desde criança. Florbela parece muito ressentida com o velho Espanca, e talvez exagere nessas afirmações inflamadas, quem sabe se com o fito de encarecer, ainda mais, os desvelos que Guimarães lhe dirige.

direito de fazer da minha vida o que eu quiser, que até poderia fazer dela o farrapo com que se varrem as ruas, mas que tu fizeste dela alguma coisa de bom, de nobre e de útil, como nunca ninguém tinha pensado fazer. Sinto-me nos teus braços defendida contra toda a gente e já não tenho medo que toda a lama deste mundo me toque sequer. Dize-lhe, meu amigo querido, que eu fui desde que principiei a conhecer a vida, a mulher sem lar, a mulher casada sem marido, sem lar, a que nunca tivera como todas as raparigas sonham, as horas doces dum noivado que até à morte se recorda. Mais tarde pedi a meu pai que viesse aqui para junto de mim ou, pelo menos, meu irmão, mas nunca o egoísmo deles concordou na necessidade absoluta de viverem comigo. Compreendiam o mal mas não o remediavam porque a meu pai era quase proibido pela mulher, a meu irmão isso iria restringir um pouco a sua liberdade de rapaz.[26] Dava meu irmão a solução razoável e lógica para o problema do meu viver: ir para casa, que nem sequer é de meu pai, a casa onde eu não saberia viver um mês sem gritar de aborrecimento e de raiva. E aí tens tu, meu bem amado, a razão porque eu estudava Direito, a razão porque eu andava por casas estranhas, hoje aqui, amanhã além, a recolher todas as calúnias, a arrastar atrás de mim todas as miseráveis infâmias que o mundo tem em reserva para os orgulhosos que o desprezam. Dize-lhe que meu pai se lembrava de mim de três em três meses e meu irmão se incomodava a ir ver-me de seis em seis. Dize-lhe que em volta de mim andavam todos os desejos dos homens que comigo conviviam e que um deles me sabia tão pouco protegida que num corredor de hotel me quis beijar, como seu fosse sei lá o quê! Dize-lhe que me disseram, a mim, tudo quanto a uma mulher perdida se não diz, sem que meu irmão, sabendo-o, se dignasse importar-se com isso.[27] O que seria da minha vida, de mim, se tu me não tivesses amado!

[26] Florbela insinua a sua indisposição para com Henriqueta de Almeida, ex-empregada da casa, que vive agora com o seu pai, bem ao contrário do tom camarada com que a trata em cartas a esta dirigidas.
[27] Florbela confessa todas as improbidades de que foi vítima, segundo ela, pelo fato de estar desvalida. Do seu ponto de vista, Guimarães surge como uma espécie de salvador que vem libertá-la desse jugo dos homens maus — espécie de "Prince Charmant" a que seus poemas de então referem?

Obrigada por todo o teu amor, minha vida. Eu amo-te e mando-te todos os beijos e saudades
                        da tua Bela.

PS. Não te esqueças de trazer a gabardine, não? E a carta da Margarida[28] e os meus livros.

(3)
(14/01/1921)

Évora 14 de janeiro de 1921

Meu Toninho querido[29]

    Então o que tem feito o meu preto pequenino sem a sua mulher?[30] Tenho tantas saudades, tantas! Já me parece que há um mês que num dia de chuva triste e sombrio eu vi pela última vez o meu homem com um pé num degrau duma escada caruncosa e o outro pé noutro degrau, de botas enlameadas a olhar muito tristinho, a espreitar uma pobre mulherzinha que se afastava, que se afastava... Há tanto tempo já! Chegamos às 3 horas da tarde e a viagem extraordinariamente maçadora foi um pouco amenizada pelo palrear incessante do digníssimo deputado Manuel Fragoso, que só me falou no meu livro de que eu já quase me não lembrava e me prometeu para hoje uns livros para ler enquanto cá estou. São 5 horas e meia e sua excelência ainda se não dignou aparecer com os livros.[31]

---

[28] Margarida, deve ser a sua amiga Margarida Campos Belo, aquela com que foi tarde da noite à Baixa lisboeta para testemunhar a queda de um Ministério.
[29] Em Évora, aparentemente para uma temporada com o pai, Florbela trata do divórcio e vai buscar seus pertences, escrevendo ao marido nessa sexta-feira.
[30] Ao que tudo indica — e observe-se o tratamento usado no cabeçalho da carta, acrescido do "meu preto pequenino" logo na primeira linha — o casal anda em grandes arrebatamentos amorosos.
[31] Florbela parece ter viajado no dia anterior; provavelmente partindo do Porto, viagem cansativa e alongada. Como se saberá, Guimarães a acompanhou até Lisboa e regressou ao Porto. Para o retorno de Florbela, o casal usará do mesmo expediente. O livro referido só pode ser o *Livro de Mágoas*; ela quer dar a impressão de que está muito distante daquilo que rodeou a escrita desse seu primeiro livro — ou, de fato, está.

Levantei-me às 11 horas, fui meter o nariz na mala que vinha um Rilhafoles em miniatura, deslumbrar a Henriqueta com as minhas riquezas e instalar-me no meu solitário quarto de viuvinha triste.[32] Não consegui dormir quase nada, sempre com frio, com a roupa toda a cair, uma catástrofe![33] Passadas três horas venho acabar esta carta e dizer-te que o senhor deputado me trouxe agora as seguintes peças teatrais: *Le Secret* {,} Bernstein[34] – *L'amour veille* {,} Flers – *Le Phalène* {,} Bataille – *Le Coeur dispose* {,} Croisset – *La prise de Berg-op-Zoom* {,} Guitry – *Le songe d'un soir d'amour* {,} Bataille – *La gamine* {,} Veber — Calcula tu a riqueza, Toninho! Só me falta a minha cadeira palha, a "Miss" a puxar-me pelo casaco, e o meu Tónio a passar ajoujado com o cofre das massas para trás e para diante, de barrete enterrado na cabeça, e de olhinhos verdes a brilhar.[35] Estou a escrever-te sentada à braseira, a Henriqueta a sarilhar e o pai a citar teimosamente versos de Camões: {"} Esta é a ditosa pátria minha amada..." Que chato, pai![36] A respeito dos livros encontrei apenas uma centena deles, felizmente completos, o resto voou para longínquas paragens... ainda assim é uma mala cheia que constitui um complicado problema a resolver quando da minha volta ao querido ninho.[37] Tem cautela contigo, meu pequeno, vê não te constipes; não te aconteça mal, pelo amor de Deus que eu morria doida, meu amor! Cautela com os carros elétricos e com as mulas más e com os cavalos. Lembra-te que és a razão da minha vida que és

---

[32] Florbela se encontra em casa do pai, e refere Henriqueta, sua madrasta atual (ex--criada da casa), do ponto de vista da retratada.

[33] Neste ponto, Florbela interrompe a carta por três horas para atender ao tal deputado Manuel Fragoso que lhe trouxe peças em francês para o seu entretenimento, títulos que Florbela compartilha, agora, com Guimarães.

[34] Notar que Florbela grafa o nome da obra e em seguida o nome do autor.

[35] Florbela tem o dom da tonalidade humorística. Descreve-se e ao marido no doce aconchego do lar burguês, caricaturizando a cena com Guimarães vergado sob o peso do cofre repleto de ouro, cogitando em como fazê-lo render ainda mais... "Miss" deve ser o nome da cachorra que, num postal de 5 de julho de 1917, dirigido à ex-cunhada Lina Moutinho, Florbela mencionava.

[36] A cena verdadeiramente burguesa é aquela de que ela participa agora, em casa do pai, em volta do braseiro...

[37] Florbela certamente se refere a seus pertences deixados em casa de Moutinho e que migraram de volta para a casa do seu pai, muito embora se ressinta do desaparecimento de outros tantos volumes.

mesmo toda a minha vida.[38] Mando-te um artigo magistral original da pena inspirada de Vasco Falcão e dedicado à tua ilustre mulher. Faltam dois dos "pedaços d'alma" que bem podiam chamar-se "Pedaços d'asno". Admira, querido![39] Vou amanhã mesmo falar com o advogado acerca do que mais nos interessa.[40] Toma cuidado com a Miss e com a Talassa[41] e com os pintainhos e com os ovos e com os coelhos e mata a majora.[42] Os meus cumprimentos afetuosos ao Carrapatoso[43] e diz-lhe também que mate a majora. Soidades à Maria.[44] Soidades do pai e da Henriqueta.[45] Escreve muito e diverte-te, sim, meu

---

[38] Esta confissão também se encontra ao final do quarteto inicial de um dos seus futuros célebres poemas do próximo *Livro de Sóror Saudade*, do soneto "Fanatismo":

> Minh'alma, de sonhar-te, anda perdida,
> Meus olhos andam cegos de te ver!
> Não és sequer razão do meu viver,
> Pois que tu és já toda a minha vida!

[39] Não sei precisar quem é Vasco Falcão, mas pode ser um intelectual local que Florbela aparentemente despreza. No seu acervo pessoal, nos guardados que deixou em casa de Guimarães quando o abandonou (e que se encontram depositados hoje na Biblioteca Pública de Évora), este recorte não comparece.

[40] Esta, portanto, a verdadeira razão do deslocamento de Florbela para Évora: procurar agilizar e ultimar o seu divórcio.

[41] "Talassa" é nome de um animal doméstico de Florbela, talvez de uma outra cadela — ou de uma gata? Segundo o *Dicionário Moraes*, tal vocábulo significa, na sua acepção depreciativa, ser "membro do antigo partido franquista; por extensão, monárquico, indivíduo adverso à forma republicana de governo, em Portugal". Florbela parece expressar a sua decepção e seu pessimismo em relação à condução da República em Portugal até mesmo através da denominação que atribui aos seus bichinhos de estimação...

[42] Como se verá mais à frente, a casa de Florbela e Guimarães se localiza, desde algum tempo, na residência militar no Quartel do Castelo da Foz. A dita "majora" deve, ser, portanto, a mulher do major, que, a crer nesse comentário de Florbela, deve ser pessoa extremamente indesejável.

Interessante observar como Florbela, tendo sido criada na província, dá importância aos animais de criação. Nas cartas que ela escreve de Quelfes a Henriqueta, durante o seu estágio de recuperação do aborto hemorrágico (de abril a meados de julho de 1918), reclamando do ócio em que se encontra, da bruteza das pessoas, da falta de entretenimento e de algo para fazer, ela chega a comentar (carta de 27 de maio) o seguinte: "não imaginas como eu aqui passo os dias aborrecida. Não há ninguém com quem a gente converse; são todos mais brutos que o Tapadas. Não há umas galinhas ou coelhos, enfim, não há nada com que a gente se entretenha. Passo o tempo a contar os dias que faltam para me ir embora".

[43] Este parece ser o sobrenome do vizinho do casal. Quanto à majora — tratar-se-á de fato de uma mulher de um militar, que tem infernizado a vida de Guimarães e do Carrapatoso?

[44] Trata-se, com probabilidade, da empregada do casal.

[45] O pai e a madrasta estão, já nesta altura, completamente a par da situação de Florbela, pois que o próprio pai a representara junto ao ex-marido a fim de tomar as medidas para a separação legal de ambos. Assim, nesta altura, o seu

pequenino santo? Adeus meu preto todas as saudades, todos os beijos e todo o amor da tua mulherzinha que te quer muito

Bela.
PS. Muitas festas ao pirilau.[46]

(4)
(03/12/1923)

3-12-1923

António[47]

Chego rápido da próxima quinta-feira e por conseguinte às 11 e meia creio eu; saímos daqui quinta às 10 horas e meia, chegamos ao Porto à 1 hora e meia e apanhamos o rápido que é às 5 horas.[48] Eu não tenho nada que escrever à D. Anica; não

relacionamento com Guimarães é perfeitamente legítimo aos olhos dos seus familiares.
[46] "Pirilau", "pilinha", "pomba" etc., são designações correntes do órgão sexual masculino, tal como o regista o Moraes. No vocabulário amoroso íntimo e privado do casal, Florbela utiliza tal expressão para demonstrar, marotamente, a sua carência sexual, já que está distante do seu homem. Esta é a primeira das muitas vezes em que ela usa tal expressão, ao longo da correspondência.
[47] Esta carta é escrita de Gonça, onde Florbela ainda se encontra, em casa dos cunhados. Muito depois, em carta ao pai, de Esmoriz, de novembro de 1925, Florbela, já casada com Mário Lage, explicará que: tendo o Dr. Cassiano Neves aconselhado-a a ir descansar no campo, ela fora para o Norte, "com o Manuel que sempre me tratou muito bem {o cunhado, irmão de António}, e aqui, falando com o meu marido {com Mário Lage, o marido atual} que sempre foi meu amigo, contei-lhe tudo; de conversa em conversa, não sei como ficou assente eu ir para sua casa, divorciar-me e casar com ele que sempre tinha gostado de mim sem nunca me dizer nem o mostrar. As coisas precipitaram-se quando voltei para Lisboa". Ela também acrescenta que o divórcio foi difícil, que ela chorou muito e sofreu sozinha: "mas, se eu não tivesse saído de casa, tinha ele saído, segundo me disse e acredito". A carta em questão foi publicada por Celestino David em *O romance de Florbela Espanca* (*A Cidade de Évora*, números 15-16,17-18. Évora, 1948-1949, pp. 41-100, 353-435).
[48] Repare-se como a energia da carta se encontra em nível muito reduzido, em baixo registro, e que a carta parece apenas obedecer a uma fria mecânica de horários e de listagem inócua de notícias. Florbela se encontra em seu inferno astral, pois que escreve numa segunda-feira, dia 3, projetando chegar em casa numa quinta--feira, dia 6. Seu aniversário será no sábado, quando completará 29 anos. Deve ter sido, pois, durante tais dias que ela toma a resolução de se separar de

levo criadas para ninguém pois que à última hora faltaram todas e tenho cá 90$00 da senhora do primeiro andar do nosso prédio a quem eu tinha escrito dizendo que lhe levava duas e afinal nenhuma quer ir.[49] Recebi cá a carta da Maria Luísa; Deus lhe dê sorte com o casamento pois que a merece. A fábrica fez-se hoje a escritura mas o homem só paga em Janeiro; no entanto são com certeza 3 contos e tal que tu terás a receber.[50] Ainda bem que a tua promoção é certa agora; gasta o dinheiro que for preciso; tens o teu futuro garantido não é necessário ralares-te quando tenhas a gastar alguma coisa.[51] Ao teu defensor foi justo que pagasses pois quem trabalha quer dinheiro.[52] A lã chegou há imenso tempo e se te não falei nela foi porque me esqueci. A Maria gosta dela e é o principal visto que o vestido é para ela.[53] Até quinta-feira. Saudades da tua mulher[54]

Bela.

Guimarães, tal como se constatará na carta de 29 de dezembro para Apeles onde, segundo se percebe, tudo já está decidido, inclusive a definição de divórcio. Essa época próxima a seu aniversário parece constituir-se para ela num período crítico: lembro apenas que Florbela se mata nessa ocasião, sete anos depois.

[49] A maneira como responde às questões postas por ele na carta anterior é de alguém que está muito contrariada e que parece de fato *à bout de souffle*.

[50] Suponho que se trate de uma herança comum a Guimarães e a seus dois irmãos, notícia que ela se apressa a lhe passar, pois que a questão monetária parece ter-se de fato transformado em foco de problemas conjugais.

[51] Parece que as escuras nuvens que o levariam para África (tal como se percebe na correspondência) começam a se aplacar, visto que Florbela refere o seu futuro garantido.

[52] Seria este o assunto pelo qual Florbela o parabenizou no bilhete anterior? Trata-se de um "defensor", portanto, de um advogado? Estaria Guimarães metido em alguma questão judicial?

[53] Maria é a irmã de Guimarães, na quinta de quem Florbela se encontra hospedada. Trata-se de um corte de lã enviado por Guimarães como presente para ela.

[54] Apesar do tom lacônico e contrariado, Florbela ainda se despede com saudades, ainda se identificando como a "tua mulher".

DIÁRIO
(e epistolografia)
DO ÚLTIMO ANO

APRESENTAÇÃO

Na atual instância, apresento o Diário *e toda a epistolografia conhecida do último ano. Preferi assim proceder porque o* Diário, *que se desenrola no derradeiro ano de vida de Florbela, e que se compõe de apenas trinta e dois fragmentos, aliás, salteados e um tanto caóticos, carece de um contexto mais amplo que, apenas as outras peças da correspondência florbeliana, concernentes a esse mesmo período temporal, poderiam ajudar a recompor.*

Assim, é de se salientar que a produção das cartas dirigidas a Guido Battelli, num montante de vinte e quatro peças (considerando-se a primeira carta da série aquela escrita por Florbela mas assinada com o carimbo da Maria Amélia Teixeira, diretora do Portugal Feminino*), ocupa, em determinadas circunstâncias, aliás, o mais das vezes, o lugar da escrita do* Diário. *Sobretudo no princípio (a correspondência é encetada a 14 de junho), quando Florbela escreve ainda para alguém que não passa de uma abstração: para um destinatário desconhecido, pertencente a um universo distanciado, pois que Battelli é estrangeiro e cada vez mais prestes a partir para a Itália, portanto, alguém que dificilmente chegará a conhecer, criatura pertencente a uma outra dimensão de relacionamentos, já que é professor visitante na Universidade de Coimbra.*

Battelli, assim como o almejado receptor incógnito e ideal do seu Diário, *é um personagem sempre muito receptivo, que, além do mais, demonstra ter admiração pela sua obra, e que se dispõe a promovê-la, traduzindo-a e divulgando-a fora dos limites em que atua Florbela: o mundo literário italiano. Ele é, praticamente, um destinatário que não pertence à esfera do, digamos, mundo real, daquele circundante à escritora, mas de um mundo mais recuado e mais privado porque só existe, durante algum tempo, enquanto âmbito fictício e remoto: apenas enquanto espaço de escrita.*

Por todas essas características, Battelli se perfaz para Florbela — pelo menos antes de meados de setembro, quando vem conhecê-la pessoalmente e o encanto se desfaz — como um receptor ideal, muito semelhante ao visado para o Diário, *pois que este se centra sobre uma espécie de remissão a um leitor futuro, ao mesmo tempo íntimo e distanciado, capaz de assimilar discretamente as suas confidências, sem perigo de fazê-las vazar, porque se mostra pessoa de extremada confiança, dando-lhe azo a uma escrita ao mesmo tempo vária, racional, intuitiva e reflexiva, enfim, a uma escrita mista, muito própria ao cânone do gênero diarístico. A necessidade de se apresentar a ele, de se dar a conhecer ao professor italiano, se cruza com prerrogativas típicas do diário: a da autoanálise, a da autodescrição, a da concomitância de um tempo interior e um tempo real, a da conquista de um grau mais aproximado ao seu próprio imo.*

São doze as peças anteriores à vinda dele a Matosinhos e, não por acaso, constituem-se elas, mercê do teor específico desse receptor, nas mais densas, mais reveladoras da intimidade de Florbela e, portanto, nas mais confidenciais. As restantes doze outras peças posteriores a esse episódio referem-se, quase que por inteiro, a fatos concretos, a acertos práticos acerca da publicação do Charneca em flor, *a dados que extrapolam, em absoluto, os registros da escrita diarística: a sedução e o mistério contidos naquele destinatário ideal haviam, certamente, se esboroado nesta altura...*

Ao longo desse derradeiro ano de vida, Florbela guarda como correspondentes a seu pai (quatro peças enviadas), a Túlio Espanca, seu afilhado e primo (três peças), a José Emídio Amaro, jornalista e conterrâneo (uma peça), a Alfredo, amigo de infância (três peças), a sua mulher Lena, querida amiga (uma peça), e à Aurélia Borges, antiga aluna e amiga permanente (uma peça). Há ainda um postal de Florbela postado, de Lisboa, em francês, ao médico que a tratou em Pedras Salgadas, o dr. Carlos Gomes de Oliveira, em 2 de julho (29)[1] — pelo menos é esta a correspondência conhecida.

---

[1] Numero cada uma das peças, tal como tenho procedido ao longo deste trabalho. Assim, sempre que o leitor encontrar, após a citação de alguma peça, um número entre parêntesis, fique certo de que ele se refere à ordem em que tal peça se encontra situada neste capítulo.

Eis, a seguir, cronologicamente situados, os trinta e dois fragmentos do Diário *e as trinta e oito peças epistolográficas do último ano, perfazendo um total de setenta unidades.*

Das cartas enviadas a seu pai, na primeira, a de Matosinhos, em 31 de janeiro, publicada por Celestino David (10), Florbela, que está acamada com problemas renais, cumprimenta, muito carinhosamente, o pai aniversariante; na falta direta de Henriqueta, que é quem cuida dos pormenores domésticos para ela, a escritora se vale do pai para saber a respeito do preço da carne de porco. Na de 14 de junho, expedida de Lisboa e publicada por Azinhal Abelho e José Emídio Amaro (25), Florbela acerta os detalhes, com o pai, sobre a sua ida a Évora para o dia 20, fato que ocorrerá, sendo que a escritora só vai regressar a Matosinhos em 1 de agosto. A terceira das peças dirigidas ao pai é um postal de 25 de agosto, publicado por Celestino David (42), em que Florbela acusa o recebimento da notificação de ida dos pais para Vila Viçosa e mais a notícia da encomenda de Battelli que, para lá, havia seguido. Há, neste postal, um recado à madrasta acerca de um "Anjo que grita", próprio da cumplicidade entre ambas que, de qualquer forma, é uma imagem muito sensível e até comovente — muito embora dissolvida, em seguida, em graça e humor—, cujo sentido ainda me permanece oculto. A quarta e última das peças ao pai, de Matosinhos, em 8 de novembro, publicada por Azinhal Abelho e José Emídio Amaro (57), escrita em papel tarjado de preto, é uma carta que expõe uma Florbela um tanto amarga e doente, que se queixa do fígado, dos intestinos e dos rins — segundo ela, "estas tripas é que hão-de acabar comigo" — e que, por isso, não pode seguir para Lisboa, como tencionava. No seu estado, uma pessoa só sai de casa para ir ao hospital "ou para o cemitério, que ainda era melhor". A propósito do livro que, ela espera, saia pelo Natal, Florbela destila a sua indisposição para com o mercado cultural; a escritora tem plena consciência, nesta altura da sua vida, de que é preciso dinheiro, frequentação dos ambientes propícios, para que seja conhecida e lida. Mas a sua autoestima afirma que "nenhuma delas" — deve referir--se às escritoras contemporâneas — "vale o que eu valho, é esta a consolação que me resta".

Das três cartas a Túlio Espanca (todas pertencentes ao seu acervo pessoal), a primeira data de 23 de fevereiro (17) e segue o mesmo tom geral de todas elas: a família do tio passa sempre por dificuldades, de maneira que, quando pode, Florbela envia, por intermédio do primo-afilhado, dinheiro, roupas, mantimentos, enfim, aquilo que lhe é possível mandar para esses parentes necessitados. Sobretudo nesta epistolografia familiar pode-se constatar a solidariedade e a generosidade de Florbela, traço constante das cartas a Túlio. Nesta, ela explica as suas próprias dificuldades monetárias e comenta a ausência do seu pai no que concerne a socorrê-los nessas circunstâncias. A segunda peça, datada de 21 de agosto, é um postal (39) que responde ao pedido de Demóstenes, irmão de Túlio, e desenhista, que gostaria de ser capista do Portugal Feminino — *ao qual ela incentiva. A terceira, uma carta de Matosinhos, datada de 29 de setembro (49), é simplesmente para notificar o envio de roupas, sapatos, dinheiro, etc., para que possam se preparar para o iminente inverno.*

A única carta conhecida desse derradeiro ano endereçada a José Emídio Amaro data de 5 de julho, segue de Évora e foi publicada por ele (31). Aquando da iniciativa desse seu patrício de lançamento da Revista Portuguesa, *Florbela se prontificara em lhe conseguir assinaturas, fato que deveras ocorre, como o demonstra a carta de 26 de janeiro de 1928, onde comparece, entre outros, o nome de Luiz Cabral, como um dos assinantes.*[2] *Agora, com o lançamento do* Portugal Feminino, *ela solicita, com muita elegância e graça, os préstimos do amigo a fim de que ele possa lhe angariar assinaturas.*

[2] A propósito, este médico e pianista, por quem, segundo consta, Florbela estaria apaixonada na altura, parece ter sido o inspirador dos poemas "Tarde de música" e "Chopin", de *Reliquiae*. Supõe-se também que tenha sido ele o móvel da sua tentativa de suicídio em agosto de 1928, a qual já registrei na carta que ela dirige ao pai em 29 de setembro do mesmo ano. Aliás, numa carta publicada por Celestino David, Mário Lage responde ao sogro em 29 de agosto de 1928 porque Florbela não pode fazê-lo, visto que "desde ontem pela manhã que está num estado de sonolência sem falar, e, parece que, sem ouvir. Há tempos que andava muito nervosa, motivo por que esteve em Seixoso. Não está bem clara a causa deste estado, tendo já sido vista por colegas meus, entre os quais o especialista de doenças nervosas. Está-se-lhe fazendo um tratamento com várias injeções, pois tem dificuldade em engolir". Segundo se crê, essa é a situação em que a escritora se acha depois da malfadada tentativa de suicídio. No fragmento (20) do seu *Diário*, redigido em 13 de março, Florbela faz menção a um "Luiz" que, tudo indica, deve ser o mesmo.

*Acerca de José Emídio Amaro cabe aqui um reparo. Na altura
em que o* affaire post mortem *se desenrolava cada vez mais
penosamente e que Florbela também passava a ser questionada
pelas suas posições "políticas", de maneira que, além de tudo,
também era acusada de ser contra o salazarismo (razão esta
que era invocada para evitar que seu busto fosse erguido) —
os seus amigos, em desespero de causa, e ingenuamente, até
disso procuraram defendê-la! Assim, em 1936, José Emídio
Amaro, num texto intitulado "Florbela Espanca e o Estado
Novo", publicado em* Notícias do Alentejo, *de Vila Viçosa (em
13/09/1936), chega ao cúmulo de tentar provar que "Florbela
não foi inimiga do Estado Novo, e, ao contrário, eu posso
considerá-la sua* (sic) *precursora!" Segundo ele, "Florbela
causticava, com a sua ironia profunda, a comédia vergonhosa
dos partidos, antes da gloriosa Revolução Nacional"...*

*Regressando à epistolografia desse derradeiro ano, a única
carta a Aurélia Borges (publicada por ela mesma) compreende
apenas um fragmento conhecido, ao que se sabe, escrito em
novembro (59). Trata-se de um momento muito amargo em que
Florbela reclama, afinal, de ser quem é: da sua unicidade, da
sua diferença, da sua insatisfação, do seu permanente estado
de incompatibilidade com a vida normal.*

*Da correspondência com Alfredo, irmão de Buja, há três
peças, como já disse, todas pertencentes ao acervo da família
de Milburges Ferreira e publicadas por Rui Guedes. Elas todas
dizem respeito à estada de Lena (Maria Helena), sua esposa,
e de seus dois filhos (Maria Luísa e José Pedro) durante os
meses de agosto e de setembro, em sua casa de Matosinhos.
Em meados de setembro, Guido Battelli também aparecerá
por lá, de maneira que conhecerá, portanto, a amiga Lena,
os sogros de Florbela e o marido Lage. A primeira carta a
Alfredo, de Matosinhos, em 15 de agosto (38), tem muita graça
pelo amaneirado provinciano típico do Alentejo, que Florbela
emprega com destreza e humor. Ela está falando, em verdade,
com um amigo de longa data, de comprida camaradagem, a
bem dizer, com gente próxima como se fosse da família, dando
conta de como se comportam as crianças, das suas proezas
e saúde, e do quanto estão enfronhadas com as pessoas da
casa, que tanto as mimam e admiram. Tudo isso para pedir*

ao pai que permita que fiquem mais um tempo com eles, visto que farão muita falta se se forem assim. O bizarro da carta é a informação de que Florbela anda desapartada dos versos há tempos, quando, ao contrário, acaba de enviar dois novos sonetos a Battelli.

A segunda carta, também de Matosinhos, em 27 de setembro (47), dá sucintamente a notícia da morte do seu sogro e, em seguida, com muito humor, propõe postergar a partida da família: uma das razões é que espera ir com eles, mas o "negregado luto" a obriga a percorrer o comércio local em busca das vestimentas apropriadas. A última carta, que vem sem data, provavelmente ainda de setembro e em seguida à anterior (50), no mesmo tom de camaradagem próxima, ainda prepara a volta da família de Alfredo incertamente para até o dia 15 (de outubro). Por alguma razão, todavia, Florbela acabou por não viajar com a amiga, projeto que só poderia concretizar depois do seu aniversário, como o comprova a única carta enviada a Lena, em 2 de dezembro, também pertença da família de Milburges Ferreira (68).

Nessa carta, escrita às vésperas da sua morte, Florbela comunica à amiga o presente de aniversário que recebeu do marido: o montante referente à vinda de Maria Helena para Matosinhos, a fim de passar com ela o seu aniversário. Pensando em tudo, em todas as minúcias, no dinheiro para o bilhete de Lena, para o carregador das malas, para o táxi e mesmo na maneira de trazer Maria Luísa com ela, Florbela planeja ir no dia 22 de dezembro "para baixo passar lá o Natal com vocês, seguindo depois para a charneca". A Lena, que considera como a sua "irmãzinha", está lhe fazendo muita falta, agora que está "doente", de maneira que não pode aceitar de modo algum a recusa a tal oferta, o que seria "uma crueldade". Que ela venha logo no sábado, porque na segunda-feira "são os meus anos e domingo temos que arranjar os salões". Lena vai chegar, todavia, apenas na segunda-feira, quando encontrará morta a amiga.

Quanto à correspondência com Guido Battelli, ela tem início depois que esse professor italiano, contratado como professor visitante de História da Literatura Italiana na Faculdade de Letras da Universidade de Coimbra (em 18 de abril de 1930), conhece os poemas de Florbela através do dr. António Batoque que, então, era advogado na cidade de Pombal. Escreve Battelli para o Portugal Feminino, *pedindo informações acerca da poetisa, justo quando Florbela está passando por Lisboa, e, da casa da diretora da revista, Maria Amélia Teixeira, a escritora responde à carta do professor em nome da diretora. Essa é a primeira das vinte e quatro peças referidas.*

Como já comentei, logo após a morte da poetisa, em 1931, Battelli publica algumas dessas cartas a ele dirigidas. Todavia, adultera-as, emitindo trechos, acrescentando outros, enfim, procedendo a montagens que tinham como fito evitar quaisquer possíveis especulações acerca das relações mantidas entre ambos, assim como esconder do público leitor a verdadeira Florbela: a insurrecta, a anarquista — numa palavra: a inconstitucional! Assim, a Florbela forjada por Battelli é uma mulher bem comportada, temente a Deus, que não convive com contradições, de modo que a pagã e a panteísta cedem lugar, nesse modelo erigido por ele, à mulher de fé, enquanto a pantera fica domada em ovelha, e o orgulho, de que Florbela tanto se ufanava, acaba por restar abafado pelos gritos patéticos que ela soluça pedindo compaixão pela sua desventura...

Esse era o retrato que emergia da publicação que Battelli fez das cartas que, todavia, ele depositara, lacradas, na Biblioteca Pública de Évora, com a condição de apenas serem abertas dez anos depois. De maneira que a leitura integral das cartas acabou por revelar uma outra e diversa Florbela, sem dúvida, brasa reateada, ainda em 1941, para a fogueira inquisitorial em pleno vigor durante o mencionado affaire.

Por outro lado, o perfil que Florbela constrói do professor, a partir do que ele lhe informa ao longo dessa correspondência, aponta para a imagem de um senhor de meia-idade, cerca de 62 anos, ansioso por remoçar diante da juventude dela, de um estudioso de literatura, apaixonado por Portugal e pela sua cultura, de um professor injustiçado na Universidade de Coimbra por Eugênio de Andrade, para a depreciação de cuja obra pede o concurso da poetisa. Situa-se politicamente como um cidadão simpático a Mussolini e a seus chemises noires, *como católico praticante e fervoroso, como uma espécie de relações-públicas do mundo aristocrático e artístico italiano, levando Florbela a fazer contato com escritores dos seus relacionamentos, dentre os quais se distingue a Condessa de Fiumi, que envia a ela fotos e obras, mas cujos malentendidos a respeito do que lhe atribui a deixam "pasmada". Battelli é, sobretudo, o tradutor e o divulgador das produções da poetisa na Itália, bem como o versejador que almeja sempre o seu parecer.*

A partir de 10 de julho (32), propõe-se a bancar a edição do **Charneca em flor**; *faz empenho em conhecer pessoalmente a escritora, o que ocorre entre 10 e 25 de setembro. Na época, ou logo após, insinua-se à Florbela, mas retrocede de imediato uma vez que ela entende as palavras dele "como versos dum poeta a quem a imaginação bastas vezes ilude", como escreve a 6 de outubro (51), acrescentando que nada disso "tem importância", já que "a vida é feita destas divinas tolices que se esvaem, como fantasmas de fumo, à primeira curva do caminho". Além disso, jamais se tutearam, ao contrário da intimidade que ele arrota ter com ela, quando a trata por "tu" nos textos que redige para ela e sobre ela depois da sua morte.*

Em contrapartida, a imagem que Florbela lhe oferece é a de uma escritora rebelde e irreverente, avessa à publicidade, à glória, aos críticos e jornalistas (27), sem editor e sem dinheiro para dar a lume seus livros (31), muito orgulhosa, a ponto de jamais mendigar favores (28), orgulho que, aliás, "tem sido a minha suprema defesa, o meu amparo e a minha força" (32). Quando transformada por ele em suposta "aluna", dispensa-o das aulas de italiano que lhe pode oferecer, porque não quer aprender nada, mas antes "desaprender" tudo (43), esperando apenas dos outros "qu'on me fiche la paix", como se desculpa (37) por usar tal argot.

Não é nem católica e nem protestante, "nem budista, nem maometana ou teosofista". Não é "nada", e sequer lhe serviria o preceito divino "'Aquele que procura, já me encontrou', porque não procuro nada...

> O meu racionalismo à Hegel, apoiado numa espécie de filosofia
> à Nietzsche, chegou-me por muito tempo. Hoje... a minha sede de
> infinito é maior do que eu, do que o mundo, do que tudo, e o meu
> espiritualismo ultrapassa o céu,

como afirma (36). Também não demonstra o mínimo interesse em discutir com Battelli nem "política nem religião: não nos entenderíamos. Sou pagã e anarquista" (43).

Quanto à sua saúde, diz sofrer de uma "doença crónica", a qual, no transcorrer da correspondência, é atravessada por uma ameaça de apendicite. Há dois anos faz temperatura todas as tardes, está magra, neurastenizada; culpa disso a "alma". Segundo ela, trata-se da "eterna história da lâmina corroendo a bainha" (31). Não permite que ele acuse a sua "educação dos defeitos do meu carácter. Eu sou hoje o que fui sempre" (37). O fato é que há "transformações irrealizáveis: uma figueira nunca poderá dar rosas". A mãe morreu de "nevrose"; o irmão desapareceu num voo de treino no Tejo e esse "horror arrasou-me, esfacelou-me", mas nem por isso é uma "Jeremias" — antes uma revoltada "Job" (34).

Florbela declara-se "um canceroso: podem as várias morfinas aliviar-me, curar-me nunca. Estou doente, tenho os nervos destrambelhados" (36). Por outro lado, descreve-se como uma "selvagem", como uma "pantera" inadaptada e insaciável (31), como uma criatura que, longe de ser incompreendida, é antes alguém que "não compreende nada" (34), deixando-se rodear apenas por seus livros, flores e cão, uma vez que voluntariamente enclausurada na sua "cela de Sóror Saudade". Só dorme à custa de Veronal e seu estado de espírito está "desejoso da transformação universal pela morte" (31).

Apresenta, então uma espécie de síntese biográfica (34), perfeitamente oximora:

> Sou uma céptica que crê em tudo, uma desiludida cheia de
> ilusões, uma revoltada que aceita, sorridente, todo o mal da vida,
> uma indiferente a transbordar ternura. Grave e metódica até a
> mania, atenta a todas as subtilezas dum raciocínio claro e lúcido,
> não deixo, no entanto, de ser uma espécie de D. Quixote fêmea a
> combater moinhos de vento, quimérica e fantástica, sempre enganada
> e sempre a pedir novas mentiras à vida, num dom de mim própria

que não acaba, que não desfalece, que não cansa! Toda, enfim, nesta frase a propósito de Delteil: "Très simple avec son enthousiasme à sa droite et son désespoir à sa gauche".

Considera Battelli um de seus "raros amigos", a ponto de lhe fazer confidências sobre o "grande amor" que o destino lhe havia trazido então (51),[3] e é-lhe em extremo grata pela divulgação de seus poemas, de maneira que, se no futuro, tiver leitores, estes terão de "lhe agradecer também a si" (55).

Quanto aos reparos de Battelli, que desde o princípio se vicia em ler na poesia dela a respectiva biografia, Florbela é peremptória: a propósito dos seus sentimentos, declara que "Ah, sim, o amor! Linda coisa para versos!" e, quanto a si, a "minha boca é isso tudo só em verso... na realidade é pálida, fria e inexpressiva como a boca duma velhinha morta" (36). Por fim, sobre a sua "célebre cabeleira de ébano", explica a Battelli: "Poesia tudo, poesia apenas"! (40). De resto, Florbela comprova nessa epistolografia que a relação que mantém com a morte não inclui nem culpa e nem perdão: é a mais telúrica possível, desprendida e sem sombra de consciência cristã:

> A pantera está enjaulada e bem enjaulada, até que a morte lhe venha cerrar os olhos, e da sua miserável carcaça cinzele um tronco robusto a latejar de seiva, ou uma sôfrega raiz a procurar fundo a água que lhe mate a sede,

escreve ela (43).

Quanto ao Diário, ele foi publicado pela primeira vez com o título Diário do último ano *(seguido de um poema sem título),* em 1981, pela Livraria Bertrand, numa edição fac-similada, contando com um prefácio de Natália Correia.

[3] Data de 1930, o autógrafo dum soneto sem título, que começa por "Trazes-me em tuas mãos de vitorioso", que pertence aos herdeiros de Ângelo César, por quem Florbela ter-se-ia apaixonado nesse derradeiro ano da sua existência. E datam especificamente de "Outubro de 1930" os sonetos "Mistério", "À tua porta há um pinheiro manso" e "Há nos teus olhos de dominador" (os dois últimos sem título); o primeiro pertença de *Charneca em flor,* e os outros dois encontrados nos seus esparsos. Na minha edição situam-se respectivamente às pp. 219, 326-327. A propósito de Ângelo César, será ele ou o próprio Battelli aquele personagem presente no *Diário,* a respeito do qual Florbela inquirirá: se vai se revelar, afinal, como uma "águia" ou como um "milhafre"? — no fragmento (44), de 1 de setembro.

Essa apresentação, compreendida entre as páginas 7-30, é simplesmente antológica! A dramaturga, romancista e poetisa portuguesa produz, ali, uma deslumbrante interpretação da figura de Florbela, que passa pela sua poesia e pela sua prosa e que desemboca, portanto, no seu diário. Folgo em poder apresentar uma síntese das coordenadas que desenvolve magistralmente em seu texto tão bonito.

Natália Correia concebe o Diário *como uma prerrogativa da diva interiorizada em Florbela, como um efeito de teatralidade, do gesto histriônico com que ela encarna o patético da sua vontade de tragédia, onde se asila um coquetismo que, pouco a pouco, vai endereçá-la à apoteose suicida do exibicionismo. Apresentando-se, portanto, como a diva do simbolizante feminino, Florbela maquia a sua poesia com langores de estrela de cinema mudo, com uma banalidade fulgurante repleta de pó de arroz. Todavia, habita-a uma virgem, uma sacerdotisa do eterno feminino, cuja originalidade se centra nessa imperemível mensagem.*

Assim, desprende-se do seu Diário *um aroma de camarim, de quem se apronta para encenar o último ato, de maneira a seduzir, já agora, o absoluto. Ela se põe diante do espelho para que seja desencantada do seu clichê de caçadora de frêmitos; mas o espelho não lhe dá tréguas e só reflete escombros. Nessa instância, diante da superfície polida impassível, ela monologa com a solidão, em busca da Outra em si que, todavia, apenas vai existir enquanto transfiguração obtida pelo prodígio da morte. É assim que Florbela se prepara para entrar na urna de vidro, na transparência.*

Natália Correia também descerra nela esse atributo venatório, cinegético, próprio de Diana, a caçadora: a virgem e a sedutora, e, ao mesmo tempo, aquela capaz de castrar. Florbela exige o extermínio da virilidade que ameaça a sua castidade incorruptível, privando, assim, o homem do instrumento sacrílego de possuir uma deusa. Sua repulsa é vestálica: usa garras e lanças, banha-se nua para seduzir Acteon, ao mesmo tempo em que instiga os seus cães para que o devorem, a esse sacrílego voyeur. Assim, exterminando o homem, ela faz renascer em si o princípio fecundante, metamorfoseando-se na lua que recebe o sol.

O princípio dual sedução e castidade que a habita está na **Sóror Saudade***, na tipologia lunática que emprega, ao mesmo tempo em que se transmuta em tríade mítica: Selene, a princesa das quimeras; Artêmis, a que se entrega aos espíritos banhados pela sua castidade; Hécate, a que arrasta os enfeitiçados para as sombras uterinas. É uma trifásica representação da Única, formas com que vai paramentando a sua morte.*

Dentro dessa farmacopeia tanatológica, Florbela exalta no irmão a sublimidade solar: Apeles-Apolo, tornando-se, com ele, réplica da geminação de Apolo com Diana. De resto, a vontade da morte é sócia da sua neurose lunar, da sua bisbilhotice necrófila. Há nela uma euforia da morte, do festejar, na morte, o renascimento, de modo a chamar a atenção para a transparência que vai alcançar. Através da morte, Florbela abre a sua alma aos deuses tumulares, que dormem, e que pedem a ela que os desperte, nessa trilha para a imortalidade.

De um outro ponto de vista, Clara Rocha observa que o **Diário** *de Florbela constitui uma solidão carceral: porque dá conta de uma mulher que se encontra em choque com os padrões burgueses e que, ao mesmo tempo, está presa do provincialismo; porque registra uma mulher que parece estar cativa de um encanto, à espera do* Prince Charmant. *O* **Diário** *se perfaria, assim, como uma necessidade de permanência, de autognose, de narcisismo, de autocontemplação, de espelho, cumprindo uma função memorativa, concernente às vivências e ao registro do tempo de Florbela.*[4]

Já para Seabra Pereira, o **Diário** *parte do espanto do autodesconhecimento fascinado ou pávido. Delineia-se nele uma imagem semelhante à do narrador dos contos, ou seja, a de um "eu" romântico do princípio do século, coado pela depressão finissecular, que busca um "eu" absoluto e que desenvolve uma demanda inquieta de algo que o realize totalmente. Ao longo de suas páginas, ele surpreende um desgosto de viver, próximo ao* spleen *baudelairiano, um* taedium vitae *desagregador do tempo, para os quais a egolatria*

---

[4] Cf. Clara Rocha, "Florbela Espanca. *Diário do último ano*", publicado pela *Colóquio/Letras*, n. 69 (Lisboa: Fundação Calouste Gulbenkian, set. 1982, pp. 79-80).

se torna uma via alternativa contra a vida medíocre. Mas a busca de autoconhecimento em que consiste o Diário descamba na impossibilidade de autognose; daí a presença de uma espécie de autoironia, de empatia com os seres brutos, de envolvimento cósmico.

Assim, o Diário encerra um roteiro de insatisfações e uma sobreabundância emotiva diante de uma insuficiência expressiva, senda de completa insatisfação, insulamento que se localiza no limite mesmo da vertigem de enlouquecimento, da esquizofrenia lírica, e que descerra, todavia, uma insânia genial. Nota-se nessa escrita o fascínio pelos elementos preciosos e a tendência pelo imaginário do maravilhoso tradicional.[5]

Por seu turno, Andrée Rocha recobre a obra de Florbela com uma matização esclarecedora do conceito de "bovarismo", afirmando-o sobretudo na sua poesia, atenta para o fenômeno de que ele é, entretanto, "superado pelo simples fato de ser a sua própria vítima a expressá-lo em gritos de raiva e sofrimento".[6] É certo que, para a grande maioria das produções da escritora, este ultrapassamento é a definição mais exata. Todavia, não parece ser assim para o Diário. Ao longo da sua escrita, o que se desenrola é a flexão, morosa, é verdade, de recrudescimento dessa superação, expondo pouco a pouco a impossibilidade de resistência, a gradativa deposição da vontade e a paulatina entrega da alma à apatia, à impassibilidade, e, finalmente, ao silêncio. Digamos que o Diário encene o próprio campo de batalha ditado pelo bovarismo, que coloca em situação de duelo a paciente e a agente, aquela que sofre e aquela que se esperneia, desenvolvendo a disputa mortal entre a heroína e a anti-heroína para, por fim, decretar, dentre ambas, apenas uma vencedora.

A proposta de leitura com que este trabalho acena a seu leitor é a de se tomar posse do Diário levando em conta a epistolografia conhecida que o rodeia cronologicamente. Assim, suponho que a consideração da contiguidade entre os

---

[5] Cf. Seabra Pereira, o já citado ensaio "A águia e o milhafre (derrota passional e malogro do Eu absoluto na prosa literária de Florbela Espanca: dos contos ao diário)".
[6] Cf. Andrée Rocha, no já citado "À procura de Florbela...", p. 3.

seus fragmentos e tais peças auxilie a amplificar um contexto que pode lançar luz sobre essa derradeira escrita e sobre o sentido que ela encerra e cala: o de desistência ou não.[7]

---

[7] Situo entre parêntesis a notação de lugar e data quando se trata do *Diário*. E lembro o leitor de que, quando topar com as notações de lugar e data entre colchetes, saiba que tais dados não se localizam diretamente na carta ou postal em questão, mas que se encontram seja no envelope ou no carimbo do selo.

(1)
(*Diário*, 11/01/1930)

Para mim? Para ti? Para ninguém. Quero atirar para aqui, negligentemente, sem pretensões de estilo, sem análises filosóficas, o que os ouvidos dos outros não recolhem: reflexões, impressões, ideias, maneiras de ver, de sentir — todo o meu espírito paradoxal, talvez frívolo, talvez profundo.

Foram-se, há muito, os vinte anos, a época das análises, das complicadas dissecações interiores. Compreendi por fim que nada compreendi, que mesmo nada poderia ter compreendido de mim. Restam-me os outros... talvez por eles possa chegar às infinitas possibilidades do meu ser misterioso, intangível, secreto.

Nas horas que se desagregam, que desfio entre os meus dedos parados, sou a que sabe sempre que horas são, que dia é, o que faz hoje, amanhã, depois. Não sinto deslizar o tempo através de mim, sou eu que deslizo através dele e sinto-me passar com a consciência nítida dos minutos que passam e dos que se vão seguir. Como compreender a amargura desta amargura? Onde paras tu, ó Imprevisto, que vestes de cor-de-rosa tantas vidas? Deus malicioso e frívolo que tão lindos mantos teces sobre os ombros das mulheres que vivem? Para mim és um fantoche, ora amável ora rabugento, de que eu conheço todos os fios, de quem eu sei de cor todas as contorções. "Attendre sans espérer" poderia ser a minha divisa, a divisa do meu tédio que ainda se dá ao prazer de fazer frases.

Não tenho nenhum intuito especial ao escrever estas linhas, não viso nenhum objectivo, não tenho em vista nenhum fim. Quando morrer, é possível que alguém, ao ler estes descosidos monólogos, leia o que sente sem o saber dizer, que essa coisa tão rara neste mundo — uma alma — se debruce com um pouco de piedade, um pouco de compreensão, em silêncio, sobre o que eu fui ou o que julguei ser. E realize o que eu não pude: *conhecer-me*.

(2)
(*Diário*, 12/01/1930)

Viver não é parar: é continuamente renascer. As cinzas não aquecem; as águas estagnadas cheiram mal. Bela! Bela!, não vale recordar o passado! O que tu foste, só tu o sabes: uma corajosa rapariga, sempre sincera para consigo mesma.

E consola-te que esse pouco já é alguma coisa. Lembra-te que detestas os truques e os prestidigitadores. Não há na tua vida um só acto covarde, pois não? Então que mais queres num mundo em que toda a gente o é... mais ou menos? Honesta sem preconceitos, amorosa sem luxúria, casta sem formalidades, recta sem princípios e sempre viva, exaltantemente viva, miraculosamente viva, a palpitar de seiva quente como as flores selvagens da tua bárbara charneca!

(3)
(*Diário*, 13/01/1930)

Os olhos do meu cão enternecem-me. Em que rosto humano, num outro mundo, vi eu já estes olhos de veludo doirado, de cantos ligeiramente macerados, com este mesmo olhar pueril e grave, entre interrogativo e ansioso?

(4)
(*Diário*, 14/01/1930)

A minha modesta *chaise* faz-me lembrar — "excusez du peu..." — o Estoril em Julho: azul do mar, pássaros esquisitos todos asas, gerânios vermelhos em grandes umbelas floridas. Passo nela o melhor do meu tempo. Acendo um cigarro... e o fumo, dum cinzento-azulado, eleva-se, quase a direito, até ao tecto, todo pintalgado duma bizarra folhagem roxa, e de exóticas rosas em dois tons de alaranjado, flores de papel inventadas por crianças para divertir bonecas. E a minha *rêverie* eleva-se com o fumo, adelgaça-se, espraia-se, espiritualiza-se. E o meu olhar acaricia, de passagem, o vulto do meu irmão: o meu amigo morto; demora-se, encantado, nas flores das minhas jarras, agora: andorinhas todas brancas, lírios roxos feitos de finos crepes *georgette,* camélias vestidas de duras sedas pálidas. A chuva, lá fora, trauteia baixinho a sua clara e doce cantiga de Inverno, a sua eterna melodia simples que embala e apazigua. Sinto-me só. Quantas coisas lindas e tristes eu diria agora a Alguém que não existe!

(5)
(*Diário*, 15/01/1930)

Como me lembra hoje o jardim da Faculdade! A minha recordação veste-o do roxo de todas as suas violetas, nesta evocação de um passado há tanto perdido! Maria Albertina, Tarroso, Regado, Camélier, Fontes, tantas, tantas sombras! Tantos mortos já! Jardim por onde ecoaram tantos gritos, tantos risos, tantas *blagues*, todo o viço e o frémito das nossas inquietas mocidades, por onde vogaram, confiantes e exaltados, todos os sonhos das nossas almas que ainda acreditavam na glória, na riqueza, na vida e em maravilhosos destinos de lenda! Não gostaria de o tornar a ver; já não é o meu jardim, já não é o nosso jardim; as violetas já não são as mesmas violetas, e aquela árvore grande que parecia debruçar-se a ouvir-nos, meus amigos vivos, meus amigos mortos, já decerto nos não conheceria...

(6)
(*Diário*, 21/01/1930)

É um encanto agora, quase todos os dias renovado, o meu passeio pela Boavista. Como as árvores se enfeitam, espreitando a Primavera! Polvilham-se de oiro as mimosas, ao crepúsculo riem, num riso diabólico, as peónias, vestem as magnólias os seus vestidos de baile: brancos, rosados, cor de lilás... saias compridas quase a roçar o chão. Para aquela, pequenina, toda empertigada, em bicos de pés, no seu tapete de veludo, é talvez este Inverno o seu vestido de baile. Tão nova ainda! Uma rapariguinha de quinze anos. E que nome terá aquela senhora tão alta, toda de roxo, que me diz sempre adeus, quando passo, em lindos gestos comovidos? E a outra, mais adiante, de lenço cor-de-rosa amarrado à cabeça airosa, como uma alentejana? Eu que tenho esgotado todas as sensações artísticas, sentimentais, intelectuais, todas as emoções que a minha poderosa imaginação de criaturinha fantástica e estranha tem sabido bordar no tecido incolor da minha vida medíocre, não esgotei ainda, graças aos deuses, o arrepio de prazer, o estremecimento de entusiasmo, este *élan* quase divino, para tudo o que é belo, grande e puro: flor a abrir ou tinta de crepúsculo, raminho de árvore, ou gota de chuva, cores, linhas, perfumes, asas, todas as belas coisas que me consolam do resto. Serei eu apenas uma panteísta?

(7)
(*Diário*, 22/01/1930)

Faço às vezes o gesto de quem segura um filho ao colo. Um filho, um filho de carne e osso, não me interessaria talvez, agora... mas sorrio a este, que é apenas amor nos meus braços.

(8)
(*Diário*, 23/01/1930)

Endiabrada Bela! Estranha abelha que dos mais doces cálices só sabe extrair fel! "Para que quer esta criatura a inteligência, se não há meio de ser feliz?", dizia, dantes, meu pai, indignado. O ingénuo pai de 60 anos, quando é que tu viste servir a inteligência para tornar feliz alguém? Quando, ó ingénuo pai de 60 anos?... Só se pode ser feliz simplificando, simplificando sempre, arrancando, diminuindo, esmagando, reduzindo; e a inteligência cria em volta de nós um mar imenso de ondas, de espumas, de destroços, no meio do qual somos depois o náufrago que se revolta, que se debate em vão, que não quer desaparecer sem estreitar de encontro ao peito qualquer coisa que anda longe: raio de sol em reflexo de estrelas. E todos os astros moram lá no alto, ó ingénuo pai de 60 anos!

(9)
(*Diário*, 24/01/ 1930)

O Diário de Maria Bashkirtseff é qualquer coisa de profundamente triste, de tragicamente humano. Só não compreendo naquela grande alma o medo da morte. O aspecto da morte, a ideia da morte, apavora-a, espanta-a, indigna-a. É a sua única fraqueza. "Il faudra donc mourir, misérable." "Mourir? J'en ai très peur... Et je ne veux pas." "Je veux vivre, moi, quand même et malgré tout..." "Mon corps pleure et crie mais quelque chose qui est au-dessus de moi, se rejouit de vivre, quand même..." Mas que imensa alma! Queria o amor, queria a glória, o poder, a riqueza, queria a felicidade, queria tudo. E morreu com pouco mais de vinte anos gritando até o fim que não queria morrer. Como não compreendeu ela que o único remate possível à cúpula do seu maravilhoso palácio de quimeras, de ambição, de amor, de glória, poderia apenas ser realizado por essas linhas serenas, puríssimas, indecifráveis, que só a morte sabe esculpir? Os seus vinte anos não chegaram a compreender o alto e supremo símbolo das mãos que se cruzam, vazias dessa maré de sonhos, que a vida, em amargo fluxo e refluxo, leva e traz constantemente. Princesinha exilada, porque não soubeste tu murmurar, encolhendo os ombros, o teu doce e sereno *nitchevo* de eslava?...

(10)
Matosinhos, 31-1-1930

Paizinho

Primeiro, os meus parabéns pelos teus 60 e não sei quantos anos de mocidade. Recebi a tua carta. O António J. já tinha mandado dizer isso tudo que me dizes. Foi realmente uma maçada; neste mundo não há senão idiotas. Eu cá estou na cama outra vez; agora são os rins; hei-de andar toda a vida nesta dança. Paciência; cada um é para o que nasce. Saudades de Mário e minhas para os dois.

Bela

A como está a carne de porco? Talvez quisesse alguma agora, se não estivesse muito cara.

(11)
(*Diário*, 03/02/1930)

Chuva, vento, dores, tristeza... e sempre a Florbela, a Florbela, a Florbela!! Gostaria de endoidecer: Carlos Magno ou Semíramis, perseguidora ou perseguida, a chorar ou a rir, *Eu* seria outra, outra, outra! Não saberia sequer que os meus sonhos eram sonhos: o mundo estaria todo povoado de verdades. Os meus exércitos seriam meus, as minhas pedras preciosas seriam minhas; cóleras, pavores, lágrimas, gargalhadas, tudo isso seria realmente meu. E uma gota de água seria um astro, uma espiguinha de erva, uma seara e um ramo de árvore, uma floresta. Ser doido é a única forma de *possuir* e a maneira de ser alguma coisa de firme neste mundo.

(12)
(*Diário*, 04/02/1930)

Ó Bela imbecil, *trouxa* como tu dizias, irmão querido. Trouxa... trouxa de farrapos, miseravelmente esfarrapados. Dentro, há talvez oiro e pedrarias, o vestido de Cendrillon, a coroa de rosas de Titânia, a esmeralda de Nero, a lâmpada de Aladim, a taça do rei de Thule... Quem sabe se ainda ninguém a desatou?...

(13)
(*Diário*, 06/02/1930)

A minha vida! Que *gâchis!* Se eu nem mesmo sei o que quero!

(14)
(*Diário*, 16/02/1930)

Que personagem irritante o deste romance idiota *La ville du Sourire!* "Je me demande vingt fois, un soir, si je me coucherai à neuf heures ou si je courrai au dancing et je balance encore, à onze heures, entre un pyjama posé sur le lit et un smoking posé sur la chaise..." E gaba-se este pastel de que as mulheres o perseguiam!... Um homem sem vontade, sem energia, sem coragem, nunca pode ser verdadeiramente amado. Ah, ser homem, e um belo impossível trancar-me um caminho por onde eu quisesse passar!

(15)
(*Diário*, 19/02/1930)

Que me importa a estima dos outros se eu tenho a minha? Que me importa a mediocridade do mundo se *Eu sou Eu*? Que importa o desalento da vida se há a morte? Com tantas riquezas porque sentir-me pobre? E os meus versos e a minha alma, e os meus sonhos, e os montes e as rosas e a canção dos sapos nas ervas húmidas e a minha charneca alentejana e os olivais vestidos de Gata Borralheira e o assombro dos crepúsculos e o murmúrio das noites... então isto não é nada? Napoleão de saias, que impérios desejas? Que mundos queres conquistar? Estás, decididamente, atacada de delírio de grandezas!...

(16)
(*Diário*, 22/02/1930)

O olhar dum bicho comove-me mais profundamente que um olhar humano. Há lá dentro uma alma que quer falar e não pode, princesa encantada por qualquer fada má. Num grande esforço de compreensão, debruço-me, mergulho os meus olhos nos olhos do meu cão: tu que queres? E os olhos respondem-me e eu não entendo... Ah, ter quatro patas e compreender a súplica humilde, a angustiosa ansiedade daquele olhar! Afinal... de que tendes vós orgulho, ó gentes?...

(17)
Mat., 23-2-1930

Meu querido afilhado

Recebi a tua cartinha que me fez rir com as peripécias que me contas, apesar dos desastres que por lá vão. Tu sabes que eu não tenho absolutamente nada senão o que o marido ganha, e que tudo se gasta na vida e na sociedade em que somos obrigados a viver. Não há dinheiro que chegue para se viver com uma certa decência numa cidade. Se eu fosse rica, nada faltaria nem a ti nem a teus pais e irmãos; sou muito vossa amiga como o era o nosso querido Apeles, e tudo isso que vocês passam me custa tanto como não imaginas. O que me dizes do tio não os socorrer em nada, já o calculava, porque se anda sempre a chorar não sei se com razão se sem ela; eles é que lá sabem! Mando alguma coisinha, que pouco é porque pouco pode ser, para o vosso jantar de carnaval, para variar da açorda e dos feijões. Quanto à roupa, só depois do carnaval posso ver isso; eu não tenho que lhes mandar, pois aqui em casa é só um a gastar e vocês são uma caterva deles, mas como conheço alguns homens da família do marido, vou ver se por esse lado posso arranjar alguma coisa que lhes sirva; logo que tenha seja o que for, mandarei. Não sei se receberam a última encomenda que constava dum casaco, 1 camisola, 2 saias de lã, uma gravata e uma caixa de cigarros. Era bom que costumassem a mandar-me um postal logo que recebessem o que lhes mando, pois assim nunca sei se receberam se não. Manda agora dizer, não te esqueças, se recebeste esta carta, pois fico em cuidado com o dinheiro. Dá muitas saudades a todos; desejo do coração as melhoras da tua mãe, e para ti vai um grande abraço da tua madrinha e amiga

Bela

(18)
(*Diário*, 23/02/1930)

A vida tem a incoerência dum sonho. E quem sabe se realmente estaremos a dormir e a sonhar e acabaremos por despertar um dia? Será a esse despertar que os católicos chamam Deus?

(19)
(*Diário*, 28/02/1930)

Estou tão magrita! A lâmina vai corroendo a bainha, a pouco e pouco, mas implacavelmente, com segurança. Devo ter por alma um diamante ou uma labareda e sinto nela a beleza inquietante e misteriosa das obras incompletas ou mutiladas.

(20)
(*Diário*, 13/03/1930)

O Luiz tem no íntimo, embora o não confesse, um grande orgulho por não ser capaz de amar doidamente uma mulher. Como é que, sendo ele tão inteligente, não compreende esta verdade tão simples: que aquele que não tem nada para dar é que é pobre? Assim, nas suas aventuras sentimentais, dá, em troca de pedras preciosas, dinheiro falso e... como cada um dá o que tem, elas dão sempre pedras preciosas e ele continua a dar dinheiro falso. E, quando chegar a morte, terá ignorado dois dos maiores prazeres da vida: o prazer de possuir pedras preciosas e o prazer de as dar.

(21)
(*Diário*, 16/03/1930)

Imagino-me, em certos momentos, uma princesinha sobre um terraço, sentada num tapete. Em volta... tanta coisa! Bichos, flores, bonecos... brinquedos. Às vezes a princesinha aborrece-se de brincar e fica, horas e horas, esquecida, a cismar num outro mundo onde houvesse brinquedos maiores, mais belos e mais sólidos.

(22)
(*Diário*, 20/04/1930)

Ponho-me, às vezes, a olhar para o espelho e a examinar-me, feição por feição: os olhos, a boca, o modelado da fronte, a curva das pálpebras, a linha da face... E esta amálgama grosseira e feia, grotesca e miserável, saberia fazer versos? Ah, não! Existe outra coisa... mas o quê? Afinal, para que pensar? Viver é não saber que se vive. Procurar o sentido da vida, sem mesmo saber se algum sentido tem, é tarefa de poetas e de neurasténicos. Só uma visão de conjunto pode aproximar-se da verdade. Examinar em detalhe é criar novos detalhes. Por debaixo da cor está o desenho firme e só se encontra o que se não procura. Porque me não esqueço eu de viver... para viver?

(23)
(*Diário*, 28/04/1930)

Não tenho forças, não tenho energia, não tenho coragem para nada. Sinto-me afundar. Sou o ramo de salgueiro que se inclina e diz que sim a todos os ventos.

(24)
(*Diário*, 02/05/1930)

La Monnaie de Singe, de Delarue-Mardrus, encantou-me, positivamente; sem ser, de maneira nenhuma, uma obra-prima é um livro adorável. À parte a sua estrutura um pouco frágil, os seus exageros, o seu tom um pouco forçado de demonstração, é realmente qualquer coisa de bom. A sua "petite fille toute en or", longínqua como um ídolo, é um magnífico pretexto para magníficas páginas cheias de coração e de graça. "La jalousie et la haine sont des formes de l'hommage. C'est un encens amer, mais le plus précieux des encens, celui que les médiocres ne connaîtront jamais." Como é verdade! Este livro tem para mim o valor de me ter debruçado sobre ele como se me tivesse debruçado sobre a minha alma de rapariga. Lembro-me de ela ter sido, dantes, um pouco, a alma corajosa e bravia, terna e inquieta duma "petite fille toute en or". E, também a mim, foi sempre em "monnaie de singe" que a esmola da ternura me foi dada...

(25)
Lisboa, 14-6-1930

    Paizinho

    Recebi o teu postal, que agradeço. Não me agrada nada ir meter-me em balbúrdias de mudanças. Não posso de maneira nenhuma suportar andar dum lado para o outro: não tenho paciência nem saúde para isso. Resolvo então ir para Évora no próximo dia 20, já que não há outro remédio, e se a balbúrdia for muita e eu não tiver paciência, vou para a Nave e lá esperarei que Vocês vão para V. Viçosa. Está então dito: na próxima 6ª feira, no comboio da noite que daqui sai às 7h. da tarde, lá estarei; se por acaso, à última hora, como muitas vezes acontece, resolverem adiar a viagem, não se esqueçam de me prevenir para eu não chegar aí e não os encontrar, o que não tinha mesmo graça nenhuma. *Saio daqui 6ª feira, dia 20, no vapor das 7h. da tarde;* levem à estação um automóvel.
    Se houver qualquer outra resolução, avisarei por telegrama com tempo, como da outra vez.
    Tua filha muito amiga

                                                Bela

(26)
Lisboa, 14-6-1930

Ex.mo Sr.

Tenho a honra de comunicar a V. Ex.ª que Florbela Espanca está aqui em minha casa: Rua Rodrigues Sampaio, 192, 1º Esq.º, até ao dia 19, retirando depois para o Alentejo repousar por um mês, não sabe ainda para que localidade. A sua casa oficial é Rua 1º de Dezembro, 552 — Matosinhos.
Sempre às ordens de V. Ex.ª att.ª e obg.ª

Maria Amélia Teixeira

(27)
Lisboa, 18-6-1930

Ex.mo Senhor

Não sei como exprimir-lhe os meus agradecimentos pela honra insigne, que não esperava, de ver traduzidos os meus pobres versos na língua dulcíssima da grande e genial Ada Negri. Conheço-a e acho-a a maior poetisa do mundo. Tão longe de mim, meu Deus, tão longe!
Não conheço o italiano, ou por outra, conheço-o mal; mas como conheço bem o francês e o espanhol, tentei compreender ontem: primeiro, a sua gentilíssima carta, depois — o que me foi muito mais difícil —, os seus, ou por outra, *os nossos lindos* versos. Obrigada, muito, muito obrigada.
Do que tenho muita pena é de não poder mandar-lhe nenhum exemplar dos dois livros que tenho publicados: *Livro de Mágoas*, que já conhece, e *Livro de Sóror Saudade*, um lindo nome que um poeta me deu e que o meu ilustre tradutor nunca poderá traduzir... por não ter tradução em nenhuma língua do mundo. Os dois livros estão absolutamente esgotados, e eu fiquei apenas com um único exemplar de cada uma dessas obras. O primeiro perdi-o, o segundo tenho-o ainda em casa e

desde já lhe prometo, no meu regresso, mandá-lo copiar todo à máquina e enviar-lho imediatamente. Não me custa nada. Será tão pouco a pagar-lhe o muitíssimo que lhe devo! Envio-lhe o meu retrato tirado este ano, o retrato duma selvagem que tem horror à publicidade, à glória a toques de tambor, aos editores, críticos, jornalistas, etc., etc. Tenho dois livros: um de prosa, outro de versos, na gaveta, onde provavelmente ficarão todo o resto da minha vida, pois a minha incapacidade perante a vida prática é cada vez maior, e a minha triste qualidade de inadaptável é cada vez mais forte.

Mando-lhe junto três sonetos desse último livro que não foi publicado, e mais uma vez lhe faço a promessa de lhe enviar a cópia dactilografada do livro que não conhece, *Livro de Sóror Saudade*. E ainda obrigada, muito obrigada, comovidamente, de todo o meu coração.

De V. Exª Attª e Obgª

Florbela Espanca

(28)
Évora, 27-6-1930

Exmo Sr. Guido Battelli

Como agradecer-lhe tão grandes e tão repetidas provas de estima! Recebi os seus versos, as suas traduções, o seu belo artigo sobre a minha encantadora Évora. Obrigada por tudo, que sinto não merecer.

Conheço realmente os versos de Ada Negri através de traduções francesas e um estudo de Shuré. As duas outras poetisas italianas, assim como a poetisa uruguayana, não conheço. De Itália, além dos grandes de outrora, é claro, conheço apenas, e sempre através de traduções, Leopardi, Guido de Verona e d'Annunzio. Nada mais. É sempre difícil conhecer-se a literatura dum país de que se não sabe a língua.

Não imagina os sonhos que a sua amabilidade para comigo veio despertar em certas cabecinhas femininas que pensam em verso! Dizem que eu não valho mais que tive apenas... sorte. E tive, realmente. Obrigada, tanto, tanto!

As minhas poesias que *não devem ficar na sombra* não têm outro remédio: não tenho editor! Apesar de ver esgotados os meus dois livros em poucos meses, ninguém agora quer editar-me este que é de todos o melhor, principalmente na forma.

Se me atrevesse, se não tivesse o grande receio de lhe desagradar, pedia-lhe a fineza de ver aí em Coimbra se seria possível. Aceitaria por mim todas as condições. A questão dinheiro não me prende duma maneira exagerada, se bem que me não desagradasse ganhar algum para satisfazer os meus dois vícios: flores e livros.

No entanto, se os não editar, paciência. O que não quero de maneira nenhuma é mendigar favores, como vejo fazer em volta de mim com uma sem-cerimónia, uma falta de dignidade, de altivez de que eu seria absolutamente incapaz.

A sua imensa bondade para comigo ficará uma das melhores recordações da minha vida. Poderei dizer com orgulho: "Guido Battelli veio a mim espontaneamente, com toda a generosidade dum grande coração e dum alto espírito. Devo tê-lo merecido um pouco".

Dever-lhe-ei o que nunca julguei possível: saber os meus pobres versos compreendidos longe, muito longe, como se lhes tivessem nascido asas. Obrigada pelo delicioso milagre.

Envio-lhe a minha morada até 10 de Julho: Rua João de Deus, 28-Évora. E nesta sua casa aqui me tem ao seu dispor, infinitamente feliz se lhe puder ser útil.

Com os protestos da minha mais alta consideração, de V. Ex.ª Att.ª Ag.ª e Obg.ª

Florbela Espanca

(29)
Lisbonne, 2-VII-1930

Un bon souvenir de Lisbonne où je viens d'arriver. Bien
à vous.

B.

(30)
Évora, 5-Julho-1930

Exmo Sr. Guido Battelli

Gostei imenso, imenso, das poesias de Juana de
Ibarbourou. É uma panteísta, vibrante e sincera. Tem versos
soberbos de audácia, coloridos como certas paisagens ásperas
e ardentes da minha terra. Obrigada pelo prazer espiritual que
me proporcionou. Gostei também muito da tradução dos meus
"Versos de Orgulho". Exprimiu lindamente a minha ideia, e eu
compreendi perfeitamente o sentido e até mesmo quase todas
as palavras. Vou fazendo sérios progressos! Não se preocupe
com o seu francês, que é esplêndido. Eu conheço quase tão
bem a língua francesa como conheço a minha, mas para a ler
e falar; se fosse a escrevê-la, a gramática horripilada metia-
-me decerto num processo...

Como me tentaria o programa que me expõe! Que belas
férias seriam! Mas, creia-me, é-me impossível como ir à Lua.
Eu não sou uma mulher como as outras: há dois anos que
faço ligeiras temperaturas todas as tardes. Estou magra como
um junco, sem forças, neurastenizada e insuportável. Tenho
corrido em vão todos os médicos, feito radiografias de tudo
quanto é possível radiografar-se, análises de tudo quanto é
possível analisar-se e... ninguém sabe o que me mata a pouco
e pouco. A alma, talvez; a eterna história da lâmina corroendo
a bainha. Passo a maior parte da vida na cama ou na *chaise-
-longue* da minha salinha de estar, onde tenho os meus livros,
as minhas flores e o meu cão: a cela de "Sóror Saudade". Sou

uma inválida, uma exilada da vida. O que mais me tortura são as teimosas insónias em série de quatro noites, só consigo dormir com "Veronal" ou qualquer outra droga parecida. Já vê que péssima aluna eu seria... No entanto, se alguma coisa se conseguir arranjar para o meu livro irei a Coimbra visitá-lo e agradecer-lhe pessoalmente o bem que a sua grande alma delicada tem feito à minha pobre alma de crucificada, triste como a charneca alentejana onde nasci.

A respeito do seu projecto de reunir num só volume os meus dois livros esgotados e o inédito, acho admirável, mas são todas essas dificuldades que me aponta que me têm desanimado. *Não tenho dinheiro*, isto sinceramente, *carrément*, como se falasse com um amigo de toda a minha vida. Não o tenho pedido porque me não julgo, nem nunca julgarei, no direito de fazer correr qualquer risco ao amigo que a tal empresa se abalançasse. Esta é a verdade e é por isso que, a não encontrar o editor corajoso dos meus sonhos, os versos continuarão... na gaveta, ou dispersos aos quatro ventos de jornais e revistas. Nós dizemos em português: "o que não tem remédio, remediado está".

Para avaliar o meu estado de espírito, desejoso da transformação universal pela morte, envio-lhe o meu último soneto, feito ontem, que ainda ninguém leu. Dou-lho; quem dá o que tem... Com a mais sincera simpatia e a mais alta consideração, sou

Mtº Attª e Obgª

Florbela Espanca

(31)
Évora, 5-Julho-1930

Exmo Sr. José Emídio Amaro

Perdoe-me a estopada que lhe vou pregar, o aerólito que do céu lhe cai aos trambolhões por mal dos seus pecados...

Fui encarregada, pela directora e proprietária do "Portugal Feminino", de angariar no Alentejo 24 assinaturas. Imagine!

Consegui 14, e tem sido um *tour-de-force* que não repetiria por coisa nenhuma deste mundo. Impinjo-lhe já a si uma assinatura por um semestre: 18$00. É barato. Não lhe gabo a mercadoria, principalmente porque sou, dessa revista, assídua colaboradora, embora refile alta e poderosamente contra a escravidão que me impuseram. Envio-lhe os três números mais interessantes; os outros lá irão ter, e o recibo igualmente. Não há pois preocupações. Perdoe-me a sem-cerimónia, e creia que só em último caso, à falta de mais desgraçados a quem impingir essa coisa à má cara, me lembrei do seu nome.

Mas ainda quero outra coisa: envio-lhe mais três números para lá me arranjar, entre as pessoas das suas relações, outra assinatura. Se não chegar ao *record* das 24, quero ao menos chegar às 18. Ainda me ficam 2, Deus do Céu! Tem-me emagrecido, o espinhoso encargo. Tenha dó de mim e não me recambie para cá toda essa prosa; não me livraria duma síncope cardíaca... Diga-me para cá o nome e a morada do desgraçado que o consolará da sua desgraça, sim? Rua João de Deus, 28, uma casa que ponho à sua disposição, juntamente com os protestos da minha maior consideração e estima.

Florbela Espanca

(32)
Évora, 10-7-1930

Exmo Sr. Guido Battelli

Sabe que é muito feio tentar-se desse modo um pobre pecador?... Receio não poder resistir à tentação... Os deuses me deem forças para tão árdua empresa pois, francamente, aceitar a sua generosa oferta, deixar-lhe correr tão grandes riscos, seria uma maneira um pouco esquisita de lhe manifestar o meu profundo reconhecimento, de lhe agradecer o mundo de momentos bons que lhe devo. Seria quase uma má acção. Realmente, o livro, como diz, ficaria esplêndido. Os dois já publicados têm cada um 35 sonetos, creio eu, e este inédito, que se intitula *Charneca em Flor*, tem 50. É muito? Decerto: as suas traduções, o seu estudo traduzido; tudo isso apenas seria para mim honra e orgulho; só tenho pena de talvez o não merecer. Ainda digo *talvez*... Tenho que aprender o que ainda não sei: a ser humilde e modesta. Perdoe sempre o meu ridículo orgulho de pobre soberba; mas o orgulho tem sido a minha suprema defesa, tem sido o meu amparo e a minha força. Devo-lhe tantos e tão bons serviços!

Não tenho nenhum exemplar dos livros esgotados, mas conheço gente que os tem e que mos emprestaria logo que deles precisasse.

Mas não pensemos nisso... Tenho a impressão de estar atacada de delírio de grandezas!

Li e compreendi muito bem os soberbos versos de Ada Negri. Como nós sabemos sofrer de diferente maneira! A dor de Ada Negri usa um manto de púrpura sobre os ombros, a minha veste de burel e anda descalça.

Diz bem: os médicos não sabem o que dizem. Nervos, nervos... não sabem outra coisa; e um ou outro de disposição mais prazenteira diz que eu tenho "teias de aranha nos miolos". Eu rio-me, pois que hei-de fazer? É por vezes tão cómico isto tudo!

O meu talento!... De que me tem servido? Não trouxe nunca às minhas mãos vazias a mais pequenina esmola do destino. Até hoje não há ninguém que de mim se tenha aproximado que me não tenha feito mal. Talvez por culpa minha, talvez... O meu mundo não é como o dos outros, quero demais, exijo demais, há em mim uma sede de infinito, uma angústia constante que eu nem mesmo compreendo, pois estou longe de ser uma pessimista; sou antes uma exaltada, com uma alma intensa, violenta, atormentada, uma alma que se não sente bem onde está, que tem saudades... sei lá de quê!

Perdoe-me: abuso da sua bondade; mas sinto-o um pouco meu amigo e isso faz-me tanto bem! Obrigada, obrigada mil vezes.

Com os meus mais afectuosos cumprimentos, creia-me sinceramente amiga

Bela

P.S. — Só vou para o Norte depois de dia 25.

(33)
(*Diário*, 16/07/1930)

Até hoje, todas as minhas cartas de amor não são mais que a realização da minha necessidade de fazer frases. Se o Prince Charmant vier, que lhe direi eu de novo, de sincero, de verdadeiramente sentido? Tão pobres somos que as mesmas palavras nos servem para exprimir a mentira e a verdade!

(34)
Évora, 27-7-1930

Meu amigo

Venho agradecer-lhe a sua carta, os seus versos e a fotografia de Sibilla Abramo. Que luminosa fronte! Que belo rosto de mulher! Beleza e talento. As fadas não foram avaras junto do seu pequenino berço. Não, não é perigoso tirar alguém da obscuridade. Nem mesmo que, em vez de ser avô, fosse neto... De mim ninguém gosta, de mim nunca ninguém gostou.

Lindos, lindos os seus versos! Nenhuns de que eu tivesse gostado tanto. E gosto deles assim em italiano, em música, e aprendo a dizê-los o melhor que posso, como um bebé aprende a ler.

A capa do futuro *Charneca em Flor* agrada-me; sonhava-a assim pouco mais ou menos. Sim, *bruyère*, exactamente. As flores roxas devem ser urze. A charneca é áspera e selvagem, mesmo vestida das suas cores predilectas: roxo e doirado. Giesta, urze, rosmaninho, esteva: plantas amargas e rudes, sempre sequiosas, sempre solitárias, em face dum céu onde se acende o sol que as queima e o luar que as faz sonhar sonhos irrealizáveis de pobrezinhas que nunca serão princesas. É assim que eu também sou "Charneca em Flor". Envio-lhe o soneto que, a propósito do título, abre o livro.

Não creia que eu sinta alguma espécie de orgulho por esta estranha angústia que é o meu pão de todos os dias. Tenho 35 anos; com esse orgulho, enfeitamos nós os radiosos anos da adolescência; depois... começa a ser um fel demasiado amargo para que não tentemos, com toda a nossa boa vontade, afastá-lo dos lábios. Há transformações irrealizáveis: uma figueira nunca poderá dar rosas. Há os factores: hereditariedade, educação, ambiente, e depois o destino, e ainda sensibilidades vivíssimas, reagindo ao mais pequenino facto exterior como a catástrofes sem remédio. Minha mãe morreu com 29 anos duma doença que ninguém entendeu; a certidão de óbito diz "nevrose". O meu único irmão, o melhor da minha ternura e do meu orgulho, era 1º tenente de marinha, aviador. Morreu há três anos num voo de treino. Tinha 30 anos; era belo, forte, altivo, homem de acção e um delicado artista. O cadáver nunca apareceu; guarda-o o Tejo, ciosamente, no seu túmulo azul. Esse horror arrasou-me, esfacelou-me. Não me julgue, porém, um chorão ridículo ou um Jeremias lamuriento. Não, não sou. Para os que convivem comigo, e que julgam conhecer-me, sou alegre, dizem-me alegre, porque sou *blagueuse* e irónica. Não conto a ninguém esta tristíssima inferioridade de me sentir uma exilada de toda a alegria sã, franca; não mostro a ninguém a miséria da minha miséria de inadaptável, de insaciada. Detesto o ridículo dum rosto olheirento melancolicamente debruçado com ares de vítima; tenho horror a todos os convencionalismos, às frases feitas, às palavras que já serviram. Incompreendida! Que quererá isto dizer? Quase nada... Quem não compreende, sou eu; eu é que não compreendo os outros, os seus prazeres, os seus gostos, as suas fontes de água clara onde se lavam e onde se contemplam. Não sou de maneira nenhuma uma pessimista, não! Uma emotiva vibrante, exaltada, cheia de *élans*, de voos que ultrapassam a vida e os vivos, isso sim! E adoro as árvores, as pedras, os bichos, as flores. Essas imobilidades frementes, essas pequeninas consciências, enternecem-me e deslumbram--me. Não posso olhar para um céu cheio de estrelas que não sinta vontade de chorar de alegria, de humildade, de reconhecimento. Vejo rostos às pedras, rostos petrificados que comovem, atitudes quase humanas que me fazem cismar na glória de ser pedra, um dia... Gosto dos sapos de olhos de estrelas; tenho vontade de lhes responder ao seu grito das noites húmidas de Verão, seu grito de êxtase que tem a doçura duma frase de amor; tenho vontade de lhes dizer coisas ternas. Nada há que mais me comova que a sua ingénua graça de feios. Gosto imenso de todos os bichos pequeninos, simples, vestidos de pardo, como o meu hábito de "Sóror Saudade", desses que só sabem andar abraçados à terra, em íntimo contacto com ela, a terra misteriosa e purificadora, a terra amiga e boa que dum assassino sabe fazer uma rosa, que nos há-de lançar a todos nós mais para além, para o céu, para a luz, para os astros onde não chegue a desprezível vaidade dos tolos, a covardia das traições, a baixeza das mentiras, toda esta grotesca comédia humana que me suja e a quem eu não perdoo o sujar-me.

Já vê que não sou nada a rola gemebunda, a menina portuguesa que suspira ao ouvir um fado arrastado, nas tais guitarras de Alcácer-Kibir...

Sou uma céptica que crê em tudo, uma desiludida cheia de ilusões, uma revoltada que aceita, sorridente, todo o mal da vida, uma indiferente a transbordar de ternura. Grave e metódica até a mania, atenta a todas as subtilezas dum raciocínio claro e lúcido, não deixo, no entanto, de ser uma espécie de D. Quixote fêmea a combater moinhos de vento, quimérica e fantástica, sempre enganada e sempre a pedir novas mentiras à vida, num dom de mim própria que não acaba, que não desfalece, que não cansa! Toda, enfim, nesta frase a propósito de Delteil: "Très simple avec son enthousiasme à sa droite et son désespoir à sa gauche".

Mas só agora reparo: que tremendo discurso! Que estouvamento o meu em não pensar que tem muito mais e melhor a fazer do que aturar-me!

Perdoe-me, mas ainda me resta dizer-lhe que não conheço *Cantos de Vida e de Esperança*, mas que também não quero que mos mande. Pelo amor de Deus, não se incomode mais comigo! Logo que volte para o Porto, procurarei nas livrarias. Muito, muito obrigada por tudo. Eu, daqui a pouco, desisto de lhe agradecer pois já é tanto, tanto, que, por mais que faça, a dívida ficará sempre por pagar!

Tenciono sair daqui no próximo domingo, 27; ficarei ainda uns dias não sei ainda onde, se no Estoril se em Sintra; por conseguinte: até 27, aqui; e a partir de 1 de Agosto, na Rua 1º de Dezembro, 552 — Matosinhos, onde tem uma casa que é sua e onde serei muito feliz em receber um dia o amigo a quem tanto devo.

Duas más fotos de amador, como recordação do meu exílio na charneca... Saudades da muito amiga do coração

Bela

(35)
(Diário, 02/08/1930)

Está escrito que hei-de ser sempre a mesma eterna isolada... Por quê?

(36)
Mat., 3-8-1930

Meu querido amigo

Finalmente instalada e um pouco refeita da fadiga da viagem, venho agradecer-lhe a sua última carta recebida em Évora.

Já tinha saudades de conversar consigo. É assim um católico tão convencido? Eu não sou católica, como não sou protestante nem budista, maometana ou teosofista. Não sou nada. E nem sequer poderá servir-me o preceito divino: "Aquele que me procura, já me encontrou", porque eu não procuro... O meu racionalismo à Hegel, apoiado numa espécie de filosofia à Nietzsche, chegou-me por muito tempo. Hoje... a minha sede de infinito é maior do que eu, do que o mundo, do que tudo, e o meu espiritualismo ultrapassa o céu. Nada me chega, nada me convence, nada me enche. Sou um pobre que nenhum tesouro acha digno das suas mãos vazias. A morte, talvez... esse infinito, esse total e profundo repouso; não me queira tirar a certeza de que ela é tudo isto: seria uma maldade, quase um crime. Pense bem: eu, que não sei o que é dormir uma noite inteira, dormir muitas, dormir todas e todos os dias e todos os anos, pelos séculos dos séculos! Só esta ideia me faz sorrir. Deve ser tão bom!

    Não sei o que há em mim que me envenena todas as horas da vida. Posso dizer como Duvernois: "Ma vie c'est une promenade de prisonnier dans un chemin de ronde. Je tourne et ne vois que des murs..." Às vezes, parece que tenho qualquer missão a cumprir, qualquer coisa a fazer; mas não sei o que é, não compreendo, e esta inquietação mina-me, rói-me; esta interrogação, esta contínua busca, cada vez mais ansiosa, dentro de mim mesma, desvaira-me. Estou hoje num dos meus dias maus, não lhe devia escrever; mas, erguer todos estes fantasmas em frente da sua alma compreensiva e boa, da sua alma amiga, é um alívio e um refrigério. Perdoe o egoísmo à sua pobre Sóror Saudade; hoje mais Sóror Saudade do que nunca. Às vezes sinto em mim uma elevação de alma, o voo translúcido duma emoção em que pressinto um pouco do segredo da suprema e eterna beleza; esqueço a minha miserável condição humana, e sinto-me nobre e grande como um morto. É um instante... Tudo depois é tão vago, de tal maneira solto e impreciso, de tal forma inerte e passivo, que tenho a impressão nítida de ter vindo de longe cumprir a pena do crime de ter nascido. E de todas as minhas tristezas não tenho tirado nada. Boa? Não sei... creio que não. Perdoo facilmente as ofensas, mas por indiferença e desdém: nada que me vem dos outros me toca profundamente. O amor! Ah, sim, o amor! Linda coisa para versos! A minha dolorosa experiência ensinou-me que sou só, que por mais que a gente se debruce sobre o mistério duma alma nunca o desvenda, que as palavras nada exprimem do que se quer dizer e que um grande amor, de que a gente faz o sangue e os nervos e as próprias palpitações da nossa própria vida, não passa duma pobre coisa banal e incompleta, imperfeita e absurda, que nos deixa iguais, miseravelmente iguais ao que éramos dantes, ao que continuaremos a ser. Então... para quê?...

    Tenho imensa pena de lhe não poder dizer, com verdade, que sou feliz. Lembre-se de que eu sou um canceroso: podem as várias morfinas aliviar-me, curar-me nunca. Estou doente, tenho os nervos destrambelhados. Apetecia-me agora estar longe,

longe, nesse claustro de Santa Cruz da sua linda Florença. Sóror Saudade sentir-se-ia ali no seu lugar; a triste monja sem fé encheria o olhar da luz suave e amortecida, toda em sedas pálidas, que a tardinha lhe trouxesse, como um divino milagre, ao seu coração chagado. Sóror Saudade quereria não pensar, sobretudo não pensar, quereria poisar as mãos, devagarinho, no rebordo duma taça de mármore onde dormisse um pouco de água limpa e contemplar, entre os muros do claustro, o céu, lá no alto; em campo azul, um heráldico pombo branco, enquanto lírios muito roxos, a seus pés, inclinassem a cabeça a meditar... O meu grande amigo dirá antes que Sóror Saudade precisa, indiscutivelmente, duma cela em Rilhafoles...

Gosto imenso, imenso do seu grande Ruben Darío. Mas também são dele estes dois belos versos:

"Pues no hay dolor más grande que el dolor de ser vivo,
Ni mayor pesadumbre que la vida consciente."

Os meus progressos em italiano! *Si on peut dire...* Mereço não 16 mas 0, ou ainda mesmo alguns décimos abaixo de 0. É muito difícil, muito, muito difícil. Eu é que tenho que lhe dar os parabéns pelo seu óptimo português: Bravo! Muito, muito bem! Achei graça à dificuldade do *burel* e do *mel*. Que trabalhos por minha causa, e que bondade a sua em se interessar assim por um bichinho tão pouco interessante como eu sou!

Guardo carinhosamente a promessa da sua visita. Que não fique apenas em promessa... Depressa, sim?

Fez muito bem em ter dormido como um anjo, pois a causa da insónia seria uma ilusão como muitas... A minha boca é isso tudo só em verso... na realidade é pálida, fria e inexpressiva como a boca duma velhinha morta.

Tinha assim um tão grande desejo que o Cristo bizantino o remoçasse? Que ideia! Para quê? Eu quereria antes que ele me envelhecesse vinte anos num só dia. Vinte anos! Tanto tempo! Que farei eu ainda de vinte anos, meu Deus?! Tanto, tanto tempo!...

Envio-lhe os meus dois últimos sonetos. Tenho ultimamente trabalhado bastante. *Charneca em Flor* está pronto, visto e revisto, e não me parece mal. Que dirá o Mestre?...

E adeus, um adeus que eu espero seja um "até breve" muito feliz

Bela

?

Quem fez ao sapo o leito carmesim
De rosas desfolhadas à noitinha?
E quem vestiu de monja a andorinha,
E perfumou as sombras do jardim?

Quem cinzelou estrelas no jasmim?
Quem deu esses cabelos de rainha
Ao girassol? Quem fez o mar? E a minha
Alma a sangrar? Quem me criou a mim?

Quem fez os homens e deu vida aos lobos?
Santa Teresa em místicos arroubos?
Os monstros? E os profetas? E o luar?

Quem nos deu asas para andar de rastros?
Quem nos deu olhos para ver os astros,
Sem nos dar braços para os alcançar?!...

Florbela Espanca

(37)
Mat., 12-8-1930

Meu querido amigo

Recebi tudo: versos e prosa. Obrigadíssima. Gostei imenso dos seus versos: *Terras de Portugal*. Como compreende bem e como sente profundamente as cidades do meu pequeno país! Não sei como a pateta da "Sóror Saudade" lhe há-de agradecer as lindas coisas que dela conta aos seus leitores de Itália! "Sóror

Saudade" agradece-lhe como sabe e pode: dando-lhe um grande lugar no seu pequeno coração.

Não; não acuse a minha educação dos defeitos do meu carácter. Eu sou hoje o que fui sempre. Aos oito anos já fazia versos, já tinha insónias e já as coisas da vida me davam vontade de chorar. Tive sempre esta mesma sensibilidade doentia, esta profunda e dolorosa sensibilidade que um nada martiriza, esta mesma ternura apaixonada pelos bichos inocentes e simples. Ficava horas debruçada sobre um formigueiro, dizia coisas ternas aos sapos e às aranhas, e era eu quem criava os pardais e as andorinhas caídos dos ninhos que o meu irmão, solícito, me levava para que eu lhes servisse de mãe. Quando matava as moscas para alimentar as andorinhas, já o triste problema da injustiça da sorte me atormentava. Por quê sacrificar as moscas em benefício das aves? Não compreendia: se ambas tinham asas!...

Se eu fosse florentina não tinha, então, paz nem descanso?! Tanta agitação, todo esse ruído em volta da minha fragilíssima pessoa? Deus me livre!... Eu diria aos *beaux garçons en chemise noire*: silêncio, rapazes!

Élans, impulsos, frémitos, entusiasmos, chamas! Mas disso tenho eu demais! Tenho passado a vida a tentar apagar a fogueira que em mim sobe, em altas chamas, até os astros. Do que eu preciso não é do clamor das multidões, dos clarins da glória, nem das fanfarras da fama, mas de calma, de silêncio, preciso, perdoe-me o vulgar *argot, qu'on me fiche la paix*.

Exercícios militares, espingardas, couraçados, canções de guerra... que horror! A Itália, para mim, será sempre a Itália das pedras mortas, mais vivas do que todo esse magnífico cenário de realizações guerreiras, será a Itália das basílicas, dos museus, dos claustros, a Itália dos jardins de ciprestes e dos poentes de brocado. "Sóror Saudade" podia cismar em paz no claustro de Santa Cruz. Quando surgissem à porta as coroas de loiros, e as fanfarras de guerra ecoassem como um sacrilégio sob aquelas abóbadas criadas para a meditação e o esquecimento das pompas e vaidades humanas, "Sóror Saudade" iria, devagarinho, em bicos de pés, pedir silêncio em nome dos grandes fantasmas adormecidos. E tenho a certeza que Miguel Ângelo, Galileu e todos os outros me diriam, contentes: fizeste bem, "Sóror Saudade", é tão doce o silêncio, tão bom dormir em paz! Só Maquiavel, diplomaticamente, não diria nada, com receio de complicações com Mussolini...

Para que alcançar os astros?! Para quê?! Para os desfolhar, por exemplo, como grandes flores de luz! Vê-los, vê-los toda a gente. De que serve então ser poeta se se é igual à outra gente toda, ao rebanho?...

Eu não peço à Vida nada que ela me não tivesse prometido, e detesto-a e desdenho-a porque não soube cumprir nem uma das suas promessas em que, ingenuamente, acreditei, porque me mentiu, porque me traiu sempre. Mas não choro, não, como os portugueses *chorões*, não tenho nada de Jeremias, pareço-me antes com Job, revoltado, gritando imprecações no seu monte de estrume. Não gosto de lágrimas, de fados nem de guitarras, gosto das belas coisas claras e simples, das grandes ternuras perfeitas, das doces compreensões silenciosas, gosto de tudo, enfim, onde encontro um pouco de Beleza e de Verdade, de tudo menos do bípede humano, em geral, é claro, porque há ainda no mundo, graças a Deus, almas-astros onde eu gosto de me reflectir, almas de sinceridade e de pureza sobre as quais adoro debruçar a minha.

Não só a moral cristã é bela. Veja Ghandi, esse homem--luz, divino como um Cristo e grande, grande como ninguém! Admiro-o tanto!

Espero vê-lo, então, aqui, fins de Agosto ou princípios de Setembro. Por muito bem que tenha feito a muita gente, nunca foi tão grande, nem tão reconhecido como o que me tem feito a mim. E eu nunca gritei a ninguém os meus desesperos como o tenho feito agora, desde que o conheço. Toda a gente me supõe uma cotovia alegre e frívola e eu... deixo supor... Que me importa a opinião dos outros?

Já vai a caminho de Roma o seu artigo. E agora adeus, que são 3h. da madrugada. Boa-noite e muitas saudades.

Bela

(38)
Mat., 15-8-1930

D. Alfredo

Cá arrecebi a sua carta, os seus agradecimentos, os seus cumprimentos que transmiti ao resto do pessoal alvejado. Não é para te ofender mas, palavra de honra, que tu não tens a mioleira em bom estado de conservação patalógica! Que tens tu que agradecer, ó pastel?! Se alguém merece os teus agradecimentos e os meus, és tu próprio, que me confiaste os teus tesouros. Por mim, já sabes: todas essas aves, mais ou menos raras, do poleiro da Tomás Ribeiro, 10, 3º Dtº são um pouco minhas, e depois como não querias tu que apetecesse fazer tudo por esta santíssima trindade? Os pequenos, aqui, neste sossego, com esta vida calma, organizada e simples, revelaram-se o que na realidade são: o José Pedro dócil, obediente, com uma compreensão já enorme dos seus pequeninos deveres de pequenino homem. A Maria Luísa, uma boneca exageradamente amimada, que é capaz deste milagre: não abusar por aí além do estúpido mimo que todos lhe damos. As criadas então, e o servo, é uma desgraça! Já todos comentam, quase com "soluços na *graganta*", a partida dos meninos! A Maria Luísa prefere a Teresa, a quem ela chama Tareja (talvez por se lembrar da mãe do Afonso Henriques...) e a Tareja, é claro, sonha com a Mily. José Pedro, não sei se pela sua qualidade de escarumba, prefere os dois pretos, a Inês e o Pedro. O Pedro tem rompido as calças a andar de joelhos pela cozinha com o José Pedro às costas... Quanto à minha sogra, é não uma sogra mas um anjo, e adoptou mãe e filhos. A tua Lena é uma pérola rara, um *bijou* de pequena. Sempre o mesmo humor igual, a mesma boa disposição, o mesmo sorriso bom, a mesma simplicidade que encanta e prende toda a gente. Merece bem a ternura e a consideração que tens por ela. O meu marido trata os pequenos como os sobrinhos: segue com o maior cuidado, como médico, os seus progressos de fortalecimento, e gosta imenso deles. O meu sogro, que é um urso, nunca se esquece deles. Quando vê a Maria Luísa, fica sempre de lágrima no olho e lamuria sempre a mesma cantiga: "Faz-me lembrar tanto a minha Mariazinha!..." Ora a dita Mariazinha parecia-se tanto com D. Mily como um ovo com um espeto: era rechonchuda, de grandes olhos claros e de cabelos tão loiros que quase pareciam brancos. Já vês as parecenças...

O que é certo é que eles estão óptimos. O José Pedro come como uma frieira. A Maria Luísa nem se fala, é um assombro a mudança! Ontem, depois de ter jantado um ovo mexido, macarrão à italiana, uvas, pão e queijo, ficou o resto do serão a comer boroa, como um cavador. Ontem o Mário teve que lhe tirar o segundo naco de boroa com receio dalguma enterite. Ela diz sempre: "Ó senhor Dr. Lage, eu já posso comer boroa?". Parece impossível o que ela gosta daquela porcaria! A Tareja ri como uma doida quando vê a *sua* menina quase com meio quilo de boroa na mãozinha que mal pode com ela. O que eu e todos nós achávamos bem era que tu os deixasses cá ficar também Setembro todo, pois vale a pena pelo muito que têm aproveitado, e nós estamos encantados com a esplêndida companhia que nos vai fazer uma destas faltas! Não agradeças, nunca, mais nada, pela tua rica saúde, que até nos envergonhas! Dá muitos abraços a todos, sim? Para ti outro grande abraço da tua amiga (também de infância) que é muito, muito amiga

Bela

A respeito de versos nunca mais fiz nada. Estou uma malandra!...

(39)
Querido afilhado

21-8-1930

Recebi a tua carta, que muito te agradeço. Diz ao Demóstenes que não pude tratar desse assunto das capas porque a directora do "Portugal Feminino" foi para o Brasil donde só regressa para Março do ano que vem; só para esse tempo, pois, se poderá arranjar qualquer coisa. No princípio do próximo mês vou mandar uns sapatos para teu pai e qualquer coisa mais que por aqui arranje. O Demóstenes que faça mais alguma coisa, que não perderá o trabalho, segundo tenho esperança. Saudades a todos e um abraço da tua madrinha amiga

Bela

(40)
Mat., 21-8-1930

Meu bom amigo

Rir-me de si! Meu Deus, que ideia! Há tanto tempo que não sei rir! E depois... essa sua afeição sem exigências, essa ternura que me procurou com tanta espontaneidade, essa grande amizade que me oferece, tudo isso me é doce e infinitamente agradável. Tenho em si uma confiança absoluta, a certeza que nunca me virá mal da sua límpida ternura de amigo.

De nós dois sou eu a mais velha: tenho quase cem anos, contados a dobrar pelos tormentos passados. Todas essas belas qualidades que vaidosamente me atribuo, essas coisas lindas que descrevo, são apenas poesia, nada mais que poesia. A realidade é infinitamente menos poética. Sou frágil como um junco, magra e pálida, sem nenhuma beleza, sem nenhum encanto, e a minha célebre cabeleira de ébano — coitada da pobre! — já vai tendo mais cabelos brancos do que negros. Poesia tudo, poesia apenas.

Tenho recebido ultimamente várias traduções portuguesas assinadas André Reis; é algum dos seus discípulos? Donde será que ele me conhece?

Estes últimos dias tenho passado pouco bem, com mais febre e mais fatigada. O destrambelhamento dos nervos não me deixa viver em paz, como sabe viver a outra gente. Passo agora os dias na praia, estendida na areia, à sombra amiga dum simpático toldo, em frente ao mar, alheada de tudo o que me rodeia, sem ouvir o que me dizem, perdida num mundo diferente deste onde a gente perde pé e não sabe a que destroço se agarrar se pensa um pouco mais a sério na humildade da sina que nos deram a cumprir. Tenho feito versos, muitos versos, nunca fiz tantos nem tão bons, talvez. Mando-lhe o último, feito ontem, durante uma teimosa insónia que apenas cedeu a grama e meio de "Veronal". A sua amiga "Sóror Saudade" é *indécrottable*, se este vulgar termo sem-cerimónia se pode aplicar, sem injustiça, à ilustre poetisa que etc., etc., etc... Tanta coisa bonita que me tem dito e como eu gosto que os amigos — mas só os amigos... — me digam coisas assim bonitas!

Como vai Coimbra, a suave Coimbra que tanto me apetecia ver? Os seus jardins, as suas árvores, o seu Choupal, o seu Mondego, num fiozinho de água lavando a cabeleira dos choupos e dos salgueiros? Se eu tivesse um automóvel... mas as poetisas, sobretudo as *ilustres*, as *grandes*, fizeram voto de pobreza, como o seu S. Francisco de Assis, principalmente as poetisas que são freiras e não têm automóvel, não têm nada... têm apenas a estrada, a estrada larga da fantasia, e as asas que desdenham as estradas e que cortam os espaços sem fim, como as asas pardacentas destas gaivotas que eu sigo com o olhar, no seu voo planado e tranquilo.

"Sóror Saudade" espera sempre as suas notícias e fica contente quando as recebe. É para agradecer e também para admirar, porque a triste "Sóror Saudade" é como um bebé amimado: nunca está contente. "Sóror Saudade" é uma bárbara da charneca, uma pantera enjaulada que, nestas imensas tardes de Verão, abre a boca de aborrecimento, sonhando com as noites de lua cheia dos seus matagais longínquos.

"Sóror Saudade", esquecendo-se da sua ferocidade de bicho, saúda reverentemente o amigo muito querido, a quem envia de longe um grande braçado de saudades.

Bela

(41)
Matosinhos, 22-8-1930

Meu bom amigo

Já tinha mandado a resposta à sua carta para o correio, quando a Itália me entrou, triunfante, pela porta dentro. Quantas maravilhas!
O seu gesto de bondade é-o de maldade ao mesmo tempo: lançar lenha à grande fogueira dos meus vãos desejos! Nunca os meus olhos deslumbrados se hão-de poisar em toda essa beleza que, no meu grande orgulho, me julgava destinada. É triste, não é? E tanto estúpido, tanto idiota, por esse mundo fora, que poderia lá ir e não vai, e tanto pateta que se atreve a poisar os sapatorros nessa terra de sonho, a mais bela do mundo! A Itália deveria fechar-se como um precioso museu, como um Paraíso, e só lá deveriam entrar os artistas, os que têm alma, os que sonham com ela como com um primeiro amor. Esta noite não durmo a sonhar com Veneza e com a sombra desses palácios sobre as águas. Mau amigo que me faz insónias! Adeus e *merci, merci, merci*.
Infinitas saudades

Bela

(42)
25-8-1930

Paizinho

Estava à espera que me notificassem a sua chegada a V.V., pois não adivinhava quando tencionavam sair de Évora. Recebi um envelope com um pequeno livro e uns folhetos de Itália; é esse o livro de que falas? Diz à Henriqueta que continuo à espera do Anjo que grita sem que até hoje o ouvisse gritar.
Abraços e saudades para ambos do Mário e da

Bela

(43)
Mat., 26-8-1930

Meu querido amigo

Acho óptimo o seu projecto de vir aqui passar alguns dias à praia de Matosinhos; tentei arranjar qualquer coisa que lhe servisse sob o ponto de vista habitação, pus-me em campo com toda a minha boa vontade, mas o seu sonho parece-me irrealizável, embora ainda lho não possa dizer com toda a certeza, pois encarreguei alguém de ver melhor, de procurar melhor. No princípio da semana lhe direi o que se passar. Há porém aqui, a cinco minutos de eléctrico, um hotel muito razoável, em Leça, donde poderia vir todos os dias a Matosinhos. É pertíssimo, muito mais perto que o Porto. Se eu estivesse em casa minha, com tanto prazer lhe ofereceria a mais franca e sincera hospitalidade! Mas estou em casa de meus sogros, dois velhos agarrados aos seus hábitos de há séculos... Enfim, o meu amigo resolverá o melhor que lhe parecer pelo que lhe direi 2ª, o mais tardar 3ª feira. Combinado?

Pouco conversaremos, decerto; limitar-me-ei a ouvi-lo pois eu só sei falar dentro de quatro paredes e um telhado; ar livre, principalmente em frente ao mar, sou Guilherme, o Taciturno. E também não quero aprender italiano, mesmo com as lições assim baratas, eu não quero aprender nada, nada, nada, nada. Eu quero desaprender, quero não saber, quereria mesmo não saber ler nem escrever a minha própria língua. Eu sei lá o que queria! Não faça caso do meu mau humor de hoje: a pantera está rabugenta e tem agora, neste mesmo momento que a noite se vai cerrando, a nostalgia das clareiras das suas florestas onde a esta mesma hora acordava, se espreguiçava, lançava o seu rugido e, de rins flexíveis, esbelta como uma onda, lá ia em busca de presa ou de amor...

Não, não falaremos de política nem de religião; não nos entenderíamos. Sou pagã e anarquista, como não poderia deixar de ser uma pantera que se preza...

O meu sonho de Veneza não é irrealizável? Mas absolutamente! Nem saúde, nem dinheiro, nem liberdade. A pantera está enjaulada e bem enjaulada, até que a morte lhe venha cerrar os olhos, e da sua miserável carcaça cinzele um tronco robusto a latejar de seiva, ou uma sôfrega raiz a procurar fundo a água que lhe mate a sede.

Achei lindos estes seus versos que me mandou agora e que eu quase percebi; falta-me principalmente vocabulário, porque a construção da frase, que é latina, torna-se-me facilmente compreensível.

Ficaram-me os olhos nuns claustros e numas fontes que me mandou. "Sóror Saudade" adora os claustros e as fontes; toda ela é um claustro e uma fonte...

Deus me livre que alguém lesse as cartas que lhe escrevo! Elas são tão idiotas que ninguém perceberia a razão por que uma poetisa que vale alguma coisa escreve tão mal em prosa. Esta então, vai magnífica! Eu nem sei o que digo, tão pateta me sinto hoje; mas tenho desculpa: há dois dias que me alimento com meio litro de leite por dia.

Charneca em Flor está pronta a aparecer aos olhos do respeitável público. Espera apenas que o senhor pintor lhe ponha a capa... uma charneca, tendo por modelo... o mar!

Recebi de Pavia uns versos dum senhor Luigi Bussi; conhece? Já agradeci, e igualmente ao Dr. André dos Reis.

E adeus, até 2ª ou 3ª, que lhe direi o que o interessa, e depois até breve, até quando queira, até sempre.

Sua amiga de todo o coração

Bela

(44)
(*Diário*, 01/09/1930)

A águia, será uma águia a valer ou simplesmente um milhafre?

(45)
Mat., 3-9-1930

Meu querido amigo

Em meu poder as suas duas últimas cartas, a que respondo. Estava admirada por se queixar do meu silêncio quando eu, mesmo doente, não deixaria nunca de lhe mandar notícias minhas. Julga-me assim tão ingrata e tão esquecida, tão pouco amiga do meu grande amigo? Não faça mau juízo de mim, não? Obrigada pelos seus versos; não lhe mandarei mais nenhuns para o não obrigar a ter trabalho comigo, assim doente e fatigado como está. Primeiro a sua saúde que, para mim, tem maior valor que todos os versos possíveis.

A respeito da sua instalação entre nós, dir-lhe-ei que encontrei pouco mais ou menos o que pretende, pelo menos na questão *alimentação* tudo lhe será preparado como quiser e entender. Quartos tem vários: escolherá o que mais gostar. E tem uma vantagem: a casa fica a dois passos da minha; poderá passar todos os serões comigo, se isso lhe agradar, sem grande incómodo de incómodas viagens. Se por acaso não lhe agradar isto assim, terá, então, o hotel de Leça, que é realmente gentil. Enfim: pode vir quando quiser, quanto mais depressa melhor. Exactamente o facto de se sentir agora fatigado e em má disposição, é que o deve levar a vir uns dias para junto de mim, para descansar e conhecer um pouco mais intimamente a *peste* a quem dá a honra de ser amigo.

E não tenha receio... a pantera falará pelos cotovelos (que Allah permita que esta minha carta não tombe sob o olhar dum zoólogo! Uma pantera a falar... e com cotovelos...), dir-lhe-á dos seus sonhos, da sua vida, dos seus versos, tudo o que o interessar. Juro. É realmente a amabilidade em pessoa: achar bem as minhas cartas, sem pés nem cabeça! Eu nem as releio, com medo de ter a tentação de as deitar para o cesto dos papéis! Sabe? Estou muito melhor das minhas variadas e complicadas doenças, e há três dias que estou contente, repousada, calma. Durará muito tempo o milagre? Silêncio! Que as fadas más, que povoam o mundo, não estejam por aí à escuta...

Não me fale nos claustros, floridos de rosas, da sua Itália, e da impossibilidade de lá ouvir o eco dos meus passos: eu hoje não acho nada impossível! Quando regressar à sua Pátria, irá, pelo menos, um bocadinho de mim dentro do seu grande coração de amigo. Quando vier, hei-de mostrar-lhe o cartão e os versos desse poeta italiano que não conhece. Decerto que foi por algum dos seus artigos que ele travou conhecimento com a longínqua "Sóror Saudade"; nem mesmo o caso se pode compreender doutra maneira.

E venha depressa. Gostaria que esta minha carta a levasse o vento, para que sentisse, o mais breve possível, o desejo que eu tenho de o sentir melhor, mais alegre, e de o ver, à sombra do meu toldo, e de conversar consigo muitas horas que me não devem parecer longas, certa como estou da sua sincera e profunda amizade que, de todo o coração, retribui a muito e muito amiga e obrigada

Bela

(46)
(*Diário*, 06/09/1930)

Tenho pela mentira um horror quase físico. Sinto-a à distância e agora... neste mesmo momento... sinto-a vaguear, asquerosa e suja, em volta da minha alma que vibra no orgulho de ser pura. Se os outros me não conhecem, eu *conheço-me*, e tenho orgulho, um incomensurável orgulho em mim!

(47)
Mat., 27-9-1930

Alfredo, meu velho amigo

Já sabes que o sogro morreu.
Inúteis comentários sobre o assunto que já lá vai...

Agora a respeito da partida da malta: o caso anda bicudo por duas razões: 1º porque me custa separar deles — 2º porque também quero ir, e assim ando a suster D. Helena que quer voar para os braços do caro esposo. Tu compreendes, Fred, há agora este negregado luto que me obriga a correr do sapateiro para a mulher que vende os *quicos*, e como são todos uns danados intrujões, nunca mais sei quando tenho as coisas prontas. É com certeza por toda a próxima semana, mas quando? Por isso, para evitar sarilhos, espera um telegrama nosso dizendo o rápido em que chegamos, na véspera *certa* da nossa partida daqui. Combinado? A partir de 3ª feira tudo é possível: quer dizer, vamos 3ª, 4ª, 5ª, 6ª ou sábado. Ena!...

Desculpa, Fred amigo, mas tem paciência, e atura a tua endiabrada amiga que te abraça carinhosamente

Bela

P.S. — Pequenos optimíssimos! Mãe fixe! Saudades a todos.

(48)
Matosinhos, 28-9-1930

Meu querido amigo

Perdoe-me o meu longo silêncio e o não ter-lhe agradecido ainda o livro que me deixou; é-me imensamente grato dever-lhe a gentileza da oferta dum livro que pela autora lhe tinha sido oferecido, e esse seu gesto representa bem a estima em que tem a minha insignificante pessoa. Muito e muito obrigada.

A razão do meu silêncio foi o agravamento da doença de meu sogro, e logo a seguir a sua morte que me impressionou bastante e me deixou ficar um pouco atarantada.

Os meus nervos não são, decididamente, para estas festas...

Apresso-me agora a pedir novas suas, e se a tal campanha que tanto o maçava tomou aspectos mais civilizados. Quando parte para Itália? Diga-me sempre da sua saúde e da sua felicidade, que me interessa, pois não é possível esquecer as múltiplas atenções que lhe devo.

Meu marido e amiga Helena agradecem e retribuem os seus cumprimentos, e a eles junto a expressão da minha mais sincera estima e amizade.

Florbela

(49)
Matosinhos, 29-9-1930

Túlio

Amanhã ou depois, para aí mando uma pequena encomenda; são uns sapatos para teu pai, outros para tua mãe, umas calças para ti e um roupão para fazerem um casaco à Joana; agora para o Inverno é quentinho. Digam depois num postal se receberam.

Saudades a todos, e um abraço para ti da tua madrinha amiga

Bela

Vão 5$00 para ti.

(50)
Amigo Alfredo

Merci pela tua carta. Ainda bem que, tão generosamente, me pões à vontade com a partida da Helena. Estas malditas modistas põem-me o sal na moleira. Contava absolutamente com um casaco, sem o qual não posso passar, para amanhã, sábado; afinal só está pronto lá para o fim da próxima semana, pois a modista que o trouxe de Paris trouxe um casaco onde cabem sete Belas e tem que o apertar e fazer quase todo, o que leva tempo. Até dia 15 fico com a Lena e a tropa fandanga, o que não quer dizer que não iremos a 8, 9, ou 10. Na véspera mandar-te-ei, sem falta, um telegrama. Rói as saudades, e lembra-te que os pequenos continuam a aproveitar, e que têm tempo de *desaproveitar* o resto do tempo até para o ano. O Zé Pedro aumentou este mês mais 1 kg, e a Mily outro. Não sejas urso: não agradeças nada, recebe antes cumprimentos, saudades e abraços para todo o pessoal, e um abraço particular para ti da amiga fixe

Bela

P.S. — Não repares no papel azul, mas o preto faz-me mal aos nervos...

(51)
Matosinhos, 6-10-1930

Meu bom amigo

Tenho-me sentido pior, razão essa pela qual não tenho respondido à sua amável carta. Um médico especialista diagnosticou uma apendicite que terá de ser operada quando o meu estado geral o permitir. Só me faltava mais esta!

Recebi a crítica sobre o livro de Américo Durão, que achei muito bem-feita e que está conforme ao que penso dele, a quem muito sinceramente admiro. A carta da Condessa de Fiumi deixou-me ficar pasmada quando fala na minha qualidade de crítico literário do "Dever", jornal que nem de nome conhecia. Quando receber o artigo que o meu amigo lhe mandou, escrever-lhe-ei a agradecer-lhe, mandar-lhe--ei o retrato de que me fala, e dir-lhe-ei quanto me custa a impossibilidade de lhe ser agradável, dizendo em público as coisas agradáveis que "A Encantadora" me sugere, pois não tenho nenhum jornal à minha disposição para o fazer. Não recebeu ainda o número de Setembro da "Rassegna Nazionale"? Não se esqueça de mo mandar, pois tinha um grande empenho em ficar com o seu artigo que, segundo diz a condessa, saiu em Setembro.

Na próxima semana enviar-lhe-ei duas fotografias minhas, aquelas de que gosta, para publicar em Itália onde, quando e como entender. Não lhas mando já porque, não tendo ido ao Porto, não as fui buscar à fotografia onde estão encomendadas já há bastantes dias. Envio-lhe os dois sonetos que me pede; acho que são esses; se não forem, peço-lhe que me mande dizer, a ver se conseguimos dar com eles: não deve ser difícil.

Quanto ao que me diz das suas cartas, esteja descansado: tomei-as como versos dum poeta a quem a imaginação bastas vezes ilude. Para os outros, não existem sequer já há muito tempo: estão transformadas em "pó, cinza e nada" como nós todos, tarde ou cedo...

Não lhes chame tolices: a vida é feita destas divinas tolices que se esvaem, como fantasmas de fumo, à primeira curva do caminho. Não tem importância...

Na vida de toda a gente há braçados floridos dessas *tolices* sem importância. Só a raros eleitos é dado o milagroso dom de um grande amor. Eu teria muita pena que o destino não me trouxesse esse grande amor que foi o meu grande sonho pela vida fora. Devo agradecer ao destino o favor de ter ouvido a minha voz. Pôr finalmente, no meu caminho, a linda alma nova, ardente e carinhosa que é todo o meu amparo, toda a minha riqueza, toda a minha felicidade neste mundo. A morte pode vir quando quiser: trago as mãos cheias de rosas e o coração em festa: posso partir contente.

Esta confidência é só para si: estas coisas só se dizem aos amigos, e a si conto-o entre os raros a quem hoje dou esse nome.

Escreva sempre, diga-me quando parte para Itália, e aceite desde já os meus comovidos agradecimentos pelo que tenciona fazer pelos meus versos na sua linda Pátria.

Creia-me sinceramente grata pelo muito que lhe devo e lhe deverei ainda. Sempre a sua muito amiga

Bela

(52)
(*Diário*, 08/10/1930)

Era simplesmente um milhafre... Guardar-me intacta, como um cristal transparente, para quê? Mas não imitemos Jeremias... só na alma é que a lama se não apaga; aquela com que nos salpicam, sai com água limpa.

(53)
Matosinhos, 14-10-1930

Meu muito querido amigo

Na incerteza desta minha carta o encontrar ainda na sua choupana minhota, dirijo-a antes para Coimbra onde decerto a encontrará no seu regresso, a não ser que lha façam antes chegar às mãos. O seu *croquis* dá-me bem a ideia da mansão espartana onde vive. Deve ser um horror que o pitoresco não deve salvar... O que vale é a paisagem, não é assim? O Minho é bonito e acolhedor; tem uma gentil alma simples, depressa compreendida e sentida.
Envio-lhe o retrato pedido; acho que é esse.
A saúde cá vai na mesma; o grande mal destas fragilidades vigorosas — deixe passar o paradoxo — é a sua teima em resistir a tudo, a todas as dores, a todas as inquietações, a todos os enganos. Sobre a operação, nada há ainda assente. Faz-se? Não se faz? Isso é lá com eles! Por mim, tanto se me dá, como se me deu... Não ligo assim uma importância por aí além a esta coisa complicadíssima a que se chama vida, quer ela decorra no meio de fantásticas alegrias, quer se arraste por entre as mágoas e os desalentos que são, afinal de contas, o pão de cada dia de quase todos nós.
Terei imensa pena se não conseguirmos apanhar aqui esse exemplar enfeitiçado da "Rassegna Nazionale". Quanto à tal gazeta, o melhor será não pensarmos mais nisso para não perdermos tempo e feitio. Acho óptima a sua ideia duma crítica simpática ao livro, realmente encantador, da Condessa

de Fiumi no "Portugal Feminino". A crítica não será feita por mim que não tenho — felizmente! — esse encargo no jornal, mas por uma amiga minha, mais competente do que eu nesses assuntos, pois há muito tempo que faz jornalismo com êxito e talento. Ela se encarregará pois dessa agradável tarefa, com a sua habitual gentileza, pois é a sedução em pessoa: moralmente e fisicamente... *ce qui ne gâte rien*... Eu sou apenas poetisa: poetisa nos versos e miseravelmente na vida, por mal dos meus pecados. Não sei fazer mais nada a não ser versos; pensar em verso e sentir em verso. Predestinações...

Parabéns pelo sucesso merecido do seu artigo sobre Matosinhos. Não perdeu de todo o seu tempo; antes assim.

Agradeço-lhe infinitamente as suas preocupações com o preguiçoso tipógrafo; mas, peço-lhe, não se mortifique com isso. Devo-lhe já tão grandes e tão repetidas atenções, que não sei como agradecer!

Não conheço essa obra de Shelley de que me fala; conheço pouco os poetas ingleses; prefiro a prosa aos versos, por inverosímil que lhe pareça a afirmação, vinda duma poetisa. Até nisso sou paradoxal e destrambelhada! A sua afeição por mim cega-o completamente: a minha alma — pobre dela! — não é nada do que a sua cegueira de amigo pensa e julga. É apenas um pouco da minha charneca selvagem e triste, da minha charneca por quem ninguém pode nada: não há água...

Estou hoje num dos meus maus dias, num daqueles dias em que envergo o meu vestido de porco-espinho com o forro para dentro. Perdoe o mau humor, sim?

A minha amiga Helena já foi para Lisboa; deixou-me muito só e eu sou um animal saudoso e ridiculamente lamuriento, como está vendo.

Todos se recomendam com muita simpatia. Eu envio-lhe o melhor da minha consideração e amizade.

Florbela

(54)
[Mat., 27-10-1930]

Duas palavras à pressa para lhe dizer que recebi a revista "Italie" e a sua carta. Por toda a semana irá, *sem falta, o* manuscrito e uma grande carta respondendo à sua. Vou pôr tudo em ordem, 5ª ou 6ª irá. Obrigada, obrigada, muito, muito obrigada, e parabéns por ter saído vivo do seu antro infernal.
As melhores saudades da

Bela

(55)
Mat., 28-10-1930

Meu querido e bom amigo

Achei imensa graça à sua carta e a todas as descrições, realmente pitorescas, das cenas passadas durante a sua cura de repouso nesse infernal *patelin. Sâle boîte!* Para que um ilustre professor está guardado neste mundo! E esta ilustre poetisa... quem sabe? O que me admira é a sua resignação perante tais tragédias, e o seu constante bom humor no meio disso tudo. Que pena, eu ser uma inadaptável! Provavelmente por o Virgílio me fazer adormecer "sob a folhagem das faias". Não imagina como fiquei contente com a notícia que me deu a respeito do meu livro. Ainda me parece um sonho e eu não costumo acreditar muito nos sonhos... porque de todos se acorda. Estou realmente contente e esta alegria, a maior que me podia vir agora que tão poucas espero, devo-lha a si! Como agradecer-lhe e pagar-lhe a minha dívida? Se um dia, quando morrer, os que cá ficarem, acharem que eu vali alguma coisa, têm que lhe agradecer também a si, meu grande amigo, que tornou possível o meu grande desejo de ver os meus versos compreendidos e sentidos por algumas almas que, doutra forma, estou disso convencida, os não sentiriam nunca. Obrigada.

Apressei-me a tratar de tudo, e já dei os versos a copiar à máquina, para ficar com uma cópia do original que lhe vou enviar, assim que o homenzinho se dignar terminar a tarefa. Tenho receio que se percam no correio, por isso desejo ficar com ela; mas se for totalmente impossível o homem acabar o serviço até sábado, mandar-lhe-ei nesse mesmo dia o original sem esperar mais nada, pois não quero demorar nem mais um dia o envio do manuscrito, como me pede. Os sonetos são, se não me engano, 52, e a ordem é aquela em que lhos envio. Acho bem o formato do livro. A capa branca toda, muito simples, apenas com o nome do livro e o meu em letras vermelhas ou azuis, como entender. Quanto menos espalhafato, melhor. O tipo de letra o que entender, igualmente. Agora eu gostava mais de que ficassem as duas quadras de cada soneto dum lado da folha e os dois tercetos do outro lado. Fica o soneto menos duro, lê-se melhor. Assim o soneto todo numa página, dum jacto, não gosto, francamente.

Suprimi alguns sonetos que tinham um ou outro verso menos perfeito; só lá pus o que me agrada absolutamente e o livro ainda fica assim bastante grande, fica bem.

Não esquecer de pôr, numa das primeiras páginas:

Livro de Mágoas, 1920 — esgotado

Livro de Sóror Saudade, 1923.

Na página logo anterior ao primeiro soneto, exactamente como vai, esses belos versos de Ruben Darío, em letra de tipo mais miúdo, é claro.

E, também como vai, essa folha em branco, a separar todos os sonetos desses últimos 6 que são numerados, apenas com esse verso de Camões.

Tal qual como lhe envio, enfim. Acho que fica tudo assim muito bem.

E sábado lhe enviarei o manuscrito, sem falta. Tenho uma tão grande vontade de ver o livro pronto, que parece-me hei-de morrer antes disso. Mande-me notícias e depois as provas para as emendar convenientemente.

Creia-me sempre a sua muito amiga, e do coração obrigadíssima

Bela

Não traduzi muito bem a sua poesia. Cada vez estou mais estúpida! O italiano é tão difícil! Gostei da revista, mas os versos da Sibila A., francamente, não me entusiasmaram! Bravo pelo sucesso dos seus artigos! É justiça. Saudades

Bela

(56)
Mat., 6-11-1930

Meu estimado amigo

Li o jornal que nos enviou, e fiquei assombrada com o desfecho da célebre e estúpida questão que tanto o tem maçado. É inacreditável! Lamento que em Portugal se possam praticar esses actos de má educação, de grosseria e de injustiça para com um estrangeiro que tanto tem amado e compreendido a nossa terra, para com um hóspede a quem só temos devido atenções e que tanto tem feito pelo nosso país, tornando-o conhecido em Itália, na medida das suas forças, tanto quanto possível, pelos seus artigos, pelas suas críticas e traduções, fiéis e perfeitas, dos seus melhores poetas.

Eu, a mais humilde de todas as penas que garatujam coisas, sinto-me envaidecida pelo carinho que sempre lhe mereceram os meus versos e pelo muito que fez por eles, e daqui lhe envio, com o meu desgosto e a minha reprovação pela revoltante injustiça, todos os agradecimentos e os melhores protestos da mais alta consideração e estima.

Florbela Espanca

(57)
Mat., 8-11-1930

Paizinho

Não te apoquentes com a minha má saúde crônica. Estou a ver que se pode viver só com a pele e o osso, que é já só o que tenho. Agora é o que foi sempre: o fígado, a barriga e os nervos. Não como nada, não durmo quase nada. Tenho dias que mal posso engolir umas chávenas de leite, porque tudo me faz diarreias e dores de barriga. Estas tripas é que hão-de acabar comigo, já há muito que eu o sei.

Diz então o que houver sobre o maldito do Dr. maluco, quando for tempo, a ver o que se poderá fazer por cá. Não vou a Lisboa, como tencionava ir, por causa do estado em que ando, não é estado de uma pessoa sair de casa, a não ser para o hospital ou para o cemitério, que ainda era melhor.

O meu livro creio que é desta que aparece, lá para o Natal. Ninguém fala de mim nem é preciso, tomara eu que me deixem em paz, está descansado: nenhuma delas vale o que eu valho, é esta a consolação que me resta. Se eu tivesse saúde e dinheiro e andasse, como elas andam, a aparecer em toda a parte e a receber em suas casas toda a gente de influência nos jornais, já falavam porque isto é assim: quem não aparece, esquece. Obrigada pelas sedas, que são realmente lindas. A Henriqueta gostou das cebolas? Dá sempre notícias à tua filha, que te quer de todo o coração

Bela

(58)
Meu bom amigo

Mat., 11-11-1930

Venho dizer-lhe o grande pesar que sinto por não o tornar a ver antes da sua partida para Itália, que nunca esperei precipitasse tanto. Escreva-me sempre, e diga-me sempre onde as minhas cartas lhe poderão levar toda a expressão da minha inalterável amizade, que a ausência e o tempo nunca conseguirão diminuir. Tenho esperança, porém, de que volte, de que volte um dia, ver--nos, pois, graças a Deus, nem todos são em Portugal da força do Sr. Dr. Eugénio de Castro.

Deixa aqui amigos, e sinceros, principiando por mim que nunca esquecerei as mil atenções que lhe devo e a sua tão grande bondade para comigo.

Acho muito bem o tipo de letra escolhido, assim como a cor em que tenciona imprimir o título, que será como entender. Diga--me, antes da sua partida, tudo o que disser respeito ao livro para não haver, na sua ausência, nenhuma trapalhada que eu não saiba nem possa resolver. Se lhe permito que junte algumas das suas melhores traduções? Que pergunta! O livro só terá a ganhar com elas, e eu só tenho que lhe agradecer a lembrança e a gentileza. Faça o que quiser e como quiser a esse respeito, está entendido há muito. O soneto que me enviou, "Santa Cecília", do Eugénio de Castro, é simplesmente uma patetice. Deus me perdoe a vaidade e o sacrilégio aos olhos dos pedantes que só sabem ver pelos olhos dos outros, mas eu era incapaz de escrever aquela banalidade e, se a escrevesse, tinha ainda um suficiente senso crítico para a deitar imediatamente para o cesto dos papéis. Esta é a minha opinião, sincera como sempre. O Eugénio de Castro já foi um poeta, agora... agora faz-me pena, palavra de honra. As últimas coisas que tenho lido dele são uma vergonha, positivamente.

Não, não recebi ainda o célebre exemplar da "Rassegna Nazionale"; creio bem que não se dignam ouvir as nossas preces e atender aos nossos clamores.

Quem me dera um pouco da sua *sagesse* perante estas mil porcarias da vida! Eu não posso; viverei com certeza um terço do que poderia viver porque todas as pedras me ferem, todos os espinhos me laceram. D. Quixote sem crenças nem ilusões, batalho continuamente por um ideal que não existe; e esta constante exaltação, desesperada e desiludida, destrambelha--me os nervos e mata-me. O meu amigo sabe rir, eu não sei rir nem chorar; trago às costas o peso duma floresta inteira, sem saber porquê nem para quê, e caminho sem saber donde vim nem para onde vou. Tudo é tão feio e tão sujo e tão triste! Enfim... mais um amigo que parte, mais uma saudade que fica... e *c'est la vie*.

Não se esqueça da "Sóror Saudade" que um dia se lembrou de se mascarar de "Charneca em Flor". Escreva muito e sempre; e alguma coisa que um dia precise de Portugal, não se esqueça que fico às suas ordens, muito feliz se lhe puder ser útil e prestável.

Meu marido e sogra agradecem e retribuem afectuosamente os seus cumprimentos, e desejam-lhe uma boa viagem e um esperançoso regresso.

Eu envio-lhe, com os protestos da minha muita estima, as minhas melhores saudades.

Bela

(59)

Estou cansada, cada vez mais incompreendida e insatisfeita comigo, com a vida e com os outros. Diz-me, porque não nasci igual aos outros, sem dúvidas, sem desejos de impossível? E é isto que me traz sempre desvairada, incompatível com a vida que toda a gente vive...

(60)
(*Diário*, 15/11/1930)

Não, não e não!

(61)
Mat., 17-11-1930

Meu bom amigo

Muito obrigada pela sua carta, e mil perdões pelas maçadas que o *bouquin* lhe continua a dar. Deus lho pagará!... Mando-lhe a capa como acho que deve ser: o nome primeiro e depois o título.

Se o livro é impresso numa tipografia e não em nenhuma casa editora, não lhe podemos inventar uma casa, não é assim? De forma que apenas: *Coimbra, MCMXXXI*.

Pelo que me diz, o depositário fica sendo essa tipografia onde é impresso; trata-se então de colocar depois em várias livrarias os exemplares precisos. Achava melhor, tanto eu como o meu marido, depositar numa livraria daqui toda a edição, e esta livraria se encarregaria, sob as minhas ordens, de fazer a distribuição por as principais livrarias do país. É o que se costuma fazer e, sendo aqui a casa depositária, podia eu vigiar tudo, o que me não acontecerá se o livro ficar depositado em Coimbra ou em Lisboa. O que o patrão não vê... os gatos lho levam. Sei infelizmente, por experiência própria, o pouco caso que fazem dos livros que se lhes confia, e aqui sempre eu via como as coisas corriam, o que não posso fazer em mais parte nenhuma.

Quanto ao tipo de letra, tanto faz um como o outro; gosto dos dois: faça como entender.

Concordo com a sua ideia: um soneto em cada página. Não tinha pensado na questão do papel. As mulheres, e muito mais as poetisas, têm todas *têtes de linottes*.

O tipógrafo que me mande *absolutamente* todas as folhas para eu fazer a revisão; não se pode deixar esse melindroso serviço nas mãos de qualquer pessoa. Se o meu amigo cá estivesse... era bem bom: eu descansaria em si, com muito mais confiança ainda do que em mim própria. Tem sido tão amigo e tão bom, que decerto me aturaria ainda essa última maçada; como, porém, nos deixa... nada feito.

Já recebi a "Rassegna", até que enfim! Todos que têm lido o artigo, têm gostado imenso. O fim é realmente uma *trouvaille* de bom gosto e sentimento.

Obrigada, obrigada por tudo. Continue a dar notícias a quem, mais uma vez, se confessa muito amiga, de todo o coração

              Bela

(62)
Matosinhos, 18-11-1930

Meu bom amigo

Escrevi-lhe ontem sobre a questão livro, mas esqueceu-me de lhe dizer que não gosto nada dessa vinheta, esse traço por baixo do título do soneto: foi uma fantasia idiota do dactilógrafo; vai cortada nessa prova que torno a enviar-lhe.
Pensando bem, creio que gosto mais deste tipo de letra do que do outro: é mais fino, mais legível, não acha?
Sempre muito amiga e obrigada, sinceramente

              Bela

P.S. — Esqueceu-me igualmente de lhe dizer que o último verso do soneto "Charneca em Flor", na prova que me mandou já revista, está errado. Deve ser:

"Sou a charneca rude a abrir *em* flor"

Faltava-lhe esse *em*, não reparou?

Amiga *for ever*

              Bela

2º P.S. — É verdade: mando-lhe esse soneto que fiz ultimamente, que me satisfaz, e que era pena ficar para aqui perdido, como um orfãozinho. Ponha-o no fim do livro, sim? Fechará bem.

(63)
(*Diário*, 20/11/1930)

A morte detinitiva ou a morte transfiguradora?

"Mas que importa o que está para além?
Seja o que for, será melhor que o mundo!
Tudo será melhor do que esta vida!"

(64)
(*Diário*, 24/11/1930)

Há uma serenidade consciente da sua força na linha firme daquele perfil. As mãos têm raça e nobreza; o sorriso, ironia e bondade; os olhos... não se examinam: deslumbram. Deve ter vivido dez vidas numa só vida. Há sonhos mortos, como violetas esmagadas, na pele fina e macerada das pálpebras. Que rastos deixarão, na minha vida aqueles passos, silenciosos e seguros, que sabem o caminho, todos os caminhos da terra?

(65)
Mat., 25-11-1930

Meu querido amigo

Recebi hoje a agradável surpresa anunciada.

"Foi dos meus olhos garços que um pintor
Tirou a luz para pintar o vento."

E eles lá estão, os ventos, pintados e bem pintados!
Obrigada de todo o coração; encanta-me o vê-lo procurar assim todas as maneiras de me ser agradável, e esse gosto que tem pelos meus versos, que pouca gente compreende como o meu bom amigo.

Já escrevi à Condessa de Fiumi e mandei-lhe mesmo um retrato meu com dedicatória.

Ainda bem que a Espanha está barulhenta, tê-lo-emos assim mais tempo por cá.

E o senhor tipógrafo, vai avançando na tarefa? São todos como tartarugas...

Escreva, dê notícias sempre, diga coisas. Com este mau tempo, tenho andado dum humor de *bull-dog* à chuva...

Saudades da sua sempre amiga

Bela

(66)
(*Diário*, 29/11/1930)

"La tendresse humaine ne peut s'exprimer que par un seul geste: celui d'ouvrir et de refermer les bras."

(67)
Matosinhos, 30-11-1930

Meu querido e bom amigo:

Agora é que o vento está da cor dos meus versos e quase da cor dos meus olhos; onde vai descobrir assim todas essas coisas bonitas? Não há dúvida: sabe tudo. *Merci*.

Aí vão as provas bem revisadas mas, para maior segurança, transcrevo-lhe os versos que estavam errados.

Além do erro, que me disse estar emendado, há mais o seguinte:

No soneto "Realidade", o primeiro verso do último terceto é assim:

"Tens sido vida fora o meu desejo".

No soneto "O Meu Condão", o segundo verso do último terceto é assim:
"Se a um gesto dos teus a sombra esconde".
No soneto "Ser Poeta", todos esses *E* que vão cortados são *É*.
O resto está magnífico e dá-me uma bela impressão. Estou tão contente! Ainda pode sair antes do Natal, não pode? Era conveniente para a venda. Espero o resto, que mandarei imediatamente revisado. Um grande abraço amigo, e as melhores lembranças da

Bela

P.S. — O retrato ficou esplêndido!

(68)
2-12-1930

Lena querida

Vou amanhã mandar-te, hoje já é muito tarde, o dinheiro para vires passar os meus anos e mais uns diazinhos. Foi o presente de anos que o Mário me deu, e não me podia dar outro que maior prazer me fizesse; só lamento que o pobre esteja tão a curto de massas com a morte do meu sogro, que deixou tudo atrapalhadíssimo, para não poder de maneira nenhuma fazer as coisas doutra maneira. Vou expor-te o programa, a ti e ao Fred, é claro. Sem ele nada feito... mas conto com a sua bondade e a sua amizade por mim para aceitar o programa que infelizmente não pode ser outro.

Mando-te, não pode ser mais, dinheiro para o teu bilhete de ida em 2ª classe no rápido, e mais 20$00 para carregador e táxi em Lisboa. Traz a Mily, que é muito pequena para a deixares 15 dias, e não faz diferença porque dizes que tem 3 anos e não paga nada. O Zé Pedro tem que ficar. Com a ida e a volta fazia uma diferença de 100$00. E massas? Onde apanhá-las? Tem lá muita gente absolutamente de confiança com quem ficar, não falando no pai, e escusa de perder o colégio. E depois são só 15 dias, porque no dia 22 vou contigo para baixo passar lá o Natal com vocês, seguindo depois para a charneca. Está bem assim? Não pode ser doutra forma! O dinheiro para a volta cá to dou quando voltarmos. E não te preocupes com coisas de casa. Estão todos contentíssimos por te verem. E eu, Lena! Há muito tempo que me não sinto tão feliz. Pelo amor de Deus, não me deem a desilusão de não te ver cá estes 15 dias, seria uma crueldade. Eu estou doente, e a minha irmãzinha faz-me falta. Vem logo que tenhas o dinheiro. Era preferível o rápido da manhã, mas escolhe e telegrafa para te irmos esperar. Vem sábado, o mais tardar, porque na 2ª são os meus anos e domingo temos que arranjar os *salões*. Se de maneira nenhuma puderes vir, torna a mandar-me o dinheiro, sim? Assim combinei com o Mário e eu não quero desgostá-lo, já que foi tão gentil.

Vem depressa, depressa. Beijos a todos. Tua,

Bela

(69)
(Diário, 02/12/1930)

E não haver gestos novos nem palavras novas!

(70)
Mat., 5-12-1930

Meu bom amigo

Lá vai a trapalhada imediatamente, como ordena.

Mas como não sei bem as regras da revisão, indico-lhe as emendas que fiz e envio-lhe as provas para ver se está bem.

No soneto "Crucificada", o 2º verso da 1ª quadra é assim: "Por ti, todos os céus terão estrelas,"

No soneto "Espera...", o 4º verso da 2ª quadra é assim:

"Não vás ainda embora, ó sombra amiga!"
No soneto "Mais Alto", o 1º verso da 1ª quadra é assim:
"Mais alto, sim! mais alto, mais além"
No soneto "Não Ser", o 4º verso da 1ª quadra é assim:
"— Mantos rotos de estátuas mutiladas!"
No soneto "In Memoriam", o 2º verso da 2ª quadra é assim:
"Tudo era nosso irmão! — E assim sonhando,"
No soneto "Árvores do Alentejo", o 1º verso da 1ª quadra é assim:
"Horas mortas... Curvada aos pés do Monte"
No soneto "Panteísmo", o 4º verso da 1ª quadra é assim:
"Dum verso triunfal de Anacreonte!"

Emendei também alguma pontuação, e um acento em "gôta" que estava "góta" em "Árvores do Alentejo"

Julgo estar agora tudo em ordem.

Envio-lhe essa carta e esse retrato que recebi ontem. Faz-me a fineza de me mandar a tradução da dedicatória? Manda-me outra vez carta e retrato, sim?

Esse *Sentiero nel bosco* a que ela se refere, é algum romance? Podia emprestar-mo, que eu tornava a mandar-lho, apenas o lesse? Que gentilíssima criatura, não é?

A si devo ainda o prazer que tive ontem quando recebi a carta e a fotografia. Que mais terei eu ainda a agradecer-lhe?

Cumprimentos afectuosos e mil saudades da

Bela

OUTROS TÍTULOS DE MARIA LÚCIA DAL FARRA NESTA EDITORA:

Alumbramentos

Inquilina do intervalo

Livro de auras

Livro de possuídos

CADASTRO
ILUMINURAS

Para receber informações
sobre nossos lançamentos e
promoções, envie e-mail para:

cadastro@iluminuras.com.br

Este livro foi composto em Times pela *Iluminuras*
e foi impresso nas oficinas da *Meta Brasil Gráfica*,
em Cotia, SP em papel off-whitte 80g.